# 기적 만들기

*Making Miracles*

# 기적 만들기

기적을 이루려는 자 사랑을 선택하라

구지영 지음

좋은땅

# 프롤로그
·········

기적을 만들려는 자 사랑이어라.

이것은 우주의 진리다.

그런데 사랑의 마음을 얻기 위해서는 자신에게 좋은 방향에서 머물러야
한다.

그것이 그 어떤 것보다 우선이다.


    중학교 때 잠깐, 글이라고 하기엔 너무나 거창하고 습작에도 못 미치는
글을 쓴 적이 있었다. 그 나이 때 꿈꾸는 어설픈 사랑 얘기를 조금 쓰다 결
말을 내지 못하고 말았다. 그 글 속에서 아이들은 손도 못 잡았는데, 그 노
트 안에서 다음 단계를 기다리고 있었을까. 그 이후로는 내게 상처 준 사
람들의 모습을 기록한 일기 외에는 어떤 글도 써 본 적이 없다.

    그런데 고등학교 2학년 때 누군가가 나에게 책을 써야 한다는 영감을
보내 준 것을 받게 되었다. 그때는 그 존재가 누구였는지 상상조차 할 수
없었지만 30여 년이 넘어서야 그 영감을 보내 준 존재를 알게 되었다. 그
존재는 바로 30년 후의 나였다. 물론 다른 존재일 수도 있지만 내가 확인
할 수 있는 것은 나였다. 그 시간에 나는 하나의 수업이 끝나고 잠시 쉬는
시간에 주위의 친구들을 보려고 일어나 있었는데 그 영감을 감지하게 되
었고 그 찰나의 순간은 모든 것이 정지된 느낌이었다. 그런데 그때 나는
순간 생겨난 그 마음이 어떻게 생겨났는지도 모르고 잠시 인식하고 흘려

보냈다. 그 이후로 나는 어떤 확연한 믿음도 없이 내가 책을 쓴다는 느낌을 갖게 되었고 그 느낌으로 인도되어지고 있었다. 그런데 그때 나는 긴 시간 두려움과 상실감 속에서 나를 아주 작은 존재로 꾸겨 놓고 있었기에 내가 책을 쓴다는 것은 믿을 수 없는 일이었다. 그렇게 긴 시간 잊고 있었는데 상실감과 인정받지 못해 몸부림치던 시간 속에서 찾아낸 경험들이 쌓여 가면서 책에 대한 미련이 조금씩 생겨나기 시작했다. 오랫동안 어떻게 하면 잘 살게 될까 하고 찾아낸 방법들을 20여 년간 경험하고 깨달으면서, 좀 더 잘 살기를 원하는 사람들에게 작은 빛이라도 되길 바라며 세상에 나가 보기로 했다. 조심스럽게….

그리고 이 책을 쓰기 시작할 시기 또한 내게는 어떤 의미가 있었다. 그때 나는 변화의 시기인 쉰 살에 에어컨도 없이 여름 무더위에 흔들리고 있었는데 그때 나를 찾아 준 존재들이 있었다. 예전 어렸을 적에 책들을 잠시 수집하듯 읽었던 적이 있었지만 그 후로 나는 그렇게 많은 책을 읽지 않는다. 조금은 완전함을 추구하는 나였기에 한 권의 책을 고를 때도 내가 원하는 책인지 몇 번을 확인하고 선택하고는 했다. 그렇게 심사숙고해서 오랜만에 또 하나의 책을 그해 여름에 사서 읽게 되었는데 책 제목은 《우주가 사라지다》이다. 그런데 그 책에서 또 한 권의 책을 사도록 나를 유도하고 있었는데 그 책의 가격이 만만치가 않았지만 나는 그 유혹을 떨쳐 내지 못하고 그 책을 사서 보게 되었다. 그런데 그 책은 우리 모두가 알고 있는 예수가 헬렌이라는 사람을 통해 기록한 《기적 수업》이라는 책이었는데 나는 그 두 존재의 책들을 그 여름부터 3년이 넘는 시간이 지나고 있는 지금도 읽고 있다. 그 책들을 만나면서 나는 더하게 사랑의 빛으로 인도받고 있었는데 그렇게 일 년여의 시간이 흘렀을 때쯤 내가 마음으로만 담고 있던 글을 쓰게 된 것이다.

난 이 모든 것들이 우연히 아니라는 것을 안다. 《우주가 사라지다》와 《기적 수업》을 쓴 그 두 존재들이 내 인연이었다는 것을 난 느낌으로 알게 되었다. 그때 나는 10여 년 전부터 두려움과 상실의 시간을 뒤로 하고 사랑의 빛으로 들어서고 있을 때였고 그렇게 시간이 흘러 내가 만나야 할 존재들을 만난 것이다. 그렇다고 내가 아주 큰 존재여서 그들이 나를 선택한 것이라고 말하는 것이 아니다. 그저 그들이 내가 사랑을 선택했기에 나를 인도하는 것이고, 사랑의 길을 선택한 존재라면 같은 뜻을 둔 그 어떤 큰 존재와도 함께 할 수 있다는 것을 알게 될 것이다. 온전한 사랑이 아니어도 된다. 아니 온전한 사랑이라면 이 세상에 있지도 않을 것이다. 그저 사랑을 선택할 때, 그때부터 시작인 것이다. 물론 나도 그 기억이 온전히 회복되지도 않았고 나를 두려움으로 보는 시간들이 더 많지만 나는 10여 년 전부터 시작했다. 그리고 보니 10년이라는 시간의 진가를 다시 확인할 수 있었다. 그 시간 속에서 내가 사랑으로 조금씩 잘 가고 있었나 보다.

사실 이 책 안에 담겨진 내용들이 그렇게 거창한 내용들이 아니다. 내 50여 년간 움켜쥐고 있던 상실의 시간들을 풀어헤쳐 놓는 시간이었고, 나를 치유할 수 있는 시간이었고, 이 시간은 사랑으로 나아가기 위한 하나의 발판이 되었던 것 같다. 지난 수십 년의 시간 속에서도 알지 못했던 것들을, 이 책을 쓰지 않았다면 절대로 알 수 없는, 아니 한참을 시간을 보내고 나서야 알 수 있었을 수많은 것들을 깨달아 가고 있었다. 그러니 이 책은 그 누구를 위한 책이기 전에 나를 위한 책이었다. 나는 이 글들을 100번은 넘게 읽었다. 물론 수정하고 점검하기 위해 읽은 것이지만, 내가 쓴 글인데도 평소에 까먹고 행하지 못한 것들을 다시 읽을 때 또다시 일깨워지면서 깨우쳐 가고 있다.

이 책의 궁극의 목적은 용서와 사랑을 말하는 것이다. 모든 것은 나를 용서하고 사랑하는 것에서부터 시작한다. 두려움과 상실감을 품은 흐린 마음으로는 기적을 이룰 수가 없다. 밝은 빛인 사랑의 마음만이 기적을 만들 수 있는 것이다. 그런데 자신을 사랑해야지 한다고 사랑할 수 있는 것이 아니다. 자신에게 안 좋은 방향에서 머물러 있다면 자신을 사랑하기가 하늘에 별 따기만큼 쉬운 일이 아니다. 안 좋은 방향에서 오는 기운들이 상실감을 품도록 인도하기에, 자신을 사랑할 수 있는 마음이 생겨나는 자신에게 좋은 방향에서 살아야 한다.

내가 잘 살기 위해 찾아낸 이 방법은 나에게 좋은 방향에서 살아야 행복하고 모든 일들이 순조롭게 이루어진다고 했다. 내가 20년 동안 경험한 결과 그 어떤 성공의 방법보다 우선 되어야 한다는 것을 알았다. 아무리 좋은 성공의 정답이 주어졌다 하여도 그 방법을 행할 수 있는 마음을 가질 수 없다면 무용지물이다. 나에게 좋은 방향에서 사는 시간이 길어질수록 온 몸부림을 치며 노력하지 않아도 긍정적인 마음이 생겨나고 용서와 사랑의 기도를 할 수 있는 마음을 얻을 수 있고 날 성공으로 이끌어 줄 수 있는 나를 사랑하는 마음이 생겨난다.

나는 28년을 나에게 안 좋은 방향에서 살다가 그 이후에 나에게 좋은 방향으로 이사 와서 살았다. 그리고 결혼 후 힘겨운 경험을 해야 했기에 그랬겠지만 또다시 2년의 시간 동안 나에게 안 좋은 방향으로 이사 가서 살다가 다시 나에게 좋은 방향으로 이사 와서 그 뒤로 한 번도 나에게 안 좋은 방향에서 살지 않았다.

안 좋은 방향에서 살고 있을 때 나는 나를 미운 오리 새끼로 보았고 누군가가 나를 함부로 하여도 그 누구에게도 도움을 청하는 말조차 할 수 없는 힘없는 존재일 뿐이었고, 다른 사람들에게 인정받기 위해 나란 존재

기적 만들기

는 제대로 볼 수도 없는 삶을 살아야 했는데 이젠 나에게서 나를 사랑하는 마음을 자주 볼 수 있었다. 이 행운의 방향에서 살고 있다는 사실이 얼마나 큰 사랑과 축복을 받고 있는 것인 줄 알게 되었다. 나는 이 사실만으로도 가끔씩 혼자 춤을 추며 하나님께 감사의 노래를 부른다. 물론 내가 부자도 아니고 나보다 더 많은 것을 가진 사람들은 수없이 많이 존재하고 또한 시시때때로 부족한 것에 마음을 두고 더 많은 것을 바라기도 하고, 매 순간 온전함을 느끼지는 않지만, 나처럼 행복을 노래할 수 있는 사람이 얼마나 될까 싶은 생각이 가끔씩 들고는 한다. 안 좋은 방향에서 30여 년을 살아 보았기에 더하게 느낄 수 있는 감사함이 아닐까 싶다. 그리고 나에게 좋은 방향에서 살 수 있다는 것이, 또한 행운의 방향에서 살 수 있다는 것은 이 우주에서 받을 수 있는 가장 큰 선물이라는 생각을 하기도 한다. 그 어떤 물질보다 그 어떤 성공보다 내 안의 평화와 감사와 사랑이 가장 큰 선물인데 그 선물을 온전히 받을 수 있는 것은 오로지 이 행운의 방향에서 살 때 얻을 수 있는 듯싶다. 내가 20여 년 전부터 이 방향에서 오는 영향력을 알게 되어 내가 아는 모든 사람들뿐만 아니라 연예인들과 재벌들과 그리고 정치인들과 역대 대통령들까지 그들이 살고 있는 방향을 찾아봤는데 일반 사람들에 비해 재벌들과 정치인들은 거의 대부분 자신들에게 좋은 방향에서 살고 있었고 사업체도 자신들에게 좋은 방향에 위치하고 있었다. 그러니까 그들은 자신들의 운이었는지 방향의 힘을 이미 사용하고 있었다. 그러나 가장 좋은 행운의 방향에서 살고 있는 사람들은 그렇게 많이 볼 수 없었는데 그만큼 이 행운의 방향에서 사는 것은 아무나 살 수 없는 일이라는 것이다. 그런데 행운의 방향에서 산다고 모두 다 큰 부자로 사는 것이 아니다. 이 행운의 방향에서 얻을 수 있는 가장 큰 축복은 바로 나를 사랑하는 마음이다. 그 마음을 얻는다는 것이 얼마나 행복한 것이 줄 살아 본 사람만이 알 것이다. 그리고 감사와 사랑의 마음으로 모든 일들이 조금씩 순항되어 자신이 원하는 것들이 하나씩 이루어져 간다는 것 또한 알게 될 것이다.

　이렇게 행운의 방향에서 오는 축복의 시간을 알고 싶다면, 기적을 만드는 사랑의 마음을 얻고 싶다면 빠른 시간 내에 이삿짐을 싸서 자신에게 좋은 방향으로 가야 한다. 다른 모든 것들처럼 이 또한 10여 년의 시간이 필요하다. 10여 년의 시간 속에서 그 좋은 방향에서 오는 기운에 젖어 들어야 한다. 내 안에 사랑의 빛이 자리하도록 날 사랑하는 마음이 서서히 커져 가도록 시간이 필요하다. 그러니 하루라도 빨리 자신에게 좋은 방향을 찾아 나서길⋯. 그것부터 시작이다.

# 감사와 사랑의 글

내 지난 50여 년의 시간 동안 나와 상실의 시간을 함께 하고 내가 사랑의 빛을 찾도록 인도해 준 모든 존재들에게 사랑과 축복을 전합니다. 그리고 그 모든 존재들을 이제 내 안에 하나로 품어 다시는 분리되지 않기를 간절히 바랍니다. 그리고 이 책 안에 등장하는 모든 존재들에게도 내 사랑과 감사를 전합니다. 내 뜻을 펼치기 위해 내 입장에서 기록된 글들이 모두의 마음과 같을 수는 없겠지만 너그러이 이해해 주길 바랍니다.

그리고 이 삶에서 내가 만나야 할 모든 인연들에게도 사랑과 축복을 전하며, 이 책과 만난 모든 존재들에게 사랑과 축복을 전합니다.

그리고 모든 것에서 서툴고 어설픈 내 전화를 받아주고 도와준 좋은땅 출판사에 모든 사람들과, 처음으로 내 글을 읽어 주고 나와 함께 사랑의 마음으로 교정을 도와준 교정담당자님과, 내 책의 표지를 내 마음과 하나 되어 같이 만들어 준 디자인담당자께 감사와 축복을 전합니다.

모두들 사랑하고 축복하고 감사합니다.

우리는 모두 사랑입니다.

# 시
...

이 책을 손에 쥔 존재여. 그대의 상실의 시간이 끝나가고 있다.

이 책을 펼쳐 읽은 존재여. 그대는 사랑을 선택한 것이다.

이 책을 읽고 행한 존재여. 그대 앞에 기적이 일어날 것이다.

이 책을 읽고 또 읽고 또 읽은 존재여. 그대에게 신이 함께 할 것이다.

이 책을 손에 쥐었다가 읽지 않고 내려놓은 존재여.

그대에게는 아직 경험할 상실의 시간이 남아 있는 까닭이다.

이 책을 읽고 행하지 않은 존재여. 그대는 기적을 만날 시간이 아직 안 된 것이다.

얼마의 시간이 지나 그대의 운이 상실의 시간에서 사랑의 시간으로 바뀔 때가 되면, 이 책이 또다시 눈에 들어올 것이다.

그때 또다시 운명의 여신이 그대에게 기회를 준 것이다.

놓치지 말고 잡아야 한다.

그대 가슴 안에 사랑의 빛이 밝혀질 것이다.

좀 오만하고 엉성한 시인 듯싶지만 내 간절한 마음을 담은 것이다. 내가 살면서 나에게 오는 책들을 읽으면서 느낀 것이 있었다. 그 책들이 아무런 이유 없이 나에게 오는 것이 아니라는 것을, 내가 준비가 되었을 때 그에 맞는 책들이 나에게 온다는 것을 느끼고는 했다.

기적 만들기

이 책 또한 준비된 자의 손에 쥐어질 거라는 것을 난 믿고 있다. 이 책을 만났다는 것은 그 존재의 상실의 한 조각이 떨어져 나갈 시간이 다가온다는 것을 보여 주는 것이다.

내가 지나온 길에서 만난 모든 책들이 날 사랑하는 존재가 나에게 이끌어 준 것임을 시간이 지나 알게 되었다. 절대로 우연일 수 없다. 나와 인연이었던 존재들이 또다시 책으로 만난 것이다. 부디 자신의 상실의 시간이 끝나 가고 있음을 받아들이길, 자신이 사랑임을 받아들이고 선택하길 간절히 기도한다. 이것은 진실이다. 사랑의 문 앞에 서성이는 존재의 눈에 이 책이 보일 것이다. 그 존재는 사랑이길 간절히 원하는 사람이 분명하다. 상실의 시간을 뒤로 하고 사랑의 문 앞에서 서성여 본 사람으로서 말하는 것이다. 그 존재는 분명 수많은 시련을 지나왔을 것이다. 이제 그 존재에게 더 밝은 사랑의 길로 들어설 시간이 다가온 것이다. 그 존재에게 사랑과 축복이 함께할 것이다.

# 목차
......

## 1. 내 마음이 내 운명을 만든다

"왜 나에게 이런 일이 생겼나요? 어떻게 해야 하나요?"

"상실감을 놓아 보내."

"놓아 버리라고 해서 놓아 버렸잖아요. 뭘 더 놓아 보내요."

"네가 움켜잡고 있는 것이 안 보여? 두려움, 상실감을 또 붙잡고 있잖아. 네가 숨겨 놓은 사랑을 다시 선택해."

"어떻게, 어떻게 놓아 버려요? 어떻게 사랑을 선택해요."

"네 안에 머문 죄책감, 두려움, 상실감, 분노, 슬픔, 상처받은 과거를 놓아 보내. 행복과 기쁨과 감사를 노래하고 너를 용서하고 사랑해."

끝없는 반복의 연속이다. 정답지를 갖고 있다고 안심하고 있어도 어느 순간 동굴 속에 갇혀 있다. 이 세상에 머물러 있는 존재라면 이 질문이 필요한 상황에 끝없이 헤매고는 한다. 어느 정도 영적으로 깨달음을 얻은 존재라도, 다른 사람들보다는 늪에 빠지는 시간 차가 좀 더 길고, 더 빠른 시간 안에 빠져 나올 수도 있겠지만 이 간단한 해답을 보지 못하고 어둠 속에 머무는 시간이 때때로 주어질 것이다. 매 순간 사랑이어야 한다. 사랑이 아닌 상실감에 빠져 있을 때 힘겨운 상황들이 펼쳐질 것이다. 이렇듯 사랑이어야 한다고 수없이 말해 놓고도 어느 순간 상실감에 빠져 힘겨운 상황을 맞이할 때면 돌고 돌아 헤매다가 나를 사랑하는 존재에게 또다시 묻는다. "어떻게 해야 해요? 어떻게 놓아 보내요." 벌써 몇 번째인지 모른다. 누군가가 나에게 이렇게 반복적으로 물었다면 "아! 놔! 너 머리는 언제 굴리냐? 벌써 몇 번째야."라고 물었을 것이다. 아무리 행운의 방향에 오래 살던 사람도 사랑이 아니면 안 된다. 힘겨운 상황에 처해 있다면 자신이 무엇을 품고 있는지 들여다봐야 한다. 자신이 붙잡고 있는 상실감을 내려놓고 사랑을 선택해야 한다. 이것이 그 무엇보다 우선이고 정답이다. 내 마음이 중요하다. 그 어떤 궁궐 같은 곳에서 수백 억의 돈에 쌓여 있어도 내 마음이 사랑이 아니면 더한 상실감을 볼 수밖에 없는 시간이 줄줄이 기다리고 있을 것이다. 내가 이 글을 첫 장에 짧게 올려놓은 이유가 있다. 순간 찾아온 혼란과 두려움 속에서, 오랫동안 머물러 있던 어둠 속에서는 정답을 기억해 낼 수도 쉽게 찾을 수도 없다. 혹여 어둠 속에서 날 인도해 줄 정답지가 있다 하여도 멘붕 상태로는 제대로 읽을 수조차 없다. 이 책을 아무리 읽어도 그 상실감은 마치 공기처럼 예약된 시간이 되면 우리 안에 자리할 것이다. 그때 또 이럴 것이다. "어떻게 해야 해요? 어떻게 놓아 보내요? 어떤 것이 사랑인가요?"

그때 이 첫 장을 펼치는 것이다. 길이 조금 보일 것이다.

무조건 내 마음에 평화가 머물게 해야 한다. 무조건! 무조건!

그것이 나를 사랑하는 방법이다. 죄책감과 상실감은 모든 운을 막는다.

내 마음이 내 세상을 만든다.

# 2. 성명학 책을 만나다

## 1) 나에게 주어진 상실의 시간

어린 시절, 내가 가시고 있는 기라고는 거친 자존심뿐이었는데 그 자존심으로 내 마음은 더욱 굳게 닫혔고 그 시간은 그저 내가 경험해야 할 상실의 시간이었을 뿐이었다. 그 상실의 시간은 한 살을 넘어서부터 시작되었다. 1년의 시간 동안 젖을 열심히 먹고 있을 때였는데 어느 날 갑자기 엄마가 생전 처음 보는 아이를 안고 나를 밀쳐내고 계셨다. 연년생으로 태어난 남동생이었다. 그때 당시는 먹을 것이 부족했던 시기였기에 젖을 3년씩 먹이는 경우도 많았는데, 내 유일한 식량과 함께 내 삶에서 준비된 엄마에게 받을 수 있는 사랑의 시간도 끝나 가고 있었다. 그 뒤로 내게 준비된 상실의 시간은 40여 년간 지속되었다. 사람마다 사랑받기 위해서, 사랑받지 못해서 선택하는 모습들이 있는데 난 거친 분노를 선택했다. 하지만 그 분노조차 삶 속에서 마음껏 꺼내 들 수 없었다. 숨겨 놓아야만 했다. 간간히 눈빛으로, 꾹 담은 입으로만 표현할 뿐이었다. 나는 8남매 중 다섯 번째 둘째 딸로 태어났다. 엄마는 두 살 터울, 세 살 터울, 다섯 살 터울로, 나와 남동생은 한 살 터울로 5남 3녀를 낳으셨다. 거의 18년을 넘게 아이 낳고 젖 먹이고 하시면서 고단한 삶을 사셨는데 부모님의 힘겨운 삶

기적 만들기

속에서 우리 8남매의 삶 또한 별 다를 것이 없는 삶이었다.

그런데 그런 힘겨운 삶 속에서 엄마의 사랑을 받은 기억이 있다. 나는 먹는 것을 별로 좋아하지 않아 잘 먹지 않았는데 고등학생 때 갑자기 먹고 싶은 것들이 생기기 시작했다. 학교에서 집까지 40분을 넘게 걸어 다녔는데 걷는 동안 어느 날은 밤고구마가 먹고 싶었고, 어느 날은 김치 부침개가, 또 어느 날은 옥수수 등 매번 다른 음식들이 떠올랐다. 그런데 그런 생각들을 하고 집에 오면 엄마가 음식들을 해 놓고 계셨는데 평소에 엄마는 거의 낮에는 집에 계시지 않았었는데 그때 한동안은 웬일인지 집에 계셨다. 그리고 그때 엄마는 정확하게 내가 그날 먹고 싶은 음식들을 준비하고 계셨는데 고구마가 먹고 싶은 날은 고구마를 찌고 계셨고 부침개가 먹고 싶은 날은 부침개를 부치고 계셨고 찐빵이 먹고 싶은 날은 찐빵을 찌고 계셨다. 그때는 살짝 "어, 신기하다." 하고 무심히 넘겼었다. 20여 년이 흘러 내 나이 30대 후반쯤 되었을 때 어느 날 엄마와 식당에서 점심을 먹다가 그 얘기를 하게 되었다. 고등학교 때 학교 끝나고 집에 오면 엄마가 내가 먹고 싶은 음식들을 해 놓고 계셨다고 말씀드렸다. 그 후 엄마의 말씀이 내 가슴을 울렸다. "잘 안 먹던 네가 그때는 자꾸 먹는 걸 찾고 잘 먹어서 네가 올 때쯤에 집에 와서 먹을 것을 준비하고 있었지."라고 말씀하셨다. 가슴에 엄마의 사랑이 느껴졌다. 그 전엔 엄마가 나를, '저거 내가 언제 낳았지.' 하고 어쩌다 곁눈질만 하는 자식인 줄 알았는데, 8남매 자식 중에 존재 없이 묻혀진 자식인 줄 알았는데 엄마가 나를 보고 계셨다. 내 안에 꺼졌던 사랑의 빛이 살짝 밝혀지면서 그 어릴 적 받았던 감사와 사랑의 기억과 함께 거의 30여 년을 내게 밥을 해 주신 보답을 하기로 했다. 그래서 나는 한 달에 한두 번씩 엄마와 짧은 데이트를 한다.

이렇듯 내게도 사랑을 받은 기억이 있어서 조금은 다행이지만 그때 어렸을 적 내 마음은 끝나지 않는 상실감으로 거칠어지고 많은 식구들 중 어느 누구에게도 의지하지 못하고 사막의 바람처럼 산 것 같다. 그렇게 긴 시간 사랑을 갈구하며 함께 했지만 가까이 하지 못한 가족들과 부딪치고 상처받으며 간간이 사랑도 느끼며 그렇게 초년의 시간을 보냈다. 그리고 27살에 조금은 힘겨웠던 그곳에서 나와 한 결혼은 더한 지옥이었다. 결혼 전에 그 남자는 자신의 아버지가 엄마에게 폭력을 행사한다며 힘겨움을 토로했었다. 그러나 난 그 말끝에 내 불안한 미래가 조금 그려지기도 했지만 현재 머문 그때의 삶도 결코 안정된 삶이 아니었기에 제대로 된 판단을 할 수도 없었다. 그저 못 본 척, 못 들은 척 묻어 버렸다. 그런데 멀지 않은 시간 속에서 그 남자의 힘겨움이 내 힘겨움이 되어 있었다. 그때 묻어둔 그 염려들이 얼마 되지 않아 드러나기 시작했다. 그도 지 아비를 닮아 있었다. 그렇게 1년간의 결혼 생활을 접었다.

### 2) 이름 안에서 삶이 보였다

나 나름대로 처절한 초년의 시간을 뒤로하고 생애 처음으로 오롯이 혼자의 삶 속으로 들어왔다. 여름엔 따뜻하고 겨울엔 시원한 10평짜리 옥탑방을 얻어 이사를 했다. 어느 날 침대에 누워 천장을 바라보는데 내 28년 인생에 그런 행복을 느낀 적이 없었다. "아 행복하다." 힘겨운 초년의 시간 속에서 빠져나와 온전히 내 삶 속으로 들어온 듯한 그 시간이 전율을 느낄 만큼 짜릿했다. 내가 뭔가 대가를 치러야 하고, 인정을 받아야 할 그들이 당장 내 앞에 아무도 없었다. 그러면서 어느 순간 내 삶은 내가 만들어야겠다는 생각이 들었다. 부모님 집에 큰오빠가 예전에 조카들 이름을 짓는다고 사 놓은 성명학 책이 생각이 났다. 나는 그 책을 가져와서 열심

기적 만들기

히 반복해서 읽기 시작했다. 매일 수십 번씩 불려지는 이름에 기운이 들어 있어서, 이름에 좋은 기운이 있으면 좋은 삶을 살게 되고, 안 좋은 기운이 있는 이름으로 불려지면 힘겨운 삶을 산다는 것이었다. 대충 습득을 하고 내 이름부터 시작해서 부모님과 형제들과 친구들과 아는 모든 지인들의 이름을 전부 다 풀이해 보았다. 그리고 나중에는 연예인들과 정치인들과 재벌들의 이름과 잠깐씩 알게 된 사람들의 이름까지 모두 다 성명학 풀이를 해 보았다.

이름도 그 사람의 모습을 갖고 있었다. 그 성명학 책에는 사주를 풀이하는 방법도 나왔었는데 이름과 운세가 비슷하다는 것을 알게 되었다. 운세가 좋은 사람들은 좋은 이름을 갖게 되고 운세가 안 좋은 사람들은 그에 맞는 이름을 갖게 된다는 것을 알 수 있었다. 잘사는 사람들은 대체적으로 이름도 평탄하고 재물운과 좋은 기운들이 많았고, 못사는 사람들의 이름에는 힘겨운 파란의 기운들이 많이 묻어 있었다. 물론 내 이름 또한 삶의 역경과 파란이 묻어 있었다. "이름을 바꿔야겠어. 이름을 바꿔 잘 살게 되면 내게 상처 주고 제대로 인정해 주지 않은 그들에게 보란듯이 유세를 떨어야지." 큰 뜻을 품고 개명할 이름을 고르기 시작했다. 이름은 한자 횟수를 조합해서 좋은 기운이 있는 수의 합으로 조합하는 것이다. 물론 여러 가지 접목할 게 많았지만 그것은 전문가들이 하는 방법이고 난 내가 할 수 있는 방법 안에서 수 시간 동안 심혈을 기울였다. 1부터 거의 끝수까지 다 조합을 해서 드디어 지영이라는 이름을 만나게 되었다. 이제 내 인생이 역전할 것 같은 들뜬 마음으로 주변 사람들에게 알리고 가족들과 친구들에게 지영이라고 이름을 바꿨으니 불러 달라고 말했다. 그런데 그들이 내 꿍꿍이를 알아차렸나 보다. 내가 잘 살게 되면 다 죽은 거, 이름을 바꾸면 살아온 날만큼 불려야 효과를 본다고 해서 아는 모든 사람들에게 알렸는데 가장 가까운 가족들과 친구들이 다른 사람들보다 더 불러 주지 않아 또다시 만만치 않은 세상을 볼 수 있었다. 그러나 그들의 마음과 그 상황이 조금은 이해가 간다. 낯설어서 갑자기 부르기도 쉽지 않았을 것이다. 그리고 이름은 내가 바꿨는데 그 이름을 불러야 하는 것은 나보다 그들의 몫이 되었으니 좀 황당했을까. 그때 아무런 준비도 안 된 그들에게 너무 큰 책임을 짊어 준 듯싶다. 그렇게 심혈을 기울여 얻은 지영이라는 이름으로 바꾸고 우여곡절을 겪으며 10여 년을 사용했지만 그렇게 드라마틱한 변화는 없었다.

10여 년의 세월이 흘러 내 나이 마흔 살쯤 되자 이제 주변에서도 지영이라고 불러 주고 있었고, 법적으로 개명을 해 볼까 하고 법원에 가게 되었다. 법원에 있는 개명 관련 부서를 찾아가서 서류를 작성하고 사유란에 간단히 개명 사유를 작성해서 제출했는데 그것을 받아 본 담당 직원이 "이렇게 해서는 허가가 안 날 텐데요. 더 자세히 써야지 될 텐데…." 하면서 받길래 그것도 가슴 콩닥대며 힘들게 작성한 거라 못 들은 척하고 법원을 나왔다. 얼마의 시간이 지나서 법원에서 통보가 왔는데 개명 신청이 불허되었다는 것이었다. '이것도 이렇게 날 안 도와주네.' 눈물이 터지면서 나는 그 아파트 주변 강아지들을 찾기 시작했다. 판사 성이 방씨였는데 그를 생각하면서 큰 소리로 불러 댔다. 동네 강아지들이 저 아줌마가 왜 나를 찾지 했을까 싶다. 그런데 3년 동안 방씨만 보면 이를 갈았는데(다행히 흔한 성이 아니라서 자주 보진 못했다.^^) 갑자기 그 방 판사가 내 인생에 무진장 감사한 존재가 되었다. 개명 신청이 불허되고 3년이 지난 어느 날 성명학 책을 꺼내서 개명한 내 이름을 다시 풀이해 보니 이름이 생각만큼 좋은 이름이 아니었다. 그저 평범한 이름이었다. 그때 10여 년 전에 지영이란 이름을 선택할 때는 분명히 좋은 이름이라고 생각했는데…. 아무리 생각해도 의아했다. 그런데 별 시간도 들이지 않았는데 그때는 보이지 않았던 아주 좋은 횟수가 보였다. 1부터 시작해서 거의 하나도 빼놓지 않고 모든 숫자를 다 꼼꼼하게 대입을 시켰는데 이 좋은 횟수를 왜 보지 못했는지…. 이 또한 때가 있는 법 안에 들어가는 듯싶었다. 이름은 같은 이름이고 한 자만 바꿨다. 그때 내 개명 허가를 내 주지 않았던 방 판사님이 떠올랐다. 아찔했다. 그때 그 방 판사님이 그 이름을 허가해 줬다면…. 가슴을 쓸어 내렸다. 그때 강아지 이름으로 소리 높여 불렀던 기억을 모두 지우고 감사 의 텔레파시를 보냈다. '감사합니다. 방 판사님 이제야 제대로 불러 봅니 다.' 그리고 이번에는 신중하게 해야지 싶어 개명 신청을 해 주는 전문가들 을 찾아 모두 맡겼다. 긴 기다림의 시간이 지나 얼마 후 개명 신청이 허가 됐으니 구청에 신고하라는 전화를 받았다. 새로 태어난 기분이었다. 그 어 떤 것보다 마음 시끄러운 게 힘겨워 세상의 모든 유한 기운이 있는 이름을 선택해서 내가 나에게 선물한 그 이름으로 살아온 지 또다시 10여 년의 시 간이 훌쩍 지나갔다. 그 10여 년의 시간 동안 내 삶은 그 이름처럼 조금씩 유해지고 있었다. 그러나 모든 것이 이름 때문이라고 할 수는 없다. 그 이 름이 선택되어질 때쯤 난 상실의 세상을 뒤로 하고 사랑의 문 앞을 기웃거 리고 있었다. 내가 그 사랑의 문고리를 용기 내어 잡아당길 때 그 이름이 나에게 선물처럼 다가왔다. 내가 요구할 땐 엉뚱한 이름이 선택되어지더 니 때가 되어 나에게 '이제 네 이름은 이거다.' 하고 누군가가 보내 준 것 같 다. 내가 사랑의 길을 걸어야 할 때 필요한 이름이기에 내게 주어진 듯싶 다. 그 이름으로 산 10여 년의 시간 동안 내 안의 두려움과 상실의 시간들 이 조금씩 내 뒤로 놓여지고 있었다.

   이름에 관련된 기억 하나가 떠오른다. 결혼 전에 내가 좋아하고 의지하던 언니가 있었는데 그 언니에게 아이들이 셋이 있었다. 그 아이들을 언니의 부탁으로 가끔 봐주기도 하며 이뻐했는데 그 아이들 중 막내가 태어났을 때 얘기다. 그 언니가 막내를 낳고 아이 이름을 짓는다고 성명학 책을 빌려 달라고 하길래 빌려주었다. 얼마 후 그 언니네 집에 놀러 가서 새로 진 막내 이름을 물어보고 성명학 풀이를 해 보았는데 아이의 이름 안에 '육친과의 인연이 박약하다.'는 풀이가 있었다. 왠지 불안한 마음과 함께 내심 화가 났다. '왜 아이 이름을 이런 이름으로 지었지.' 하는 생각이 들었다. 언니에게 막내 이름을 누가 지었냐고 물었더니 남편이 지었다고 말했다. 언니는 아는지 모르는지 아무렇지도 않아 보였다. 사실 그 부부는 조금 위태로운 상황이었는데 생각지도 못한 막내가 태어난 것이었다. 그리고 그 언니 말로는 하늘의 별은커녕 제대로 보지도 않고 끝났는데 아이가 생겼다고 했다. 그리고 막내가 네 살이 되었을 때 결국 그 언니는 남편과 이혼을 했다. 막내 이름 속에 부모의 미래가 보였다. 그 불안했던 마음이 현실이 되었고 아이들은 부모 중 한 명을 잃었다.

그때 30살 때쯤 한참 성명학 책을 읽고 만나는 사람들의 이름을 풀이하곤 했었다. 어느 날도 지인의 소개로 만난 한 남자의 이름을 풀이하게 되었는데 그 남자가 자기 이름은 부모님이 30년 전에 작명소에 가서 30만 원을 주고 지어온 이름이라고 했다. 가끔 그런 사람들의 이름을 풀이해 보면 내 짧은 지식으로 본 그 이름들은 30만 원을 들여 지을 이름들이 아니었다. 그저 평범한 이름들이었다. 내가 처음으로 개명한 이름도 하루가 걸려 심혈을 기울여 지은 이름인데 지나고 나서 다시 보니 그렇게 좋은 이름이 아니었다. 그저 평범한 이름이었다. 다 때가 있고 운이 있는 것 같았다. 작명소 가서 30만 원을 주고 이름을 짓는다고, 심혈을 들여 이름을

기적 만들기

짓는다고 완전하고 최고로 좋은 이름이 아닌 자기 운에 맞는 이름을 얻는다는 것을 알게 되었다.

그때 비슷한 시기에 두 명의 지인이 얼마간의 시차를 두고 각자의 아이를 낳았는데, 두 아이 다 작명소에 가서 두 개의 이름들을 받아왔다며 각자 하나씩 정했다고 했다. 어떤 이름을 지어 왔는지 궁금해서 한자를 물어보고 성명학 풀이를 해 보았다. 이름을 풀이해 보니 그 아이들의 미래가 조금은 느껴졌다. 한 아이는 지어 온 두 개의 이름 중 좀 더 나은 무난하고 평탄한 이름을 갖게 되었는데, 그 아이의 부모는 무난한 초년의 삶 속에서 크게 힘든 일 없이 경제력도 어느 정도 있는 부모 품에서 살았고 직장도 안정적인 곳에 다니는 사람들이었다. 그러니 그 아이 또한 부모와 크게 다르지 않은, 부모의 삶을 닮은 이름이 주어졌던 것 같다.

또 다른 지인이 지어 온 아이의 이름을 풀이해 보았더니 두 개의 이름 중 좀 더 평탄한 이름 대신 좀 더 삶의 굴곡이 있는 이름을 갖게 되었다. 그 아이의 부모는 좋은 사람들이었지만 지나온 삶이 그렇게 평탄하지 않는 삶을 살았었다. 그 아이의 삶이 조금 보이는 듯했다. 또 한 번 자식 또한 부모의 삶과 크게 다를 수 있기가 쉽지 않은 것 같다는 생각이 들었다. 물론 얼마든지 다른 경우도 있다. 그리고 몇 년 후 그 부부는 이혼을 하게 되었고 아이는 엄마와 떨어져서 아빠와 살게 되었다. 그때 그 아이의 부모에게 그들이 선택한 아이 이름보다 다른 이름이 더 좋은 것 같으니 다시 선택하는 게 어떻겠냐고 말해 줄까 살짝 갈등했지만 그냥 내 안에 묻어 두기로 했다. 그때 내 빈약한 기운으로는 내 말이 받아들여지지 않을 걸 알기에 그냥 두기로 했다. 그때 또 한 번 느꼈다. 유명한 작명소에서 좋은 이름을 지어 와도 그 아이의 운명에 맞는 이름이 선택되어진다는 것을…. 그리고 사람들의 이름과 운세가 같은 모습을 그리고 있다는 것을 알게 되었고 또한 그 삶을 살아야 하는 이유가 분명히 있을 거라는 생각이 들었다.

난 어느 순간부터 사람들의 이름을 더 이상 풀이하지 않는다. 이름 또한 그 사람의 운 안에 들어가는 것을 알기에 내가 할 수 있는 게 없었다. 하지만 또 다른 변수가 있다. 무난한 이름이라고 다 좋고 파란이 있는 이름이라고 다 나쁘기만 한 것은 아니다. 바다에 사는 생명들도, 따뜻하고 평탄한 곳에 사는 종들보다 험난하고 차가운 곳에 사는 종일수록 진화가 더 빠르고 잘 된다고 했다. 그리고 예전에 고전 전집을 읽은 적이 있었는데 그 고전 속에 나오는 이름만 대면 아는 모든 인물들도 풀이를 해 본 적이 있었는데 역사를 만들고 세상에 도움 준 많은 인물들이 무난한 삶을 신 사람들보다는 역경을 지나 빛을 발견한 사람들이 많았다. 파란이 있는 이름을 가진 존재들은 그 역경을 이겨 내기 위해 더 많은 노력과 함께 자신의 능력을 찾아내는 것 같다.

그리고 나는 내 지나온 삶을 그렇게 좋아하지 않았다. 물론 지금은 내가 나여서 감사하고, 나를 사랑하지만 40여 년간 살아온 그 시간들 속에서 나는 그저 미운 오리 새끼 같았다. 그런데 어느 날 텔레비전을 보고 있는데 어떤 산달이 다 된 임산부와 남편이 아기의 출산 날짜를 유명한 점술가에게 받으러 왔는데 그 점술가가 써 준 아이의 출산 날을 계산해 보니 내 사주와 같은 사주였다. 나는 그때도 '왜 아이의 사주를 저런 사주로 정해 줬지.' 하며 그 아이의 험난한 삶을 그리며 의아해했었다. 하지만 시간이 지나고 보니 내 사주와 같은 사주를 가진 모든 존재들이 다 힘겨운 삶을 사는 게 아니라는 것을 알게 되었다. 쌍둥이들도 꼭 같은 삶을 사는 것이 아니듯 같은 사주라 하여도 각자의 삶은 다를 수 있는 것이다. 경제적으로 힘겨운 경험을 했던지 또 다른 힘겨운 경험을 할 수도 있지만 어릴 적에 일반적이지 않은 독특한 마음과 행동으로 주변 사람들의 시선과 염려를 받는 사람들 또한 있다는 것을 알게 되었다. 얼마 전에 빌 게이츠가 나의 사주와 같은 사주라는 것을 알게 되었는데 그의 어릴 적 모습이 일반적인 보통 아이들과는 다른 모습을 그렸기에 그의 부모님이 정신과 의사와 상담을 했었다는 글을 읽은 적이 있었다. 정신과 의사는 그의 독특한 성격을 인정하고 특수학교에 보내기를 권했다고 했다. 그리고 사실 나의 어릴 적 삶도 정말 힘겨운 삶을 산 사람들이 본다면 그저 평범한 삶이었을 것이다. 그리고 나 또한 강한 자존심을 지닌 탓이었는지 주변 친구들에게 독특한 성격이라는 말을 가끔씩 듣고는 했었다. 그리고 MBTI 성격유형 검사에서 나는 infj가 나왔다. infj는 MBTI에 나오는 성격 유형 중에 가장 알 수 없는 성격으로 이중 자아를 가진 인물로 볼 수 있는데 다정하지만 냉정하고 종교가 없으나 종교적이라고 했다. 그런 독특한 마음을 가진 내가 유일하게 지니고 있었던 자존심으로 마음을 닫고 있었으니 그 시간들이 그저 내 자신에게 벅찬 시간이었을 뿐일지도 모른다.

그리고 내가 고전에 나온 인물들의 생일을 따져 보았을 때 내 사주와 같은 사람들이 의외로 많았는데 그러고 보니 그 점술가가 그 아이에게 그 사주를 권한 이유를 조금은 알 것 같았다. 초년의 방황의 시간을 지나 자신의 뜻을 찾아갈 사주를 권해 주고 싶었나 보다. 그 아이가 온전한 사랑의 길을 찾아 잘 와 주길 기도해 본다.

예전에는 좋은 이름을 찾아 개명을 하면 그 사람의 운세가 바뀔 거라는 믿음이 있었지만, 그 사람의 운세가 바뀔 때 그때 개명을 하는 것 같다는 생각이 들었다. 또한 개명을 한다고 모든 사람의 운세가 바뀐다기보다는 그때 그 사람의 마음을 보아야 할 것 같다. 두려움을 잔뜩 품고서 얻은 또 다른 이름은 전에 이름과 크게 다르지 않을 삶을 보여 줄 듯싶다. 내 경험에 비추어 사랑이 어떻게 생겼는지도 모르고 온통 두려움에 쌓여 있던 20년 전에 내가 선택한 이름은 그저 그런 이름이었다. 그때 두려움에 싸인 나는 내가 선택한 그 이름을 제대로 볼 수도 없었고, 정말 내가 원하던 사랑이 담긴 이름은 찾을 수도 없었다. 그렇게 두려움으로 지어진 이름을 10여 년을 품고서 내 삶이 달라지기 꿈꿔 왔지만 사랑이 담겨 있지 않은 그 이름은 날 사랑으로 인도하지 못했다. 이름이 먼저가 아닌, 내 마음이 먼저라는 것을 그땐 알지 못했다. 두려움이 아닌 사랑의 마음이 가장 우선임을 깨달았다. 그리고 개명을 하기 전의 삶이든, 개명을 하고 난 이후의 삶이든 모든 삶이 그 사람이 경험해야 할 삶인 듯싶다. 그 삶을 살아야 하는 이유가 분명히 있을 것이고 그 삶 속에서 우리가 깨우쳐야 할 것이 분명히 있다는 것을 알게 되었다. 그러니까 개명이 먼저가 아니고 내가 사랑임을 먼저 선택해야 할 것 같다.

# 3. 아버지 장례식

내 나이 스물아홉 살 때였다. 옥탑방에서 1년여 간의 시간 동안 홀로 서기의 삶을 열심히 습득하고 있던 어느 휴일 날 연년생 남동생에게서 전화가 왔다. 아버지께서 돌아가셨다고 조금은 담담한 목소리로 동생이 내게 전했다. 동생이 타고 온 트럭에 올라 집으로 가는데 눈물이 터져 나왔다. 소리 내어 잠시 울었더니 동생이 쳐다본다. 사실 우리 형제들은 아버지에게 애틋한 정이 없다. 조부모께서 아버지 어렸을 적에 돌아가셔서 어릴 적부터 목수 일을 하셨는데 체력이 약한 탓에 밥을 잘 못 드셔서 막걸리로 대신 하게 되었다는 엄마의 말씀을 들은 기억이 난다. 그랬다. 아버지는 평생을 밥을 조금만 드시고 항상 남기셨다. 그리고는 막걸리 한 병을 드셨다. 심한 술주정은 안 하셨지만 약간은 거친 말투와 매일 술을 마시는 그 자체만으로도 우리는 진저리를 쳤다. 나는 그 이유로 막걸리를 좋아하지 않는다. 아마 평생 한두 잔 먹어 봤을까 싶다. 그런데 다른 술은 다 마시지만 지금은 남편따라 술을 잘 안 마시고 가끔 와인 한 잔씩만 마신다.

그리고 아버지는 우리와 어떻게 지내야 하는지, 어떻게 대화를 해야 하는지를 그 당시 많은 아버지들처럼 잘 모르셨다. 그저 우리와의 소통의 방법으로 가끔씩 우스갯소리는 하셨다. 하지만 그 누구도 대꾸도 반응도

하지 않았다. 그런 아버지가 유일하게 구박한 게 바로 나였다. 큰 구박은 아니었고 집안일 제대로 안 하고 손끝으로 한다고 타박하셨다. 긴 시간 아버지를 미워했는데 눈물이 났다. 마치 긴 시간 미워하며 다투어 온 친구와 미처 화해할 시간도 갖지 못한 이유였을까. 장례는 집에서 가족들이 음식을 하고 치렀다. 나중에는 동네 아주머니들이 오셔서 상주들은 일하는 거 아니라면서 도와주셨다. 그렇게 장례 마지막 날에, 마무리되어 갈 때쯤 우리 형제들이 모여서 어떤 얘기를 하다가 누군가의 우스갯소리에 우리가 다 함께 웃고 있었다. 그런데 잘 웃고 재밌는 우리 집 식구들을 좋아해서 우리 집에 자주 놀러 오시던 아주머니가 웃고 있는 우리를 보고는 "어떻게 아버지가 돌아가셨는데 지식들이 웃고 있을 수 있어." 하시면서 그 이후로 우리 집에 다시는 오지 않았다. '이게 우리 모습인데…. 심각한 것은 뒤로하고 우스갯소리로 모든 것을 대신하는….' 그러고 보니 우리가 아버지를 닮아 있었다. 아버지 우스갯소리를 안 듣는 척하면서 조금씩 젖어 들고 있었나 보다.

가끔 나는 남편에게 내 장례식을 얘기한다. 그 성명학 책에 나온 남편 사주에 '본인을 지켜 주던 아내가 먼저 세상을 떠난다.' 하고 나와 있다. 그래서 나는 내 장례식을 마음속으로 준비하고는 했는데, 남편에게도 내 뜻을 알렸다. 내 장례식장에 오는 모든 사람들에게 울지 말고 웃고 들어오라고 하라고…. 별일 아니라고…. 내가 이 세상을 떠나는 것이 결코 슬퍼할 일이 아님을 모두가 알게 되길 바라는 마음도 있다. 또한 난 누군가를 떠나보낼 때 슬픔의 눈물보다는 차라리 웃음이 그 사람을 위한 일이라 믿고 있다. 누군가의 슬픔은 떠나는 그 존재에게도 슬픔일 수 있으니 슬픔보다는 웃음이 모두에게 더 하게 좋은 일이 아닐까 싶다. 그러니 자신의 설움이나 누군가에게 보여 주기 위한 눈물이 아닌 나를 위해 웃음을 보여

기적 만들기

주기를 진심으로 바란다. 물론 어떤 다짐으로도 슬픔을 막을 수 없는 순간이 있다는 것도 안다. 그럴 땐 맘껏 슬픔을 토해내야 하겠지만 마지막에는 모두를 위한 웃음으로 마무리하기를… 그리고 나는 사진이 많지 않다. 우리 8남매 중 다른 형제들은 어릴 적 사진이 한두 장씩 있는데 나랑 연년생 남동생의 사진은 한 장도 없다. 그래서인지 나는 사진 찍는 것을 좋아하지 않는다. 사진을 찍을 때 어떻게 웃어야 할지, 얼마큼 웃어야 할지도 모르겠다. 아마 애정결핍으로 나 자신을 사랑할 수 없었고 그리하여 내 얼굴을 사랑하지 않아서일까 싶다. 그러나 나 자신과 타협하고, 나를 사랑하게 된 지금은 조금은 나아졌다. 그래도 여전히 사진은 큰맘 먹고 찍어야 한다. 내 장례식장에 사진 대신 떠나기 전에 그림을 그려 놓고 가야지 생각 중이다.

사실 내 맘 같으면 장례식 같은 것은 치르지 말라고 하고 싶은데, 다시 생각해 보니 내가 떠나고 나서 남편이 혼자 남아 나름 슬픔과 힘겨움을 다른 사람들과 나눌 수 있겠다 싶어 그것은 남편에게 맡기기로 했다. 그리고 남편에게 화장해서 나무 아래에 좋은 한지에 싸서 묻으라고 했는데 다시 바뀔 것 같다. 화장도 자연을 오염시키고 비용이 많이 들어간다고 하니 흙으로 돌아가는 자연 회귀식 방법이 새로 생겼다는 얘기를 언젠가 들은 적이 있었는데 그냥 그것으로 해야 하나 싶다. 남편에게 새로 지시 사항을 알려 줘야 할 것 같다. 가끔 남편이 내 말을 흘려듣고 딴짓을 하는 바람에 내 신경을 건드리고는 했는데…. 사실 시켜 놓고 떠나도 마음이 안 놓인다. 위에서 보고 있다가 딴짓을 하고 있는 남편의 모습을 보면 꿈에라도 나타나야 하나 싶다. 그리고 난 남편에게 제사 같은 것은 지내지 말라고 했다. 혹시나 그 시간을 핑계로 자신이 먹고 싶은 것을 챙기고 싶다면 할 수 없지만 나 먹으라고 그런 짓은 하지 말라고 했다. 그리고 내가 가끔 생각이나 내 흔적이 머문 곳에 찾아 올 때면 꽃이나 쓰레기가 될 만한 것들도 아무것도 가져오지 말라고 했다. 살아서 한 번 사 주지 않는 꽃을 아무 의미 없는 시간에 갖고 오는 건 내 염장을 지르는 일이다.^^

  그렇게 아버지를 보내 드리고 나이 들어 가끔 아버지를 생각할 때마다 힘겨운 상실의 시간만 살다가 가신 아버지를 한번 꼭 안아드리고 싶다는 생각에 빠져들곤 한다. 그리고는 아버지가 생각날 때마다 두 팔로 감싸 안아 아버지를 안아 드렸다. 난 안다. 아버지께서 내 포옹을 받고 계셨다는 걸…. 그때 내가 받고 싶었던 인정과 사랑을 아버지가 나에게 줄 수 없었던 것은 우리가 사랑으로 매듭지어야 할 용서의 시간이었기에, 우리가 사랑으로 풀어야 할 인연이었기에 그런 모습으로 만났다는 것도 조금 알고 있다. 그때 아버지와 나는 사랑을 볼 수 없는 시간 속에서 두려워하고 있었을 뿐이다. 이제야 온전히 아버지를 보내 드린 것 같다.

기적 만들기

# 4. 양택풍수를 만나다

## 1) 내 삶을 바꿔 줄 또 하나의 동아줄

28년간의 내 작은 전쟁의 시간 속에서 빠져나오자 내 안에 표현되지 못하고 숨겨 놓은 지난 시간 슬픔의 상처들이 내 몸에 변화를 가져왔다. 만성기침에 긴 시간 갇혀 있었다. 기침은 슬픔이 터져 나올 때 표출되는 현상인데 28년간 내 안에 깊숙이 눌러 놓은 슬픔이 폭죽처럼 발사되어 끝없이 터져 나오고 있었다. 그리고 몇 년 후, 기침과 함께 옥탑방에서 삶을 꾸려 가고 있던 내게 허리 디스크로 다리에 마비 증세가 찾아왔다. 그걸로도 오랜 시간 씨름을 해야 했다. 허리 통증은 두려움과, 지지 받지 못한 마음에서 오는 감정의 표출이다. 또한 경제적으로 힘든 상황이 지속될 때도 그 두려움이 허리에 숨어 통증을 유발시킨다. 그렇게 두려움으로 약해진 신장의 기운으로 생겨난 허리와 다리의 통증으로 한의원에 침을 맞으러 다녔는데 그 증세는 쉽게 사라지지 않았다. 그러던 어느 겨울 저녁 늦은 시간에 퇴근을 해서 찬물로 대충 씻고 침대에 누우려고 하는데 갑자기 내 경직된 마음이 내 눈과 입만 남기고 온몸을 다 딱딱하게 만들었다. 그리고 그때 보일러가 작동된 지 얼마 안 되어 집이 추웠다. 또한 그때 난 보일러를 18도로 해 놓고 살았는데 그때는 찬 기운이 신장과 폐를 약하게 한다는 것을 모르고 있을 때였고 또한 허리와 다리에 생겨난 모든 통증들이 그 신장의 약한 기운으로 생겨난 것을 인지하지 못하고 있었다.

나는 온 힘을 내어 팔을 들어 베개 옆에 둔 휴대폰으로 옆 동네에 살고 있는 언니에게 전화를 했고 얼마 후 형부와 언니네 집에 있던 막내 여동생이 집으로 왔는데 옥상으로 들어오는 문이 잠겨 있었다. 12시가 넘은 시각이어서 아무 데도 연락이 되지 않아 119를 불렀다고 했는데, 얼마 후 우리 집 옥상 문 앞에 온 119 대원들이 다른 모든 방법들을 다 제쳐 두고 옥상 문 손잡이를 망치로 때려 부수고 있었다. 그 119 대원들과 형부와 여동생이 드디어 내 문을 아작을 내고 들어와 있는데 내가 덮고 있는 이불을 제치는 순간 방 안의 찬 기운에 온몸이 더 경식될 것 같았다. 그래서 119 대원들을 보내고 형부도 얼마 후 집으로 가고 여동생만 남아 내 잔심부름을 해 줬다. 그날 오전에 난 언니와 형부의 도움을 받아 단골 한의원에 가서 또다시 치료를 받았다. 그렇게 내게 온 디스크 증세로 절정의 경험을 했다. 가슴 보따리에 긴 세월 움켜쥐고 있던 슬픔과 두려움의 감정들을 내 나이 28살이 지나 30살에 접어들면서 내 몸을 통해 세상에 풀어놓는 시간이었다. 그러나 28년간 쌓아 놓은 상실감이 마음껏 분출되는 그 시간 속에서도 그 전에 느껴 보지 못한 자유와 행복의 희열을 느껴 가며 옥탑방에서의 시간이 5년을 향해 가고 있었다.

만나는 사람도 없이 무미건조한 시간을 보내고 있던 어느 날, 내 친구 중 한 명이 남자를 소개시켜 주었는데 나중에 알고 보니 자기 오빠를 소개시켜 준 것이었다. 내심 당황했지만 내색하지 않았다. 하지만 처음부터 오빠라고 했으면 만나지 않았을 것이다. 그때 나는 결혼에 대한 환상은커녕 살짝 본 그 시간들이 그리 좋은 기억들이 아니어서 다시 결혼하고 싶지 않았다. 그냥 친구로 가볍게 만나 삶의 힘겨움이나 나눌 사람을 원했는데, 친구 오빠란 이유로 내 소신을 뒤로 하고 1년여의 시간이 지나 그들의 결혼 계획에 나도 끼어 있었다. 남편은 사람들이 좋아하는 무난하고 선한 사람이었지만 그게 다였다. 애정결핍인 내게 사랑은커녕 상처를 주는 사람이었고 인정받고 싶어 하는 내 푸념에 따끔한 질책으로 나를 정신 차리게 해 주는 무심한 남편이었다. 그저 자신의 식구들 눈치를 보느라 내 편이 되어 주지 못하는 남의 편 같은 그 사람은 자신의 집에 잘하기만을 바라는 고지식한 옛날 아저씨였다. 매번 상처를 받으면서도 어느 구석에서라도 사랑의 싹이 날 것이라는 작은 희망을 품고 놓지 못하고 있었다.

결혼 후 나보다 더 마른 남편에게 살 좀 붙으라고 이것저것 챙겨 주고 싶었다. 그래서 남편 퇴근 시간이 가까이 오면 궁리 끝에 저녁에 닭 매운탕을 준비해 놓고 있으면 남편이 집에 와서 "어 나 오늘 저녁에 닭 매운탕이 먹고 싶었는데…" 하고 김치찌개를 해 놓으면 남편이 전화로 저녁에 김치찌개가 먹고 싶으니 김치찌개를 해 달라고 하고, 아구찜을 할까 하고 생각하고 있으면 남편이 "아구찜이 먹고 싶네."라고 말했다. 사는 동안 이런 일이 자주 있었다. 이렇게 남편과 음식에 대한 생각을 공유할 때마다 엄마 생각이 났다. 또 한 번 엄마의 사랑을 느끼는 시간이었고 먹이고 싶은 간절함이 연결해 준 사랑의 텔레파시인 듯싶었다. 그런데 이 남편이 내 맘도 모르고 잘 먹지를 않았다. 이 또한 엄마의 마음이 느껴진다. 잘 안 먹어서 엄마를 힘들게 했더니 그 벌을 받나 보다. 20여 년이 지난 지금도 남편의 몸무게는 그때와 별 차이 없이 그대로였다. 이럴 줄 알았으면 힘들게 더 먹이려 애쓰지 않을 텐데… 이제야 내려놓는 연습을 하고 있다.

신혼 초에 남편이 나보고 개그맨이란다. 내가 하는 말과 행동에 숨 넘어가면서 웃는 남편을 볼 때면 더 웃게 해 주고 사랑하며 살고 싶었는데 남편은 그 무엇에도 반응하지 않았고 꼭 다문 그 입에서 나오는 말은 나를 향한 질책뿐이었다. 난 또다시 내가 의지할 존재가 부모님도 남편도 아니라는 것을 깨달아 가고 있었고 내가 잘되어야지 하는 마음에 근처 도서관에 드나들게 되었다. 그리고 그곳에서 또다시 내 삶을 바꿔 줄 양택풍수 책을 보게 되어 내 안에 또 하나의 희망이 생겨나고 있었다. 그렇게 큰 꿈을 품고, 살면서 가장 중요한? 돈이 들어오게 하는 방법들을 찾아내어 어설프게나마 집을 꾸미고 10여 년을 살았지만 품은, 큰 꿈만큼의 삶의 변화는 없었다. 결국엔 집에 가장 구하기 편하고 손쉬운 꽃 그림 액자와 현관문에 달아 놓은 풍경과 함께 내가 품었던 큰 꿈이 한곳에 찌그러져 남아 있었다. 집안의 색을 바꾸고 꽃을 두고 가구 위치를 바꾸고 풍수에 좋은 몇 가지 소품들 가지고는 우리의 삶을 바꾸고 큰 꿈을 이룰 수 있는 힘을 얻을 수는 없었던 것 같다. 물론 그런 것들이 조금은 좋은 기운을 줬을 것이다. 하지만 운명을 바꾸기에는 그리 큰 힘을 갖고 있지 않았다. 그렇게 내 운을 바꿔 줄 것 같았던 이름과 함께 양택풍수에 대한 믿음도 조금씩 시들해져 가고 있었다.

## 2) 시간이 지나 양택풍수의 핵심이 보이기 시작했다

그런데 양택풍수에서는 방향이 중요하다고 했다. 태어난 해에 따라서 서쪽이 좋은 사람이 있고 동쪽이 좋은 사람이 있다고 했다. 서쪽이 좋은 사람이 동쪽에서 살거나 동쪽이 좋은 사람이 서쪽에서 살면 안 좋다는 것이었다. 그래서 나는 성명학 때처럼 또다시 나와 부모님과 형제들과 남편과 친구들과 지인들의 태어난 연도를 대체해 가며 방향을 찾아보았다. 그리고 정치인들과 재벌들과 연예인들까지 그때 내 눈에 띈 모든 존재들의 방향을 찾아가며 열심히 공부를 했다. 그러고 보니 나는 서쪽이 좋은 사람인데 초년 시절을 동쪽에서 살았다. 엄마 아버지도 서쪽이 좋은 분들인데 평생을 동쪽에서 사셨으니 힘겨운 삶을 살아야 했을 것이고 자식들 또한 힘겹게 살 수밖에 없었을 것이다. 그리고 자식들마다 각자 태어난 연도에 따라서 방향이 다른데, 살고 있는 집이 좋은 방향인 자식들의 경우에도 안 좋은 방향에서 사는 부모의 삶에서 크게 벗어날 수는 없었다. 그러나 살고 있는 집이 좋은 방향인 아이들은 그 집에서 짊어지는 책임이 많지 않았고, 방향이 안 좋은 아이들보다 부모의 더한 관심과 보살핌을 받았다. 그 반면 살고 있는 집의 방향이 안 좋은 아이들은 어린 시절부터 세상에 나가서 돈벌이를 하거나 집안일을 하는 등 책임질 일이 많았고, 또한 구박을 받거나 힘겨운 상황에 처해 있었다.

어느 집의 경우에는 그 집 아버지가 엄마에게 폭력을 행사했다. 그런데 그 집에 형제가 있었는데 형은 아버지가 엄마를 때리는 상황이 되면 밖으로 나가 그 상황을 보지 않고 벗어나 있었고, 동생은 그 자리에서 그 상황을 지켜보며 가슴에 상처와 분노를 품고 살았다. 그때 그 두 형제가 살던 집의 방향은 형에게는 좋은 방향이었고 동생에게는 안 좋은 방향이었다. 그런 시간 속에서 성장한 형제는 각자 결혼을 하게 되었는데 결혼 후 형은 대체적으로 동생보다는 무난한 결혼 생활을 했고 동생은 결혼 후 아버지와 같은 모습으로 아내에게 폭력을 행사했다. 그리고 결혼 후 각자 살던 집도 형은 자신에게 좋은 방향에서 살고 있었고 동생은 자신에게 안 좋은 방향에서 살고 있었다. 어린 시절에 상처받은 기억들을 가슴에 품고 안 좋은 방향에서 살고 있었으니 자신의 결혼 생활을 온전히 만들어 갈 수 없었을 것이다. 그리고 자신의 엄마는 평생을 폭력을 휘두르는 남편을 참고 살았겠지만 그 동생의 배우자는 자신의 엄마처럼 폭력을 끝까지 참아 주지 않았다. 그 동생은 결국 짧은 결혼 생활을 끝내고 이혼을 해야 했다.

한편 나는 남동생에게 엄마를 빼앗기고? 험난한 삶 속에서 살아남기 위해 한 가지 방법을 찾아냈다. 엄마에게 인정받고 사랑받기 위해 여섯 살 때부터 엄마를 도와 설거지를 하는 등 집안일을 하기 시작했는데 처음 한 두 번은 칭찬을 받았으리라…. 몇 년이 지나 집안일은 엄마와 내 일이 되어 있었고, 더욱 슬픈 것은 내가 그 집에서 무슨 일을 했는지 아무도 관심도 없고 모른다는 것이었다. 그렇게 인정받기 위해 선택한 그 방법은 긴 시간 결혼 생활 속에서도 내게 요구되었다. 내 어릴 적 친구는 평생을 집안일을 해 본 적도 없고 자기 속옷도 빨아 본 적이 없다고 했다. 그때 나에게는 아홉 식구의 빨랫감이 큰 대야로 한 대야씩 선물로 안겨졌을 때인데…. 그 친구는 부모님이 주는 용돈 받아서 친구들과 놀러 다니며 나름 평탄한 삶을 살았는데 그 친구의 방향을 살펴보니 자신에게 가장 좋은 행운의 방향에서 살고 있었다. 그런데 그 친구네 집이 그 친구의 형제들에게는 안 좋은 방향이었다. 그래서 어느 날 그 친구에게 여동생이 혹시 집안일들을 하지 않았는지 물었더니 그 친구가 맞다고 대답하면서 자신은 집안일을 하나도 하지 않았는데 여동생이 김치 담글 때도 도와주고 모든 집안일도 다 도와줬다고 했다. 나처럼 그 여동생도 집안일을 하면서 인정과 사랑을 받고 싶어 한 듯했다.

그리고 우리 8남매 중에 공부도 잘하고 똑똑한 큰오빠와 둘째 오빠와 언니는 가지고 있는 능력을 뽐낼 수도 없이 중학교도 제대로 다니지도 못하고 모두 다 검정고시로 학업을 이루어야 했다. 그래서 나는 큰오빠와 둘째 오빠와 언니가 우리 집에서 가장 혜택도 못 받고 힘든 삶을 살았다고 생각했는데 엄마가 가끔 내 바로 위의 셋째 오빠 얘기를 하는 것이었다. 나 또한 나 힘든 줄만 알았지 셋째 오빠 힘든 줄은 모르고 살았었다. 나처럼 집안일을 하는 것도 아니었고 눈에 띄게 뭔가 하는 것을 보지 못했기에 그렇게 힘든 삶이었을 거라는 것을 짐작하지 못했는데 엄마가 가끔씩 셋째 오빠가 학교 다닐 때 돈이 필요하다고 하면 동생들 챙겨 주느라고 챙겨 주지도 못했는데 커서 엄마가 힘든 얘기를 할 때마다 돈을 구해다 주었다는 것이었다. 없으면 빌려서라도 가져다주었다고 했다. 그래서 셋째 오빠의 방향을 다시 찾아보니 어릴 적 집의 방향이 셋째 오빠에게 안 좋은 방향 중에서도 가장 안 좋은 최대흉 방향이었다. 그제서야 셋째 오빠의 힘겨운 삶을 조금 알 것 같았다. 그렇게 힘든 방향에서 사니 학교 다닐 때도 수업에 필요한 것들이 있어도 도움도 받지 못하고 성장해서도 다들 모른 체 하는데도 엄마의 힘겨움을 외면하지 못하고 매번 돈을 구해 엄마에게 가져다주며 힘겨운 삶을 산 것 같다. 나 또한 꼼꼼한 성격에 어릴 적에 나에게 들어온 돈들을 은행에 모아 두고 있었는데 엄마가 힘든 얘기를 할 때마다 그 돈들을 모두 찾아서 두서너 번 엄마에게 가져다 드렸다. 물론 그 돈들이 엄마의 힘겨움을 해소시킬 수 있는 돈은커녕 아주 작은 금액이었지만 20살이 넘어서까지 내가 모아 온 돈들을 한 번도 나에게 써 본 적이 없었다. 인정과 사랑을 받기 위한 방법으로 사용했을 뿐이었다. 그렇게 안 좋은 방향에서 사는 사람들이 힘든 삶을 선택해서 사는 걸 알게 되었다. 안 좋은 방향에 머물러 있으니 불안한 마음에 남들에게 인정받기 위해 힘든 일을 하게 되고 자신보다는 남들이 좋아하는 것들을 선택해서 사는 것 같다. 그리고 엄마가 힘든 삶 속에서 우리가 맛있는 음식들을 드시라고 권해도 자식들을 위해 자신은 그런 거 안 좋아한다고 거부하셨는데, 안 좋은 방향에 살고 있는 사람들을 보면은 누군가가 좋은 것을 권해도 자신에게 허락해 주지 않고 받아들이지 않는 것을 볼 수 있었다.

그리고 우리 8남매 중 5남매는 서쪽이 좋은 사람들이고 3명만 동쪽이 좋은 사람들이다. 그러니까 열 식구 중 세 명만 빼고 부모님과 다섯 명의 자식들 모두 안 좋은 동쪽에서 산 것이었다. 그러니 그 집안에 좋은 일이 생기는 것도 쉽지가 않고, 생활이 피는 것 또한 기대할 수 없는 곳이었다.

그런데 서쪽 방향도, 동쪽 방향도 4군데 방향으로 또 나뉜다. 가장 좋은 행운의 방향(최대길)과 두 번째로 좋은 방향(대길)과 세 번째로 좋은 방향(중길)과 네 번째로 좋은 방향(소길)으로 나뉜다. 반대인 안 좋은 방향도 4군데 방향으로 나뉜다. 가장 안 좋은 방향(최대흉)과 그다음으로 안 좋은 방향(대흉)과 세 번째로 안 좋은 방향(중흉)과 네 번째로 안 좋은 방향(소흉)으로 나뉜다. 서쪽 방향이 좋은 사람들도 태어난 년도에 따라서 서쪽이 가장 좋은 행운의 방향인 경우가 있고 남서쪽과 북서쪽 또는 북동쪽이 행운의 방향인 경우가 있다. 동쪽 방향도 동쪽과 남쪽과 그리고 남동쪽과 북쪽으로, 이렇게 4군데 방향으로 나뉜다. 그리고 같은 안 좋은 방향에서 살 경우에도 태어난 해에 따라서 소, 중, 대, 최대로 또 각자 다를 수가 있는 것이다.

우리가 어렸을 때 살던 동쪽 방향인 그 집은 가족들 중 셋째 오빠 다음으로 엄마와 언니에게 안 좋은 방향이었다. 두 번째(대흉)로 안 좋은 방향이었다. 엄마는 당연히 힘드셨지만 우리 집에서 가장 혜택 못 받고 힘든 삶을 산 자식이 언니였다. 언니와의 어렸을 때 기억은 많이 없지만 내가 살면서 가장 의지하고 사랑했던 고마운 사람이다. 그 언니가 초등학교를 졸업하자마자 과자공장을 시작으로 우리 가족의 생계를 짊어지고 산업

기적 만들기

전선에 내몰려야 했다. 그래서 난 어린 시절 언니와의 추억을 찾기가 쉽지가 않았다. 나보다 더 한 초년의 힘든 삶을 경험해야 했던 언니는 결혼 후 30살 즈음부터 누구의 도움이나 이끎 없이 자신에게 좋은 서쪽 방향에 있는 아파트를 분양 받아 이사를 했는데 그곳은 언니에게 가장 좋은 행운의 방향이었고 몇 년 후 자신에게 세 번째로 좋은 방향에 있는 더 큰 아파트를 분양 받아 집을 두 채씩 갖게 되었다. 그렇게 언니는 가난에서 벗어났다. 그리고 다른 형제들도 나이 들어 각자의 삶을 찾아 나서면서 대체적으로 자신들에게 좋은 방향에서 정착하며 사는 듯했다. 물론 힘겨운 방향에서 계속 머물러 있는 형제도 있었다. 그래도 초년의 힘겨운 시간보다는 다들 나름 자신의 길을 잘 찾아가는 것 같다.

양택풍수 책을 읽고 20여 년의 경험과 함께 그 시간들을 보내고 난 지금 생각해 보니 집안에 색을 입히고 몇 가지 소품들로 꾸미는 것도 분명히 좋은 영향을 받을 수 있겠지만 그 어떤 것보다 나에게 좋은 방향에서 살아야 한다는 것을 알게 되었다. 그리고 그 방법은 내가 오십 평생 알고 있고 해 왔던 그 어떤 것보다 가장 쉬운 방법이고 가장 완전한 방법인 듯싶다. 난 아직까지 이보다 더 완전한 방법이 없다는 것을 믿고 있다. 그저 나에게 좋은 방향으로 이사해서 살면 되는 것이다. 물론 당장 이사할 수 없는 각자 다른 여러 가지 문제들과 이유들이 있겠지만 내게 좋은 방향에 있는 집을 선택해서 이사하는 그 작은 노력만 해도 되니 그렇게 어려운 일은 아닌 것 같다. 물론 10여 년을 살아야 한다고 했다. 다른 모든 일에서도 10여 년 동안 온갖 노력을 하고 난 이후 성과를 냈다는 사람들을 많이 볼 수가 있을 것이다. 또한 개명한 이름도 개명 후 살아온 나이만큼의 시간 동안 불려져야 한다고 했다. 30살이면 30년의 시간 동안 불려졌을 시간만큼 개명한 이름이 불려져야 그 효과가 발생한다고 했다. 이렇듯 본래 모든 일들이 어떤 기운이 채워질 시간이 필요하듯 이것 또한 그 좋은 기운들이 채워질 시간이 필요한 것 같다. 또한 다른 일들은 10여 년 동안 아주 열심히 온갖 노력을 다 해도 모두 다 얻을 수 있는 정답은 없고 소수만 얻을 수 있는 결과일 수가 있다. 하지만 이 방법은 그저 나에게 좋은 행운의 방향에서 10여 년을 살면 된다. 그 10여 년의 시간 속에서 힘들게 노력을 하지 않아도 내 마음 안에 사랑과 좋은 마음들이 생겨나 삶을 좀 더 온전하게 만들어 갈 수 있는 것이다. 그러나 이 정도 노력조차 할 마음이 생기지 않는다면 그 사람은 아직 밝은 빛으로 나올 때가 안 된 것이다. 아직 그 두려움의 시간 속에서 경험해야 할 것들이 남은 까닭이다.

기적 만들기

# 5. 이사를 한다

결혼 후 시집에서 갖고 있던 19평 주택에서 우리의 신혼 생활이 시작되었다. 시집과 5분 거리에 있는 그 집에서 살라고 해서 그 또한 거절을 못하고 그곳에서 2년을 살았다. 사실 북서쪽 방향에 가서 살고 싶었다. 결혼 전에 용하다는 처녀 보살에게 언니 따라서 여동생이랑 셋이 점을 보러 갔었는데, 그 처녀보살이 나는 남편과 결혼 후 북서쪽 방향에서 살아야 좋다고 했다. 그때는 양택풍수를 모를 때였는데 나중에 양택풍수 책을 보니 우리에게 서쪽 방향이 좋았고 특히 북서쪽 방향은 남편에게 가장 좋은 행운의 방향이었다. 그리고 처녀 보살에게 점을 보러 갔을 때, 그 처녀보살은 점을 보러 오는 모든 사람들의 운세를 A4 용지에 옆에 조수를 통해 적게 하고 그 용지를 우리에게 주었다. 그런데 그 처녀 보살이 내 차례가 되었을 때 언니와 여동생의 것을 불러 줄 때는 쓰지 않았던 단어를 한 귀퉁이에 조수에게 쓰게 했다. 그것은 바로 '자기주장'이었다. 그래서 나는 내 주장을 피면 안 된다는 말인가 싶어 처녀 보살에게 물었다. "제가 자기주장이 세단 말인가요?" 그러자 처녀 보살이 "아니, 네가 살면서 너의 주장대로 하고 살아야 잘 살아. 니 뜻대로 해야 해."라고 말해 주었다. 그런데 난 시집에, 북서쪽에 가서 살겠다는 말을 할 수가 없었다. 그렇게 끌려가듯 내 두 번째 결혼 생활이 시작되었다. 결혼 후 남편에게 갖고 있는 돈이 얼마냐고 물었더니 통장을 내게 주었다. 10만 원도 들어 있지 않았다. 수중에 갖고 있는 돈이 몇만 원도 없는 사람이었다. 또한 남편은 기계 제작을 하는 회사에 다녔는데 사장이 월급을 제대로 주지 않아 한 달 평균 50만 원도 안 가져왔다. 편의점 알바비에도 미치지 못했다. 그리고 결혼 후 알게 된 사실이 하나 더 있었는데 우리가 데이트할 때 타고 왔던 그 차가 남편의 차가 아니었다. 형이 동생의 결혼을 돕기 위해 빌려준 형의 차였고 남편은 중고차도 갖고 있지 않았다. 그렇게 무엇 하나 볼 것 없는 결혼 생활이 시작되었는데 결혼 후 얼마 안 돼서 남편이 다니던 회사를 사장이 내놓았다고 자기가 인수하겠다고 했다. 기계 값은 어디서 빌렸거나 나중에 주기로 한 것 같았고 회사는 건물 주인이 따로 있어서 임대로 월세를 주는 것이었다. 그렇게 빈손으로 시작하니 차라리 직원으로 있을 때가 나았다. 그때는 책임질 일이 없었는데, 사장이 되고 나니 이곳저곳에서 돈 달라는 사람들에게 쫓겨 다니다 보니 집에는 돈을 갖고 오기가 어려웠다. 전의 사장이 왜 월급을 제대로 안 주고 그런 회사를 내놓았는지 이해가 갔다. 돈과 함께 신혼의 사랑 또한 본 적도 없는데 시집에서 오라면 오고 가라면 가는 재미없는 삶이 펼쳐졌다. 시집에 가면 내가 할 일은 뻔했다. 내가 인정받고 사랑받기 위해 평생 해 왔던 것…. 결혼 생활은 내 초년의 삶을 닮아 있었다. 양택풍수 책을 보니 그 신혼집이 어렸을 때 살던 곳과 같은 슬픈 방향이었다. 그리고 남편에게는 나보다 더 안 좋은 불안한 방향이었다. 그런데 이사를 가려고 해도 남편이 내 뜻을 막아서고 있어서 그렇게 2년을 참고 살았는데 남편이 또 1년만 더 살고 이사 가자고 한다. 처녀 보살이 살면서 모든 것을 내 뜻대로 해야 잘 산다고 했는데 난 그것을 따를 수가 없었다. 다른 사람들보다 남편이 우리가 잘살게 될까 봐 더 막는 듯싶었다. 이제 더 이상은 안 되겠다 싶어 부동산에 집을 내놓았다.

기적 만들기

그런 나를 시집에서도 더 이상 잡을 수가 없었던지 우리를 놓아주었다. 그렇게 내 딴에는 감옥 같은 그곳에서 2년을 살고 우리에게 좋은 북서쪽 방향으로 이사를 했다. 이사할 때 부족한 돈을 구하려고 애를 먹었지만 다행히도 내 명의로 마이너스 통장을 받아 25평 아파트 전세를 얻었다. 이 집은 남편에게는 가장 좋은 행운의 방향이었지만 나에게는 세 번째로 좋은 방향이었다. 그곳으로 이사 오면서 시집의 힘겨움이 조금은 작아졌고 나름 평화로운 시간들이었다. 그리고 남편의 수입이 조금씩 늘기 시작했다.

그 아파트에서 2년을 살고 35평의 주상복합 아파트 전세로 이사를 했다. 그 집도 남편에게 좋은 북서쪽 방향이었다. 그때까지 내 평생 살아온 집 중에 가장 멋진 집이었다. 그때쯤 서울에서는 주상복합 아파트가 인기였는데 대전에도 주상복합 건물이 들어왔지만 대전 사람들은 안정적이지 않다는 이유로 아파트만큼 좋아하지 않았기에 가격이 저렴하게 나왔고, 내가 돈이 없다고 하니까 깎아 주어서 전에 살던 전세금으로 멋진 새 집에서 살게 되었다. 나중에 그 집주인의 나이를 보니 나하고 동갑이었는데 그 사람은 서울에 살고 있었다. 서울에서 대전이 남쪽 방향이니(나하고 같이 동쪽 방향이 안 좋은 사람이다. 남쪽도 동쪽 방향에 들어간다.) 그 집주인에게는 그 집이 안 좋은 방향이었다. 그러니 그 사람은 그 집으로 이득 볼 게 하나도 없었고 손해를 안 보면 다행이었다. 반면 그 집의 방향이 나와 남편에게 좋은 방향이었으니 모든 것이 우리에게 유리하게 돌아가는 듯싶었다. 이사할 때 전세금이 부족했는데 그 암담한 순간에 집주인이 그 모든 것을 떠안아 준 일도 있었다. 그리고 그 집에서 4년을 살았는데 우리가 나오면서 그 집을 주인이 매매로 내놓았는데 분양가에서 조금도 오르지 않은 가격으로 팔렸다. 그때 그 집 가격이 오르다가 그때쯤 하락하던 중이었고 조금 기다리면 다시 오를 수 있는 상황이었는데 집주인은 4년 동안 대출 이자 내며 마음 고생한 그 집을 더 이상 가지고 있고 싶지 않았는지 내놓았다. 그런데 그 집을 내놓자마자 다른 사람에게 팔렸고 얼마 후 서서히 집값이 오르기 시작했다. 그리고 사실 그 집주인에게 조금만 더 기다려 보라고 했지만 조금만 더 기다려도 그 집주인은 그 집으로 이득을 볼 수 없었을 것이다. 아니 어쩌면 더 시간이 지날수록 손해를 볼 수밖에 없을 것이다. 같은 아파트에 살아도 그곳이 좋은 방향인 사람은 그 집이 최고가일 때 팔게 되고 그 집의 방향이 안 좋은 사람은 그 집이 최저가일 때 팔게 되어 있다. 또한 3년의 시간이 지나면서 안 좋은 기운들이 쌓이게 되면 이득은커녕 손해는 갈수록 더욱 커질 뿐이다. 역시나 그 집주인은 그 집이 최저가일 때 팔았다. 이 사실은 내가 방향에 대한 경험을 더 하고 나서야 알게 된 사실이다. 그리고 그 집주인은 그 집으로 본전치기를 한 게 아니었다. 맘고생과 함께 그 집을 얻을 때 받은 대출금 이자로 손해를 보았다. 그 집주인은 서울에서 주상복합 아파트가 가격이 치솟는 걸 보고 대출을 받아서 가격이 싼 대전에서 주상복합을 분양받아 가격이 오르면 팔아 이득을 남길 생각이었는데, 그 아파트가 자기에게 안 좋은 방향에 있었다는 걸 그 사람은 전혀 알지 못했다. 그리고 다시 생각해 보니 그 사람은 자신에게 안 좋은 방향에서 살고 있었을 것 같다. 자기가 살고 있는 방향이 중요한데 안 좋은 방향에서 살고 있는 경우 어떤 것으로도 이득 보기가 쉽지가 않다.

우리는 그 집에서 4년을 살았는데 남편의 일이 잘되기 시작하면서 수입이 늘기 시작하더니 50만 원, 80만 원을 갖고 오던 사람이 남편의 행운의 방향에서 산 지 '5년쯤' 되었을 때부터 3,400만 원을 갖고 오기 시작했다. 그래 봤자 남들 버는 정도였지만 우리에게는 사는 동안 들어온 돈 중에서 가장 큰 액수였다. 그렇게 집안 형편이 조금씩 나아지기 시작하자 그때까지 못 해 본 것도 좀 해 볼까 하는 마음이 조금씩 생겨나고 있었다. 그동안은 5,000원짜리 티셔츠도 몇 번을 생각하고 사야 했는데 새 차도 갖고 싶었고 제주도 여행도 가고 싶은 생각도 들었다. 그렇게 평생 가져 보지 못한 생활의 안정과 여유를 갖게 되었는데 그 생각한 것들을 하나도 해 보지도 못 했는데 부작용이 생기기 시작했다. 술 때문에 싸우고 힘들었지만 순하고 착한 사람이었는데 돈을 벌면서부터 의기가 양양하더니 술 먹고 욕을 하고 문을 차기 시작했다. 좋은 집에서 살면서 모든 일이 자기 뜻대로 잘되는 듯하니, 남편이 그동안 되는 일 하나도 없어 펼쳐 보지 못한 기를 그제서야 잘못된 모습으로 펼치고 있는 듯싶었다. 폭력의 경험자로서 폭력의 전조증상을 보았다. 옛 기억이 스쳐 두려움도 생기고 암담했다.

　나 또한 그 집으로 이사 오고 나서 가슴에 품고 있던 분노를 휘두르기 시작했다. 옥탑방에서 슬픔과 두려움을 분출했다면 내게 안정을 준 그 주상복합 아파트에서 마지막 타자인 분노를 불러냈다. 내 안에서 전쟁이 일어난 것이다. 동물 나오는 프로를 자주 보는데 어떤 길 강아지가 누구 하나 의지할 데 없이 이집 저집 돌아다니며 사랑과 먹이를 구걸하고 다닐 때는 누가 구박하거나, 어느 집 강아지가 죽일 듯 달려들어도 기 한 번 못 피고 당하고 있었다. 그런데 어느 날 누군가에게 입양이 되어 안정된 삶을 살게 되면서부터 그동안 가슴에 품고 있던 분노를 표출하는 것이었다. 내가 그랬다. 좋은 집과 안정된 생활이 40여 년간 내 안에 숨겨 둔 분노를 꺼내 들게 했다. 마치 '이제 내가 머물 안전하고 튼튼한 성이 완성되었으니 그동안 나를 인정해 주지 않고 상처 준 적들에게 더 이상 참고 살지만은 않겠다.' 하고 선전 포고를 하는 것 같았다. 나는 가족들과 친구들에게, 미움과 실망감으로 상처를 주고받았다. 아니 나 혼자 상처받고 원맨쇼를 했다. 그리고는 어설픈 용서로 내 마음을 다독이고 진정을 시켜 가며 내 안에 미움을 내려놓았다 싶다가도 기억이 건드려지면 인정받지 못한 상처가, 사랑받지 못한 상처가 다시 덧나기 시작했다. 마치 멈추지 않는 돌림판처럼 분노하고 용서하고 분노하고 또 용서하고…. 끝없이 인정받기 위해 몸부림을 치는 날 깨닫고 모든 걸 정리하기로 했다. 그렇게 형제들과 친구들과의 인연을 접었다. 내 나이 42살에…. 그런데다 남편까지, 다른 부족한 모든 것들을 평생 착한 사람일 거라는 믿음 뒤에 묻어 놓았는데, 남편은 내가 끝없이 기다리던 사랑과 인정은 보여 주지 않고 결국 다른 모습을 보여 주고 있었다. 나 자신만으로도 지쳐 가고 있었고 난 결심을 해야 했다. 이제 진짜로 부모님도 남편도 아닌 내 힘으로 나를 지켜야 했다. "내 행운의 방향으로 이사 가자." 그렇게 나는 내 새로운 삶을 그리기 위해 또다시 이삿짐 보따리를 쌌다.

# 6. 가슴을 울리는 책을 만나다

　신혼집에서 벗어나 우리에게 좋은 북서쪽 방향으로 이사한 후 1년여의 시간이 흘렀다. 나름 평화로움에 조금씩 젖어 가고 있었고 큰 욕심 없이 사는 한 시끄러울 것 없는 시간이었다. 어느 맑은 날 아파트 상가에 가려고 나섰는데 아파트 주차장 옆에 이동도서관 차가 눈에 들어왔다. 그리 크지 않은 봉고차에 올라타니 그 차 안 공간에 세 줄로 책꽂이가 놓여 있었다. 비좁은 공간을 스치며 책들을 훑어보던 중 눈에 들어온 책이 있었다. 제목은 생각이 안 난다. 난 책을 읽어도 책 제목을 유심히 기억하지 않는다. 정말 좋아하는 책 외에는…. 그리고 사실 그 책의 제목이 조금 길었다. 하여튼 그 책을 읽고 몇 년의 시간이 흘러 《시크릿》이라는 책이 나왔는데 그 책 내용과 비슷한 책이었다. 모든 것은 내가 생각하는 대로 이루어지고 간절히 원하면 우주가 도와 모든 것이 이루어진다는, 정말 동화 같은 얘기를 하고 있는 멋지고 굉장한 책이었다. 가슴이 쿵 하고 온몸에 큰 전율이 흘렀다. 내 인생 37년 만에 세상의 비밀을 열어 본 것이었다. 이 비밀은 소수만 알고 있던 내용이었는데 우주의 문이 열려 이제 세상에 풀어 헤쳐졌다고 했다. 내 가슴엔 꿈과 환희가 차오르고 있었고 갑자기 세상이 달라 보이기 시작했다. 그렇게 보물 상자를 품고 난 꿈을 꾸기 시작했다.

그리고 그 비밀들을 몇몇의 지인들에게 전하기 시작했지만 그 또한 빛이 없는 내 말은 허공으로 쓸쓸함과 함께 날아갈 뿐이었다. 나는 그저 내가 가장 잘하는 것을 습관적으로 한 것뿐이었다. 그렇게 내가 알고 있는 좋은 것들을 사람들에게 전해 주고 싶은 마음이 끝없이 내 안에서 울려 퍼졌다. 예전에 읽었던 책에서 사람들마다 이 삶에서 주어진 테마가 있다고 했는데 나의 테마는 분노라고 했고 또한 그 책에서는 나는 먼저 경험하고 그것들을 전하는 역할을 하는 사람이라고 했다. 그리고 그 책에서는 내가 무심코 하는 말들을 내 자신이 귀담아듣고 믿어야 한다고 했다. 그러나 그때까지도 몇십 년을 나를 미운 오리 새끼로 보아 온 나는 그들보다 더욱 내 말을 믿지 못했던 것 같다. 그러니 다른 사람들도 내 말을 받아들일 수 없었을 것이다. 그저 그때 내가 할 수 있는 것은 열심히 시간 속에서 그 보물들을 찾아내어 먼저 경험해 보고 그들에게 보여 주는 것뿐이었다. 그러니 난 달라져야 했다. 예전에 초라한 내 모습이 아닌 누가 보아도 멋진 삶을 만들어 가는 나로 다시 태어나야 했다. 그렇게 내 인생이 달라지길 바라면서 5~6년 동안 그런 종류의 책들을 열심히 읽고 그 책들이 지시하는 대로 어설프게 몇 가지 방법들을 사용해 보고 또한 원하는 것들을 그려 우주에 청사진을 올려 보냈다. 그리고 A4 용지에 평소에 원하던 것들과 이루고 싶은 소망 등 수십 가지의 목록을 작성해서 고이 간직하고 있다가 가끔씩 얼마나 이루어졌나 들여다보아도 원하는 만큼 이루어지지 않았다. 물론 삶이 쪼끔씩 나아지고는 있었지만 큰 뜻을 품은 우리의 마음에 충족될 정도의 변화는 없었다.

그런데 그런 종류의 책들을 계속 읽다 보니 기적을 이루는 힘은 사랑에서 나온다는 것을 알게 되었다. 그런데 내 가슴을 울린 그 책을 처음 읽었을 때 '모든 것은 간절히 원하면 내가 생각한 대로 이루어진다.'라는 말들

기적 만들기

을 나는 제대로 인식하지 못했다. 온통 두려움의 생각으로 세상을 바라보던 내가, 그 끝 모르는 두려움의 시간 속에서 가끔 가다 한 번씩 소원을 말하고 간절히 기도를 하면 원하는 모든 것들이 이루어질 거라는 환상만 보고 있었다. 내 마음에 사랑이 담겨 있는지 두려움이 담겨 있는지 한 번도 들여다보지도 않고, 수많은 소원을 말하고 거대한 꿈만을 꾸고 있었다. 그렇게 마음에 상실감을 가득 채우고 기다리니 주문이 접수될 리가 없었다. '기적을 이루려는 자, 사랑이어라.'라고 처음부터 그 책에 기록되어 있었다면 긴 시간 헤매지 않았을까! 아니, 그렇다 해도 기적의 공식을 스스로 깨달아 가는 시간은 필요했을 것이고, 온전히 깨닫기 전에는 그 글을 읽었다 해도 정확히 받아들이지 못했을 것이다. 이렇게 우주에 기적을 만드는 공식이 있을 거라는 것을 긴 시간 알지 못했다.

그리고 아무런 힘도 없고, 판단할 수 없는 지푸라기 같은 삶이었던 10대를 거쳐, 기나긴 상실의 시간을 보내고 희망조차 놓아 버린 20대를 지나, 상실의 시간과 또 다른 희망의 갈림길에 선 30대를 보내고 있는 그때에도 난 두려움의 공황상태에서 빠져나오지 못하고 있었다. 그 상실의 시간에서 빠져나오려면 기적의 공식을 습득해야 했다. 기적의 공식에 입문하려면 첫 번째로 해야 할 것이 있었다. 바로 내 안에서 끝없이 춤을 추는 미움들을 내보내야 했다. 그렇게 모든 인연을 정리하고 이사한 내 행운의 방향에서 40여 년간 키워 온 미움들을 놓아 버리기 위해 주황색 연필 1다스를 샀고 그 연필 하나가 몽당연필이 될 때까지 보이는 모든 종이에 사랑과 용서와 감사를 기록하기 시작했다. 신문지 여백에 사랑을 쓰고 우편물 여백에 감사를 기록하고 모든 종이 빈칸에도, 달력에도, 나중에는 박스를 잘라서 용서를 쓰고 또 썼다. 박스조차 찾을 수 없는 날에는 롤 화장지에 사랑과 용서를 기록하고는 했다. 어차피 그 화장지는 앵무새 초롱이와 보라의(주상복합아파트서 살 때 남편이 알 깨고 나온 지 10여 일이 된 모란 앵무 형제를 묻지도 않고 데려왔다.) 응가를 닦는 데 사용할 수 있었기에 마음껏 쓸 수 있었다. 이렇듯 우리 집에 내 눈에 띄는 그 어떤 종이도 사랑과 감사와 용서의 옷을 입지 않고서는 이 집을 나갈 수가 없었다. 쓰고 또 쓰다 보니 연필 12자루 1다스가 모두 종이 위에 녹아 사라지고 없었다. 그런데 연필을 사용하다 보니 여러 가지 불편함으로 인해 모나미 볼펜 1다스를 샀다. 그 모나미 볼펜 한 다스가 서너 자루 남았을 때까지 사랑을 기록했다. 그렇게 1년을 내 안에 있는 미움을 지우는 데 온 시간을 보냈다. 소파 한 편에 간이 협탁을 두었었는데 내가 소파에 앉는 순간부터, 내 손엔 주황색 연필이 들려 있었고 종이에 사랑과 용서와 감사가 그려지면서 내게 상처 준 인간들이 아침에 일어나 밤에 잠들어 꿈속에서까지 내 안에서 순서대로 지나갔는데 서서히 그들이 날 놓아주기 시작했다. 그들은 더 이상 내가 미워해야 할 존재가 아니었다. 그들을 떠올릴 때 더 이상 내 가슴을 미움으로 휘젓고 다니며 상처를 주지 않아도 되었다. 사랑의 마음으로 그들을 기억할 수 있는 시간이 다가오고 있었다.

그러나 완전히 사라진 것도 아니었고 방심해서도 안 된다. 나의 상태가 안 좋을 때면 그 상황에 맞게 한 명씩 번갈아 가며 나타나고는 했고 새롭게 경험되는 상황 속에서 내가 미워할 신참 환영들이 수시로 나타나곤 했다. 내 안의 두려움은 그런 보고 싶지 않은 환영들을 끝없이 만들어 내 나를 시험에 들게 할 것이다. 그래도 10여 년의 시간이 넘어가고 있는 지금 그 환영들이 거의 사라져 가고 있었다. 난 이제 초중급 경력자다. 옛날에는 아주 긴 시간 환영들과 씨름을 했지만 이제는 그 환영들을 어쩔 땐 바로 그 순간에 알아차리고 내 안에서 내보내고 있고 잘 안 될 때는 며칠이 걸리기도 하지만 나름 잘 해내고 있다.

기적 만들기

그리고 사랑과 용서와 감사를 기록한 그 시간들이 미래의 나를 위해 어떤 도움을 줄지 그때는 알지 못했다. 또한 그때는 그 시간들이 내 안의 사랑을 키운다는 정확한 확신도 없었지만, 이 글을 쓰는 이 순간 나는 그 시간들이 얼마나 감사한 시간임을 알게 되었다. 그때 10여 년 전에 사랑과 용서와 감사를 기록한 그 시간은 나에게 너무도 멋진 축복의 시간이었다. 사랑과 감사와 용서가 쓰여진 수많은 종이들은 그때 그 시간에 버려져 사라졌지만 그때 기록된 사랑과 용서와 감사는 그대로 내 안에 새겨지고 있었다. 그 사랑의 씨앗들이 자리를 잡고 싹이 나 10여 년이 지난 지금 조금씩 사랑의 빛을 내고 있는 듯싶다. 물론 지금도 시도 때도 없이 두려움으로 시선을 돌리기도 하지만 내가 사랑임을 기억하는 시간이 조금씩 더 늘어나고 있다. 내가 두려움에 빠져 정답의 답안지를 놓아 버리고 헤매고 있다가 하나님을 기억해 내고 '하나님 제가 어떻게 해야 하나요?'라고 물으면 어김없이 들려오는 정답이 하나 있다. '용서해. 두려움을 보는 너를 용서해. 사랑해. 너는 사랑이야.'라는 답이 기억되고 있다. 하지만 이 정답은 수시로 보이지 않는다. 내가 꼭 기억해 내어 찾아야지만 보인다. 용서와 사랑이 정답이라고 말하면서도 큰 욕심을 움켜쥐고 두려움의 늪에 빠져 있을 때는 단순한 그 정답을 기억해 내지 못하고 한참을 헤매다가 기억해 낼 때가 있다. 꼭 그 두려움의 과정을 지나고 나서야 정답을 기억해 낸다. 이렇게 답안지를 갖고 있으면서도 살면서 경험하는 모든 순간순간에 대입을 시키는 것 또한 시간이 필요했다. 내 주변에서 일어나는 모든 일들을 내 뜻대로 이루려는 마음을, 내게 주어지지 않은 뭔가를 꿈꾸고 바라는 욕심을 내려놓지 않는 한 이 정답의 답안지를 매 순간 찾아내어 기억해 내야 할 것이다. 하지만 이렇게 어리숙한 나를 누군가가 두려움의 길에서 이끌어 내 사랑의 길로 인도하는 것은 확실한 듯싶다. 그리고 지금 사랑을 노래하고 감사와 용서를 새긴 이 마음이 10년 후 나에게 어떤 축복의 시간을 가져다줄지 아직은 모르지만 분명 지금 이 순간보다 더하게 사랑으로 내 가슴을 울려 줄 것이라 믿는다. 나는 그 시간들을 위해 한 시도 쉴 수가 없다. 10년 후 그때, 지금의 이 시간들이 또한 감사의 시간으로 기억되길 바라며 평화와 기쁨과 사랑이 새겨져 내 가슴이 빛으로 울려 퍼질 때까지 난 나아갈 것이다.

기적 만들기

# 7. 온전한 내 삶을 찾아서

내 안에 인정받지 못한 아이의 환영은 날 붙들고 놓아 주지 않았다. 나 또한 끝없이 그 아이를 진정시키려 했고, 그 시간은 두려움의 시간이었을 뿐이라고, 나를 사랑으로 인도하기 위해 주어진 시간일 뿐이라고, 나도, 그들도 잘못한 게 없다고 끝없이 알려 주었다. 그 아이는 모든 걸 잘 받아들이는 듯싶다가도 내가 '두려움'일 때나, 옛 기억 속에 빠지거나, 아이가 만났던 존재들에게 또다시 상처받았을 때면, 어김없이 내 앞에 나타나곤 했다. 그 아이는 내가 상대할 수 있는 존재도, 날 진정으로 사랑하는 존재도 아니었다. 그저 나를 두려움으로 인도하려고 하는 아이의 가면을 쓴 에고의 환영일 뿐이었다. 돌아보니 내 지난 40여 년의 시간들이 모두 남들에게 인정받기 위해 안달난 모습이었지만 채워지기는커녕 더욱 더 상처만 커져 가고 있는 게 보였다. 멈춰야 했다. 그렇게 모든 인연을 그곳에 남겨 두기로 하고 이사를 결심했다. 그리고 내가 살고 있는 집의 방향이 집에 머무는 시간이 긴 나에게 더 큰 영향을 미칠 거라는 생각이 들었다. '이번에는 남편이 아닌 내게 좋은 곳으로 이사 가리라.' 내 자신이 가장 중요하다는 것을 깨닫기 시작했다. 그리고 남편에게, 이제 더 이상 내게 시집이란 없으니까 그렇게 알라고 통보를 하고 주상복합아파트를 나와 20평짜리 작은 4층 집 주택 3층으로 이사를 했다. 물론 나에게 가장 좋은 행운의 방향이었다.

그리고 어린 시절 밥보다 막걸리를 좋아하시던 아버지 때문에 술이라면 진절머리가 났다. 그래서 난 성인이 되어서도 술을 멀리하고 30살이 되어서야 마시기 시작했다. 그런데 남편과의 결혼 생활 내내 돈보다 술 때문에 싸우느라 행복할 수가 없었다. 아버지는 막걸리 한 병 이상은 안 드셨는데 남편은 우리 아버지처럼 마르고 체력도 약한데 자신의 주량도 모르고, 밥은 배불러서 못 먹겠다는 사람이 술은 만취할 때까지 마시는 술을 조절할 수 있는 사람이 아니었다. 그런 남편에게서 폭력성이 나타나기 시작했고 난 모든 인연을 접으면서 남편과의 인연도 결단을 내리라 생각했다. 남편에게 술을 끊지 않으면 난 혼자 살 거라고 알렸다. 언젠가 '내가 네 말을 들을 줄 알아.'라고 할 정도로 내 말이라면 귓등으로도 안 듣던 남편이 내 행운의 방향으로 이사 후 생각보다 쉽게 술을 끊었다. 그때까지 살아온 7년간의 결혼 생활 동안 술로 인한 수많은 분쟁의 시간 속에서도 바꿀 수 없었는데 행운의 방향으로 이사 온 얼마 후 내가 그렇게 크게 표현하지 않았는데도 그 문제들이 해제된 듯 아주 쉽게 해결이 되었다. 그 행운의 방향의 도움이 아니었을까 싶다. 하여튼 난 내 결혼 생활에서의 가장 큰 걸림돌을 빼낼 수 있었다. 그런데 긴 시간 미련을 버리지 못하고 잡고 있던 남편의 사랑도, 상실의 시간도 내려놓으려 마음먹었는데 쉽게 정리되지 않는 것이 있었다. 남편은 자신의 집에 날 어떻게 하면 데려가서 일을 시킬까 하는 미련을 쉽게 버리지 못했다. 남편은 내가 어떤 전쟁을 치르는지 어떤 상처로 아파하는지 전혀 알려고도, 알고 싶어 하지도 않는 사람이었다. 나는 남편에게 "내가 형제들도 친구들도 다 정리했는데 당신 때문에 그곳을 정리할 수 없다면 난 당신을 버릴 거야."라고 말했다. 아무리 말해도 못 들은 척 외면하는 남편에게 강한 말이 필요한 듯싶

기적 만들기

었다. 확고한 나의 심정을 조금은 느꼈나 보다. 남편은 그곳에 나를 데려가려는 마음을 어느 정도는 정리한 것 같았다. 하지만 온전히 미련을 정리하지 못하고 보따리에 싸서 가슴 저기 한 귀퉁이에 묻어 두고 있는 듯싶었다. 어느 날 내가 또다시 인정받고 싶은 마음에 눈이 돌아갈지도 모르니까. 하지만 그런 순간은 절대 오지 않을 것이다. 내게 주어진 그 상실의 시간은, 그 숙제는 이제 내가 다 끝냈다. 누군가에게 인정받으려는 어리석은 마음은 사람들과의 인연을 접으면서 내려놓기로 했다. 그리고 나는 눈치가 빠르고 자존심이 강하다. 자존심이 강한 내게 시집과의 7년의 시간은 진정 긴 시간이었다. 남편이 아닌 나만의 관계였으면 예전에 끝이 났을 것이었다. 남편 때문에 참았다. 나 없이 혼자 그곳에 가서 힘들어할 남편의 모습이 그려져서 긴 시간 참아 냈다. 그런데 남편은 내게 이방인 같은 존재였다. 내가 의지할 존재도, 날 지켜 줄 존재도 아니었다. 이렇게 인정받기 위해 몸부림쳤던 7년의 상실의 시간이 힘겹게 끝이 났다. 그런데 남자들이 군대 제대 후 다시 영장이 나와 군대 가는 꿈을 꾼다는데 나 또한 악몽을 꾸기 시작했다. 꿈속에서 내가 그곳에 가서 일을 하고 있는 것이었다. 꿈속에서 나는 '내가 왜 여기에 와 있지, 어떻게 말하고 여기를 나가지. 또다시 시작되는 건가.' 하며 마음의 갈피를 잡지 못하고 당황해하고 있었다. 그 악몽은 5년의 시간 동안 내 꿈속에서 상영되었는데 5년의 시간이 지나면서 서서히 사그라들기 시작했다. 나에게 좋은 행운의 방향에서 머문 5년의 시간 동안 내 안에 사랑이 조금씩 자라나고 있었고 상실의 시간이 날 흔들 수 없는 힘이 생기기 시작했다. 행운의 방향의 진가를 조금씩 알아가고 있었다. 그리고 5년이 지난 후에도 몇 년에 한 번씩 그곳에 가서 일하는 꿈을 꾸기도 했지만 예전에 불안했던 감정은 조금씩 씻겨 나간 듯했고 또다시 5년이 흘러 그곳에 있는 꿈을 꾸게 되었는데 내가 그곳에서 아무 일도 하지 않고 편안하게 의자에 앉아 있는 것이었다. 역으로 그들이 나에게 무언가를 해 주려 하는 꿈이었는데 내가 그들과의 시간 속에서 두려움에 갇혀 있던 그 기억들을 용서하고 있었나 보다. 그 꿈을 꿀 때 더 이상 불안한 마음도 없었고 평화가 느껴지는 꿈이었다. 이래서 무슨 일이든 10년의 시간이 필요하다고 한 듯하다. 10년의 시간 동안 조금씩 내 안에 사랑의 빛이 커지고 있으니 그들 또한 사랑의 모습을 그리고 있는 듯싶다. 이렇게 온전한 삶을 향한 내 여정은 사랑으로 인도되어지고 있었다.

기적 만들기

# 8. 몰빵 한다

드디어 행운의 방향으로 이사를 했다. 내 큰 꿈과 함께 내 등에는 아주 크고 멋진 희망의 날개가 달려 있었다. 나는 반월세로 20평의 작은 집을 얻고 남은 돈으로 얼마 전 주식을 시작했다. 난 원래 겁이 많고 안전을 추구하는 사람이라 적금만 드는 사람이었는데 부자로 잘살겠다는 욕망에 가려 금강산인지 돌산인지도 모른 채 주식 시장에 뛰어들었다. 엉성한 망치 한 자루를 들고…. 그러나 여기가 어딘가 바로 내 행운의 방향이다. 내가 망치를 어떻게 휘두르던 그 행운의 기운이 나를 금광 줄기로 인도할 것이고 나는 멀지 않은 시간에 온 부귀영화를 누릴 것이다. 이렇게 내 마음은 두려움과 함께 큰 꿈을 두른 환상에 빠져 주식에 온 마음을 주고 있었다. 그렇게 시작한 주식을 좀 오른다 싶으면 사고, 누군가가 살짝 장난쳐 주식이 내려가면 새가슴이 되어서 서둘러 팔아 버리고를 반복하면서 본전이 조금씩 깎여 나가고 있었다. 그러던 어느 날 열심히 올라가라고 매수 한두 개의 주식이 제 역할을 다하지 못하고 내 돈을 누군가에게 조금씩 나눠 주고 있었고 난 또다시 그 두 개의 주식을 팔아 버리고는 또다시 내 돈을 불려 줄 새로운 일꾼를 구하려고 주식 차트를 보다가 "이거다." 하고 소리를 질렀다. 나도 모르게 터져 나온 소리였다. 아마 그때 누군가가 옆에 있었다면 깜짝 놀랐을 것이다. (아! 그때 내 옆에 모란 앵무새 초롱이 하고 보라가 있었는데 그 애들이 조금 놀랐을 것 같다.) 그렇게 나에게 강한 영감을 준 주식은 처음이었다. 그런데 잠시 후 같은 마음으로 두 번째 선택한 주식에도 "이거다." 하고 또다시 소리를 질렀고 난 그 주식 또한 서둘러 매수를 했다. 그 두 개의 주식은 같은 모습을 그리고 있었는데 둘 다 아주 힘차 보였고 마치 100m 달리기를 스타트 한 우사인 볼트 같았다.

그날 밤 꿈을 꿨는데 코끼리 두 마리가 걸어가고 있었는데 두 마리 중 좀 더 큰 코끼리 등에 내가 올라타고 있었고 또 다른 한 마리는 내 옆에서 함께 걸어가는 꿈이었다. 그런 꿈을 꾼 것도 처음이었고 평소 내게는 행운이 올 거라는 기대를 기저 본 적이 없어서 크게 대수롭지 않게 생각하고 무심히 넘겼다. 다음 날 텔레비전을 보는데 북쪽에 살고 있는 김정은이 우리나라 어딘가에 (연평도인가) 폭격을 했다는 뉴스가 나오기 시작했고 나라가 두려움에 들썩이기 시작했다. 순간 주식이 염려되어 들여다보니 종합 주가부터 하락하고 있었고 대부분의 주식들과 함께 내가 매입한 두 개의 주식도 큰 폭으로 곤두박질치고 있었다. 100m 달리기를 스타트한 우사인 볼트가 바로 코앞에서 돌부리에 걸려 나자빠졌고 행운의 코끼리 꿈은 1초도 떠오르지 않았다. 내 쿵쾅거리는 가슴 소리에 새가슴인 나는 둘 다 손해를 보고 팔아 버렸다. 며칠 후 주식 시장이 안정세로 회복된 듯했고 나 또한 홀가분한 마음으로 주식 차트를 보았는데, 뜨거운 감자 던져 버리듯 팔아 버린 그 두 개의 주식이 조금씩 오르고 있었다. 하지만 매도한 것을 다시 사고 싶지 않아서 흘려보내고 다른 주식을 매수하게 되었는데, 내가 매도한 주식들이 그때부터 오르기 시작하더니 4개월 동안 올라 하나는 4배까지 오르고 또 하나는 3배가 넘게 올라 있었다. '이 김정일이 자식 김정은이!' 당장이라도 북쪽 방향으로 돌이라도 던져 볼까 하는 마음을 진정시키고 그제서야 코끼리 꿈이 생각이 났다. 그러니까 내가 꿈속에서 그 4배까지 오르는 주식 등에 타올라, 그 옆에 3배까지 오른 주식을 함께 데리고 가는 것이었는데…. 그게 행운의 꿈이었다면 그 주식이 내게 4배와 3배의 이득을 남겨 주고 끝을 맺어야 하는 게 아닌가 하는 생각이 들었다. 꿈만 거창하고 마무리는 개털이었는데 이걸 과연 행운의 꿈이라고 해야 되나 아니면 그저 내 속을 뒤집는 하나의 일화로 해야 하나 헷갈릴 정도였다. 그렇게 쇼를 해 가며 험난한 주식 판에서 사고팔고를 하다 보니 4년 만에 내 평생 모아온 소중한 종자돈이 반토막이 났다. 그 작은 집에서 벗어날 수 없다는 현실에 몸서리가 쳐졌다. 그 집이 마치 나에게 '내가 너 쉽게 놓아줄 줄 알아. 들어올 땐 맘대로였지만 나갈 땐 네 마음대로 나갈 수 없을 것이다. 이곳이 네가 원하는 세상의 모든 것을 다 가져다줄 줄 알았지.'라며 날 비웃는 것 같았다. 물론 그 집의 방향이 나에게 좋은 행운의 방향이었지만 작고 어둡고 습한 그 집은 내 두려움을 일깨워 주었다. 행운의 방향으로 이사하면 주식으로 떼돈을 벌어 큰 집으로 이사할 수 있을 거라고 믿고 있었다. 모든 것이 내 뜻대로 될 거라는 착각에 빠져 제대로 집을 보지도 못했다. 이 또한 내가 치르고 배워야 할 교훈의 시간이었던 것 같다. 또한 양택풍수 책에서도 좋은 방향에서 3년을 머물러야 좋은 기운이 싹이 나고 5년이 넘어야 좋은 기운이 쌓이고 10년이 되어야 좋은 기운이 온전하게 채워진다고 했는데 물욕에 가려 그때는 그것들을 기억해 내지 못했다. 그러고 보니 정작 내가 기억해 내야 할 것들은 모두 어디에 숨어져 있었던지 내가 보아야 할 때, 내가 들어야 할 때 아무도 내 앞에 나타나 주지 않았다. 암담했다. 더 이상 내가 할 수 있는 게 없는 듯싶었다. 이제 내려놓아야겠다는 생각으로 가지고 있던 두 개의 주식을 노트북에 넣어 놓고 그 뒤로 쳐다보지도 않았다. 그 두 개의 주식을 마지막으로 정리하기 전까지 1년 6개월의 시간 동안…. 내 허망한 욕심과 함께 묻어 두었다.

　그렇게 나에게 좋은 행운의 방향에서 5년의 시간을 살았다. 일을 저지르지 않으면 평생 그 집에서 벗어날 수 없을 것 같다는 생각이 들었다. 그때 또한 대출이자가 최저로 내려가고 있었고 그로 인해 대출 붐이 일어났다. 나도 그 대열에 합류하여 대출을 잔뜩 받아 내게 두 번째로 좋은 방향에 자리한 30평대 아파트로 이사를 했다. 크고 깨끗하고 예쁜 집에서 사니 너무도 행복했다. 새집으로 이사하고 6개월쯤 지났을 때 노트북에 가둬 둔 주식이 생각이 났다. 이제 수식이 떨어졌나 해도 모두 팔아 버리고 다시는 주식 하지 말아야지 하고 떨리는 마음으로 노트북을 열고 내가 매수한 주식을 찾아보았다. 그 두 개의 주식을 매수한 후 1년 6개월의 시간이 흘러 있었다. 그런데 주식이 뜻밖에도 매수 시 금액보다 배 이상이 올라 있었다. 그러니까 5년 6개월 전에 처음 시작했을 때의 본전보다 조금의 이익을 본 것이었다. 긴 시간 고통받은 거 생각하면 말도 안 되는 이익이었지만 반땅이 완땅으로 돌아왔다는 것만으로도 떨듯이 감사했다. 기쁜 마음으로 모두 매도를 하고 그 돈으로 대출금 일부를 갚았다. 그 이후에 잠깐씩 마음이 흔들렸지만 내 마음 상태가 중요하다는 것을 알았기에 그 뒤로 주식을 다신 하지 않았다. 가끔 종합 주가가 오르는 걸 보면서 마치 나만 손해 보는 거 아닌가 하는 말도 안 되는 생각이 나를 주식으로 인도하려 하지만 난 과감히 끊어 버렸다. 그리고 보니 좋은 행운의 방향에서 산 지 5년이 넘어서야 세상이 어리석은 날 정신 차리게 해 주고 본전에 조금의 이자를 얹어 돌려준 것 같다. 돈에 눈이 멀어 행운의 방향으로 이사하자마자 부자가 될 거라는 부푼 꿈에 빠져서 제대로 된 판단은 어디

한쪽 보따리에 싸 놓고, 자기가 원하는 것만 본다. 부자가 되어 보겠다는 허망한 꿈도 살며시 내려놓았다. 이제야 또 하나의 몸부림이 막을 내린 듯싶었다.

# 9. 내 머문 자리의 중요함을 알게 된다

## 1) 행운의 방향에 뿌리가 내리기 전에 찾아온 시련

내 나이 42살에 행운의 방향으로 이사 후 인정받으려는 마음도 사랑받지 못해 안달난 마음을 접고 나니 너무도 편안했다. 물론 온전히 다 접을수는 없었지만 그동안 짊어지고 있던 무거운 짐들을 내려놓은 듯 조금은 홀가분했다. 14년 전 옥탑방에서 느꼈던 그 자유와 행복이 또다시 내 안에 자리하고 있었다. 나는 남편이 없을 때 혼자 웃고는 했다. 그 시간은 온전히 나 혼자만 누릴 수 있는 기쁨의 시간이었다. 그곳에서 사는 내내 평화와 행복이 날 일깨워 주고 있었다. 다만 두 가지가 내 두려움을 통해 날 힘들게 했다. 그것은 바로 길을 잃고 우리 집을 못 찾는 돈 문제와 큰 집에서 살다가 작은 집에서 살려니 그것들이 너무 힘들었다. 사는 내내 크고 깨끗한 집이 너무도 그리웠다. 온 주변 건물에 갇혀 습하고 어두워서 곰팡이가 피어나 내 머릿속을 어지럽혔다. 이곳은 나에게는 가장 좋은 행운의 방향이지만 남편에게는 세 번째로 좋은 방향이었는데 이곳으로 이사 오고 나서도 몇 달은 전에 받았던 집의 기운으로 우리에게는 제법 큰 돈이 들어왔다. 이사 후 어느 날 남편이 잠깐만 쓰고 이자를 붙여 준다길래 통장에 있는 돈을 다 털어 2,000만 원을 빌려줬는데 며칠 만에 천만 원이 붙어 3천만 원이 되어 돌아왔다. 내 행운의 방향으로 이사 오자마자 이렇게 돈들이 날 찾아오는 것이 당연하듯 싶었고 내 꿈은 한없이 커지고 있었는데, 얼마 후 남편이 회사에 큰일이 들어와서 자재 대금이 필요하니 또다시 그 3천만 원을 빌려 달라길래 꿈의 계산기를 두드렸다. '2천만 원이 3천만 원이 되어 왔으니 3천만 원을 보내 주면 5천만 원이 되어 들어오겠지.' 신나서 늦게 보내면 다른 데서 빌릴까 봐 망설임 없이 다 털어 보냈다. 그 뒤로 우리 집에서 돈이란 애를 찾아보기가 힘들었다. 남편이 모든 일들이 자기 뜻대로 잘되는 듯싶자 거래처에서 계약금을 받지도 않고 내게 돈을 빌려 기계를 제작해서 보내 줬는데 거래처 회사에서 제때에 결제를 해 주지 않았다. 그러다 보니 회사에서 직원 월급과 자재 대금 등 결제할 모든 것들이 미뤄지니 집에 돈을 가져올 수가 없었다. 그런 시간이 1년이 지나도록 지속되었다. 결국 내 소중한 3천만 원으로 만들어진 그 거래처 회사는 벌여 놓은 일들을 제대로 마무리 짓지 못하고 문을 닫았고 우리 또한 돈을 받지 못하고 그 회사에 설치해 놓은 기계를 가져올 수밖에 없었다. 하지만 그 기계는 아주 오랫동안 공장 한 구석에서 제대로 자기 능력을 펼쳐 보지도 못하고 녹슬어 가고 있다. 그리고 또 다른 회사에도 기계를 제작해서 보내 주었는데 그 회사에서도 돈을 받지 못하고 몇 달의 시간이 흘러갈 때쯤 그 회사에서 한 통의 전화가 왔다. 자기네 회사가 부도가 나서 모든 기계들이 다른 곳에 넘어갈 것 같으니 먼저 기계를 챙겨 가라는 전화였다. 그렇게 우리는 또 돈 대신 그 회사에 설치해 놓은 기계를 가져올 수밖에 없었다. 그 전화를 받았을 때는 그곳과 얽힌 다른 사람들보다는 우리의 좋은 기운으로 그 기계들이 우리에게 먼저 돌아와 감사한 마음이기도 했지만 그 일은 늪에 빠진 우리에게 아무도 잡아 주지 않는 동아줄이 던져진 것뿐이었다. 그 기계를 제작할 때 자재를 대 준 거래처 업체는 절대로 돈 대신 기계로 돌려받으려 하지 않을 테니…. 그리고 그때 그 두 회사말고도 또 다른 회사에도 기계를 제작해서 보내 주었는데 그곳에서도 돈을 제때 받지 못했다. 그 회사는 이름만 대면 아는 큰 회사였는데 그때쯤 그 회사도 힘겨운 상황에 처해 있었고 뉴스에 나올 정도로 휘청이고 있었다. 우리가 온 시련에 지쳐 있을 때쯤 1년여의 시간이 흐른 후에 힘겹게 받아 낼 수 있었다. 그나마 감사하게도 기계로 돌아오지 않고 돈으로 받을 수 있어서 다행이었다. 1년이 넘는 시간 동안 우리에게 머물다 간 그 태풍은 잔해를 남기고 떠나갔고 그 태풍의 흔적은 쉽게 지워지지 않았다. 남편에게 좋은 행운의 방향에서 6년을 살았는데 5년이 지나면서부터 남편의 사업이 살아나기 시작했었다. 한 1년 동안 돈이 좀 들어오기 시작했는데 내 행운의 방향으로 이사 오고 나서 얼마 후부터 이렇게 남편의 일이 꼬이기 시작하더니 돈이 길을 잃고 다른 곳으로 가 버렸다. 남편의 행운의 방향에서 받은 좋은 기운이 다 됐나 보다. 그리고 그 힘겨운 시간들을 지나고 나서 뒤돌아보니 좋은 기운이 다 되어 힘겨운 경험의 시간으로 들어가면서 같은 경험을 할 인연들을 만나 그 존재들과 함께 그 험난한 시간들을 함께 한다는 것을 알게 되었다.

또한 그 힘겨운 시련 속에서 우리에게 더한 도움을 준 일이 하나 더 있었는데 그것은 바로 매달 우리에게 부과되는 의료보험료였다. 작은 20평짜리 주택에서 월세로 살고 있고, 그때 우리에게 한 달 평균 100만 원의 돈도 제때 들어온 적이 없었는데 그 의료보험료는 40만원에 가까운 금액이었는데 매달 내지 못한 금액과 합쳐져서 부풀어 오르고 있었다. 두려움을 이기지 못한 어느 날 의료보험 사무실에 전화를 했는데 어떤 남자 직원이 받아 주었다. 작은 20평짜리 월세 집에서 살고 있는데 의료보험료가 30만 원이 넘게 나오고 있어서 전화했다고 하니 그 직원이 우리 집 상황

기적 만들기

을 살펴보더니 남편 회사에서 세금계산서가 많이 끊기고 차가 4대가 있어서 세금이 많이 부과되었다는 것이었다. 그래서 내가 "세 군데 회사에서 세금 계산서는 끊었지만 그곳에서는 결제는 안 해 주고 세금계산서를 신고해서 세금 혜택을 받고 있는데, 우리는 그 회사들이 신고한 세금계산서로 인해 세금이 부과되고, 이렇게 의료보험료까지 매달 넘치게 나오고 있는데 이것을 어떻게 해야 하나요?" 하며 그 사람에게 한풀이를 했지만 그 직원 또한 어떤 해결책을 찾아 줄 수 없는 상황이란 것을 알고 있었다. 그리고 우리 집에 차가 4대가 있다고 했는데 그중 한 대는 남편이 직원들 출퇴근도 시켜 주고 타지로 출장도 다니는 봉고차였고, 또 한 대는 지인의 차를 우리의 명의로 해 놓은 트럭이 한 대 있었고, 또 한 대는 남편의 차였고 네 번째 차는 그때 십 년이 넘은 내 소형차였다. 그런데 그때 남편 차가 외제차이긴 했다. 오랫동안 봉고차를 타고 다녔는데, 그 외제차를 구입할 때는 남편에게 좋은 행운의 방향에서 살 때였고, 남편의 일이 잘될 때였다. 그리고 남편에게 가장 일을 많이 주는 거래처 회사에서 그 자동차 판매점을 같이 하고 있었는데 차를 구입해 주면 직원 가격으로 저렴하게 해 주고 매달 결제되는 대금에서 할부금을 내면 된다고 해서 구입한 차였다. 그렇게 우리 명의로 된 차가 4대가 있었다. 하여튼 내 막막한 마음을 힘없는 사람에게 풀어내고 있었지만 그때도 나는 그 모든 것들이 우리가 경험해야 할 두려움의 시간이었고 우리가 배워야 할 시간임을 마음 한곳에서는 알고 있었다. 그때도 내가 할 것은 한 가지였다. 두려움을 보는 날 용서하고 사랑을 보아야 한다는 것을 기억해 내야 하는 것. 그것뿐이었다. 이사한 그곳이 내 행운의 방향이기는 하지만 그곳에서 머문 지 1년도 안 되었기에 나의 빈약한 기운으로는 그 모든 상황들에서 쉽게 벗어날 수가 없었다. 거기에다가 내가 큰 꿈과 희망을 품고 주식의 바다에 펼쳐 놓은 망들이 여기저기 구멍이 생기고 찢어져 조금씩 빠져나가고 있었다. 그곳에서 나는 힘을 쓸 수 없는 군대의 이등병 같은 존재일 뿐이었고, 행운의 기운이 채워질 때까지 쥐 죽은 듯이 있어야만 했다. 그러나 우리에게 야박한 돈과 작고 습한 집 때문에 힘들었지만 그것들이 평생 짊어진 몸부림에서 벗어난 내 행복은 건들지 못했다. 그런 힘겨운 상황 속에서도 나는 수시로 나에게 주어진 자유와 행복으로 기쁨의 전율을 느끼며 초롱이와 보라와 함께 웃음을 터트리고는 했다. 돈의 결핍과 힘겨운 고통의 시간은 온전히 남편과 나누었지만, 그 기쁨의 시간에는 남편은 끼워 주지 않았다. 남편과 그 모든 것들을 나누려면 많은 것을 설명해야 하고, 설명한다 해도 남편이 온전히 그 기쁨을 함께 하지 못할 거라는 걸 알기에 난 초롱이와 보라하고만 그 기쁨을 나누었다. 그때까지 살아온 내 평생의 삶 중에서 가장 완전한 자유와 행복 속에 머물러 있었다. 그곳에서의 5년의 시간은 내 인생의 두 번째 전환점이 되었다.

## 2) 두 번째로 좋은 방향으로 이사한다

행복과 힘겨움이 이중적으로 머물던 내 행운의 방향을 잠시 떠나기로 했다. 그곳은 집들이 지어진 지 20~30여 년이 넘는 아파트들만 있었기에 내가 원하는 새집이 있는 곳으로 이사를 가기로 했다. 전세금을 대출을 받아야 했지만 모든 것을 하나님께 맡기고 용기를 내 보기로 했다. 그렇게 내게 두 번째로 좋은 서쪽 방향으로 이사를 했다. 집에 돈이 들어오는 것이 일정하지 않아 대출금 이자를 잘 갚아 나갈 수 있을까 하는 염려로 이사를 망설였었는데 이사하고 나니 그런대로 별 탈 없이 모든 일이 잘되어 가고 있었다. 그런데 이사한 집에서 2년의 전세 계약을 했는데 6

기적 만들기

개월 정도 살고 있을 때쯤 집주인이 집을 내놓았다. 그때부터 부동산에서 사람들을 데리고 1년 6개월 동안 집구경을 왔는데도 집이 나가지 않았다. 집주인은 이 집과 반대 방향인 동쪽 방향에서 사는 사람이었는데 부자였다. 이런 식으로 새로 짓는 아파트를 분양받아 2~3년 후 집값이 오르면 팔아서 돈을 많이 번 듯했다. 그 집에서 산 지 2년이 다 되었을 때쯤 나도 다른 전셋집과 계약을 하고 나니 문득 이 집이 왜 이렇게 안 나가지 하는 생각이 들었다. 그래서 이 집주인의 방향을 보았더니 집주인은 동쪽 방향이 좋은 사람이었다. 그제서야 집이 안 나간 이유를 알 것 같았다. 그 집은 서쪽 방향이었고 집주인에게는 서쪽 방향이 안 좋은 방향이었다. 나중에 집주인을 만나 얘기를 하게 되었는데 집주인은 자신에게 두 번째 좋은 방향에서 살고 있었는데 평생을 좋은 방향에서 살았으니 여유롭고 평탄한 삶을 사는 듯했다.

그리고 다른 집으로 이사를 하기 바로 전날 저녁에 부동산에서 집을 보러 오겠다고 전화가 왔다. '내일이면 이사 가는데 마지막까지…. 보여 주지 말까.' 하는 갈등이 있었지만 집을 보여 줬는데 마지막 날 드디어 그 집이 계약이 되었고 내가 있을 때 계약이 되어서 마음이 조금 더 홀가분했다. 그런데 뒤돌아보니 그 모든 게 나를 위한 것이 아니었나 싶은 생각이 불현듯 스쳐 지나갔다. 사실 집이 나가길 원하고 있었지만 한편으로는 집이 나가지 않았을 때 내가 이사 날짜든 무엇이든 자유로울 수 있었기에 그것을 살짝 바라는 마음도 내심 있었는데 결국은 다 내 맘대로 할 수 있었고 마침 집도 내가 살고 있을 때 계약이 되어서 모든 게 완벽한 시나리오 같았다. 그곳이 내게 좋은 방향이었고 주인에게는 안 좋은 방향이었으니 모든 것이 내게 유리하게 이루어진 듯싶었다. 이삿날 집주인을 만나 집주인에게 집주인은 동쪽 방향이 좋은 사람이고 이곳 서쪽 방향은 힘든 곳이다. 아마도 그래서 그렇게 집이 안 나갔을 것이다. 그러나 지금 집주인이 좋은 방향에서 살고 있으니 이 정도로 되었지만 안 좋은 방향에서 사는 사람들은 이런 집을 갖기도 힘들고 가졌더라도 얼마 못 지켰을 거라고 말해 주었다. 이사 마무리를 하는데 집주인이 화장지를 사 가지고 왔다. 집주인에게 이런 것을 받은 게 처음이었다. 그것도 이사 가는 날.

새로 이사 갈 집은 차로 1분도 안 되는 거리를 둔 집이었다. 그런데 이사 가기 전 두 달이 조금 안 남았을 때 전세로 나온 몇 집을 보았는데 맘에 드는 집도 없었지만 전세 가격이 많이 올라 있어서 엄두를 못 내고 있었다. 그래서 마음을 비우고 한동안 전셋집을 구하지 않고 잊고 있었는데 어느 날 집 계약 만기일이 얼마 남지 않았을 때 '아차, 집 알아봐야지.' 하는 생각이 문득 들었다. 얼마 전에 집을 보여 준 부동산에 전화를 하니 우리가 살고 있던 집에서 조금 떨어진 곳에 지금 살고 있는 집만큼 새 아파트인데 가격이 저렴한 것이 있으니 가 보자고 해서 집을 보러 갔다. 그런데 전셋값이 많이 올라 한동안 전셋집을 알아보러 다니지 않고 접고 있었는데 그 한 달도 안 되는 사이에 그때 살고 있던 집 전세가보다 낮은 가격으로 내려가 있었다. 그때 그 집에서 살던 세입자가 이사 갈 새 아파트의 입주 날짜가 지났는데 집이 나가지 않아 조급한 상황인 것 같았다. 그리고 그 집은 누가 봐도 너무나 좋은 집이었는데 아무도 그 집을 계약하고 있지 않았다니, 그 모든 것이 날 도와주는 것 같았고 마치 그 집이 나를 기다리고 있었던 것 같은 느낌이 들었다. 그리고 나와 계약한 부동산에서 자기네 부동산에서 계약을 하면 중개료를 깎아 주겠다고 했고 계약 후 3분의 2만 받았다. 이 모든 것들은 내가 요구하거나 계획한 것은 하나도 없었다. 모든 존재들이 나를 도와주려는 것 같았고 나는 그저 그들의 도움

기적 만들기

을 받았을 뿐이다. 그런데 대출을 또 받아야 해서 이자가 저렴한 대출 회사를 서울에서 살고 있는 아는 언니에게 소개를 받고 대출 계약서를 작성했는데 며칠 후 그 대출 회사의 대출심사 담당자에게서 전화가 왔다. 그곳 전셋값이 비싼데 어떻게 이렇게 싸게 계약할 수 있었느냐고 의심의 눈초리로 묻는 것이었다. 혹시나 가짜 전세 계약을 하는 게 아닌가 하는 의심을 하는 듯싶었다. 그래서 그 담당자에게 옆 동네에 새 아파트 입주 시기가 맞물려서 그리로 많이 이사 가는 바람에 전셋값이 내려갔다고 말해 주었다. 그제서야 그 담당자가 의심을 풀고 나에게 복받았다고 말했다. 그리고 얼마 후 전셋값은 다시 오르는 듯했다. 이렇게 나에게 좋은 행운의 방향과 두 번째로 좋은 방향에서 7년의 시간이 지나면서 모든 존재들이 나에게 도움을 주고 있다는 것을 느낄 수 있었다. 그렇게 모든 것이 내 뜻대로 되고 사람들이 도와주니 살짝 기고만장이 고개를 들고 두리번거리기 시작했다.

### 3) 아무리 좋은 방향이어도 사랑이 아니면 안 된다

새집으로 이사 후 내 행운의 방향으로 다시 이사 갈 때까지 살고 싶었는데 1년이 조금 넘었을 때쯤 집주인이 또 집을 매매로 내놓았다. 이것이 셋방살이의 설움인가 보다. 2년의 계약 기간이 다 되어 갈 때쯤 또다시 전셋집을 알아봐야 해서 부동산에 연락을 해 보니 그 사이에 전셋값이 또 하늘 높은 줄 모르고 올라 있었다. 그러나 이번에도 하나님이 날 도와주겠지 하는 마음으로 전셋값을 내 맘대로 정해 놓고 전셋집을 알아보는데 그때까지 날 도와주던 좋은 기운이 소풍을 갔나, 내 원하는 금액에 들어맞는 집을 구할 수가 없었다. 내 마음은 초조해지고 두려움이 날 휘젓고 있었는데, 그런 내 두려운 마음에 부동산 사장님이 불을 당겼다. 내 안에서는 끊임없이 '넌 지금 온통 두려움이야. 멈춰.' 하는 소리에 멈추려 하는데 부동산 사장님이, 그렇게 느긋하게 있을 시간이 없다며 빨리 다른 집들을 보러 가자고 부추겼다. 그런데 집을 보면 볼수록 내 안에 두려움이 커지고 있었기에 나는 그런 불안한 상태를 멈춰야 했다. 부동산 사장님에게 전셋집 구하는 것을 잠시 쉬었다가 알아보겠다고 하고 손을 놓고 있었다. 그렇게 내 안에 조급함과 함께 두려움이 조금씩 작아지고 있던 어느 날 한 달 여의 시간을 남기고 부동산에서 집을 보러 가자고 전화가 왔다. 이제 시간이 얼마 남지 않았기에 대충 준비를 하고 부동산으로 갔다. 부동산 사장님과 함께 전세로 나온 집을 보고 나왔는데 내 집 같다는 느낌이 하나도 없었다. 그런데 부동산 사장님이 지금 보러 가는 집은 1년 6개월만 살 수 있는 사람을 구하는데 그냥 한 번 보러 가자는 것이었다. 그 말을 듣는 순간 내 머릿속에 '이 집이 내 집이다.'라는 생각이 문득 스치고 지나갔다. 집을 보러 가기도 전에 그 집이 내 집이라는 느낌을 받았다. 사실은 내 행운의 방향에 드디어 새 아파트가 들어서고 있었다.

그 새 아파트 입주 시기가 내가 새 전셋집으로 이사할 날부터 내 행운의 방향에 있는 아파트로 이사할 때까지 1년 4개월 하고 보름의 기간이 남아 있었다. 내 행운의 방향에는 새집이 없어서 이곳으로 이사 온 거라서 새집만 생기면 그 행운의 방향으로 당장 이사할 계획이었다. 그래서 전셋집을 구하면서 2년을 못 채우고 이사를 해야 한다고 말해야 하는 부담감을 갖고 있었는데 이렇게 1년 6개월의 집이 나타난 것이었다. 그런데 또다시 한 달 보름에 기간이 나에게 문제로 남았는데 그때 살고 있던 전셋집을 산 새 집주인이 이사 날짜를 앞당겨 달라는 연락을 해 왔다. 나는 새 집주인이 원하는 대로 이사 날짜를 맞춰 주고서도 남은 기간을 마음에 걸려 하고 있었는데 얼마 후 새 집주인에게 또다시 연락이 왔다. 자기들이 지금 살고 있는 집주인이 조금만 더 일찍 집을 빼 달라고 했다면서 나에게 이사 날짜를 더 앞당겨 주면 이사비용을 대 주겠다고 했다. 나에게는 일거양득의 기회여서 흔쾌히 그러겠다고 했는데 그러고도 며칠이 더 남아 있었다. 그런데 얼마 후 그 새 집주인이 다시 연락을 해 왔다. 자신들이 이사 오기 전에 집을 청소하고 싶다고 며칠만 더 이사 날짜를 앞당겨 달라는 것이었다. 그렇게 한 달 보름에 기간이 고민이었는데 그것도 해결이 되었고 이사비용도 도움을 받을 수 있었다. 마치 누군가가 나를 위해 그 모든 것들을 계획하고 추진하는 듯싶었다. 나는 일어나는 모든 일들을 아무런 판단도 하지 않고 받아들인 것뿐이었다.

부동산 사장님과 그 집을 처음 보러 갔을 때 그 집을 보고 나서 더욱더 그 집은 이미 준비된 내 집이란 생각이 들었다. 그때 살고 있던 전셋집 화장실 바닥 줄눈에 황금색으로 직접 공사를 했었다. 할 땐 너무나 힘들었는데 하고 나니 예쁘기도 하고 청소하기가 정말 편해서 좋았다. 그래서 이사 가면 또 화장실 줄눈을 해야 하나 하고 내심 걱정하고 있었다. 그런데 그 집 화장실 바닥에 은색으로 줄눈이 예쁘게 칠해져 있었고 현관과 베란다까지 모두 다 줄눈 공사가 되어 있었다. 그리고 평소에 내가 원하던 현관 중문까지 달려 있었다. 전셋집을 살면서 이렇게 현관 중문까지 설치되어 있는 집을 만나기가 쉽지 않았기에 이 집이 더 하게 내 맘에 들어 왔고 또한 평소에 내가 생각하고 있던 모든 모습을 갖춘 이 집이 내 집이라는 확신이 들었다. 그런데 소풍 간 좋은 기운이 해외여행을 갔나, 그 집주인이 절대 한 푼도 깎아 줄 수 없다고 하더니 한동안 부동산 사장님의 전화도 받지 않았다. 그렇게 집주인과의 힘겨운 실갱이와 길고 긴? 고난의 시간이 있었지만, 결국 그 집이 내 집인 걸 아는 내가 받아들이기로 하고 계약을 했다. 그리고 그때 그 집 계약을 할 때 조금은 새롭고 신기한 경험을 했었다. 그리고 집들을 구할 때마다 대체적으로 모든 것이 내 뜻대로 흐르는 듯해서 이번에 오기를 부렸는데 그 기운이 꺾인 이유를 조금은 알 것 같았다. 어리숙한 판단과 계획이 내 앞길을 막아서고 있었다. 다른 사람의 입장은 생각 안 하고 내 오만함으로 고집을 피웠으니 제동이 걸린 것이었다. 그리고 또 하나는 계약 후 집주인의 나이를 보았더니 그 집이 나랑 똑같이 그 집주인에게도 두 번째로 좋은 방향이었다. 그러니 누가 먼저 물러나지 않고 대립을 한 것 같았다. 결국엔 조금 더 약자인 세입자가 물러날 수밖에 없었고 집 계약할 때 집주인 쪽에서도 조금은 깎아주었다. 굳이 날 위로하자면 계속 모든 게 내 뜻대로 잘되었다면 분명 따라다닐 기고만장함과 오만방자함을 겪을 수 있었던 좋은 경험의 시간이었고, 날 도와준 모든 존재들에게 더한 감사함을 느낄 수 있는 시간이었다라고…. 그리고 방향도 마찬가지로 아무리 좋은 방향에 산다고 모든 일이 다 내 뜻대로 되는 것이 아님을…. 좋은 방향에서도 사랑이 아니면 안 된다는 것을…. 그렇게 또 하나를 배우고 깨달아 간다.

## 4) 좋은 방향 중에서도 가장 좋은 행운의 방향에서 머물러야 좋다

내 머문 방향의 중요함을 살짝 엿본 시간이 있었다. 서쪽 방향에서 마지막으로 살 전셋집을 구하고 또다시 대출을 받아야 해서 부동산에서 한 은행을 소개받게 되었다. 며칠 후 그 은행 대출 담당 직원이 우리 집에 찾아와 조금 긴 시간 대출 서류 작성을 다 마치고 나는 그 대출 담당 직원의 방향을 봐주게 되었는데 그 사람은 서쪽 방향이 좋은 사람이었고 특히 서쪽 방향이 행운의 방향이었다. 그 사람에게 지금 사는 곳이 어디냐고 물었더니 그 사람은 몇 년 전에 북서쪽 방향에서 살다가 서쪽 방향으로 이사를 왔다고 했다. 나는 그 사람에게 지금 살고 있는 방향이 가장 좋은 행운의 방향이고 그 행운의 방향에서 살면 모든 일이 대체적으로 수월하게 이루어진다고 말하자 그 사람도 수긍하며 받아들이는 듯했다. 그런데 그 사람은 얼마 후 새 아파트를 분양받아 이사 갈 계획을 하고 있는데 그 방향으로 이사를 가면 어떻겠냐고 나에게 물었다. 그 사람의 아내가 그 방향으로 이사 가기를 원한다고 했다. 그 새로 들어서는 아파트의 방향을 보니 그 사람에게는 세 번째로 좋은 방향이었다. 그래서 나는 그 방향도 좋은 방향이긴 하지만 지금 살고 있는 방향이 가장 좋은 행운의 방향이고 새로 분양하는 그 아파트는 세 번째로 좋은 방향이어서 만약에 그리로 이사를 간다면 주변 사람들이 주는 도움들이 줄어들 것이고 가장 먼저 아내의 태도가 바뀔 거라고 말해 주었다.

(예전에 한 남자의 일이 떠올려졌다. 그 남자는 평생을 안 좋은 방향에서 살았는데 자신의 부모님이 자신보다는 형의 의견을 더 받아들였다고 섭섭해했는데 그들이 살던 집이 형에게는 좋은 방향이었다. 그러니 부모님들도 그 사람보다는 형의 의견을 더 잘 받아 주었을 것이다. 성장해서도 형이 돈이 필요할 때면 아버지에게서 도움을 받았고 부모님의 집 또한 형의 집이 되었다고 했다. 그런데 그 사람이 30대 후반쯤에 자신의 행운의 방향으로 이사 가서 살다가 5년의 시간이 흐른 후 돈이 필요하게 되었는데 아버지가 몇 천만 원의 돈을 선뜻 빌려 주었다고 했다. 그런데 얼마 후 그 사람이 자신에게 세 번째로 좋은 방향으로 이사하게 되었는데 갑자기 아버지가 그 돈이 필요하다며 당장 갚으라고 해서 돈을 마련해서 갚았다고 했다. 그때 그 사람의 표정에서 조금 섭섭해하는 마음을 보았다. 그렇게 시간이 흘러 뒤돌아보니 아버지가 그 사람에게 돈을 빌려준 시기

가 마침 그 사람이 자신에게 좋은 행운의 방향에서 5년의 시간을 살고 있을 때였고 그 돈을 갚으라고 했을 때가 그 사람이 그 행운의 방향을 떠나 자신에게 세 번째로 좋은 방향으로 이사한 후였다는 사실을 다시금 보게 되었다. 자신에게 좋은 방향이라 하더라도 역시나 세 번째보다는 첫 번째로 좋은 행운의 방향에서 머물러야 사람들에게 도움도 수월하게 받을 수 있다는 것을 또다시 확인할 수 있었다.)

그 사람은 내 말을 모두 받아들이는 듯했다. 지나온 시간들보다 그즈음에 그에게 주어진 모든 것들이 원활하게 이루어지고 주변에 모든 사람들이 도움을 주고 있는 것을 그 사람도 느끼고 있는 듯싶었다. 이렇게 좋은 방향에서 사는 사람들이 마음을 열고 더 잘 받아들였다. 그렇게 그 대출 담당자는 모든 대출 서류들을 챙겨 들고 우리 집을 나갔다. 그런데 평범해 보였던 그 사람에게서, 다른 사람들에게 잘 느낄 수 없었던 편안함을 느낄 수 있었는데 그 이유를 알게 되었다. 그 사람의 모습에서 본 그 편안함을 행운의 방향에서 오랫동안 산 언니에게서, 또한 친구에게서 받은 적이 있었는데 내가 살면서 가장 갖고 싶었던 모습이었다. 물론 행운의 방향에서 사는 모든 사람들이 매 순간 그런 온전한 편안함을 보이는 것은 아니다. 그들도 수많은 감정을 갖고 있고, 수많은 감정들을 표출하는 모습들을 보여 주기도 한다. 그래도 그 어느 곳보다는 편안함을 유지할 수 있는 곳이니 나는 좀 더 도움을 받을 수 있는 그 행운의 방향에서 머물 날을 기다려 본다.

기적 만들기

# 10. 사람들에게 알린다

　살고 있는 방향의 중요성을 조금씩 알게 되면서 주변에 알리기 시작했다. 가장 먼저 엄마에게 알렸다. 사랑의 빛을 찾을 수 없던 내 어릴 적 세상에서 나에게 가장 많은 사랑을 주신 엄마에게 좋은 삶이 찾아오길 바랐다. 그리고 살면서 어렸을 때 엄마에게 가졌던 수많은 감정 중에 하나가 측은함이었다. 내가 원하던 사랑을 갖고 있던 그 큰 존재의 삶이 그렇게 행복해 보이지 않았다. 그런 엄마에게 제대로 된 부엌이 달린 좋은 집이 있었으면 좋겠다는 생각을 사는 내내 갖고 있었다. 돌아가시기 전 10여 년을 아버지는 엄마에게 도움은커녕 또 하나의 삶의 숙제였을 뿐이었는데, 아버지 돌아가시고 엄마는 마치 자신이 의지하던 동지를 잃은 듯 헤매고 계셨다. 또한 자식들도 하나둘 자신들의 삶을 찾아서 떠나가고 엄마는 몇 년을 혼자 단칸방에서 상실감에 빠져 계신 듯했다. 자식들에게 제대로 된 도움도 받지 못하고 슬픔에 찌든 모습으로 살고 있는 엄마에게 엄마는 서쪽 방향이 좋으니 서쪽 방향으로 이사를 가야 한다고 말했다. 그러나 평생을 살아온 동쪽 방향에서 알고 지낸 지인들과의 시간과 수십 년간의 삶을 접는다는 게 쉬운 일도 아니었겠지만 한 번도 살아 본 적 없는 낯선 서쪽 방향으로 이사를 간다는 것 또한 선뜻 내키지 않은 일이었을 것이다. 그렇게 두려움으로 닫혀 버린 엄마의 마음은 쉽게 열리지 않왔다. (안 좋은 방향에서 오래 산 사람들이 마음을 닫고 잘 받아들이지 않았다.) 다른 사람들이었으면 한두 번 얘기해 주고 받아들이지 않으면 더 이상 권하지 않았는데 엄마는 쉽게 포기할 수가 없었다. 그 후에도 엄마를 볼 때마다 지금보다 더 나은 삶을 살기 위해서는 서쪽 방향으로 이사 가야 한다고 말했지만 사실 마땅한 집도 없고 돈도 없는 엄마에게 쉽게 풀 수 없는 현실이었다. 그렇다고 내가 도와줄 수 있는 형편도 아니었고 형제들 중 여유 있는 사람들도 없었다. 다들 자기들 삶을 살기에 바빴다.

그런데 조금씩 엄마가 마음의 문을 열자 기회의 문이 열렸다. 막내 여동생이 결혼 전에 나와 함께 1년 정도 살았는데 내가 결혼하면서 원룸을 얻어 혼자 살고 있었다. 그런데 몇 년 후 여동생이 결혼을 하게 되어 자신이 살던 원룸을 엄마에게 사시라고 드렸는데 그 원룸이 서쪽 방향에 있는 집이었다. 그렇게 엄마는 평생 살던 동쪽 방향의 삶을 뒤로 하고 서쪽 방향으로 이사하셨다. 그리고 얼마 후 여동생이 임대아파트에 자신의 신혼집을 얻으면서 같은 동에 엄마의 집까지 마련해 드렸는데 그 아파트가 엄마에게 가장 좋은 행운의 방향에 있었다. 사랑 많이 받아서 그런가 막내가 최고다. 하지만 여동생은 그 집이 엄마에게 좋은 행운의 방향인 줄 알지 못했다. 엄마의 운이었던지 우주의 도움을 받았던지 그때부터 엄마의 삶이 조금씩 평화를 찾기 시작했다. 아마도 엄마의 운이 좋아질 시기가 되어 내가 엄마에게 좋은 방향을 권하고 엄마의 마음이 열리면서부터 동생이 집을 마련해 주는 등 모든 존재들이 도움을 준 듯싶다. 모든 일은 자신의 마음에서부터 시작된다고 했다. 그때 엄마가 자신을 사랑하기를 선택한 것이다. 그리고 그 전에는 두려움에 갇혀서 아무것도 할 수 없었던 엄마에게, 오전에 잠깐씩 일을 할 수 있는 곳에서 적게나마 수입도 생기고, 그전까지 나 몰라라 했던 자식들이 엄마가 행운의 방향으로 이사 오면서

기적 만들기

가족 회의 끝에 조금씩 매달 용돈을 드리기로 했다. (이렇듯 안 좋은 방향에서는 주변에서 어떠한 도움도 받기가 힘들지만 자신에게 좋은 행운의 방향에서 살면 사람들이 도움을 주려고 한다.) 엄마는 오전에는 잠깐씩 일을 하시고 오후에는 아파트 경로당에 가서서 친구들을 만나거나 여행도 같이 다니시고 전에 살던 곳에 계모임에서 가는 여행들을 다니시느라 봄가을로 바쁘시다. 10여 년을 넘게 하도 여행을 많이 다녀서 웬만한 섬이나 관광지는 두서너 번을 넘게 구경하고 제주도도 세 번이나 다녀오셨다고 했다. 그래서 요즘은 지인들이 또 여행을 가자고 하면 안 가신다고 했다. 얼마 전에는 엄마에게 여수에 가서 수족관도 보고 경치도 보고 오자고 했더니 그곳에도 서너 번을 다녀왔다고 하셨고 또한 요즘 들어 아픈 다리 때문에 엄마와의 여행은 접어 두기로 했다. 그래서 한 달에 한 두 번씩 만나 점심도 사 드리고 멀지 않은 공원에 차를 타고 바람 쐬러 다니고 있는데 가끔은 엄마도 밥을 사 주셨다. 그리고 몇 년 전에 언니가 혼자 살게 되어 엄마랑 같이 살게 되었는데 얼마 후 언니가 다른 큰 아파트로 이사 가고 싶냐고 엄마에게 물었다고 했다. 그러나 엄마는 평생 느껴 보지 못한 평화를 찾은 그곳을 떠나실 생각이 없다고 거절했다고 하셨다. 10여 년이 넘는 지금까지 엄마는 그 집에서 살고 계신다.

어느 날은 계란과 두부가 떨어져서 마트에 다녀와야겠다고 생각을 하고 있었다. 그런데 잠시 후 초인종이 울려 나가 보니 계란과 두부를 판매하는 사람이 문 앞에 있었다. 내심 '또 하나의 기적이네.' 하는 생각이 스쳐 지나갔다. "방문판매하는 제품들이 좋은 제품이긴 한데 가격대가 좀 나가서 다음에 생각해 보겠습니다.'라고 말했더니 그 판매원이 계란 두 개와 반 모 분량의 두부를 주며 "맛보세요." 한다. 사양을 해도 주길래 들어

오시라고 하고 얘기를 나누다가 그 판매원이 사는 방향을 보니 그 사람과 그의 남편은 서쪽이 좋은 사람들인데, 동쪽 방향에서 살고 있었다. 나는 역으로 방문판매원이 되어 좋은 방향에서 살아야 하는 이유와 방법들을 시시콜콜 열심히 전달해 주었다. (이 삶에서 내게 주어진 숙명인 듯싶다.) 그리고는 궁금한 것이 있으면 전화하라고 전화번호를 알려 주었는데 몇 달 후 그 판매원이 전화를 했다. 자신들에게 좋은 서쪽 방향에 있는 아파트를 분양 받았는데 어떻게 하면 좋겠냐는 것이었다. 눈치가 유지하기 힘들어 보였다. 그래서 내가, "혹시 서쪽 방향으로 이사하셨나요?"라고 묻자 그 판매원이 그대로 동쪽 방향에서 살고 있고 서쪽 방향에 있는 아파트를 분양받았다고 했다. 그리고 방문판매를 그만두고 부동산 사무실에 나가는 것 같았다. 사람들이 이렇다. 아무리 좋은 얘기를 해 줘도 자기가 듣고 싶은 것만 듣고 자기가 하고 싶은 것만 하려고 한다. 내 말을 대충 듣고 꿈에 부풀어 차 떼고 포 떼고 장기판에 뛰어든 것이다. 그러고 보니 예전에 나를 보는 것 같다. 내 행운의 방향으로 이사 가자마자 큰 꿈을 품고 10년을 머물러야 온전한 기운을 받는다는 것을 알고 있던 나도 험난한 주식 시장에 올인 했던 어리숙한 내가 떠오른다. 그래서 내가 "지금 살고 있는 방향이 중요한데 안 좋은 방향에서 살면서 아무리 좋은 방향에 있는 아파트를 분양받아도 지키기 힘들 거예요. 먼저 좋은 방향으로 이사해서 살아야 해요. 그리고 3년이 넘어 5년이 지나가야 조금씩 그 방향에서 오는 좋은 기운을 느끼게 되고, 10년은 살아야 온전히 좋은 기운을 받을 수 있다고 했어요. 그러니 먼저 서쪽 방향으로 이사하세요."라고 했다. 그러자 그 사람은 많이 실망한 듯 풀이 죽어 전화를 끊었다. 가슴이 답답했다.

또 한 번은 남동생에게 지금 살고 있는 옆 동네가 너에게 가장 좋은 행운의 방향이니 이사할 생각 있으면 그곳으로 하라고 말해 주었다. 그때 남동생은 남동생에게 세 번째로 좋은 방향에서 살고 있었다. 그러면서 좋은 방향으로 이사한다고 금방 모든 게 다 좋아지는 게 아니고 10년이 지나야 좋은 기운이 온전히 자리한다고 말해 주었다. 그랬더니 남동생은 내 얘기를 듣는 내내 어떻게 하면 이사를 안 갈 수 있을까 궁리를 한 것 같았다. "10년이 지나야 좋다며 그냥 여기서 살래."라고 하는 것이다. 가슴이…. 가슴이…. 이것이 마지막이다. 이제 간절히 원하기 전에는 그 누구에게도 내가 먼저 말해 주지 않겠다고 결심을 했다. 잘할 수 있을지 모르겠지만…. 그런데 잘 해내지 못했다. 또 얼마 전에 내 행운의 방향으로 이사할 전셋집을 구하고 부동산 사장님이 연결해 준 다른 은행에서 전세 대출을 받으려고 대출 담당 직원을 만난 적이 있었다. 대출 서류를 다 작성하고 난 후 나에게 도움을 준 그 40살의 대출 담당 직원의 방향을 찾아보았더니 남동쪽 방향이 행운의 방향이었다. 그런데 그 사람은 자신에게 안좋은 서쪽 방향에서 살고 있었다. 그래서 그 대출 담당 직원에게 당신은 남동쪽 방향이 행운의 방향이니 언젠가는 그곳으로 이사 가서 사는 게 좋을 것 같다고 얘기를 해 주었다. 그러면서 10년을 살아야 한다는 말을 꼭 덧붙여서 해 주었다. 그러자 그 대출 담당 직원이 "아후, 저는 10년씩 못 살아요."라고 말하는 것이었다. 그때 그 사람 나이가 40살이었기에 나는 그 사람에게 몇 년 후 당신에게 좋은 나이 때가 되면 아마 그때쯤 이사할 수 있으니 그때 좋은 방향으로 이사하라고 알려 주었다. 그 40살의 나이는 내 경우를 비추어 방황할 시간일 수도 있기에 나는 몇 년 후 그 사람이 마흔두세 살이 되었을 때 그때 마음이 열려 이사할 수 있을 거라는 생각을 했었다. 그리고 나는 시간이 흘러 이전에 나에게 대출을 도와줬던 그 행운의 방향에 살던 대출 담당 직원과 이 대출 담당 직원의 모습에서 차이점을 발견하게 되었다. 이 사람은 전에 그 사람에 비해 겉모습은 더 좋아 보였지만 그전에 만났던 그 대출 담당 직원에게서 느꼈던 편안함과 여유와 배려 대신 조급함과 함께 조금은 거친 모습을 느낄 수 있었다. 또한 이 사람은 내가 자신에게 도움을 주려는 것을 마음을 닫고 받아들이지 않았고 자신에게 온 좋은 기회를 뿌리치고 도망치고 있었다.

　행운의 방향에서는 10년씩은 못 살고, 안 좋은 방향에서는 평생을 살 수 있는 것인가? 행운의 방향에서 살든 안 좋은 방향에서 살든 10년의 시간이 흘러 백년의 시간도 흐를 텐데…. 사실 그들이 어떤 생각을 하는지 조금은 알 것 같다. 그들이 내 말을 믿지도 않겠지만 그들이 바라는 것은 10년씩 기다려 가며 하고 싶지 않은 것이다. 당장 이 순간에 얻어지는 것을 바라고 있다. 그러니 10년이나 투자하느니 그냥 아무것도 안 하겠다는 것이다. 그 10년을 안 좋은 방향에서 살면 안 좋은 일들을 더 많이 경험한다는 것은 생각하지 못하고…. 그리고 그 사람이 이런 생각도 할 수 있었을 것 같다. '그렇게 잘 알고 있는 사람이 집도 없이 전세 자금 대출을 받고 있냐?'라고 생각할 수 있을 것 같다. 나에게 좋은 행운의 방향에서 5년을 살고 두 번째로 좋은 방향에서 5년 6개월을 살았다. 나에게 좋은 첫 번째와 두 번째 방향에서 산 지 이제 딱 10년 하고 6개월이 되었다. 10년의 시간을 뒤돌아보니 내 행운의 방향으로 이사 오고부터 내 마음에 조금씩 평화가 깃들기 시작했고 또한 나를 대하는 남편의 모습이 조금씩 변하는 것을 느낄 수 있었다. 그리고 5년의 시간이 지나면서 빠져나갔던 돈들이 원상 복구 되는 것을 느낄 수 있었고 7년이 지나면서 집을 구할 때나, 내가 무언가를 하려고 할 때 주변의 사람들이 내가 요구하지 않아도 도와주려 하는 것을 경험할 수 있었다. 내게 두 번째로 좋은 서쪽 방향에서 살 때 부동산에서 4번의 도움을 받았는데, 2번째 전셋집을 계약을 할 때 중계 수

수료를 3분의 1이나 깎아 주었고 3번째 전셋집을 계약할 때도 20여 만 원을 깎아 주었다. 이 3번째 전셋집을 구할 때 도움을 준 부동산 홍 사장님은 내가 몇 년 후 내 행운의 방향에서 살 전셋집을 구할 때도 도움을 주었는데 그때도 중개수수료를 20~30만 원을 깎아 주었다. 이렇게 연달아 세 번씩이나 내가 단 한 번도 깎아 달라는 말을 한 적이 없었는데 그 부동산에서 먼저 깎아 주겠다고 했다. 그리고 내세울 재산도, 신용도 없고 수입도 일정하지 않은 사업을 하는 남편의 능력으로는 어느 은행에서도 대출을 받을 수가 없었고 내 이름으로도 받을 수가 없었다. 그래서 나는 보험 회사에서 내 이름으로 대출을 받을 수밖에 없었고, 보험 회사에서 대출을 받다 보니 다음에 대출을 받을 때 은행으로 바꾸고 싶었지만 보험 회사에서 대출을 받은 사람은 어떤 은행에서도 받아 주지 않았다. 그런데 내게 첫 번째와 두 번째로 좋은 방향에서 산 지 8년쯤 되었을 때 세 번째 전셋집을 소개해 준 부동산 홍 사장님이 은행을 소개해 줘서 그때 보험 회사에서 은행으로 바꿀 수가 있었다. 사실 그때에도 나는 은행에서 대출을 받을 수 있나 하고 또다시 모든 은행에 문의를 했었는데 역시나 모두 거절을 했었다. 내가 십수 년 거래하던 은행 또한 거절을 했는데, 그때 잠시, '내가 이 은행과 거래를 끊어서 은행이 휘청하고 흔들려 봐야 정신 차리지.' 하는 웃긴 생각을 했다. 그런데 그 부동산 홍 사장님 덕분으로 아주 쉽게 은행으로 바꿀 수가 있었다. 그렇게 좋은 방향에서 사는 시간들이 길어지면 길어질수록 많은 사람들의 도움을 받을 수가 있다.

그리고 나에게 두 번이나 부동산 중개료를 깎아 주신 그 홍 사장님과는 많은 일들이 있었다. 나는 그 홍 사장님에게도 행운의 방향을 알려 준 적이 있었다. 그 홍 사장님의 부동산 사무실은 세 번째로 좋은 방향에 있어서 나는 홍 사장님에게 바로 옆 동네가 사장님에게 가장 좋은 행운의 방향이니 그쪽으로 가서 하시면 좀 더 좋은 일이 많을 거라고 얘기를 해 주었다. 하지만 홍 사장님은 다른 사람들처럼 오만 가지 핑계를 대고는 했다. 이곳에 온 지 얼마 안 되어 이사하기가 힘들다느니, 내가 이사 가라고 알려 준 곳은 들어갈 곳도 마땅치도 않고 이곳보다 신통치 않아서 가고 싶지 않다고 했지만 사실 내 말을 믿을 수도 없고 이사 가고 싶은 마음도 없다는 말인 것이다. 그렇게 3~4년의 시간이 흘러 내 행운의 방향으로 이사 오고 나서 며칠의 시간이 지났을 때쯤 홍 사장님에게서 전화가 왔다. 자신에게 좋은 행운의 방향으로 이사 가고 싶다면서 이것저것 궁금한 것을 묻는 것이었다.

1년 6개월의 시간이 지나 내 행운의 방향으로 이사할 집을 구할 때도 홍 사장님과 함께 와서 계약을 했었는데, 나는 이 집으로 이사 오기 전 한 달도 남지 않은 기간에도 어떤 집도 보러 오지 않았었다. 이사 날짜가 20일 정도 남았을 때 집을 보러 나가겠다고 홍 사장님에게 전화를 하자 홍 사장님이 내 행운의 방향에 있는 몇 군데의 부동산에 전화를 하다가 예전에 알고 있던 실장님과 우연히 통화를 하게 되어 우리는 다른 부동산에 들리지 않고 그 부동산을 찾아가게 되었는데 그곳에서 전세 계약을 하게 된 것이다. 그런데 그 부동산은 내가 이사하기 얼마 전에 내 행운의 방향에 있는 몇 군데의 부동산에 전화를 한 적이 있었는데 다른 부동산보다 내게 친절하기도 했지만 유달리 마음이 끌리는 그 부동산을 나는 유일하게 이름을 기억하고 있었다. 난 평소에도 거래했던 부동산 이름들도 잘 기억하지 않았고 그 부동산을 일부러 외우려 한 것도 아니었는데 그 부동산 이름이 자연스럽게 내게 들어왔다. 그래서 나중에 집을 보러 갈 때 그 부동산에 가 봐야겠다고 생각하고 있었는데 홍 사장님과 함께 간 그곳이 내가 이름을 기억하고 있던 그 부동산이었다. 그리고 그 전에 살던 집들을 홍

기적 만들기

사장님과 보러 다닐 때 아무리 좋은 집이 싸게 나왔다 해도 나는 오만 가지 핑계를 대고 선택하지 않았었다. 난 많은 걸 따지기도 했지만 단 한 가지, 그 집이 내 집이라는 느낌을 원했었다. 그런데 처음으로 집을 보러 나온 날 오랜만에 만난 지인의 부동산에서 평소에 내가 원하던 조건을 갖춘 집이 나타나 모든 일들이 순식간에 이루어진 것들을 사장님은 새롭게 받아들인 듯했다. 모든 것들이 내가 생각한 대로 다 이루어졌다고 조금 신기해했었다. 그리고 내가 홍 사장님과 세 번의 거래를 했는데 처음으로 전세 계약을 할 때 그 아파트도 전세금이 천정부지로 오르고 있다가 갑자기 그때 잠깐 내려갔을 때 내가 싼 가격으로 들어갈 수 있었던 일이 있었고 두 번째로 1년 6개월의 전셋집 계약을 할 때에도 그 집주인과의 실랑이가 있었지만 그때 내가 한 어떤 작은 행동으로 결국에는 다 내 뜻대로 계약이 이루어졌는데 그때도 사장님이 조금 신기해했었다. 또한 자신도 나에게 중개 수수료를 두 번씩이나 깎아 주었고, 그전에 내가 전세 살고 있던 집을 산 집주인이 이사 비용도 대 주는 등 많은 사람들이 내게 도움을 주고 있는 것을 함께 경험하고 있었다. 그 홍 사장님과는 3~4년을 알고 지냈는데 내게서 일어나는 많은 일들을 같이 경험하며 나와의 거래에서 본 모든 것들이 신기한 일이 많았다며 자신도 행운의 방향으로 이사를 가야겠다고 마음을 먹었다고 했다. 홍 사장님도 평소에 집도 없는 내가 행운의 방향이니, 좋은 방향이니 하니 믿음이 안 갔을 듯도 싶다. 그런데 우리는 30대 중반쯤에 만나 결혼할 때부터 가진 거 하나 없이 시작했고 살면서도 그리 많은 돈을 접할 수가 없었다. 그리고 사실 그렇게 돈과 집에 욕심을 두지 않았었다. 나는 무리를 해서 집을 살 수 있는 상황이 몇 번은 있었지만 그렇게 무리를 한 후 해결해야 할 돈 문제에 치여 두려움과 분노에 휘둘릴 테고 그러다 보면 내 마음에서 평화가 깨질 것이 염려되어 나는 돈과 집을 늘리는 데 크게 마음을 두지 않았다. 물론 돈이 없어서 내 마음이 흐려지는 경우가 많음을 알기에 나도 돈에 욕심을 갖고는 있다. 그렇게 내가 이 세상에서 원하는 것은 돈이다. 그러나 그 돈보다 내가 더 간절히 원하는 것은 내 마음에 평화가 깃드는 것이다. 그리고 내가 나에게 좋은 행운의 방향과 두 번째로 좋은 방향에서 산 지 10년 하고 6개월이 되었다. 이제부터 시작이다. 좋은 방향에서 10년의 시간을 머물러야 그때부터 온전한 좋은 기운들이 채워진다고 했으니 난 이제 조금 더 기를 펴도 될 것 같다. 그렇다고 큰 욕심은 품지 않을 것이다. 내게 부와 행운은 정해져 있으니 내 것이 아닌 것에 욕심을 품고서는 주어진 행복들을 제대로 누리지 못한다는 것을 조금은 경험을 해서 알고 있다. 그러니 10년의 시간이 지났다 하여도 난 어떤 욕심도 품지 않기로 했다.

그리고 어린 시절 안 좋은 방향에서 살다가 행운의 방향으로 이사해서 20년을 넘게 살아온 사람들을 돌아보니 큰 부자로 살고 있지도 않았고 세상 사람들이 부러워할 삶이 펼쳐지지도 않았다. 물론 그들의 삶이 안 좋은 방향에서 살 때보다는 더 많은 평화와 안정과 부를 얻고 있다는 것은 확실했다. 그들이 넘치는 부를 누리고 있지는 않았지만 그들 자신에게 필요한 어느 정도의 돈은 갖고 있는 듯했다. 또한 그 어느 때보다 그들은 주변에 많은 사람들에게 더한 사랑을 받고 있었고 평화로운 삶을 누리고 있었다. 그러니 나 또한 지나온 그 어떤 시간보다 축복의 시간이 다가오고 있음을 알고 있다. 내가 용서와 사랑과 감사를 잊지 않는다면 더한 기쁨의 시간을 맞을 것이다. 그래도 내가 좀 더 부자로 잘 살아야 사람들이 더 내 말을 믿어 줄 수 있을 것도 같다. '하나님. 들으셨죠? 사람들이 제 말을 좀 더 잘 믿을 수 있도록 이 세상에서 가장 우선인 돈을 좀 더 갖고 있어야 할 것 같아요. 제가 몇십 년 갖고 있다가 모두 세상에 나눠 주고 갈게요.

제가 모든 존재들과 함께 당신의 사랑을, 당신의 뜻을 함께하기를 원하신다면 당신이 어떻게 해야 하는지 아시겠죠?'^^

10여 년을 내 스스로 경험해 가면서, 사람들의 삶이 나아지길 바라는 마음으로 세상에 전하려 했지만 사람들은 자신들에게 좋은 것을 전해 줘도 끝없이 의심하고 받아들이지 않았다. 물론 그들이 경험하고 용서해야 할 시간들이었기에, 때가 되어 그들이 선택해야 하겠지만… 이제 사는 방향만 봐도 그 사람들이 어떻게 사는지 조금은 보인다. 아파트에 소독해 주는 아주머니들과 힘든 일을 하는 사람들을 만나게 되어 사는 방향을 물어보면 거의 대부분이 자신들에게 안 좋은 방향에서 살고 있었다. 그다음은 뻔하다. 난 그들에게 좋은 방향에서 살아야 하는 이유와 방법을 알려 주려고 열심히 내가 아는 모든 것들을 전해 주었다. 그러나 그들은 그런 내게 의심의 눈초리로 경계를 하는 듯 보였다. 마치 '저 사람이 내게 뭘 뜯어내려고 저러는 거지. 정신 똑바로 차려야 돼.' 하는 표정으로 내 말을 건성으로 들었다. 두려움에 갇혀 아무리 좋은 얘기를 해 줘도 의심하고 마음을 닫고 열지 않았다. 오히려 좋은 방향에서 사는 사람들이 더 잘 받아들였는데 시간이 지나 깨닫게 된 사실이 있었다. 그 사람들이 그 힘든 시간들을 경험해야 할 이유가 있다는 것이었다. 그리고 그 사람들이 운이 좋아질 때가 되면 자신도 모르게 자신에게 좋은 방향으로 이사하거나 운이 꺾일 시기가 되면 안 좋은 방향으로 이사한다는 것을 알게 되었다. 그리고 좋은 운을 가진 사람들은 평생을 자신에게 좋은 방향에서 사는 경우도 있고, 그 반면 평생을 안 좋은 방향에서 살다 가는 사람들의 삶도 보였다. 우리 아버지처럼… 평생을 안 좋은 방향에서 살다가 삶의 힘겨운 것만 보고 가신 경우처럼…. 사람마다 그들의 삶이 있다는 것을 깨닫게 되었다. 그러나 그 모든 것들이 우리에게 주어진 운명이었다 해도 최소한 이 책을 만난 사람들에게 스스로 자신들에게 좋은 방향을 선택해서 그들 자신의 새로운 삶을 살아볼 기회를 얻길 바라는 마음으로, 그들이 때가 되어 찾아 나설 때 도움 되는 책을 쓸까 하는 생각이 더욱 더 크게 자리 잡기 시작했다.

# 11. 큰 꿈을 꾸는 사람들

꿈은 크게 가지라는 말이 있다. 난 이 말의 진리를 평가할 수는 없지만 사람들이 자신의 삶에서 나, 돈과 모든 것에서 그 이상을 품는 것 같다. 꿈을 크게 가져야 그 안에 몇 가지라도 얻을 수 있어서일까. 예전에 성명학 책을 읽었을 때 안정적인 직업을 가지고 그때 당시 평균 이상의 3,400만 원의 월수입을 얻는 사람들과 수입이 일정한 공무원들의 운세에 재물운이 있다는 것을 알게 되었다. 그들에게 그들 운세에 재물운이 있다는 얘기를 하면 그들은 자기가 누리고 있는 그 이상을 바라고 지금 누리고 있는 것에 감사함을 몰랐다. 대부분의 사람들이 재물운이라 하면 부자로 잘 살 정도의 많은 돈이 있어야 한다고 생각하고 대박으로 큰 부를 얻을 수 있을 거라고 생각을 하는 것 같다. 그렇게 가슴에 품은 꿈들이 다들 크다.

내가 아는 언니는 거의 평생을 행운의 방향에서 살았는데, 경제적으로 무난한 활동을 하시는 부모님 밑에서 집안일은 거의 해 본 적도 없고 부족함 없이 살았지만 엄마가 일을 하셨기에 거기서 오는 결핍이 있었으리라 짐작이 된다. 이성에게 많은 관심을 보이고, 무언가를 채우려 하는 듯싶었다. 대체적으로 평탄한 삶을 살았는데, 직장도 안정적이라 돈의 결핍을 경험한 적이 없었고, 자신이 하고 싶은 것은 어느 정도는 하고 살았다. 그러나 그 언니는 그보다 더 여유 있는 삶을 원했다. 그런데 배우자의 직업이 자주 바뀌고, 수입도 원활하지 않았고, 그 언니보다 좋지가 않았는데, 그게 항상 불만이었다. 사실 그 언니의 배우자는 그 언니와 방향이 반대였는데, 결혼 생활 내내 안 좋은 방향에서 사니, 되는 일이 별로 없었다. 그런데 내가 그 언니에게 남편이 하는 일이 잘되길 원한다면 남편에게 좋은 방향으로 이사를 해야 한다고 말해 주었지만 그 언니는 자신에게 좋은 방향에서 머물면서 끝까지 안 좋은 방향에 머물러 있는 배우자의 무능력을 탓하는 것 또한 포기하지 않았고, 배우자의 수입이 많아지기를 바라는 것 또한 포기하지 못했다. (그러고 보니 내 얘기 같다. 내게 좋은 방향에서 살면서 내 뜻이 이루어져 가는 것을 보고 있으면서도, 네 번째로 좋은 방향에서 살고 있는 사람에게 행운의 방향에서 살고 있는 사람처럼 돈을 벌어 오라고 닦달을 하고는 했다. 그 언니보다 내가 더 웃기다.) 그리고 그 언니는 자신의 평탄한 삶 속에서 그렇게 많이 행복을 느끼는 것 같지 않았다. 평탄한 삶을 산 사람들은 모가 날 필요가 없었고, 무난하고 편안한 인품에 사람들이 주위에 많이 따르는 듯했다. 그러고 보니 오랜 시간 안 좋은 방향에서 산 사람들의 모습에서도 자주 웃음을 찾아보기 힘든 것 같지만 또한 오랜 시간 행운의 방향에서 산 사람들의 얼굴에서도 생각보다 그렇게 많은 웃음이 보이지 않는 것 같다. 긴 시간 살아온 무난한 삶 속에서 그 삶의 타성에 젖어 행복을 자주 보지 못하는 것 같다. 그러니 좋은 행운의 방향에서 한동안 살다 가끔은 힘겨운 방향에 가서 살다 오는 것도 좋은 방법인 듯싶다. 그래야 그 행운의 방향에서의 평탄한 시간들이 너무나 감사한 시간임을 더욱 더 알게 될 것 같다.

행운의 방향에서 살고 있는 또 한 사람도, 그 사람 운세에 결혼과 연결될 배우자운이 원하는 만큼 좋지가 않았지만, 돈에 대한 여유도 있었고 만나는 사람도 끊이질 않았다. 그런데 만나는 사람이 가끔 돈도 주고 잘

해 주는 것에 대해 크게 감사함을 모르고 당연한 듯 받아들이는 것 같았다. 자신에게 좋은 행운의 방향에서 살고 있기에 사람들에게 사랑을 받고 있다는 것을 모르고 있고 또한 자기가 갖고 있는 것에 대한 감사도 잊고 사는 것 같았다. 그리고 이런 사실을 아는 나 또한 가끔씩 사람들이 나에게 베푸는 사랑을 작게 평가하며 감사함을 모를 때가 있다. 품은 기대가 컸나 보다. 이렇게 나 포함해서 모든 사람들 마음에 품은 꿈들이 한없이 크다. 집 고양이 애지중지 공주처럼 해 주면 자기가 예뻐서 그런 줄 알고 감사한 줄 모른다. 그런데 길고양이 데려와서 좀 챙겨 주면 감사함에 보답을 한다. 쥐를 잡아 온다. 놀라 소리치면 너무 큰가 싶어 머리를 떼어 오기도 한다. 이래서 힘겨움의 시간이 필요한 듯싶다.

아는 사람이 나에게 팔자가 좋단다. 내 나름대로 힘겨움이 있는데…. 하나님이 허락하신 돈을, 내 안에 죄책감과 두려움으로, 내게 오는 돈을 막아서 박하게 허락한 탓인지, 평생을 사람 좋은 남편이 벌어오는 돈이 넉넉하지 못해, 나이 50이 넘어서도 남들은 두 채씩 있는 집이 하나도 없고, 전세금도 대출을 받아야 하는 형편이다. 그리고 앵무새 초롱이 병수발로 4년이(초롱이가 일곱 살 무렵부터 소화가 안 되는지 밥을 잘 먹지 못하고 속이 비면 구토를 해서 1~2시간마다 먹을 걸 챙겨 줘야 했다.) 넘게 밖을 맘 편하게 나갈 수도 없는 삶을 살고 있다. 그럼에도 지금의 이 시간들이 지나온 그 어떤 시간보다 행복한 시간임에 감사하고는 했지만 역시나 감사하는 마음은 잠시뿐, 부족한 것에 더 많은 시간 마음을 빼앗기고 사는 것 같다. 내가 얼마나 행복한 줄, 잘도 잊고 산다.

남편에게 2천만 원을 주었더니 3천만 원이 온 그 해에, 내게 9년마다 오는 금전운이(결혼 전에 처녀 보살이 써 준 종이에 내 금전운이 들어오는 시기를 보니 9년마다 들어오는 것을 알게 되었다. 또한 그 9년의 의미는 삶에서 일어나는 모든 일들 또한 쳇바퀴처럼 반복되는 시기인 것을 알게 되었다. 그 9년 안에 편안한 시간과 고난의 시간이 반복해서 돌아오는 것 같다. 그러나 평탄한 시간이 절대로 좋기만 한 것은 아니라고 했다. 영적으로 나아가기 위해서는 고난의 시간이 필요하다고 했는데 평탄한 시간은 잠시 쉬어 가는 시간이라고 했다. 그러니 고난의 시간이 결코 나쁜 시간인 것만은 아닌 듯싶다. 이렇듯 평탄한 시간이든 고난의 시간이든 장단점이 있으니 펼쳐진 모든 삶에서 그 모든 시간들을 즐기는 마음을 얻는 것이 가장 큰 힘이 아닐까 싶다. 그리고 살면서 자신의 인생이 이제 행복의 길로 들어선 듯 모든 일들이 잘 진행될 때 그 시간들이 평생 갈 거라는 착각에 빠질 수가 있지만 그 시간이 영원히 계속될 수는 없다. 또한 자신에게 닥쳐온 힘겨운 시간들이 끝나지 않을 것 같은 암담함에 진저리를 치지만 그 시간 또한 영원히 계속될 수가 없다. 연예인 아이돌들에게 마의 7년이라는 말이 있다고 했다. 한참 인기를 누리던 아이돌들이 7년을 넘기기가 힘들다고 했는데 변화의 시기다. 그리고 언젠가 뉴스에서 보통 여자들이 결혼을 해서 7년의 시간 동안 시집살이를 경험한다는 얘기를 들은 적이 있었다. 나 또한 7년의 시간을 경험하고 나서야 정리할 수가 있었다. 그리고 아이들도 7년의 시간이 지나 8살이 되어 학교에 입학하면서 새 세상을 경험하게 되듯이 동물들도 일곱 살을 보낼 무렵에 삶의 변화를 가진다는 것을 알게 되었다. 많은 동물들이 7년의 시간을 보내고 명을 달리 하던가 아니면 병이 생겨 힘겨운 시간을 경험하게 된다던가 보호자에게 버림을 받거나 집을 나가 유기견 생활을 하게 된다는 것을 알게 되었다. 우리 초롱이도 일곱 살이 지나면서 몸에 변화가 찾아와 생전 처음 병원에도 가 보고 힘든 시간을 보내게 되었다. 이렇듯 영원한 것은 없다. 나는 살면서 처해진 상실의 시간 속에서 마냥 힘들어하는 사람들을 보거나 두려움에 갇혀 안 좋은 선택을 하는 사람들을 볼 때마다 그 힘든 시간들이 언젠가 지나갈 것인데 조금만 더 기다려 보지 하는 생각이 들고는 했다. 경험해야 할 상실의 시간이 지나가면 쉬어 가는 시간이 준비되어 있으니 그 힘든 시간을 너무 고통스러워하지 않기를 바라는 마음이 일어나고는 했다.) 들어온다고 해서 기대와 함께 큰 뜻을 품었었다. 그리고는 그때 남편이 내가 빌려준 돈에 1,000만 원을 얹어 돌려주었다. 바로 그 천만 원이 내게 들어온다던 금전운이었다. 그런데 그 금전운이 한 달도 안 되어 들어온 것 그대로, 아니 내가 가지고 있던 것까지 다 끌고 나가 버렸다. 황당했다. 이처럼 잠깐 머물다 등치고 사라지는 것도 금전운으로 보는구나 싶었다.

쓰라린 9년의 시간이 지나 또 내게 금전운이 들어왔다. 이제 금전운이 들어온다고 해도 한 번의 큰 경험으로 기대를 내려놓겠다고 작심하고 있었는데 금전운이 들어온다는 그 시기가 다가오자 혹시나 하는 마음에 로또 복권 한 장을 샀다. 가슴에 품고 묵혀 두었다가 번호를 맞춰 보았는데 5천 원도 안 되었다. '너무 조금 투자했나, 로또가 아닌가? 그럼 어디서 오지? 온다는 내 재물운이.' 실망과 함께 오만 가지 생각이 들었다. 지나고 보니 금전운이 들어온다는 그 달에 딱 100만 원이 들어왔다. 이번엔 그 100만원을 지켰지만 그때 받았던 감사함조차 날아가 버렸다. 그 100만 원이 내 금전운의 이름을 달고 온 것이었는데 내가 품은 큰 욕심에 10분의 1도 안 되는 몫이었다. 그 100만 원은 집주인이 또 집을 2년 만에 팔아서 이사를 해야 했는데, 새 집주인이 이사 날짜를 앞당겨 주면 이사 비용 70만 원을 주겠다고 했고 부동산 홍 사장님이 중개수수료를 20여만 원 깎아 주겠다고 했고, 이삿짐센터를 전화로 알아보는데 2년 전에 우리 집 이사를 도와준 사람과 우연히 통화를 하게 되어 그 사람이 50,000원을 깎아 주어서 대충 100만 원 정도의 금액이 나왔다. 나는 언제부터인가 깎아 달라는 말은 안 하려 하지만(가끔 가다 '조금만 깎아 주세요.'라는 말이 목까지 올라오는 걸 몇 번 말린 적은 있다.) 상대가 그래 준다면 감사히 받는다. 그때는 모든 사람들의 도움과 배려에 너무나 감사해서 한동안 행복의 노래를 불렀었다. 내 모든 기운들이 이제야 살아나 내 인생에 빛을 밝혀 주는구나 싶었다. 그 돈들이 내 9년 만에 오는 금전운의 작은 조각이라는 것을 알기 전까지…. 내 큰 뜻은 실망감으로 산산이 부서져지고 또 한 번 금전운의 진가를 깨닫는 시간이었다. 현실이 이런데 나의 환상은 너무나 거대했었다. 그러고 보니 사람들은 재물운이 들어온다거나 행운이 들어온다고 하면 가장 먼저 복권을 얘기한다. 모든 행운을 돈과 연결시키고 그 돈의 액수도 '적어도 행운이라면 이 정도는 돼야지.' 하는 큰 액수를 상상을 한다. 나 또한 행운의 날이라 하면 일단 복권부터 생각하고 돈과 연결 짓지만 어떤 행운도 어떤 돈도 들어온 적이 없다. 그런데 시간이 지나 생각해 보면 그 시기에 내 안에 밝은 기운이 들어 내가 평소에 뜻하는 일들이 원활하게 진행되는 것을 알 수 있었다. 그래도 매번 행운의 날이라 하면 역시 돈으로 연결시키고 복권방을 기웃거린다.

그리고 9년 전에 나에게 재물운이 들었을 때, 그 재물운이 들어오고 나서 우리에게 휘몰아친 태풍이 기억이 났다. 그러는 와중에 남편 회사에 공장을 새로 만들려는 사람이 찾아왔는데 돈도 없이 기계 제작을 주문하고 싶어 하는 사람이었다. 이런 사람들이 의외로 많은 듯싶다. 남의 돈으로 시작해서 나중에 벌어들인 돈으로 해결을 하려는 속셈으로 사업을 시작하려는 사람들이, 결국에는 남에게 해를 끼치게 되고 자신 또한 성공을

기적 만들기

이룰 수가 없다. 남편이, 처음 알게 된 그 사람으로부터 기계 주문이 들어왔다는 얘기를 나에게 해 주었을 때 나는 9년 전에 내 행운의 방향에서 살 때의 일들이 떠올랐다. 재물운 뒤에 따라온 그 태풍이 기억이 났다. 나는 남편에게, 9년 전 그때처럼 모든 일이 잘 풀린다고, 또한 일을 받고 싶은 욕심에 아무 생각 없이 받았다가는 예전에 그 일을 또 경험하게 될 것이라고, 그 사람이 돈을 들고 오기 전까지는 어떤 기계도 먼저 제작을 해서는 안 된다고 당부를 했다. 남편은 내 말을 따라 그 사람의 일을 받아들이지 않았다. 그리고 나는 그 사람이 우리가 용서해야 할 사람임을 깨닫게 되었다. 나는 그때부터 나와 남편을 용서하고 그 사람이 생각날 때마다 사랑과 용서의 시간을 가졌다. 남편이 그 사람의 일을 섣불리 받지 않자 그 사람은 대출을 받아 오겠다며 갔지만 결국 대출을 받지 못했다고 했다. 우리가 그 사람의 일을 받아 기계를 제작해서 보내주었다면 9년 전의 그 악몽이 그대로 재현되는 것이었다. 그런데 그 9년 전에도 세 군데 회사에서 일을 했는데, 두 회사에서는 돈을 받지 못하고, 또 다른 한 회사에서는 1년의 시간이 지난 후 받게 되었는데, 이번에도 그런 일이 똑같이 발생했다. 그곳은 남편이 계속 일해 왔던 거래처 회사였는데 갑자기 그 회사에 문제가 발생했고 그 이후로 남편 회사와도 문제가 생겨 결제를 해 주지 않았다. 그렇게 1년여 간의 시간을 채우고 나서야 결제를 해 주었다. 9년 전하고 너무도 비슷한 상황이었다. 그렇게 나는 9년마다 도는 그 사이클을 경험할 수 있었다.

그러고 보니 24살에 봉고차를 끌고 다니며 수십 권의 쓰레기 같은 전집을 파는 사람들에게 조금은 선뜩한 압박에 눌려 책을 구입한 적이 있었는데 그때가 처음으로 사기를 경험한 시간이었다는 것을 알게 되었다. 그리고 그때 24살에 내가 마음에 상처를 받은 일들이 있었는데 바로 가까운 친척들의 부탁으로 그들의 직장에서 일을 도와주다가 힘겨운 일을 경험하고 마음의 상처만 받고 제대로 된 돈도 받지 못하고 그곳을 나온 일이 있었는데 내가 상실의 시간을 경험할 때였다. 그리고 9년의 시간이 흘러 33살에 백여 만 원이 안 되는 돈을 누군가에게 홀린 듯 잃어버린 적이 있었는데 그때가 두 번째 경험의 시간이었고 그렇게 9년의 시간이 흘러 남편에게 삼천만 원을 주고 돌려받지 못하고 100여 만 원으로 힘겨운 생활을 해야 했던 것이 세 번째였고 또다시 9년의 시간이 흘러 남편의 거래처에서 결제를 해 주지 않아 힘들었던 그 결핍의 시간을 경험한 것이었다. 이렇듯 우리의 삶이 9년마다 두려움과 사랑의 시간으로 반복되어 찾아올 것이다. 사람의 마음이 9년마다 반복해서 사랑과 두려움으로 회전하는 것 같다. 사랑으로 마음이 가득 빛이 날 때는 모든 일이 순조롭게 진행되다가 사람의 마음이 조금씩 감사와 사랑을 잃어가고 있을 때쯤 두려움이 그 빈 공간을 차지하게 되고 그러면 그에 맞는 시나리오가 기다리고 있는 듯싶다. 그래도 9년 전에는 3번의 타격이 있었는데, 이번에는 우리에게 온 그 두 번의 타격 중 한 번은 피해갈 수 있었으니 다행이다 싶었다. 그리고 모든 일이 잘될 때 욕심을 갖게 되고 큰 뜻을 품는 것 같다. 모든 일이 잘되면 앞으로도 계속 잘될 것 같다는 착각에 빠져 제대로 돌아보지 않고 욕심을 부리는 것 같다. 그리고 보니 이것 또한 계획인 듯싶다. 어차피 우리 안에 두려움이 있다면 그 크기만큼 경험할 시간이 주어질 것이다. 그러니 우리가 할 일은 사랑과 용서로 단련하는 것뿐인 듯싶다.

이렇듯 매 순간 깨달음을 얻으며 단련을 하면서도 에고가 준비해 놓은 욕심은 끝없이 날 흔들고 있었다. 2020년 10월에 나에게 좋은 행운의 방향으로 5년 6개월 만에 다시 돌아왔다. 하지만 생각만큼 그렇게 큰 기쁨

기적 만들기

은 느낄 수가 없었다. 난 여전히 대출의 도움을 받아 전세로 집을 얻을 수밖에 없었다. 에고가 장착해 놓은 이 두려움은 내가 집을 가져야만 더하게 안전할 수 있다고 날 끝없이 착각의 늪으로 끌어당기고 있는데 끝없이 오르는 집값에 난 허탈해할 수밖에 없었다. 그런데 내 행운의 방향에 새로 들어선 아파트로 이사하는 그날 우리 집에 정수기 기사가 왔다. 그 정수기 기사는 내가 6년 전에 이 행운의 방향에서 살고 있을 때 정수기 필터를 갈아 주러 우리 집에 정기적으로 찾아오던 사람이었다. 나와 함께 정수기 기사 또한 기쁜 마음으로 오랜만에 만나 반갑게 인사를 하고 길지 않은 시간에 정수기 필터를 교환해 주고 그 사람은 우리 집을 나갔다. 그렇게 몇 개월이 흘러 또다시 정수기 기사가 우리 집에 방문했는데 처음 만났을 때 반가운 모습은 사라지고 한참 풀이 죽어 있었다. 그렇게 필터를 다 교체하고 우리 집을 떠나면서 그 정수기 기사가 나에게 조금 빈정대는 말투로 "살 만하신가 봐요."라고 말하며 우리 집을 나갔다. 그 말을 듣는데 난 더 할 수 없이 섭섭했다. 그러면서도 그 사람 마음이 이해도 갔다. 6년 전에 우리가 살던 그 집은 20평의 작고 볼품없는 집이었는데 이렇게 내가 6년 만에 30평대 새집으로 이사 온 것을 보고 자신의 상황과 비교를 하고는 상대적 박탈감을 느끼는 것 같았다. 난 몇 개월 전에 그 정수기 기사를 처음 보았을 때 이 집은 전세라고 말해 줬는데 그때 그 사람이 그 비싼 전세금을 주고 왔냐는 표정을 하고는 "그래요."라고 대답을 했었다. 6년 전에 우리 집과 지금의 집을 비교하면서 또한 자신의 모습을 비교한 것 같았다. 나는 6년 전 그때에도 그 정수기 기사에게 "기사님은 동쪽 방향이 좋으니 그쪽으로 이사 가서 사세요."라고 말해 준 적이 있었다. 그리고 그 사람과 그의 아내는 방향이 같은 사람들이어서 안 좋은 방향에서 살면 더하게 안 좋을 수도 있지만, 좋은 방향에서 머문다면 다른 사람들보다 더욱더 좋을 수 있다는 생각을 했었다. 그 정수기 기사가 내 뜻을 받아들인다면 다른 사람들보다 두 배로 더 좋은 기운들을 받아 잘 살 거라는 생각을 했었다. 그런데 그 사람은 동쪽이 좋은 사람인데 서쪽에서 살고 있었다. 그리고 그 사람도 내 말을 흘려들었고 6년의 시간이 흐르는 동안 여전히 자신에게 안 좋은 방향에서 살고 있었고 내가 새로 이사한 그 새 아파트에 분양을 받으려 했으나 떨어졌다고 했다.

나는 그 정수기 기사를 보내고 '당신은 이곳에 당첨이 됐다 해도 제대로 지키기도 힘들 것이고 지켰다 해도 당신에게 행복을 가져다주지는 못할 거예요. 그리고 이 집은 내가 대출을 잔뜩 받아서 얻은 전셋집이니 그렇게 억울해하지 않아도 될 것 같아요. 당신이 갖고 있지 않은 것에 마음을 두고 상처받지 말고 당신이 갖고 있는 것을 한번 돌아보세요. 나보다 더 큰 것을, 더 많은 것을 갖고 있을지도 몰라요. 그리고 당신이 잘되길 원한다면 당신에게 좋은 방향으로 이사 가야 해요. 지금 당신이 머문 자리에서는 당신의 욕심을 조금도 채울 수 없을 거예요.'라고 그 사람에게 텔레파시를 보냈다. 그렇게 시간이 흘러 몇 개월 후 그 정수기 기사가 우리 집에 다시 방문했다. 그 사람은 몇 개월 전에 날 보고 가졌던 그 박탈감은 조금 내려놓은 듯싶었다. 짧은 시간에 정수기 필터를 교체해 주고 우리 집을 나서는 그 사람에게 난 또 한 번 스치듯 "언젠가 꼭 기사님에게 좋은 동쪽으로 이사 가세요. 그곳은 기사님과 아내 분에게도 모두 다 좋은 방향이니 그 누구보다 더욱 더 잘될 거예요."라고 말했다. 그런데 그 사람은 여전히 내 말을 흘려듣고 있었다.

그런데 정수기 기사를 보내고 난 후, 순간 그 사람이 갖는 박탈감과 함께, 자신이 가진 것은 보지 못하고 남이 가진 것에만 눈을 돌려 상처받고 있는 나를 보게 되었다. 그렇게 원하던 행운의 방향으로 이사를 했지만

기적 만들기

내 큰 욕심과 맞지 않는 현실에 상처받고 상실감에 한껏 빠져 있었을 때였다. 그제서야 그 사람을 통해 내가 바라봐야 할 것이 무엇인지 알게 되었다. 그 사람이 나였다. 내가 갖지 못한 집을 가진 존재들을 부러워하고 시기할 필요가 없음을, 그들 또한 그 집을 얻기 위해 대출을 받았을 것이고 이자에 치여 어떤 힘든 시간을 경험하고 있을지도 모르고, 또한 나처럼 자기가 갖지 못한 것을 가진 또 다른 사람들을 보고 박탈감에 빠져 살고 있을지도 모른다는 생각을 했다. 그 정수기 기사가 나를 보고 얻은 박탈감과 내가 다른 사람들을 보고 얻은 박탈감처럼 그들 또한 분명 자기가 갖지 못한 것을 가진 존재들을 보며 자신을 괴롭히고 있을 거라는 생각을 했다. 그러니 우리는 결국 끝 모르는 허상들을 쫓으며 자신의 행복을 보지 못한다는 생각이 들었다. 내가 그 사람에게 보낸 위로의 텔레파시가 결국은 내가 들어야 할 말이었다. 난 하나님께 또다시 내가 내려놓아야 할 것이 무엇인지 그것을 온전히 내려놓게 해 달라고 간절히 요청해 본다. 나의 에고가 만든 두려움으로, 매 순간순간 간직해 온 그 허상의 시간들을 하나씩 놓아 버려야 한다는 사실과 함께 또다시 내가 놓아 버려야 하는 것이 욕망이고 결핍감임을 확인하는 시간이었다.

이렇듯 나에게 좋은 방향이든, 안 좋은 방향이든 어디에서건 갖지 못한 것에 마음을 두고 큰 욕심만을 품고 내가 갖고 있는 것은 당연함으로 가려 놓으니 우리가 결국에 행복을 볼 수 있을까 싶다. 또한 욕심으로 만들어진 큰 꿈을 품고 행운의 방향으로 이사하고 나면 나처럼 금방 부자가 될 거라는 환상과 함께 좋은 일만 있고 나쁜 일은 하나도 없을 거라는 착각에 분명 빠질 것이다. 이 땅에 사는 한, 평생을 행운의 방향에서 사는 사람들도 이혼도 하고, 생을 다 하기도 하고, 하던 일을 접기도 하고, 병에 걸리기도 하고, 세상 모든 희노애락을 경험한다.

# 12. 양택풍수

## 1) 양택풍수를 만나기 전

내가 기억하는 나는 어렸을 때 누군가와 대화를 한 기억이 많지가 않다. 그 많은 식구들 속에서 그들도 그랬겠지만 난 특히 혼자였다. 내가 그때 지니고 있는 것이라고는 자존심 하나였는데, 그것도 이리저리 상처받고 어디에도 내세울 수 없는 볼품없는 자존심으로 마음을 닫고 산 것 같다. 그런 삶 속에서 내가 택한 유일한 게 하나 있었는데 그것은 바로 책이었다. 나는 집에 누군가가 사다 놓고 읽지 않는 책들과 교실에 배치된 모든 책들까지 다 읽었다. 소설책부터 언니가 갖다 놓은 프로이트의 정신분석학 책과 동의보감과 건강에 관련된 모든 책들까지 손에 잡히는 대로 다 읽었다. 그렇게 교과서 외에 다른 책들에, 모르는 누가 보면 공부벌레 같이 열정을 보였다. 그렇게 열정적으로 밥상 앞에 앉아서도 책을 읽자 어느 날 엄마가 내가 보던 책을 어딘가에 숨겨 놓으셨다. 그 일은 나에게 엄마의 사랑을 느끼게 되는 몇 번의 일 중에 한 가지로 기억된다. 엄마는 동글동글한 여성스런 얼굴에 작은 체구이시지만(난 아버지를 닮았다.) 강한 분이셨고 자식들에게 뭘 그렇게 강요하시거나 하지 말라고 하는 것도 별로 없었고 또한 사랑의 표현도 하시지 않는 좀 시크한 분이셨는데 오로지

기적 만들기

음식으로 사랑을 표현하셨다. 그때는 먹는 일이 큰일이라 엄마가 할 수 있는 최선의 사랑을 표현하신 것이었지만 많은 것을 바라는 자식의 마음으로는 그것에서 사랑을 찾을 수가 없었다. 그런데 엄마가 내가 밥 먹을 때도 책을 보느라(좀 웃기긴 하다. 누가 보면 공부 무진장 잘한 애 같다.) 밥을 제대로 먹지 않는다고 책을 감추신 것이었다. 내겐 새로운 경험이었다. 내가 밥을 제대로 먹지 않는 것이 엄마에게 좋은 일이 아니었나 보다. 자식이 이렇다. 부모님의 마음을 제대로 보지 못한다. 이렇게 나는 내 삶 속에서 벗어나 책 안에 펼쳐진 세상 속으로 도망치려 한 것인지, 명확한 질문도 답도 없이 손에 잡히는 모든 책들을 그냥 읽었다. 내가 읽기 시작해서 끝까지 읽지 않은 책이 몇 권이 안 되는데 그 책 중 하나가 교과서다. 그렇게 많은 책들을 읽었으면서도 교과서는 읽어 보려는 마음조차 일지 않았다. 20대까지는 세상의 모든 책들을 읽어야 했기에 마음의 여유가 없어서 한 번 이상은 읽을 수 없었지만 30대가 넘어서 읽은 책 중에 내 마음에 드는 책은 3번 이상을 읽는다. 그래야 그 책이 전하려 하는 뜻을 제대로 알 수 있는 것 같다. 나이 들어 가끔, 학교생활로 돌아가면 그때보다 공부를 더 잘할 수 있을 텐데 하는 마음이 생길 때가 있다. 그저 그 교과서들을 세 번씩만 읽었다면 아마 상위권이나 중상위권(그 시대는 요즘보다는 공부하기가 조금 더 수월한 시절이었다.) 안에 들었을 텐데 하는 생각이 들곤 했었다. 책을 많이 읽다 보니 가장 쉬운 공부하는 방법을 조금 깨달은 것 같다.

그리고 내가 읽다가 몇 장을 넘기지 못하고 포기한 책이 한 권 더 있었다. 어렸을 때부터 난 부처님이나 예수님 등 모든 깨달은 존재들에게 마음이 열려 있었다. 종교와는 별개로….

(우리에게 좋은 북서쪽 방향에서 살 때 어느 날 우연히 원불교에서 나

온 60대로 보이는 여자분을 만나게 되었는데 그 사람이 나에게 전생에 내가 남자였고 스님이었다는 얘기를 해 주는 것이었다. 나는 그 얘기를 들을 때 그렇게 새삼스럽지도 않았다. 내가 관심을 두는 것들을 보면 내가 전생에 스님일 수 있는 가능성은 얼마든지 있다는 것을 나는 받아들이고 있었다. 그리고 지금 내가 세상과 등지고 앵무새와 사는 나를 볼 때마다 내가 전생에 산 속에서 우리 초롱이와 보라와 인연을 맺어 이 삶에서 다시 만났다는 생각을 가끔씩 하기도 한다. 그리고 이번 생에서 종교에 마음을 두지 않는 것이 전생에서 분명히 종교에 의지해서 영적으로 나아가려 했던 시간들이 있었을 거라는 생각과 함께, 전생에서 그 경험들을 다 해서 이번 생에서는 너 이상의 경험을 하지 않는다는 생각을 하고 있다.) 특히 부처님과 예수님에게 관심이 많았는데 예수님을 알기 위해서는 성경책을 읽어야 할 것 같았다. 그런데 집에 누군가 사 놓은 신약성서가 한 권 있었다. 그래서 처음부터 읽자 싶어서 생전 처음으로 내 돈을 들여 구약성서를 구입했다. 그러니까 20대 초반까지 한 번도 책을 사 보지 않는 내가 처음으로 구입한 책이 성경책이었다. 큰 뜻을 품고 구입한 구약성서를 읽기 시작하는데 몇 장 넘기지 못하고 더 이상 나아갈 수가 없었다. 도대체 이게 뭔 말인지 알 수가 없었다. 그리고 성서라는 이름에 맞는 내용을 기대했는데 앞에서 읽은 몇 장에서는 찾을 수가 없었다. '그래 첫장에 소중한 비밀을 감춰 둘 리가 없지.' 하는 생각에, 나는 성경책 이곳저곳을 펼쳐가며 보물을 찾듯 내가 원하는 글들을 조금씩 읽어 가며 찾기 시작했다. 하지만 내가 원하는 글들은, 내 큰 기대와 성서라는 이름에 맞는 글들은 내가 읽은 그 몇 장에서는 찾을 수도 없었고, 구약을 펼치다 말았으니 신약은 한 번도 펼쳐 보지도 못했다. 그렇게 처음으로 내 돈을 들여 산 책을 제대로 다 읽지 못했다. 아직 예수님의 뜻을 알 때가 아니었나

기적 만들기

보다.

그리고 난 20대 초반에 내 안에 넘쳐나는 수많은 상념들과 보이지 않는 앞날에 암담함을 느끼고 있었기에, 누군가 사다 놓은 명상에 관한 책들을 읽으며 가부좌를 틀고 명상이라는 것을 해 보려 한 적이 있었다. 가족들이 없는 공간을 찾아 명상을 하려 하는데 끊임없이 쏟아지는 상념들보다 더 하게 나를 막아서는 게 있었다. 내 가슴에 20여 년간 박힌 바윗돌 같은 뭔가가 내 호흡을 방해하고 있었다. 코로 공기를 들여 마셔 저 배꼽 아래 단전으로 내려 보내야 하는데, 내 호흡과 가슴에 박힌 상실감으로 응어리진 바윗돌이 부딪혀 생겨난 통증으로 더 이상 나아갈 수가 없었다. 지금에 와서 뒤돌아보니 그때는 내가 상실을 경험할 시간이라 그 성경책에서도 아무런 깨달음의 답도 찾을 수 없었지만 명상 또한 나의 시간이 아니었던 것 같다. 이 또한 때가 되어야 한다는 것을 시간이 지나고 나서야 알게 되었다. 아무리 명상을 하고 싶다고 할 수 있는 게 아니었다. 그때 내게 허락된 것은 내가 용서해야 할 그 두려움의 경험들이었다. 그 시간들은 누군가가 대신 해 줄 수도 없고 그 누군가의 도움으로도 벗어날 수 없었던 나의 시간이었다. 그리고 35살 이전의 시간은 꼭 경험해야 하는 시간이라고 했다. 그러고 보니 내가 나에게 좋은 서쪽 방향으로 이사 와서 그 뒤로 한 번도 나에게 안 좋은 방향에서 살았던 적이 없었는데 그때 남편과 함께 우리에게 좋은 서쪽 방향으로 이사한 나이가 서른여섯 살이었다. 그러니까 35년 동안에 내가 경험해야 할 상실의 시간이 끝난 듯싶다. 물론 그 뒤로 그 상실의 감정들을 정리할 시간이 필요했고 또 다른 상실의 시간들이 나에게 매달려 있지만….

20여 년의 시간이 흘러 40대에 들어서면서 명상을 하기 시작했다. 물론 말이 명상이지 명상의 탈을 쓴 상념의 시간이었다. 그래도 20여 년 전에 나를 막아섰던 그 상실의 응어리들이 명상을 하지 못하도록 막아서진 않았다. 그것만으로도 감사한 일이었다.

(10여 년의 시간이 지난 지금 나는 호흡보다는 내 깊은 곳에 머문 빛에 마음을 주기로 했다. 그 빛은 내 안에 존재하는 하나님의 빛이고 그 빛과 하나가 되어 우주로 확장됨을 느끼고 동시에 모두 존재들과 하나임을 아는 것이다. 어렸을 적에 부처님이 하신 말씀 중에 천상천하 유아독존이라는 말을 들은 적이 있었는데 그 말을 처음 들었을 때 나는 역시 부처님도 이 세상에 의지하고 믿을 만한 존재가 하나도 없으니 나 자신만을 믿으라고 하는 말인가 하는 생각을 한 적이 있었지만 하늘 아래 오로지 한 존재만이 존재한다는 섯을 밀하는 것이라는 사실을 그때도 조금은 알고 있었다. 하지만 온전히 알 수는 없었는데 예수님까지 거들면서 말씀하셨다. 모든 존재는 분리될 수 없는 하나의 빛이라고…. 내가 그 누구와도 분리되지 않은 하나의 빛이라는 것을 아는 것이다.)

그렇게 깨달음을 얻기 위해 구입한 성경책 읽기를 포기하고, 20대 때는 아예 책을 빌려 주는 곳에 회원으로 가입을 해서 세상이 알고 있는 모든 유명한 작가들의 책들부터 읽기 시작했다. 마치 매일 매일 멈추지 않고 돌아가는 공장의 기계처럼 집에서도 사무실에 출근해서도(거의 나 혼자 출퇴근하는 사무실이었다. 다른 직원들은 현장으로 직접 출근했다.) 이 세상에 제목만 대면 아는 모든 유명한 책들을 거의 다 읽었다. 그 20대 초반에 마치 무슨 임무를 맡은 사람처럼 책을 읽다가, 조금 시들해진 어느 날 막내 남동생이 나에게 생전 처음으로 심오한 질문을 했다. "누나는 그렇게 많이 읽은 책들 속에서 무엇을 깨달았어?"라고 묻는 것이었다. 나는 멍하니 아무 생각도 나지 않았다. 그렇다. 난 마치 해변의 모래알들을 바라보듯 책을 읽었던 것 같다. 그리고 남들에게 보여 주려고 명품 가방을 수집하듯 책들을 수집하는 심정으로 읽은 것 같다. 지금 그때 읽은 수많은 책들 속의 내용도 잘 기억이 나지 않지만 내가 그 책들 안에서 얻은 게 무엇인지 아직도 모르겠다. 책들을 읽고 얻은 게 무엇인지도 모르겠지만, 앵무새 초롱이와 말하는 법을 모르는 남편과 20여 년에 가까운 시간들을 살다 보니 나 또한 말하는 법을 잃어 가고 있었다. 매일 매일 사용하는 말들이, 남편과 초롱이에게 해 줄 말들이 그렇게 다양할 필요가 없었다. 초롱이도 그렇지만 남편도 길게 어렵게 말하면 못 알아듣는다. 짧게 간단하게 말하는 법을 배워야 했다. 그렇게 남동생의 심오한 질문과 함께 소설 책들의 매력을 더 이상 느끼지 못하는 시간이 왔고 수년 간 내 삶을 등지고 바라본 책들을 놓아 버렸다. 그때 20대 중반에… 그 이후로 30대가 될 때까지 난 몇 권의 책 이외에는 읽지 않았다. 30대 중반쯤 되었을 때 어떻게 무엇을 해야 잘 살 수가 있을까 하는 생각 속에서 난 그 전에 봤던 책들과는 다른 책들을 찾기 시작했다. 그 책들 중 하나가 양택풍수 책이었다.

### 2) 머문 방향으로 그들의 삶이 보였다

풍수는 음택풍수와 양택풍수로 나뉘는데 음택풍수는 묘지를 통해 길흉화복을 보는 풍수고 양택풍수는 집과 회사 주변의 모든 것을 보는 풍수법이다. 그러니까 양택풍수는 우리가 머물러 있는 생활 속에서 찾을 수 있는 것이고 음택풍수보다 양택풍수가 우리에게 더 큰 영향을 준다고 했다. 또한 양택풍수는 이미 서양에서 더 활발하게 받아들이고 있고 잘 사는 사람들은 양택풍수를 생활 속에서 많이 활용하는 듯했다. 처음 양택풍수 책을 읽고 나와 내 주변의 모든 사람들의 방향을 살펴보고, 또한 역대 대통령들과 TV에 나오는 연예인들과 정치인들과 재벌들이 사는 방향들을 살펴본 적이 있었는데, 잘 사는 사람들 대부분이 자기 자신들에게 좋은 방향에서 살고 있었다. 그리고 청와대가 서쪽 방향(남서쪽 방향)인데 서쪽 방향이 좋은 몇 명의 역대 대통령들의 임기 시기에 그들에게 돈을 가져다주는 사람들이 많은 것 같았고 그 뒤로 그 대통령들은 그들이 받은 돈으로 세상의 구설수와 함께 법정에 서야 했다. (청와대 방향이 가장 좋았던 대통령은 이승만 대통령인데 가장 좋은 행운의 방향이었다. 그래서 그렇게 내려오래도 안 내려오고 오래 버틸 수 있었나 보다. 그리고 그다음으로 사람들에게 많은 돈을 받아 재판을 받아야 했던 전두환 씨가 세 번째로 좋은 방향이고 그다음으로 노태우, 박정희 대통령과 이명박, 문재인 대통령도 네 번째로 좋은 방향이다. 그리고 나머지 대통령들은 청와대 방향이 다 안 좋은 방향이다.) 그리고 청와대 방향이 안 좋은 방향이었던 역대 대통령들의 경우, 그 대통령들의 문제보다는 그 측근들의 비리나 문제로 힘든 일들을 경험한다는 것을 알게 되었다. (박근혜 전 대통령은 동쪽 방향이 좋은 사람이고 자신의 집도 자신에게 좋은 방향에 있었지만 대통령이 되었기에 자신에게 안 좋은 서쪽 방향에서 대통령의 임기가 다 할 때까지 살아야 했을 것이다. 하지만 안 좋은 방향에서 3년의 시간이 지나면서 그 방향의 기운들이 서서히 커져 가는 것인데 박근혜 전 대통령 또한 그 안 좋은 기운들을 벗어날 수는 없었던 것 같다. 3년의 시간이 지나 그 임기를 다 채우기도 전에 안 좋은 상황들을 경험하게 되고, 또한 최씨도 박근혜 전 대통령과 같이 동쪽 방향이 좋은 사람이고 자신에게 가장 좋은 행운의 방향에 있는 집에서 살고 있었지만 청와대는 최씨에게 가장 안 좋은 최대흉 방향에 해당된다. 그러나 그런 안 좋은 방향에서도 자신의 뜻대로 휘두를 수 있었던 것은 자신에게 안 좋은 방향인 청와대에서 정해진 시간 동안 살아야 하는 박근혜 전 대통령과는 다르게 그 청와대는

기적 만들기

최씨에게는 직장이었고 자신이 살고 있는 집은 여전히 행운의 방향이었기에 자신의 뜻대로 좌지우지 할 수 있었던 것 같다. 하지만 결국에는 가장 안 좋은 기운이 머문 그 직장에서의 기운이 3년이 넘게 쌓여 가게 되고, 또한 그 사람의 운대가 꺾일 시간이었기에 그 힘든 경험의 시간을 가져야 했을 듯싶다. 아무리 좋은 행운의 방향에 산다 해도 그 운이 꺾이는 시간까지는 막을 수 없는 듯싶고 직장의 방향 또한 자신의 삶에 많은 영향을 줄 수 있다는 것을 알 수 있었다.)

그리고 서쪽 방향이 좋은 대통령의 경우 동쪽 방향에 있는 일본과 미국보다는 중국과 우호적인 관계인 것을 볼 수 있었고 동쪽 방향이 좋은 대통령의 경우 중국보다는 자신에게 좋은 방향에 위치한 일본과의 외교에서 무언가를 더 얻어 낼 수도 있고 강하게 자신의 뜻을 표현하고 있는 것을 볼 수 있었다. 문 대통령은 서쪽 방향이 좋은 사람인데 역시나 동쪽 방향에 있는 일본과의 모든 외교에서 차질이 빚어지는 것을 보고 원하는 답을 얻기가 쉽지 않을 거라는 생각을 하고 있었다. 이렇듯 대통령마다 그들에게 좋은 방향에 있는 나라와 좀 더 좋은 관계를 맺을 수 있다는 것을 확인할 수 있었다.


나는 축구 선수들에게서도 방향에서 오는 그들의 삶을 보았다. 예전에 차범근 선수는 천재적인 축구 실력으로 유럽에 가자마자 그 실력을 뽐내며 인정과 사랑을 받고 있었는데 차범근 선수는 서쪽이 좋은 사람이었다. 그렇게 그 사람은 자신에게 좋은 서쪽 방향인 유럽에 가서 크게 힘겨움 없이 지낼 수 있었다고 했다. 그런데 그 유럽에 간 또 다른 선수를 보게 되었는데 그 선수의 고단함이 느껴졌다. 그 선수는 바로 박지성 선수였다. 박지성 선수는 유럽에 가자마자 온갖 비난과 시련에 시달렸다고 했는데 박지성 선수는 동쪽이 좋은 사람이었다. 그때 박지성 선수에게 일본에 있는 몇 군데 구단에서 제의가 들어왔는데 모두 거절했다고 했다. 박지성 선수의 운명으로 자신에게 좋은 동쪽에 있는 일본은 거절하고 자신에게 힘겨움을 경험하게 할 유럽을 선택할 수밖에 없었을 것 같다. 박지성 선수가 유럽으로 간 나이가 스물다섯 살이었는데 박지성 선수는 이마가 얼굴에 비해 빈약하다. 특히 스물네다섯 살 나이에 해당하는 이마 위 양쪽 부위가 조금 작은 듯했다. 그런데 1년 후 조금씩 인기를 얻기 시작했다고 했는데 스물여섯 살부터 조금 더 힘겨운 상황에서 벗어날 수 있는 얼굴이었지만 여전히 힘겨운 상황을 보여 주는 얼굴이었다. 박지성 선수는 차범근 선수와는 다르게 살을 깎는 고통으로 노력을 해야 했을 거라는 생각이 들었다. 그래야만 얻을 수 있는 찬사였을 것이다. 그때 그 박지성 선수의 구단 감독이 인터뷰를 할 때, 능력보다 저평가된 선수가 누구인지에 대한 질문을 받았는데 박지성 선수라고 했다. 역시나 안 좋은 방향에서는 무릎이 나가도록 재주를 부려도 칭찬과 상은 다른 운 좋은 놈이 받고 이렇게 상 하나 없는 뒷담화로 칭찬을 받는다. 박지성 선수는 오랫동안 무릎 부상으로 힘들어하다가 은퇴를 했는데 박지성 선수의 이마에서, 수많은 돈과 유럽으로 스카웃된 그 찬란한 겉모습에 가려진 힘겨운 삶이 보였다. 그래도 다행인 것은 그 힘겨운 시간을 다 보냈으니 앞으로의 시간들은 지난 그 시간들보다 좀 더 평탄한 시간일 것 같다. 물론 살다 보면 힘겨운 시간들이 곳곳에 숨어 때가 되어 나타나겠지만 그때만큼 힘겹지는 않을 듯 싶고 온 국민의 사랑을 받고 있는 박지성 선수에게 온전한 평화가 깃들길 바란다.

그리고 어떤 30대 남자 연예인이 20대 때 사기를 두 번 맞았는데 두 번 다 일본 사람들이었다고 했다. 그래서 그 사람의 방향을 찾아보았는데 역

기적 만들기

시나 그 사람도 서쪽이 좋은 사람이었고 동쪽은 안 좋은 방향이었으니 일본사람들에게 사기를 당할 수밖에 없었던 것 같다. 그리고 그 사람의 이마를 보니 그 사람도 박지성 선수처럼 24~27살에 해당되는 이마 양쪽 부위가 많이 빈약했는데 그 시기에 사기를 맞았다고 했다. 힘겨운 경험을 할 시기였기에 자신에게 안 좋은 방향에 있는 일본 사람들과 인연이 닿은 듯싶다.

### 3) 양택풍수

양택풍수 핵심은 사람의 마음을 편안하고 밝게 하여 좋은 기운으로 행복한 삶을 만들게 하는 것이다. 또한 기분을 밝게 해 주는 좋은 것을 보면 두려움이 사라지고 사랑의 마음이 커지는 것처럼 양택풍수 안에는 사람의 마음을 좋게 만드는 꽃, 풍경, 빛, 화분, 수족관, 거울 등 수많은 소품들과 함께 방법들이 있다. 이렇듯 밝은 마음에서 좋은 일들이 발생한다는 것을 알 수 있을 것이다. 그리고 집과 차 등 주변을 깨끗이 관리하여 마음을 어지럽히지 않도록 하고, 현관에 불을 항상 밝게 켜 두면 미뤄진 돈들이 조금 더 수월하게 들어올 수도 있다고 했다. 그런데 이런 것들은 자신이 할 수 있는 한도에서 얼마든지 선택해서 할 수 있지만, 내가 이곳에 양택풍수에 나오는 수많은 방법 중에 이렇듯 아주 작은 표현만 한 이유가 있다. 우리 삶을 변화시킬 수 있는 큰 힘은 다른 것에 있음을 경험했기 때문이다. 그 무엇보다 가장 우선 되어야 하는 것을 알게 되었는데 그것은 바로 내가 살고 있는 방향이다. 나는 풍수 전문가도 풍수에 대한 공부도 하지 않는 사람이다. 그저 잘살아 보겠다고 책에 나온 몇 가지를 해 본 게 전부다. 그렇게 20여 년 동안의 경험으로 방향의 중요성을 깨달은 것뿐이다. 처음 양택풍수 책을 읽고 10여 년 동안은 집을 풍수에 좋은 몇 가지 소품들로 꾸미는 것에만 신경을 쓰고 방향의 중요성은 크게 알지 못했고 자신에게 좋은 방향에서 살아야 한다는 그 말에는 크게 비중을 두지 않았는데 살아가면서 조금씩 내가 머문 방향에서 오는 기운을 느낄 수 있었다. 내 경험에 비추어 자신에게 좋은 방향을 찾아 수년 동안 머물러 있을 때 다른 힘겨운 노력을 굳이 하지 않아도 최고의 힘을 얻을 수 있는 것 같다. 그러니 나에게 좋은 방향에서 머물러야 한다. 그것부터 시작이다.

  양택풍수는 태어난 년도에 따라서 서쪽 방향이 좋은 사람과 동쪽 방향이 좋은 사람으로 나뉜다. 서쪽 방향은 서쪽, 북서쪽, 남서쪽, 북동쪽으로 이렇게 4방향으로 나뉜다. 그리고 동쪽 방향은 동쪽, 남쪽, 남동쪽, 북쪽 방향으로 나뉜다. 그리고 자신의 방향을 찾기 위해서는 운명수를 찾아야 한다.

기적 만들기

# 운명 수 찾기

1. 태어난 연도에서 뒤에 두 자리 숫자를 더한다.
2. 더한 숫자가 두 자리 숫자일 경우 한 자리 숫자가 나올 때까지 더한다.
3. 1900년대 출생한 남자의 경우 숫자 10에서 2번 과정으로 나온 수를 빼 준다.

   2000년대 출생한 남자의 경우 9에서 2번 과정으로 나온 수를 빼 준다.

   1900년대 출생한 여자의 경우 5를 2번에서 나온 수에 더해 준다.

   2000년대 출생한 여자의 경우 6을 2번에서 나온 수에 더해 준다.
4. 이때 두 자리 숫자가 나왔을 경우 다시 한 자리 숫자가 될 때까지 더해 준다.

예) 1980 (남)          1980 (여)

   8+0=8           8+0=8

   10-8=2(운명 수)     5+8=13

                     1+3=4(운명 수)

예) 2002 (남)          2002 (여)

   0+2=2           0+2=2

   9-2=7(운명 수)     6+2=8(운명 수)

# 서쪽 길흉 방위

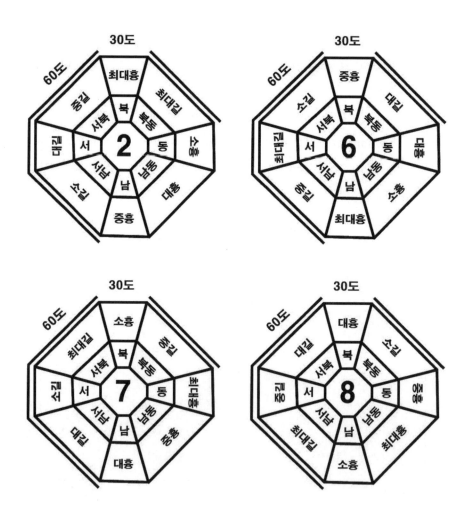

# 동쪽 길흉 방위

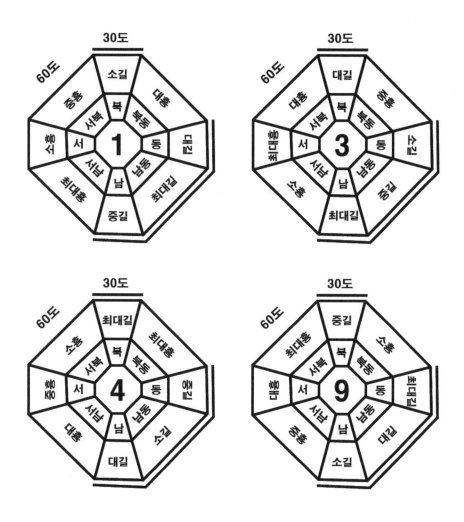

방향을 나눌 때 서울시나 대전시 또는 파주시 등 시에서 살고 있으면 그 살고 있는 해당 시의 지도를 보고, 거창군이나 고성군, 양평군 등 군에서 살고 있으면 그 살고 있는 해당 군의 지도를 보는 것이다. 자신이 살고 있는 시나 군의 지도에 중심점을 정하고 동서남북 방향을 잡는다. 그리고 좌측으로 (시계 반대 방향) 조금 틀어야 한다고 했지만 굳이 그럴 필요는 없는 것이 서쪽 방향이 좋은 경우 되도록이면 서쪽 방향의 중심 쪽에 집을 선택하는 것이 좋을 듯싶다. 물론 꼭 중심이 아니어도 된다. 그리고 동, 서, 남, 북은 30도로 하고 북서쪽, 북동쪽, 남서쪽, 남동쪽 방향은 두 방향이 합쳐진 곳이니 60도로 한다. 그러니까 동, 서, 남, 북이 폭이 좁은 것이다.

같은 서쪽이나 동쪽 방향이 좋은 경우에도 태어난 년도에 따라서 행운의 방향이 다를 수가 있고, 소길, 중길, 대길, 최대길(행운의 방향)로 나누어지고, 안 좋은 방향도 소흉, 중흉, 대흉, 최대흉으로 나누어진다.

그리고 좋은 방향에서 산다고 다 똑같은 크기로 좋은 게 아니라는 것을 알았다. 좋은 방향 중에서도 가장 좋은 행운의 방향에서 살아야 각자에게 주어진 인생 최고치의 행운을 누릴 수가 있다. 그다음으로 좋은 곳은 두 번째로 좋은 방향이다. 첫 번째 행운의 방향(최대길)과 두 번째 방향(대길)에서 살 때 밝은 기운들이 더 많이 생겨나 주변에서 도움을 준다는 것을 경험하게 되었다. 세 번째(중길)과 네 번째 방향(소길)에서도 좋은 기운들을 받을 수 있지만 첫 번째와 두 번째 방향에서보다는 그렇게 크지 않아서 잘 느낄 수가 없었던 것 같다. 그러나 안 좋은 방향에서 살 때보다는 더한 편안함을 느낄 수 있고 나를 힘들게 했던 일들이 조금씩 작아지는 걸 느낄 수 있었다. 또한 안 좋은 방향에서는 얻을 수 없었던 좋은 정보

기적 만들기

와 날 인도해 줄 좋은 책을 만날 수 있게 되고 또한 그때 자신에게 온 좋은 기회들을 외면하지 않고 받아들이게 되는 것 같다. 나 또한 이런 차이점을 10여 년의 시간을 보내고 나서야 알 수 있었다. 그러나 행운의 방향에서 산다고 모두가 다 부자로 사는 것이 아니다. 각자 자기가 갖고 있는 행운의 양이 정해져 있는 듯싶다. 어떤 사람은 평생을 첫 번째 행운의 방향에서 살았는데 돈 걱정 없이 거의 무난한 삶을 살면서 자기 하고 싶은 거하고 살았지만 집 없이 전세로 살았고 부자도 아니었다. 그 사람은 집이나 저축에 관심이 없는 듯싶었고 자기가 갖고 있는 모든 것들을 현재 시간 속에서 누리고 사는 것에 마음을 둔 사람이었다. 또 어떤 사람은 거의 평생을 두 번째로 좋은 방향에서 살았는데 집이 여러 채이고 부자로 자기 맘대로 편한 삶을 사는 사람도 있다. 이런 것을 몰랐던 예전에 잠깐 의아한 적이 있었다. 세 번째로 좋은 방향에 사는 사람이 크고 좋은 집에서 어느 정도의 부를 누리고 사는 것을 본 적이 있었는데 내 주변에서 가장 좋은 행운의 방향과 두 번째로 좋은 방향에서 오래 산 사람들보다 그 사람이 더 부를 누리고 살고 있었다. 그러고 보니 안 좋은 방향에서 사는 사람들도 좋은 방향에 있는 직장에 다니는 경우 어느 정도의 경제력을 누리고 있는 것을 볼 수 있었다. 이렇듯 평생 가장 좋은 행운의 방향에서 산 사람보다 두 번째로 좋은 방향에서 살거나 세 번째로 좋은 방향에서 산 사람이 더 큰 부자로 사는 경우도 있다는 것이다. 이런 것들은 각자의 운에 따라 결정되는 듯싶다.

## 4) 돈이 행복의 모든 조건이 될 수 없다

몇 년 전에 내가 살던 집주인 여자를 처음 보았을 때 살짝 의아한 마음이 들었다. 전셋집을 구하려고 그 집을 방문했을 때 그 집주인 여자의 얼굴을 보았는데 전혀 그런 좋은 집을 갖고 있을 만한 얼굴이 아니었다. 얼굴은 칙칙한 낯빛에 밝은 기운이 하나도 없었고 웃음기 하나 없는 무미건조한 표정을 짓고 있었는데 '이 집 도우미인가?' 하는 생각이 들었었다. 그 집은 부부 공동 명의로 되어 있었는데 남자에게는 좋은 방향이었고 여자에게는 안 좋은 방향이었는데 그 여자는 직장도 안 좋은 방향에 있는 곳에 다니고 있었지만 구청 공무원이었다. 그러니까 안 좋은 방향에서 살고 있으면서도 자신의 집도 갖고 있고 나보다 더 경제적으로 여유가 있는 사람이었다. 그런데 그 집을 살 때 시어머니 도움을 받았다고 했는데, 시집과의 관계에서 자유로울 수 없음을 볼 수 있었고 또한 시집의 방향이 그 여자 집주인에게 안 좋은 방향에 있었으니 시집살이를 경험하고 있다는 것을 짐작할 수 있었다. 거기에다가 남편이 서울에서 직장을 다니는 이유로 남편과 떨어져 지냈는데 그 집에 관련된 모든 일들을 서울에 있는 남편에게 묻고 허락을 받고 있었다. 그렇게 남편도 없이 직장 다니면서 아이를 혼자 키우고 있는 그 집주인 여자는 무엇 하나 행복하지 않은 얼굴이었다. 이렇듯 안 좋은 방향에서(물론 그 집의 방향이 남편에게 두 번째로 좋은 방향이었기에 그런 집을 유지할 수 있고 남편의 뜻이 더 크게 작용하는 듯싶다.) 살아도 좋은 집을 갖고 있고 무난한 직장을 다니고 있는 것을 볼 수 있었다. 그러나 그 사람은 좋은 집과 무난한 직장은 가졌을지 모르지만 그 사람 어디에서도 행복을 찾아볼 수 없었다. 이렇듯 돈의 결핍 대신 정신적으로 행복과 기쁨이 결핍을 대신할 수도 있다는 것을, 또 다른 힘겨움이 대신할 수도 있다는 것을 알게 되었다.

기적 만들기

## 5) 행운의 방향에서 머물면 좋은 일들이 더 많이 일어난다

나는 28살까지 슬픈 방향에서 살았다. 그런데 28살부터 지금의 남편과 결혼하기 전까지 옥탑방에서 6년을 살았는데 내게 상처 주는 사람도, 내가 원치 않는 일을 강요하는 사람도 없었고 난 자유였다. 그리고 내 평생 그 6년의 시간 동안 가장 많은 남자들이 다가왔고 서너 명의 남자들에게 받은 사랑은 내 평생 받은 사랑 중에 가장 컸다는 걸 시간이 지나고 나서야 알게 되었다. 그렇다고 그들과 모두 좋은 인연이었다는 것은 아니다. 내 삶에서 만난 다른 사람들보다 나에게 잘해 주고 사랑해 줬다는 것이다. 몇 년 후 양택풍수 책을 보고나서야 그곳이 나에게 행운의 방향이었다는 것을 알게 되었고 그때 직장도 세 번째로 좋은 방향에 있었는데 사장님도 좋은 사람이었고 그 전에 다녔던 어떤 곳보다 편안하게 다닐 수 있었고 가장 오래 다닌 직장이었다. 20대 때 다닌 직장들은 내가 살고 있던 집의 방향과 같이 모두 나에게 안 좋은 동쪽에 있었다. 그러니 어디에 제대로 내세울 수도, 오래 머물 수 있는 직장도 아니었고 힘겨운 경험을 하게 해 준 직장들이었다. 그리고 옥탑방을 떠나 남편과 결혼 후 살게 된 신혼집도 우리에게 안 좋은 동쪽이었다. 그런 곳에서 시작했으니 우리의 결혼 생활은 잿빛이었고 그런 불안한 마음 상태였으니 남편이 나를 지켜 줄 수도, 제대로 된 사랑도 할 수 없었던 것 같다. 가만히 돌이켜 보면 첫 번째 결혼했을 때 살던 집도 내게 안 좋은 동쪽이었고, 20대 초중반에 잠깐씩 만났던 남자들의 집들이 대부분 나에게 안 좋은 동쪽에 자리하고 있었다. 그때 누구랑 결혼했어도 난 시집의 힘겨움과 함께 슬픈 결혼 생활이 예약되어 있었던 듯싶다. 그때 결혼이 하고 싶은 마음이 없었는데 힘겨운 결혼 생활을 조금은 예감한 듯싶다.

그 힘겨운 동쪽 방향에서의 삶을 접고 남편에게는 첫 번째로 좋고, 나에게는 세 번째로 좋은 방향으로 이사를 해서 6년을 살았는데 나는 주위에서 힘들게 하는 경우는 조금 줄었지만 그렇게 좋은 일도 없이 그저 그런 시간이었던 것 같다. 물론 그곳에서 내 가슴을 울리는 책을 만나 내가 나아갈 길로 인도되는 시간이기는 했다. 그런데 남편에게는 하는 일이 잘되기 시작하더니 5년이 지나면서부터 일이 밀려 들어오기 시작했다. 그러면서 방향의 중요성을 조금씩 알게 되었다. 나에게 좋은 네 군데 방향 중 세 군데 방향에서 살아봤는데 역시나 가장 좋은 행운의 방향에서 살아야 한다는 것을 깨닫게 되었다. 첫 번째로 좋은 방향에서 사는 시간이 길어질수록 사람들이 내게 호의적이고 도와주는 사람들이 생기니 하는 일이 뜻대로 잘 진행될 수가 있고 특히 배우자의 태도가 바뀔 수가 있다. 내 경우도 결혼 후 남편이 내가 하는 말에 타박과 비난으로 상처를 주거나 내가 힘겨운 상황에 처해 있을 때도 모른 척 외면하면서 자신의 집에 잘하기만을 원하던 그런 사람이었는데 나에게 좋은 행운의 방향에서 살면서 남편이 나에게 호의적으로 변하고 내 말도 전보다는 훨씬 잘 들어 주고 사는 내내 싸웠지만 해결되지 않았던 술을 생각보다 쉽게 끊었다. 그러다 보니 싸우는 횟수도 줄어들었고 전보다 더 편안한 결혼 생활을 할 수 있었다. 그리고 무엇보다 내 안에 두려움이 작아지고 사랑과 평화와 행복을 느낄 수 있어서 더욱 더 감사할 수 있었고 내 인생이 좋게 변하고 있다는 걸 느낄 수 있었다.

### 6) 안 좋은 방향에서 오래 머물수록 힘겨운 일들이 더해진다

안 좋은 방향에서도 3년이 지나 5년, 10년의 시간이 지나갈수록 안 좋은 일들이 더 커질 수가 있다. 자신에게 좋은 방향으로 이사해서 10년씩이나 사느니 그냥 살던 곳에서 살겠다고 하는 사람들이 있는데 그 안 좋은 방향에서 머무는 시간이 길어질수록 내 안에 두려움이 커져 안 좋은 상황들이 파도가 되어 어느 날 태풍으로 몰아칠 날이 다가올 거라는 것을 생각지도 못할 것이다. 그리고 안 좋은 방향에 살면 시집살이를 하다가도(안 좋은 방향에 산다고 모두 다 시집살이를 하는 건 아니다. 모든 사람의 상황이 다르듯 시집살이를 안 할 경우 생활고로 힘든 삶을 살든지 남편으로 힘들어하든지 다른 힘겨운 삶을 살 수가 있다.) 좋은 방향으로 이사 가면 시집의 간섭이 줄어들거나 서서히 사라진다.

그런데 내가 알고 지낸 어떤 언니는 자신에게 안 좋은 방향에서 살고 있었는데 시집 식구들과 관계가 좋았다고 해서 보니 시집이 언니에게 좋은 방향에 있었다. 시집에서 먹거리도 도움을 받고 잘 지냈는데 오히려 남편이 시집 식구들과 관계가 좋지 않다고 해서 보니 남편에게 그 방향이 안 좋은 방향이었다. 남편은 어렸을 적에 살던 집이 자신에게 안 좋은 방향에 있었으니 가족들에게 사랑을 받지 못하고 힘겨운 삶을 살았을 것 같다. 이렇듯 안 좋은 방향에 살고 있어도 시집의 방향이 좋은 방향에 있을 경우 시집 식구들과 관계가 좋을 수 있다는 것을 알게 되었고 사람들마다 각자의 상황에 따라 변수가 있다는 것을 알게 되었다. 그리고 그때 그 부부가 살고 있는 집이 남편에게는 행운의 방향이었는데 남편의 일이 잘되는 듯 더 큰 집으로 이사 갈까 하는 뜻을 보이고 있었고 남편의 일이 잘되는 그때 그 언니도 무언가를 하려고 했기에, 내가 그 방향은 남편에게 좋은 방향이니 남편 이름으로 하라고 했는데 그 언니는 내 말을 듣지 않았다. 그 언니는 얼마 후 일을 벌였는데 시작부터 평탄치 않더니 몇 년 후 더한 힘겨움을 경험해야 했었다. 안 좋은 방향에서는 불안한 마음이 크니 뜻을 둔 일에서 성공을 이루기가 쉽지 않은 것 같다. 그리고 집 명의나 회사 명의를 정할 때 그 방향이 좋은 사람의 명의를 사용해야 할 것 같다. 그래야 그 집이나 회사에서 더 좋은 일들이 생길 수 있고 발전할 수 있을 듯싶다. 물론 그 사람이 믿을 수 있는 사람이어야 하겠지만.

내가 알고 있던 또 다른 부부가 있었는데 그 아내는 남편보다 나이도 한참 어리고 외모도 출중한 사람인 반면 남편은 그저 평범한 얼굴에 그렇게 내세울 것 없는 사람인 듯했었다. 혹여 그들이 이혼한다 해도 그 아내는 남자들이 좋아할 만한 사람이었는데 그 아내가 하는 얘기를 들어 보면 남편이 골프 모임이나 술자리 모임들을 만들어 하루가 멀다 하고 나가서 놀다 온다고 했다. 그런데 남편은 바람을 피우는 것 같진 않았지만 매번 외간 여자들이 함께 있는 모임에 나다니면서 아내가 뭐라고 잔소리를 하면 자신이 나쁜 짓을 하는 것도 아니고 친구들 만나서 노는 건데 뭐가 문제냐고 뻔뻔하게 나온다고 했다. 나는 그 멀쩡한 아내를 보면서 왜 저렇게 참고 살고 있지 하는 생각이 들어 그 부부의 집 방향을 찾아보았더니 그 집이 남편에게는 세 번째로 좋은 방향이었고 아내한테는 가장 안 좋은 최대흉 방향이었다. 그제서야 그 아내가 왜 그런 남편을 참고 살고 있는지 알 것 같았다. 그리고 그 아내는 시어머니를 모시고 살았는데 그 시어머니와도 불편한 관계인 듯했고, 자식이 둘이 있었는데 그 자식들 또한 엄마의 불안함으로 인해 나오는 잔소리로 엄마와 대립을 하고 있는 듯했다. 그렇게 자신에게 안 좋은 방향에서 살고 있으니 아무도 자기편이 되어 주지 않는 힘겨운 상황 속에서 그 아내는 오로지 한 가지만 하고 있었다. 바로 "내가 저 남자 때문에 이렇게 힘들게 살고 있다."고 만나는 사람마다 푸념을 하고 있었다. 그렇게 안 좋은 방향에 살고 있으면 그 힘겨운 상황 속

기적 만들기

에서 벗어나려는 맘조차 품을 수가 없는 것 같다. 또한 누군가가 그 힘겨운 삶 속에서 빠져나올 수 있는 방법을 알려 준다 해도 그 방법을 받아들일 수조차 없고 두려움에 갇혀서 제대로 된 판단을 하지 못하는 것 같다.

그리고 안 좋은 방향에 살고 있으면 부부 싸움도 자주 한다. 내가 알던 한 사람도 명절에 시집에 갔다 오면 남편하고 꼭 싸운다고 했다. 그 부부의 방향을 보니 시집의 방향이 그 부부에게 다 안 좋은 방향에 있었다. 그러니 시집에 갔다 오면 여자는 슬픈 일을 경험할 것이고 남자는 불안한 마음에 싸울 수밖에 없을 것 같다. 명절을 보내고 이혼율이 상승한다는데 그때 법원을 찾는 사람들도 아마 그 시집의 방향이 안 좋은 방향이었을 것이다. 그리고 예전에 직장에서 만난 아는 언니가 그때 살고 있는 집으로 이사 오고 나서는 부부싸움을 자주 하지 않게 되었는데 그 전에 살던 집에서는 부부싸움을 자주 해서 너무 힘들었다고 했다. 그래서 그 부부의 방향을 찾아보니 그 부부는 방향이 같았는데 새로 이사한 집은 그 부부에게 좋은 방향이었고 전에 살고 있던 집은 안 좋은 방향이었다. 그렇게 안 좋은 방향에 머물러 있으니 불안한 마음에 더 하게 부부싸움을 자주 하게 되고 사랑은커녕 행복도 찾아보기가 쉽지 않았을 것 같다.

## 7) 행운의 방향에서 살면 시집살이가 아닌 시집의 도움을 받을 수 있다

예전에 우리 옆집에 살고 있던 신혼부부가 있었는데 그 집의 방향이 남자에게는 안 좋은 방향이었는데 여자에게는 행운의 방향이었다. 역시나 남편은 온전한 직장을 갖고 있지 않았는데 아내는 안정적인 직장에 다니고 있었다. 그리고 그 여자의 시집도 그 여자에게 좋은 방향에 있었는데 그 여자는 시집에서 시집살이를 크게 경험한 적도 없는 듯했고 명절에 시집에 가도 시어머니가 음식도 다 해 놓고 자기는 방에 들어가서 잠을 잔다고 했다. 그리고 가끔은 명절에 시집에 가고 싶지 않을 때면 일부러 일을 잡아서 가지 않았다고 했다. 그리고 그 시집에 집이 두 채가 있었는데 한 채를 팔아 자신들에게 주었다고 했는데 아들이 사업을 한다고 필요하다고 했나 보다. 그런데 안 좋은 방향에 살고 있는 아들이 하는 모든 일들이 잘되는 것 같지 않아 보였는데 역시나 아들을 위해 챙겨 준 그 돈들은 제대로 역할을 다하지 못하고 세상에 뿌려진 듯했다. 이렇듯 행운의 방향에서 살고 있으니 시집살이도 덜 하고 시집의 도움을 받을 수 있다는 것을 알 수 있었다. 그리고 이 여자도 시집에 어느 정도는 잘 하고 행운의 방향에 살고 있으니 여유와 베풀 줄 이는 마음도 갖고 있는 괜찮은 사람이다.

행운의 방향에 살고 있던 어떤 언니도 그 언니에게 좋은 행운의 방향에 시집이 있었는데 시어머니가 아주 좋은 사람이라고 했다. 물론 그 언니도 시집에 잘한 듯싶었지만 그 시어머니는 언니가 명절에 용돈을 챙겨 주면 새로 살림 시작하는 사람이 돈 필요한 데가 많은데 이런 거 챙겨 줄 필요 없다며 한사코 받지 않으셨다고 했다. 그리고 김치도 다 담아 주고 제철 음식들도 맛있게 만들어서 모두 택배로 보내 주었다고 했다. 그 언니의 시집은 언니 집과는 조금 떨어진 시골에 있었는데 그 시집 식구들이 언니네 집에 찾아오는 것을 거의 본 적이 없었다. 그런데 행운의 방향에 살고 있는 그 언니에게도 하나의 우환이 있었는데 바로 남편이었다. 그 언니의 남편도 따뜻하고 정이 많은 사람이었는데 한 가지 단점이 허한 마음을 다른 여자에게서 채우려 했다. 결혼 생활 초반에 남편이 바람을 피워서 언니가 그 남편과 헤어지려고 마음을 먹었는데 시어머니 때문에 마음을

기적 만들기

돌렸다고 했다. 남편을 봐서는 끝장을 내야 했는데 그 시어머니를 봐서 다시 한번 살아 보기로 했다고 한다. 그만큼 그 언니는 남편보다 시어머니를 더 좋아하는 듯했다. 이렇듯 자신에게 좋은 방향에서 살고 있고 좋은 방향에 시집이 있는 경우 시집 식구들과 관계가 좋다는 것을 알 수 있었다.

## 8) 행운의 방향에서 살아도

그렇다고 좋은 방향에 산다고 모든 좋은 일만 생기는 것은 아니다. 좋은 방향에 살든지 안 좋은 방향에 살든지 어디에서나 희로애락은 있다. 내가 남동생에게 행운의 방향으로 이사 가면 좋은 일들이 많이 생길 거라고 했더니 동생이 나에게 "누나, 나 예전에 그 방향에서 체육관 했다가 망해서 문 닫았잖아."라고 말하는 것이었다. 이렇듯 아무리 좋은 행운의 방향에 산다고 모든 하는 일이 다 성공하는 것은 아니다. 또한 그때 내 동생 나이가 26~27살 때인 듯했는데 그 나이 때는 상실감과 함께 실패를 경험할 수밖에 없는 시간이 준비되어 있다는 것을 살면서 수없이 많은 사람들을 보면서 알게 되었다. (이 또한 모든 사람들에게 해당되는 것은 아니다. 그리고 24살부터 27살까지가 이마 양옆에 해당되는데 이곳이 꺼지지 않고 넓고 밝은 사람들은 힘겨운 시간보다는 오히려 좋은 경험을 하는 사람들도 많이 있다.) 이렇듯 사람들에게는 행운과 불행의 시간이 반복적으로 오는데 그 시간은 누구도 피해갈 수 없다. 단지 좋은 방향에서 살면 좋은 일이 더 크게 발생하고 안 좋은 일은 좀 더 작게 발생하는 것 같다. 또한 안 좋은 방향에서는 힘겨운 일이 더 크게 발생하고 좋은 일은 작게 일어나는데, 안 좋은 방향에 머물러 있으니 죄책감과 두려움을 더 많이 품게 되고 자신을 사랑으로 보기가 쉽지 않으니 결국에 안 좋은 일들을 많이 경험할 수밖에 없는 것이다. 그리고 좋은 방향에서 오래 머물수록 좋은 일들이 많이 생기는 이유가 밝은 기운으로 죄책감과 두려움이 작아지고 자신을 사랑하는 마음이 커지니 더 많이 웃게 되고 더 좋은 일들이 발생하는 것이다. 모든 일들은 내 마음에서 일어난다고 했다. 그러니 내 마음 안에 사랑이 머물게 해야 한다.

## 9) 바람도 어디에서나 분다

그리고 좋은 방향에서 살거나 안 좋은 방향에서 살거나 바람 필 사람은 어디에서나 다 피는 것 같다. 이 또한 사람의 일이니 어디에 살든지 일어날 수 있는 일인 것 같다. 좋은 방향에서 사는 사람들은 편안한 모습들을 그리고 있는데, 그로 인해 주변에 사람들이 많이 다가오니 바람을 필 수 있는 상황으로 이어질 수 있는 것 같다. 내가 얼마 전에 행운의 방향에서 살고 있는 사람을 만난 적이 있었는데 그 사람에게서 아주 편안한 기운이 느껴졌다. 나는 그 사람을 보면서 속으로 이런 생각을 했다. 이 사람에게 많은 여자들이 다가올 것 같은데 마음 흔들리는 순간 그가 불륜남이라는 힘겨운 경험을 할지도 모르겠다는 생각을 했다. 그만큼 행운의 방향에 사는 사람들이 쉽게 이성을 만난다는 것을 자주 볼 수 있었다. 그들의 편안한 기운에 주변에 사람들이 몰리다 보니 싱글이라면 좋겠지만 결혼한 사람들이라면 마음을 굳건히 다잡아야 할 것 같다. 그렇다면 안 좋은 방향에 사는 사람들이 바람을 피지 못할 것 같은데 그것도 아닌 것 같다. 안 좋은 방향에 살면 가족들에게서 도움이나 제대로 된 사랑을 받지 못할 것이고 그러다 보면 삶이 힘들어 마음이 온전하지 않으니 배우자 외에 다른 사람을 원하게 되는 것 같다. 이렇듯 방향이 문제가 아니고 바람 필 사람은 어디에서나 바람 피는 것 같다.

## 10) 직장도 방향의 영향을 받는다

직장도 마찬가지로 자신에게 좋은 방향에 있으면 좋다. 좋은 방향에 있는 직장에 다니면 동료들에게 도움도 받을 수가 있고 돈도 수월하게 들어오고 편안함을 느낄 수 있을 것이다. 직장이 안 좋은 방향에 있는 경우에 월급도 작고, 그 작은 월급도 정해진 날짜에 제대로 받지도 못하고 월급이 밀리는 일이 많이 생길 수가 있다. 어느 작은 직장에 다니는 지인의 방향을 찾아 본 적이 있었는데 그 사람의 집과 직장이 모두 안 좋은 방향에 있었다. 그런데 그 사람은 그리 많지 않은 월급을 받고 있었는데, 그 작은 월급마저도 정해진 날짜에 받아 본 적이 없고, 못 받은 월급이 몇 달씩 미뤄지고 있었다. 그 회사에 있는 네다섯 명의 직원들의 방향을 찾아보았더니 모두 안 좋은 방향에서 살고 있었고 직장 또한 안 좋은 방향이었다. 그러니 월급이 제대로 나오지 않는 회사인데도 그런 회사를 나오지도 못하고 다닐 수밖에 없는 것 같다. 그런데 예전에 그 회사가 잘되는 시기에는 더 많은 직원들이 있었는데 어느 순간부터 몇몇의 직원들이 이직을 했다고 했다. 그래서 다시 뒤돌아보니 그 사장의 기운이 기우는 시기가 되니 자신에게 좋은 방향에서 살고 있는 직원들은 빠져나가고 안 좋은 방향에서 살면서 힘겨움을 경험해야 하는 사람들만이 그 회사에 남아 있었다는 것을 확인하게 되었다. 그리고 그렇게 안 좋은 방향에 사는 사람들이 다니는 회사를 보니, 그 회사는 수금이 원활하지 않았는데, 안 좋은 방향에서 살고 있고 안 좋은 방향에 있는 직장을 다니면서 힘겨운 삶을 사는 직원들을 보니 그 회사 또한 모든 일들이 원활하게 돌아가기는 쉽지 않을 거라는 생각이 들었다. 그렇게 힘든 사람들끼리 모여 힘든 회사를 유지하고, 힘겹게 회사를 다니고 있는 것을 알게 되었다. 회사를 보고도 직원들의 삶을 볼 수가 있고, 그 회사 직원들의 삶을 보고서도 회사의 상황을 볼 수가 있는 것 같다.

그리고 내가 알고 있는 몇몇의 사람 중에 자신에게 안 좋은 방향에 살고 있으면서 직장은 자신에게 좋은 방향에 다니고 있는 사람들을 보니 살고 있는 집의 방향이 안 좋은 방향에 있더라도 다니고 있는 직장의 방향이 좋을 경우 그 좋은 영향을 그대로 받는다는 것을 확인한 적이 있었다. 예전에 내가 알고 지내던 또 한명의 지인은 집은 가장 안 좋은(최대흉) 방향에 살고 있었는데 공무원인 그 사람은 자신에게 좋은 방향에 있는 직장에 다니면서 정해진 월급을 받으며 어느 정도의 경제력을 갖고 있었다. 반면 불안한 방향에 있는 집에서 살고 있는 그 사람은 집에 제대로 마음을 붙이지 못했고 아내가 자신을 챙겨주지 않는다고 항상 불만을 품고 있었다. 그러면서 자신의 불안한 마음을 다른 여자들에게 위로를 받으려는 듯 바람을 피고 있었는데 결국은 10여 년의 결혼 생활을 접을 수밖에 없었다.

내가 30대 때 사회에서 만난 친구가 있었는데 그 친구는 거의 평생을 안 좋은 방향에서 살다가 결혼 후에도 십수 년을 안 좋은 방향에서 시집 식구들과의 관계 속에서 파묻혀 살았다. 그리고 그 친구는 안 좋은 그 방향에서 작은 가게를 하면서 선한 인상과는 다르게 불안한 마음으로 주변 사람들에게 거친 모습을 보여 주고는 했었는데 역시나 그 가게가 잘될 리가 없었다. 그 가게를 접고 어느 날 큰 회사에 있는 구내식당에 취직이 되면서부터 수입도 일정하게 들어오고 편안한 마음으로 성실하게 수년을 일하다 보니 구내식당에 장이 되어 그곳에서 자신의 위치를 잡아가고 있었다. 또한 그 직장을 그 친구가 많이 좋아하는 듯 보였는데 그 친구가 다니는 회사의 방향을 보니 그 친구에게 가장 좋은 행운의 방향이었다. 이렇듯 직장의 방향도 중요하다. 나에게 좋은 방향에 있는 직장에 다닐 때 많은 것에서 도움을 받을 수가 있다. 하지만 무엇보다 집이 먼저다. 자고 먹고 쉬는 곳이 더욱더 중요하다. 오랜 시간 머물며 살고 있는 곳에서 편안한 기운을 받아야 모든 일이 수월하게 돌아가는 듯싶다.

## 11) 전자기장에 조종당하는 우리들

내가 읽고 있는 《우주가 사라지다》라는 책에서 미래에서 온 존재들이 그 책의 작가 개리에게 이런 말을 했다. "태양계 전체의 움직임에 의해 조종되는 반사광 흐름의 변화는 지구를 둘러싸 이에 상응하는 변화를 일으키고 지구 전체의 전자기장에 영향을 미칩니다. 이 기의 장은 육안으로는 보이지 않으나 모든 곳에 존재합니다. 그리고 당신은 날마다 그 속을 걸어 다닙니다. 그것은 당신의 결정과 그에 따른 행동을 포함해서 당신의 모든 것을 조정합니다. 사실 그것은 완전히 다른 차원의 생각입니다. 그것이 기의 형태로 변형되어서 당신에게 이 차원에서 무엇을 생각해야 할지를 알려 주는 것입니다."

태양계의 움직임에 지구의 전자기장이 영향을 받아 그 자기장의 흐름에 의해 우리는 생각을 조종당하고 그 생각대로 결정하고 행동을 한다는 것이다. 지금 우리가 하는 생각과 행동과 판단과 모든 감정의 흐름들이 우리의 것이 아닌 조정을 당하고 있는 것이라고 했다. 그 전자기장과 에고가 연결되어 두려움으로 안 좋은 일들을 만들어 내어 경험하고 자책하고 또다시 두려워하고 분노하고 슬퍼하고…. 그 끝없는 감정의 소용돌이 속에서 벗어나지 못하고 변형된 상황들을 만들어 그것이 자신의 일인 양 해결하려 노력하고 있는 것이 우리들의 삶이다. 그러고 보니 시도 때도 없이 내 가슴으로 전기가 흐르듯 느껴지던 불안감이, 이 태양계 영향을 받은 전자기장이 내 몸에 수시로 지나가고 있었다는 느낌이 들었다. 이런 불안감이 내 안에 스쳐지나 갈 때면 곧 안 좋은 일이 일어날 것 같은 거짓 예감에, 난 내 주변에서 해결할 일들을 찾고는 했었다. 또한 자신에게 안 좋은 방향에 머물러 있으면 불안한 마음에 그 전자기장의 기운을 더 많이 느끼게 되고 그러나 보면 디한 두려움에 쌓여 안 좋은 일들을 더 많이 만들어 내어 경험하게 되는 것 같다. 유달리 얼굴이 밝고 편안해 보이는 사람들을 보면 대부분 자신들에게 좋은 방향에서 살고 있다는 것을 확인하고는 했었다. 좋은 방향에서 살고 있는 사람들은 편안한 마음 상태를 더 잘 유지할 수 있으니 이 전자기장의 영향에서 조금 더 자유로울 수가 있고 그렇기에 두려움을 자주 볼 수 없으니 안 좋은 상황들을 많이 접하지 않는 것 같다. 그러니 역시나 우리가 안 좋은 상황을 만드는 두려움에서 벗어나려면 평화를 느낄 수 있는 좋은 방향에서 살아야 할 것 같다. 안 좋은 방향에서 살고 있을 때 나를 떠올려 보면은 세상을 온통 두려움으로 바라보고 있는 나를 느낄 뿐이었다. 뜻이 있는 곳에 길이 있다느니, 긍정적인 마음이 삶을 더 윤택하게 만든다느니, 많이 웃어야 행복하다느니 하는 수많은 성공의 방법들이 내게 주어졌다 하여도 그 모든 것들을 쉽게 받아들일 수도 행할 수도 없었다. 또한 그런 성공의 방법들이 내게 펼쳐지는 시간조차 쉽지 않았고 명상을 하려 해도 명상조차 할 수 없는 몸 상태였고, 또한 누군가가 나에게 해서는 안 되는 짓을 해도 거부할 수 없는,

기적 만들기

마치 고양이 앞에 생쥐같이 아무것도 할 수 없는 그런 작은 존재일 뿐이었다. 이렇게 빛이 하나도 없는 그때 나에게 그 누가 사랑으로 다가올 수 있었을까 하는 생각이 든다.

이 책을 쓰면서 나는 나의 궁극적인 목표는 사랑임을, 내가 평생 나로 보아 왔던 두려움을 사랑으로 바꿔 나가는 나를 기록해야 한다는 것을, 또한 이 책에 사랑을 기록하고 모든 존재들이 이미 사랑임을 전해야 한다는 것을 알고 있다. 그리고 이 세상에서 얻고 싶은 것이 아닌 영적으로 나아가 하나님의 품으로 돌아가야 한다는 것을 알고 있으면서도 내가 이렇게 이 세상에서 잘 살기 위해 선택한 이 모든 것들을 사람들에게 권하는 것이 맞는 것일까 하는 의구심이 들고는 한다. 그리고 하나님께 가끔 묻기도 한다. '하나님! 제가 이 세상에서 잘 살기 위한 방법들을 얘기하는 것이 맞는 것인가요? 아니면 오로지 당신의 사랑만을 말하는 것이 맞는 것인가요? 이것이 과연 당신에게 돌아갈 수 있는, 사랑을 찾기 위한 지름길이 될 수 있는 것인가요?'라고 묻고는 한다. 하지만 이 세상을 살아 내기 위해서, 내가 사랑임을 기억해 내기 위해서, 내가 선택한 이 방법이 최고의 지름길이라는 것을 난 믿고 있다. 난 이 책에 온통 사랑을 얘기하고 싶지만, 자신과 세상을 두려움으로 보는 모든 존재들을 위해, 난 이 방법들을 권하지 않을 수가 없다. 그 어떤 것을 선택해서라도 결국엔 우리가 사랑임을 기억해 내야 한다.

또한 태양계의 조종에서 벗어나려면 에고의 생각이 아닌 성령의 다른 해석에 동의하는 것이라고 했다. 그것은 용서와 사랑이다. 진정한 용서와 사랑은 두려운 상태에서는 절대로 쉬운 일이 아니기에, 내 안에 평화가 머물러 있을 때 할 수 있기에, 자신에게 좋은 방향에서 머물러야 한다고 내가 사랑하는 모든 존재들에게 권하지 않을 수가 없다.

## 12) 자신의 운을 바꾸고 싶다면 머문 장소를 바꿔라

힘겨운 시간 속에 오래 머물러 있다면, 아무것도 할 수 없는 막막한 상황에 갇혀 있다면, 자신을 사랑할 수도, 자신을 보호할 수도, 자신이 미운 오리 새끼로 보이는 상황에 처해 있다면 당장 머물러 있는 자리를 바꿔야 한다. 죄책감을 품고 상실감에 젖어 행복은커녕 고통스럽다면 그 누구라도 그 무엇이라도 놓아 버려야 한다. 어떤 대궐 같은 집이어도 그 문을 열고 당장 나와야 한다. 그때부터 삶이 변하기 시작할 것이다.

기적 만들기

# 13. 행운의 방향으로 이사 가서

　꿈에 부풀어 행운의 방향을 찾아 나선 사람들에게 재차 당부하고 싶은 말들이 있다. 좋은 방향에서 살거나 안 좋은 방향에서 살거나 그곳에 오래 머물수록 그 기운들이 쌓여 커지는 것이다. 그런데 아무리 누가 말해 줘도 몸소 경험하고 당해 봐야 정신 차리는 사람 꼭 있다. 나처럼…. 행운의 방향으로 이사 가자마자 전셋집을 줄여 주식에 몰빵 하거나, 투기적인 일을 하다가는 길고 긴 참회의 시간을 갖게 될 것이다. 내 인생 이제 로또에 건다고 매일 복권 가게에 가거나, 대출 받아서 부동산에 투자하거나, 하던 일을 무리하게 확장하거나 또한 하던 일을 그만두고 큰 꿈에 맞는 일을 찾아 나서다가는…. 나 또한 부자가 되어 보겠다는 욕심이 생기니 제대로 된 판단을 잃어버렸다. 그 자리에서 오래 머무를수록 좋은 기운이(좋은 기운을 받는다는 것은 내 마음 안에 상실감이 작아지고 사랑이 채워져 온전한 평화를 느낄 수 있게 되는 것이다. 이 세상이 돈과 물질을 원하는 세상이니 돈으로 모든 것을 표현했지만 사실 우리에게 오는 가장 큰 축복은 평화의 마음이다. 날 사랑하고 용서하는 마음이다. 기적은 사랑에서 오는 것이니 자신을 온전히 사랑할 때 모든 일들이 순조롭게 이뤄지는 것이다.) 온전하게 작용한다는 것을 생각하지 못하고 전 재산을 경험도 많이 해 보지도 않고 허황된 꿈속에 던져 버렸으니…. 행운의 방향으로 큰 꿈을 품고 이사한 그때 내 모습이 떠오른다. 선생님께 구구단을 갓 배운 학생이 세상에 나가 돈 많이 벌어 계산할 수 있는 능력이 생겼으니 이제 학교에 그만 나오겠다고 하는 아이의 모습이…. 새로 장만한 주판 하나를 들고 신나서 뛰쳐나간 학생의 모습이 나였다. 5년의 시간 동안 세상에 쥐어 터지고 나서야 깨달음의 시간을 갖는다. 이렇게 좋은 기운들이 서서히 채워질 시간이 필요함을 5년을 투자하고 나서야 알게 되었다. 남편도 5년의 시간이 지나면서부터 모든 일들이 순조롭게 진행이 됐는데, 나 또한 내 행운의 방향에서 머문 지 5년이 지나면서부터 가끔씩 꾸던 안 좋은 악몽들도 잦아들었고, 날 사랑하는 마음도 커지고 뭔가 추진할 수 있는 용기도 생기고, 5년 동안 잡으려고 하면 할수록 빠져나가던 돈들이 '조금씩' 다시 채워지기 시작했다.

10여 년 전에 내 행운의 방향으로 이사 후 로또 복권을 한 2~3개월 동안 일주일에 한 장씩 10여 번 구매했다. (예전에 처녀 보살이 써 준 종이에 그 해에 금전운이 들었다고 해서 그때 잠깐 복권방을 드나들었다. 그런데 그때 남편이 2,000만 원을 빌려 간 후 천만 원의 이자를 얹어 3,000만 원을 가져다주었는데 처녀 보살이 말한 금전운이 이것을 말한 것인 듯싶다. 이 복권 당첨과 함께….) 평생 5천 원짜리 한 장도 당첨이 된 적이 없었는데 행운의 방향으로 이사 후 5만 원짜리가 세 번 정도 당첨이 되었고 5천 원 짜리는 그보다 더 많이 되었다. 하지만 그 뒤로 당첨이 더 이상 되지 않아서 오랫동안 복권을 사지 않았다. 남편에게 좋은 행운의 방향에서 살 때 남편도 두서너 번 로또 복권 5만 원이 당첨되었다고 나에게 가져다준 적이 있었다. 그런데 남편이 행운의 방향을 떠난 후 복권에 당첨된 적이 없었는데, 행운의 방향에 살면서 마음에 밝은 기운이 머물 때 5,000원짜리라도 당첨이 되는 것 같다.

기적 만들기

그리고 집을 선택할 때, 부부가 우리처럼 같은 방향일 수도 있지만 다른 방향일 수도 있고, 같은 서쪽이거나 동쪽이더라도 행운의 방향이 다를 수가 있으니 집의 방향을 선택할 때 돈을 원하면 경제 활동이 더 좋은 사람의 방향을 선택해도 되고 안정을 원하면 그 상황에 맞는 사람의 방향으로 선택하면 될 것 같다. 그런데 행운의 방향에서 살고, 행운의 방향에서 사업을 한다고 모두 다 매 순간 성공하는 게 아니다. 사람들 각자의 운세마다 다르기도 하지만 또한 가장 좋은 나이 때가 있고 뭘 해도 안 되는 나이가 있다. 운이 기우는 나이 때가 되면 아무리 좋은 방향에 머물러 있다 해도 그 시간에는 쉬어가야 할 듯싶다. 이렇듯 수없이 많은 상황 속에서 서로의 상황에 맞게 선택하면 될 듯싶다. 이런 경험도 하고 저런 경험도 하면서 깨달아가는 것 같다. 그리고 부모의 방향과 자식들의 방향이 다를 경우 부모의 좋은 방향이 먼저인 듯싶다. 아이들은 부모의 영향 아래 있으므로 부모가 좋은 방향에 머물러 있을 때 그 방향이 안 좋은 방향에 있는 아이라도, 부모가 안 좋은 방향에 머물러 있을 때보다는 더 나은 삶을 사는 듯싶다. 자식이 잘되길 원한다고 부모보다 우선되어 자식에게 좋은 방향을 선택해서는 안 될 것 같다. 어렸을 적에 내 연년생 남동생은 같은 집에 살면서 삶을 힘겹게 받아들인 나에 비해 책임질 일도 많지 않았고 대체적으로 평온한 삶을 산 것 같다. 물론 남동생 딴에는 힘겨운 일도 많았겠지만 내 삶에 비추어 그 애가 맡은 힘겨운 시간은 그리 커 보이지 않았는데, 우리가 살던 집이 남동생에게는 행운의 방향이었다. 또한 나는 예민하고 동생은 느긋한 성격이었는데, 행운의 방향에서 오래 산 사람들의 모습이 그랬다. (지금 남동생은 세 번째로 좋은 방향에서 살고 있는데 가끔 남동생과 전화로 얘기를 하다 보면 선한 천성과 따뜻한 마음은 여전했지만 예전에 남동생에게서 느껴졌던 평화로운 모습 뒤에 조금의 경계가 느껴졌고 세상 사람들의 눈치를 보고 있는 것이 보여 안타까웠다. 시간이 지나 다시 생각해 보니 남동생이 초년의 끝 무렵부터 행운의 방향을 떠나서 살았는데 그 이유가 아닐까 싶다. 그래도 다행인 것은 자신에게 세 번째로 좋은 방향에서 살고 있지만 이왕이면 가장 좋은 행운의 방향에서 살아야 더 평화로운 삶 속에 머무를 수 있다. 그리고 또 한 번 방향에서 오는 기운을 확인한 일이 있었는데, 내가 오랫동안 알고 지낸 한 사람은 편안하고 넓은 포용력으로 사람들에게 위로가 되어 주던 사람이었다. 그 사람은 사십 평생을 행운의 방향에서 산 사람이었는데 40대 중반쯤에 어느 날 나에게 이제 참고 살지만은 않겠다는 말을 하는 것이었다. 전에는 볼 수 없었던 낯선 모습이었는데 나는 그때 그 사람에게서 작은 변화를 감지했지만 온전히 확인할 수는 없었다. 그렇게 5~6년의 시간이 지나 나는 그 사람에게서 왠지 모를 불편함과 함께 거리감이 생겨 멀어지게 되었는데 시간이 지나 그 이유를 알게 되었다. 그 사람은 40살 중반까지 행운의 방향에서 살았는데 45~46살쯤 자신에게 세 번째 좋은 방향으로 이사한 그즈음에 그 사람이 더 이상 참고 살지 않겠다는 말을 했고 5~6년의 시간이 지나면서 그 사람에게서 예전에 느꼈던 편안한 마음을 가질 수가 없었다. 물론 사십 평생 갖고 있던 천성이 바뀐 것은 아니었지만 그 사람이 평생 행운의 방향에서 살면서 사람들에게 보여 준 편안한 포용력이 조금씩 사라지고 있었고 세 번째로 좋은 방향에서 5년의 시간을 보내면서 그 방향에서 오는 기운이 그 사람의 마음에 영향을 미쳤다는 것을 알게 되었다.) 하지만 누가 보더라도 남동생의 삶 또한 행운의 방향에서 살고 있다고 내세울 수 있는 시간이 아니었던 것 같다. 이렇듯 부모가 힘겨운 상황에 처해 있으면 살고 있는 집이 좋은 방향이라 해도 아이는 온전히 그 부모의 삶에서 벗어날 수가 없다. 부모가 잘 살아야 먹고 사는 일에서나, 힘

기적 만들기

든 노동을 해야 하는 것에서도 최소한 자유로울 수 있다. 물론 밥은 잘 먹이고 가끔 폭력을 행사하거나 자식을 잘 돌보지 않고 무관심한 부모를 만날 수도 있겠지만… 부모와 함께 살 때는 부모의 영향을 많이 받을 수 있으니 아이는 성인이 되어 자기 길을 찾아 나설 때 좋은 방향을 선택하면 좋을 것 같다.

그리고 이 책을 읽고 분명히 많은 사람들이 주위 사람들에게 나처럼 좋은 방향으로 이사를 권유할 것이다. 그렇지만 경험자로서 그것은 시간 낭비라 생각되어진다. 나 또한 변화를 힘겨워하는 사람이다. 더 하게 두려움에 갇혀 있을 때는 제대로 된 판단을 하기가 쉽지가 않거나 자신에게 좋은 얘기를 들었다 해도 받아들이기가 어렵다. 그렇기에 사람들은 변화보다는 자신의 그 힘겨운 삶 속에 머무르려 가진 핑계를 댄다. 그 말을 믿지 못하던지, 아직 집 계약 기간이 남았다고 하던지, 자기는 10년 동안 못산다고 하던지, 그냥 여기서 살겠다고 하면서 오만 가지 핑계를 댄다. 그저 때가 아닌 것이다. 그 힘겨운 삶 속에 머물러야 할 이유가 있는 것이다. 정말 간절히 잘되길 원하는 사람 한두 명에게 알리고 싶다면 이 책을 선물해 보라. (책을 한 권 더 어떻게 해 볼 생각으로 그런 것도 있다.) 그들이 자신의 때를 알고 있다. 말 몇 마디로 사람들은 움직이지 않는다. 그들 스스로 받아들일 시간이 필요한 듯하다.


그런데 가난하게 살던 사람이 어느 날 갑자기 졸부가 되어 그 돈의 올바른 사용 방법을 모르고 잘못 사용하는 사람들처럼 행운의 방향으로 이사해서 주변 사람들이 자신의 말을 들어 주고 사랑을 해 줄 때 자신이 가진 힘을 온전히 사용하지 못하고 헤맬 수가 있다. 사랑을 시시때때로 잊을 때가 있다. 내가 처음으로 그 마음을 느꼈을 때가 나에게 두 번째로 좋은 서쪽 방향에서 1년 6개월 동안 살 집을 구할 때였는데 오만한 마음이 내 안에 자리하고 있었다. 좋은 방향에서 7년의 시간이 지나면서 모든 것이 내 뜻대로 되는 듯싶으니 집 가격 또한 내 맘대로 정하고 있었다. 그리고 남편도 자신에게 좋은 행운의 방향에서 6년 정도 살고 있을 때쯤 예전에는 볼 수 없었던 오만한 모습이 보였었다. 그런데 그런 마음이 나와 남편의 마음 안에도 자리하고 있었지만 엄마에게서도 보였다. 난 평소에 엄마에게 행운의 방향에서 살고 있으니 사람들이 도와주고 사랑해 줄 거라는 말을 했었다. 그런데 어느 날 엄마가 나에게 전화를 하셔서, 한동안 다니지 않았던 노인정에 오랜만에 가서 그곳에서 만난 사람들과의 언쟁으로 마음이 상했는지 그 사람들 흉을 보면서 화를 내고 계셨다. 그리고 그 노인정에서 혈압을 쟀는데 혈압이 높게 나왔다고 주변 사람들이 엄마에게 빨리 집에 들어가라고 했다고 하셨다. 그때 나는 엄마가 사랑을 잃어버리고 두려움과 분노에 휩싸여 내가 알려 준 힘을 휘두르고 있는 엇나간 자만심을 보았다. 나는 혈압이 잔뜩 올라 있는 엄마를 진정시키고 엄마가 그 노인정에서 만난 누군가를 또다시 욕한다면 다시는 들어 주지 않겠다고 했다. 사랑이 아닌 얘기를 하는 시간 속에서 엄마가 다치고 계셨고 나 또한 평온할 수가 없었다. 엄마는 그때 혈압이 잔뜩 올라 안 좋은 몸 상태로 그 노인정에서 자신의 말을 거부하는 사람들을 만날 수밖에 없었을 것이다. 그리고 나는 내가 해 준 말들이 엄마에게 무기가 되었음을 깨닫고 마음이 무거웠다. 엄마에게 행운의 방향 이야기를 해 드린 이유는 감사와 사랑을 품기를 바랐기 때문이다. 행운의 방향에서 사는 것이 얼마나 큰 축복이고, 행복이고, 감사한 일인지 엄마가 알길 바라는 마음으로 말씀 드린 것인데 엄마는 다른 모든 이야기들은 다 제쳐 두고 본인 마음대로 해석하고 계셨다. 그리고 이 오만한 마음은 행운의 방향으로 이사한 사람이

기적 만들기

라면 시간이 흘러 작거나 크게 가질 수밖에 없는 마음일 것이다. 엄마 또한 작게 품은 그 마음을 자신의 상태가 안 좋을 때 꺼내 들고 계셨다. 자신이 완전한 무기를 가졌는데 어떤 놈이 나를 막아서고 있냐고 마구 휘두르고 계셨다. 난 엄마에게 "엄마! 내가 엄마에게 행운의 방향 이야기를 해 드린 이유는 엄마가 감사와 사랑의 마음을 품기를 바랐기 때문이에요. 아무리 좋은 행운의 방향이어도 내가 사랑이 아니면 어느 누구도 도와주지 않아요. 내가 사랑이여야 해요."라고 말했다. 엄마는 그 며칠 동안 심심함과 허한 마음에 슬픔과 상실감을 품고는 한동안 가지 않았던 노인정에 가시게 되었고 결국엔 마지막 타자인 분노와 하나가 된 듯싶었다. 이렇듯 좋은 행운의 방향에서 산다고 매 순간 온전한 사랑이 되는 것은 아니다. 자신이 사랑임을 매 순간 기억해 내야 한다.

# 14. 두려움이 만들어 낸 시나리오들

## 1) 두려움으로 세상을 마주한다

2020년 8월에 나는 남편과 함께 시해안 비닷가로 바람을 쐬러 갔다. 그 바다에는 10여 마리의 갈매기들이 날아다니고 있었고 그 갈매기들이 가끔은 바다에 물고기를 잡으려는 듯 바다로 내려앉는 모습들도 볼 수 있었다. 난 그 갈매기들에게 사랑과 축복의 기도를 보내 주었는데 그 갈매기들은 나의 기도를 온전히 받고 있지 않은 듯했다. 나와 분리된 듯한 그 갈매기들을 바라보는데 나처럼 그 갈매기들 또한 온 날개에 두려움을 새기고 날개 짓을 하는 것이 보였다. 그때 내 마음에 사랑이 아닌 슬픔과 불안한 마음이 머물러 있어서 더욱 그렇게 느꼈던 것 같다. 그 갈매기들처럼 주변의 모든 존재들이 나에게 위협을 가하지 않을까 경계하고, 원하는 사랑과 인정을 받지 못해 슬퍼하고 남들에게 뒤처지지 않기 위해 경쟁을 하고, 내가 가진 것을 잃게 되지 않을까, 내게 힘든 일이 생길까 미리 염려하고 두려워한다. 우리가 하는 사랑 또한 항상 두려움이 먼저 앞서는 것 같다. 상대가 내가 준 사랑보다 더 작은 사랑을 주어서 분노하고, 그 상대가 나 아닌 다른 사람을 사랑할까 경계하고 사랑하는 존재가 나보다 먼저 세상을 떠날까 두려워하고, 사랑하는 존재가 내 곁을 떠나면, 내가 한 모든 행동들을 자책하고 두려워한다.

　몇 년 전에 자신들의 아내를 암으로 떠나보낸 두 명의 남자들이 하는 대화를 들은 적이 있다. 한 남자가, 자신의 아내가 암으로 투병 중에 어느 날 족발이 먹고 싶다고 한 번만 사 달라고 부탁을 했는데 아내의 간절한 요구를 뿌리치고 족발을 사 주지 않았다고 했다. 그런데 얼마 후 그의 아내가 세상을 떠났는데 남자는 아내가 간절히 원하던 족발 한 입을 먹지 못하게 했던 것을 후회하고 자신을 원망하고 자책하고 있었다. 그 얘기를 듣고 있던 또 다른 한 남자가 울먹이며 얘기를 한다. 자신의 아내가 암으로 병실에 누워 치료를 받고 있을 때 치킨이 먹고 싶다는 아내의 간절한 부탁을 거절하지 못하고 사 줬는데 아내가 자신이 사 준 치킨을 먹고 얼마 살지 못하고 떠났다고 했다. 그러면서 자신이 치킨을 사 줘서 아내가 그렇게 빨리 떠났다고 자책을 하며 우는 것이었다. 그렇게 두 남자는 각자 상반되는 상황을 자책하고 괴로워하고 있었다. 그것을 보면서 우리는 어떻게든, 어떤 상황이든 죄책감으로 두려워하고 자신을 괴롭힌다는 생각을 했다.

　7년 전쯤에 우리도 초롱이 동생 보라를 떠나보내야 했는데 그때 우리 보라가 4살 생일을 며칠 앞둔 날이었다. 그때도 우리는 휴일이어서 초롱이와 보라와 함께 어느 공원에 가려고 막 남편 차를 타던 중이었고 남편이 보라가 차 안으로 들어오지 않은 것을 살피지 못하고 문을 닫는 바람에 보라가 놀라 다른 곳으로 날아가다가 어느 유리창에 부딪쳐 우리 곁을 떠나게 되었다. 남편은 죄책감으로 며칠을 밤에 잠들 때 혼자 운 듯했다. 그리고는 보라를 그 근처 산에 묻고 왔는데 남편은 며칠을 아침에 그 산에 있는 보라에게 들렀다가 출근을 했다. 다른 일이었으면 남편에게 대충해서 일 저질렀다고 한바탕 잔소리를 퍼부었을 텐데 그때도 그 이후로도 남편을 질타하는 단 한마디도 하지 않았다. 남편이 죄책감을 갖지 않기를 바랐다. 다음 환영의 시간에 분명 보라와 어떤 인연이 되어 만날 것인데 그때 죄책감과 두려움이 아닌 온전한 사랑의 마음으로 만나길 바라는 마음이었다. 죄책감을 갖고서는 온전한 사랑일 수 없기 때문이다. 그래서 난 남편에게 보라가 떠날 시간이 다 된 것뿐이라고 남편이 죄책감을 갖지 않기를 바라는 마음으로 위로해 주었지만 남편은 분명 죄책감을 갖고 있는 듯했다. 그리고 그렇게 남편을 위로한 나 또한 보라에게 제대로 사랑을 주지 못한 일들을 떠올리며 자책하고 슬퍼했다. 사실 남편보다 더 하게 내가 보라를 떠나보낸 슬픔에서 빠져나오지 못했다. 그리고 초롱이를 10여 년을 사랑으로 품은 듯하지만 뒤돌아보니 온통 죄책감과 두려움으로 그 아이를 대했던 것 같다. 초롱이와 보라가 짹짹 소리를 내면 주변에 그 소리들이 퍼져 나갈까 봐 불안해했고, 밥을 많이 먹어도, 밥을 못 먹어도, 잠을 못 자도, 아파도, 죄책감과 두려움에 쌓여 헤매고는 했다. 그 아이들과 온전한 사랑을 그리기 전부터 그 아이들이 떠날 날을 염려하며 두려워했다. 하루라도 그 두려움을 보지 않은 날이 없었던 것 같다. 자식 같은 아이를 품는다는 것은 세상 모든 두려움과 함께 해야 한다는 것을 난 그때 제대로 알지 못했다. 다섯 개 손가락 중 새끼손가락이 자식에게 해당 되는 부위고, 새끼손가락은 신장과 연결되며, 신장은 두려움인데, 이렇듯 자식은 두려움과 연결된 존재고 우리는 자식을 사랑이 아닌 두려움으로 키우는 것 같다. 이렇듯 자식들이 두려움으로 키워지니 세상을 또한 두려움으로 보는 것 같다. 나 또한 하루에도 수없이 많이 초롱이에게 사랑한다고 말을 하지만 그 말을 하는 그 순간에도 내 안 어딘가에 두려움이 함께 한 듯했다. 이렇게 내가 초롱이를 두려움으로 대하니 초롱이 또한 세상을 경계하고 두려워했다. 초롱이가 내 두려움을 온전히 느끼고 있

기적 만들기

었다. 나는 여덟 살 이전에 엄마가 두려워하는 모습을 본 적이 있었는데 난 아직도 그때 그 기억을 가끔씩 떠올리고는 했다. 그 누가 가르쳐 주지 않아도 그들의 모습에서 두려움을 보았고 나 또한 세상을 두려움으로 보았다. 이렇듯 사랑보다 두려움이 먼저고 두려움이 우리 일상이 되었다.

## 2) 두려움보다 더 큰 사랑이 우리 안에 있다

어느 날 텔레비전 안에서 어떤 초등학생 여자 아이가 남자 진행자의 질문에 대답을 하는 것이 나의 시선을 끌었다. "어른들에게 하고 싶은 질문이 있으면 해 보세요."라고 진행자가 말하자 그 여자 아이가 "제 안에서 아무런 이유도 없이 불안한 마음이 생기고는 하는데 어떻게 해야 하나요." 하는 질문이었다. 내가 50살이 다 되어 내 안에서 발견한 그것을 그 여자 아이가 열 살이 넘어 발견한 것이었다. 아무런 이유도 없는데 마음이 심란하고, 곧바로 어떤 일이 생길 것 같은 거짓 예감이 오작동으로 깜빡이는 형광등 불빛처럼 우리를 흔들고 있다. 이것은 마치 이 세상에 오는 모든 존재들에게 숙명처럼 주어진 벌인 듯싶다. 이 세상에 올 때 그 어느 누구도 그 허상의 족쇄를 장착 하지 않고서는 이곳에 올 수 없다. 나는 그 여자아이의 질문에 답을 해 준다면 어떻게 말을 해 줘야 하나 생각해 본다. '아이야! 너의 안에는 두려움이란 존재가 있어. 두려움은 너의 안에서 언제든 시선을 끌려고 시도 때도 없이 너에게 나타날 거야. 그런데 너의 안에 항상 머물러 있는 또 하나의 존재가 있어. 그것은 바로 사랑이야. 네가 사랑을 보고 있을 때는 두려움이 너에게 다가올 수가 없어. 두려움은 아무런 힘이 없고 사랑을 이길 수가 없지. 하지만 네가 친구를 미워하거나, 부모님에게 화를 내거나, 형제와 싸웠을 때나, 너가 더 많은 것을 갖지 못해 분노할 때나, 네가 사랑을 등지고 있을 때, 그때 너의 주변에 맴돌던 그 두려움이 너의 마음과 하나가 되어 재미없는 드라마를 보게 될 거야. 하지만 너는 그 두려움을 볼 수 있는 사람이야. 그건 아주 멋진 능력이지. 그 두려움을 보는 순간 그것을 놓아 버리면 돼. 다시 사랑을 보면 돼. 하지만 사랑을 보아도 그 두려움이 쉽게 놓아지지 않을 때도 있어. 그럴 때도 끝없이 네가 사랑을 선택해야 해. 끝없이 네가 사랑을 선택하는 시간이 반복된다면 두려움은 더 이상 너에게 아무런 힘을 쓸 수가 없어. 용서하고 사랑합니다. 나는 사랑입니다 하는 거야. 그것만 하면 돼.'라고 해 줄까. 더 멋진 말이 있을 텐데, 내 능력으로는 더 이상은 안 될 것 같다.

### 3) 나에게 일어난 모든 일들은 내 안의 두려움이 만들어 낸 것이다

이렇게 우리는 끝없는 두려움의 일상 속에서 살고 있다. 그리고 사람들마다 각자 두려워하는 상황들이 있다. 그 몇 가지 상황들이 반복적으로 돌아가며 두려움의 크기에 맞춰 그에 맞는 드라마가 펼쳐진다. 나에게도 몇 가지 시나리오가 있는데, 내가 사랑이 아닐 때 어김없이 짜여진 각본대로 그 상황들이 번갈아 가며 내게 일어난다. 가장 자주 나타나는 것은 내 몸에 통증으로 나타나 나를 괴롭히는 것이다. 통증 또한 두려움과 분노와 슬픔의 감정에 따라서 몇 군데 같은 부위에 반복적으로 나타난다. 경계하거나, 불편한 마음이 있을 때면, 식후 배앓이가 시작되고 그 시간들이 며칠 지속되면 두려움이 분노를 불러 그 기운들이 위로 올라와 목과 머리에 통증을 만들어 낸다. 그러다가 시간이 지나면 사라지는데 내 마음 상태가 많이 안 좋을 때면 슬픔이 바톤을 받아서 기침을 하고, 다시 두려움이 바톤을 받아 허리에 통증을 유발시킨다. 짜여진 각본대로 반복적으로 연출된다. 이제 그 시나리오들이 조금씩 보이기 시작했다.

　그리고 나는 아플 때 되도록이면 아픈 티를 안 내려고 한다. 그 이유는 내가 심하게 아프고 난 이후로 앵무새 초롱이가 아프기 시작한다는 것을 알게 되었다. 그 반복되는 내 두려움의 시나리오에 초롱이가 들어가 있었다. 몇 년 전에 내 배 속에서 '쪼르륵 쪼르륵.' 하는 소리들이 한동안 끊임없이 난 적이 있었다. 소장의 이상 증세이거나 소화가 원활하게 이루어지지 않는 상태인 듯싶다. 나는 낮에 초롱이와 보라와 함께 20~30분 정도 낮잠을 자고는 했는데 그때 초롱이와 보라가 내 가슴 위에 누워서 잤다. 그렇게 셋이 누워 있으면 내 배 속에서 '쪼르륵 쪼르륵.' 시냇물 흐르는 소리가 더 크게 들리고는 했다. 나는 내 몸의 모든 것들에 초롱이와 보라가 영향을 받는다는 것을 알고 있었기에 그 소리가 내 가슴에 누워 있는 그 아이들에게 작게 들리길 바라는 마음으로 초조해하고는 했었다. 그런데 어느 날 내 배 속에서 나던 '쪼르륵 쪼르륵.' 소리와 똑같은 소리가 조금은 작은 소리로 초롱이 조그만 배 속에서 나기 시작하는 것이었다. 그 소리를 듣는데 귀여워서 웃음도 났지만 역시나 내 증세를 받아들인 그 상황이 조금은 안타까웠다. 내 배 속과 초롱이 배 속에서 한동안 그렇게 쪼르륵 소리를 들어야 했다. 또한 오랫동안 내 몸에 고착된 몸의 상태까지 초롱이가 그대로 자기 몸에 받아들이고 있었다. 가끔 강아지들도 자기 주인이 아픈 부위와 똑같은 부위가 아픈 애들을 몇 번 본 적이 있다. 동물들이 더 온전히 자신이 사랑하는 존재의 상태를 그대로 느끼고 받아들이는 것 같다. 이래서 엄마 아빠란 호칭을 아무런 계산 없이 내어줄 수 있는 것 같다. 가슴으로 낳은 자식 같다.


　그리고 내가 두려움에 쌓여 있을 때 남편이 아프거나, 아니면 남편이 내게 거칠게 대하거나, 싸움을 걸어온다. 별말도 안 했는데 예민하게 받아들이고, 그런 날은 정상이 아닌 듯싶다. 내 거친 두려움을 남편이 느낀 것이다. 이렇듯 몸이 아플 때나 마음 안에 사랑이 없을 때 주변의 누군가가 자신에게 거칠게 대하거나 화를 내는 경우가 발생한다는 것을 알 수 있을 것이다.

내가 사랑이 아니고 두려움일 때 연출되는 또 하나는 들어와야 할 돈이 늦게 들어오거나, 돈의 결핍을 겪게 되는 상황이다. 이렇게 내 죄책감으로 만들어 놓은 결핍의 시간이 길어지면 난 약간의 우울증에 빠져 있었다. 돈의 결핍과 함께 내게 부족한 것들을 거친 두려움으로 품고서 마음을 혼란한 상태로 만들어 놓은 어느 휴일 날 남편과 함께 외식을 하려고 아파트 지하 주차장에 내려왔다. '주차 구역에 주차되어 있는 남편 차'를 타고 근처 식당에서 밥을 먹고 얼마 후 아파트 지하 주차장에 들어왔다. 그런데 그때 주차장에는 빈 주차 공간이 많았는데 남편이 주차장 통로에 차를 주차시키려고 하는 것이었다. 그래서 내가 주차공간에 주차하라고 말했는데 남편이 자기 차에 흙이 묻어서 다른 사람들 옷에 흙이 묻는다며 고집을 피우고 주차장 통로에 주차를 하는 것이었다. 그런데 그 순간 나는 남편이 일부러(여기서 '일부러'는 맘먹고 일부러 그랬다기보다는 무의식에 이끌려….) 나를 괴롭히기 위해 그곳에 주차를 하려 한다는 생각이 들었다. 좀 전에 우리가 식당에 가려고 남편 차를 탈 때는 남편 차가 정해진 주차공간에 주차되어 있었다. 다른 사람의 옷에 흙이 묻을 텐데도 그때는 정해진 주차공간에 주차를 했었고 다음 날 남편 차를 타게 되었는데 그때도 남편의 흙이 묻은 차는 정해진 주차공간에 주차되어 있었다. 그런데 그때에는 나를 이상한 여자로 몰아가며 주차 공간이 아닌 통로에 주차를 하려고 하는 것이었다. 그런데 그 순간 이렇게 내 속을 뒤집어 가며 말

기적 만들기

도 안 되는 말로 나를 힘들게 했던 예전에 남편의 모습들이 스쳐 지나갔다. 내 지난 20년이 가까운 결혼 생활 속에서 내가 남편의 모습에서 가장 두려워하고 분노했던 모습이었다. 살면서 중요한 순간에 남편이 막무가내로 사실을 왜곡한 채 마치 내가 문제인 것인 양 나를 힘들게 할까 봐 더 하게 두려워했다. 그런데 그 주차장에서의 실랑이 속에서 순간 지나온 시간들이 선명하게 그려졌다. 그 시간들은 두려움으로 만들어진, 내가 용서해야 할 시간이었다. 남편은 내가 사랑이 아닌 두려운 상태일 때 그런 말도 안 되는 모습을 그리며 나를 두려움의 시간으로 끌어당기고 있었다. 나의 두려운 마음이, 돈의 결핍으로 인한 혼란스러운 마음이 억지를 피우며 나를 비난하게 만드는 남편의 모습을 내가 연출하게 한 것이다. 나의 두려움이 제작한 드라마였다. 지나온 긴 시간 동안 그런 상황 속에서 나는 남편을 이해시키려 온 힘을 다 썼던 것 같다. 내게 상처 주려는 (무의식적으로) 목적이 유일한 그 존재에게, 나의 어떤 말도 받아들이지 않을 그 존재에게 이해 좀 시켜 보겠다고 온 진을 다 빼 가며 그렇게 20여 년의 시간을 보냈다. 또한 남편이 나에게 그런 정상적이지 않은 모습을 보일 때면 내게 사랑을 요구하고 있다는 것을 알게 되었다. 내가 남편에게 온전한 인정과 사랑을 받지 못해서 분노했듯 남편도 나에게 사랑을 받고 싶어서 그렇게 비뚤어진 모습으로 사랑을 요구하고 있다는 것을 깨닫게 되었다. 그렇게 나는 주차장에서 머문 그 짧은 시간 속에서 지난 시간을 되돌아볼 수 있었고 앞으로 남편이 내가 사랑이 아닐 때, 저렇게 또 말도 안 되는 말과 행동으로 내 속을 뒤집어 놓으며 내게 두려움과 분노를 불러일으키려 할 때 이제 다른 선택을 해야 한다는 생각과 함께 남편의 그런 모습에 반응하지 않아야겠다는 생각을 했다. 그런 상황이 또다시 발생했을 때 나는 더 이상 그 늪에 깊게 빠지기 전에 빠져나와 사랑이 아닌 나를 용서해야 함을 선택해야 했다. 또한 남편도 나처럼 사랑을 받고 싶어 한다는 것을, 나에게 사랑을 요구하고 있다는 것을 기억해 내기로 했다. 이렇듯 사랑을 보지 못하고 우울한 마음과 불안전한 마음을 지니고 있을 때 나를 미치게 하는 이런 상황들이 연출된다는 것을 또 한 번 확인하는 시간이었다.

그렇게 몇 달의 시간이 흘러 나는 하나의 실마리를 찾게 되었다. 이 삶에서 내게 주어진 테마는 분노이고 남편은 좌절이라고 했는데 얼마 전에 나는 20여 년 동안 우리가 분노와 좌절을 품고 서로에게 상처를 주고받고 있었다는 것을 보게 되었다. 그때 동물 나오는 프로를 남편과 함께 보는데 내가 20여 년 동안 보았던 남편의 모습을 그 TV에 나온 남자에게서 또다시 보게 되었다. 그 남자가 두 마리의 개들을 차에 매달고 다니는 것을 누군가가 제보를 하게 되어 촬영팀과 관계자들이 다 같이 모여 그 남자를 만나 추궁을 하게 되었다. "개들의 몸에 상처가 있고 다리를 절뚝거리는데 왜 이렇게까지 하셨어요."라고 누군가가 그 남자에게 묻자 "난 모르고 있었어요. 실수였어요."라고 말하는 것이었다. 두 마리의 개의 다리마다 살이 벗겨져 상처들이 보이는데 주인이 모르고 있었단다. 그 남자는 분노유발자였다. 몇 년 전에도 동물농장을 보는데 개 두 마리를 옥상에 방치하고 밥을 주지 않아 한 마리를 죽게 한 여자에게, 그 여자가 잘 키우겠다고 해서 개들을 보낸 어떤 아주머니가 왜 그랬냐고 다그치자 그 여자는 자기는 밥을 줬다며 말도 안 되는 변명을 하는 것이었다. 그러자 그 아주머니는 "밥을 줬는데 개가 왜 죽었어."라고 물었는데 그 여자는 또다시 말도 안 되는 말로 얼버무리며 분노를 유발하는 것이었다. 그러자 그 아주머니가 소리를 지르고 울분을 토해 냈는데 그런 모습들을 볼 때마다 나는 나와 남편의 모습을 보고는 했다. 그리고 그때도 나는 말도 안 되는 말로

기적 만들기

그 상황을 모면하려는 그 여자의 모습이 당신의 모습이라고 남편에게 얘기를 한 적이 있었다.

그렇게 20여 년을 말도 안 되는 말로 내 속을 뒤집어 놓으며 분노를 유발시키는 남편에게 아무리 설명을 하고 화를 내도 받아들이지 않고 있었는데 그때 강아지들을 차에 매달고 다닌 남자가 말도 안 되는 변명을 하는 것을 보면서 남편에게 어떤 마음이 드냐고 물었다. 내가 당신하고 살면서 저 남자와 같은 말도 안 되는 말을 하는 당신의 모습에 화가 났다고 말했다. 그제서야 남편이 "무슨 말인지 알겠어."라고 말하는 것이었다. 분노를 유발하는 그 남자를 보면서 자신의 모습을 본 듯했다. 내가 20여 년 동안 소리 높여 외쳤는데 이제야 안 것이다. 나와 남편에게 주어진 몫이다. 서로가 짊어진 테마를 표출하도록 북돋아 주는 관계로 만난 것이다. 남편은 좌절을 하니 그 상황을 대충 무마하려고 말도 안 되는 말과 행동으로 내 분노를 표출하도록 도와주고 나는 남편에게 분노하며 남편이 좌절을 하도록 도와주고 있었다. 나는 남편에게 이 삶에서 나는 분노를, 당신은 좌절을 마지막 떠나는 날까지 완전히 놓을 수는 없으니 서로 분노와 좌절을 표출하게 되더라도 회복하는 시간을 줄이자고 했다. 되도록이면 빠른 시간에 사랑으로 회복하자고 했다. 20년의 시간을 보내고 나서야 이제야 조금씩 실마리를 찾기 시작했다. 다른 부부들도 우리처럼 각자 짊어진 테마를 품고 서로 상처를 주고받으며 반복해서 살아갈 것이다. 사랑으로 만난 부부는 그리 많지 않은 듯싶으니 대부분의 사람들에게 우리 부부와 같은 숙제가 주어졌을 것이다. 70%의 사람들이 좌절이라고 했고, 20%는 쓰라림이라고 했고, 9%는 분노라고 했고, 1%는 실망이라고 했다. 각자의 힘겨운 상황에서 자신들에게 보여지는 모습이다.

그리고 보니 내가 아는 부부의 경우 쓰라림과 실망감을 품고 서로에게 상처를 주지 않았을까 싶다. 그 남편은 오랜 시간을 수많은 일들을 시작하고 접고를 반복하며 쓰라림을 경험했을 텐데 그것을 지켜보는 그 아내는 오랜 시간 실망감으로 상처를 받고 또한 남편에게 상처를 주고 있지 않았을까 싶다. 그리고 테마가 '좌절'인 사람들은 무언가를 기다리거나 찾아 나설 때 좌절을 경험한다고 했다. 주어진 상황에 '만족'을 선택해야 모든 일들이 순조롭게 진행이 된다고 했고, 쓰라림이 테마인 사람들은 '성공'이라고 했고, 분노인 사람들은 '평화'를 선택해야 하고 자신들이 무엇을 하려고 하는지를 사람들에게 먼저 알려야 한다고 했다. 자신들에게 주어진 테마를 알고 싶다면 우리처럼 긴 시간 부부가 반복적으로 서로에게 상처 주는 상황들을 살펴보면 알 수 있지 않을까 싶다. 그리고 굳이 자신들에게 주어진 테마를 꼭 알 필요는 없을 것 같다. 그 어떤 모습이어도 우리 안에 두려움이 머물러 있다면 두려움의 시간이 펼쳐질 것이다. 그때 답은 사랑이다. 사랑으로 회복되는 시간을 줄이는 것이다. 분노와 좌절과 쓰라림과 실망의 시간을 줄이고 용서와 사랑으로 빨리 회복하는 것이다.

그리고 내 안의 두려움이 만들어 낸 또 하나의 드라마는 위아래 집에서 쿵쾅쿵쾅 광란의 시간을 만들어 내는 것이다. 내 가슴이 유달리 방망이 치는 날 주변에서 내 가슴의 방망이 소리와 같은 크기의 소리가 연출되고는 했다. 그러면 내 두려움의 각본인 걸 잊고 경비실에 연락을 할까 말까 갈등을 하다가 포기를 한다. 그 소리를 잠재우면 내 안에 두려움이 머물러 있는 한 또 다른 일이 연출되는 것을 알기에 차라리 누가 아프거나 돈이 안 들어오는 것보다 소음이 좀 더 나은 듯싶다. 이렇듯 수시로 새로운 시나리오가 짜여져 상영되기도 하지만 위에 것들이 내게 주로 상영되는 드라마다.

남편과 연애할 때나, 결혼 후 장거리로 차를 타고 이동할 때 나는 가끔 몰아친 졸음에 난감해하고는 했었다. 예민했던 나는 아무리 졸려도 차에서는 잠을 자지 않았다. 또한 남편이 운전을 잘하는지 감시?해야 했기에…. 그렇게 20여 년의 가까운 시간이 흘러 차에서 졸음이 몰아칠 때 내안에서 불안한 마음이 머물러 있었다는 것을 알게 되었다. 지나온 시간들을 되돌아보니 결혼 초에 남편에 대한 불만으로 가득했던 나는 역시나 차를 타고 가던 중에 남편이 내 마음을 받아 주지 않고 비난할 때면 내게 졸음이 찾아왔다는 것을 알게 되었다. 내 심리적인 불안한 마음과 스트레스가 내게 졸음 증세를 만들어 낸 것이었다.

그리고 얼마 전 남편과 나는 서해안 바닷가를 향해 차를 타고 고속도로를 달리고 있었다. 그즈음 우리에게 힘겨운 일이 있었고 내 마음 안에 조심스럽게 눌러 놓은 슬픔이 자리하고 있었다. 그런 나에게 살짝 졸음이 찾아왔고 그 가벼운 졸음에 취해 흐릿한 눈빛으로 운전을 하는 남편과 잠깐씩 짧은 농담과 대화를 하며 창밖에 시선을 두고 있었다. 차 안에서는 슬프거나 힘겨운 얘기는 숨겨 두고 조수석 창밖을 바라보는 내 흐린 눈빛에서만 슬픔을 볼 수 있었다. 그렇게 조금 긴 시간 숨겨 놓은 슬픔과 함께 그 졸음을 털어 내지 않고 휴게소까지 오게 되었다. 차에서 내려 남편은 화장실에 가고 나는 간식거리를 사려고 하는데 전에는 보지 못한 무인 주문기 2대가 설치되어 있었는데 그 앞에는 각각 두세 명의 사람들이 줄을 서고 있었다. 나는 짧은 갈등 끝에 하나의 줄을 선택하고 순서를 기다리고 있는데 옆에 줄은 빠르게 나아가고 있었는데 우리 줄은 내 앞에선 어떤 남자와 아이들이 오랜 시간을 잡아먹고 있었다. 그 남자가 주문을 하는데 자신이 먹고 싶은 간식을 정한 후 큰딸이 먹고 싶은 것을 묻고, 작은 딸이 먹고 싶은 것을 묻고 주문을 하더니 그 자리에 없는 엄마 꺼는 무엇을 주문하냐고 몇 번을 반복해서 딸들에게 묻는 것이었다. 그러자 그 딸들이 우리에게 엄마가 있었나?! 하는 듯 그 입을 닫고 있는 탓으로 무인 주문기가 다시 처음 화면으로 돌아가 처음부터 다시 시작해야 했다. 그 남자는 또다시 자신의 음식과 두 딸의 음식을 선택하고 또다시 엄마 꺼는 무엇을 사냐고 딸들에게 묻기 시작하는데 그때도 두 딸들은 꿀 먹은 벙어리마냥 입을 닫고 있었는데, 진짜 그 남자에게 아내가 있는 게 사실일까 하는 의구심이 들기도 했다. 그렇게 나는 그 남자의 뒤통수를 조금은 따가운 시선으로 쳐다보고 있으면서 그때 내 마음 상태를 돌아보게 되었다. 마음 한곳에 숨겨 놓은 슬픔과 애써 외면한 상실감이 내게 졸음을 불러왔고 그 흐린 마음이 내게 그 가족들을 만나도록 인도한 것이었다. 나는 그 시간이 내 용서의 시간임을 알게 되었고, 슬픔과 함께 그 졸리운, 그 흐리멍텅한 눈빛을 지닌 그 시간도 사랑이 아닌 두려움이었다는 것을 깨닫게 된 시간이었다.

어느 일요일 날 두려움이 만들어 낸 또 하나의 시나리오가 펼쳐졌다. 남편과 함께 외식을 하려고 번화한 곳으로 나갔는데 그곳은 차들도 많고 주차 공간이 부족한 식당이 밀집한 곳이었다. 식당 부근에 도착 후 나 먼저 차에서 내려 우리가 정한 식당으로 들어가서 음식을 주문했다. 그때 우리는 초롱이와 보라를 어렸을 때부터 휴일에 어디를 가나 함께 데리고 다녔는데 우리가 식당에서 밥을 먹는 동안 차에서 기다렸다. 그런데 초롱이가 11살인데 나이가 들수록 무서움이 많이 생겨 차에 혼자 있는 시간을 줄이려고 항상 내가 먼저 식당에 가서 음식이 다 차려질 때 남편에게 식당으로 들어오라고 메시지를 보내고는 했다. 그날도 음식을 주문하고 얼마 후 음식이 나오자 남편에게 식당으로 오라고 메시지를 보냈는데 남편이 10

여 분이 지나도 오지 않는 것이었다. 20~30분의 시간이 지날 때까지 주차를 못 한 듯했다. 아무리 주차 공간이 적어도 그렇게 오래 걸린 적이 없었는데, 그러나 난 이미 예감하고 있었다. 그날 아침부터 남편은 잿빛 얼굴에 흐려진 눈동자로 '내 인생이 그렇지 뭐.' 하듯 좌절과 만나고 있었고 그런 안 좋은 마음으로 주차가 안 된다고 더 불만을 가졌을 것이다. 나는 남편에게 '당신 지금 마음을 바라봐. 당신은 지금 사랑이 아니야. 그러니까 주차 공간이 당신에게 나타나지 않는 거야.'라고 메시지를 보냈다. 잠시 후 남편이 주차를 하고 식당으로 들어왔다. 남편이 자신의 불편한 마음을 들여다본 듯했다. 이렇게 사랑을 보지 못하고 상실감에 빠져 있을 때 세상이 우리에게 도움은커녕 지체와 방해를 하는 모습을 자주 보게 될 것이다. 그러니 세상에 도움을 받고 싶다면 우리의 마음 안에 사랑을 담고 있어야 한다. 그리고 어제 사랑을 말했다고 그 사랑이 오늘까지 남아 있을 거라고 생각해서는 안 될 것 같다. 어제의 사랑은 어제의 두려움을 상대하고 있었을 뿐이다. 오늘도 우리 안에 두려움은 절대 떠나지 않고 머물러 있을 테니 끊임없이 사랑을 노래해야 한다. '사랑합니다. 용서합니다. 감사합니다.' 하고 주문을 외워야 한다. 그것이 기적을 만드는 주문이다.

우리 집에 자주 일본 사람이 온다. 그 존재는 바로 앵무새, 초롱이 '이노무스키'다. 초롱이는 어떻게 해야 내가 두려움으로 반응하는지 잘 알고 있다. 내가 텔레비전을 보거나 뭔가를 하고 있을 때 자기와 놀아 달라고 '쩍쩍'거리며 날 부르다가 내가 반응하지 않으면 주방으로 날아간다. 싱크대 위에 식기건조대를 달아 놨는데, 그곳에 가서 설거지해 놓은 숟가락과 젓가락들을 들었다 놨다 하고 가끔은 젓가락을 싱크대 안으로 떨어뜨려서 내 속을 뒤집어 놓는다. 그러면 내가 달려가서 초롱이에게 가진 협박을 하고는 초롱이가 또 주방 식기건조대에 올라가도 반응하지 말아야지 하면서 다짐을 하지만 내려놓기가 잘 안 된다. 두려움은 매번 작동된다. 웃음이 난다. 저 조그만 아이가 내 두려움을 정확히 알고 나와 실갱이를 하고 있다. 가끔 초롱이의 작은 밤톨만 한 머리통을 바라보며 이런 생각이 들고는 했다. '어떻게 이렇게 작은 머릿속에 우리와 똑같은 마음이 들어 있을까? 어떻게 이렇게 많은 것들이 들어 있을까?' 우리와 모든 것이 닮아 있었고 우리가 알고 있는 모든 것들을 다 알고 있는 듯 보였다. 가끔 내가 '초롱아. 너는 요즘에 현 정치 상태에 대해서 어떻게 생각해?'라고 물을 때면 눈을 깜빡거리고 못 알아듣고는 했다. 그렇게 삶에 필요 없는 것들은 관심도 갖지 않았다. 우리보다 똑똑하다. 이렇게 큰 머리통을 갖고도 많은 것들이 모자란데 저렇게 조그만 머리를 갖고서 우리와 별로 다른 것이 없다는 것을 볼 수 있었다. 아니 차라리 더 나았다. 가끔 내가 밥을 하다가 배가 불편할 때가 있다. 사랑이 아닌 다른 것을 보고 있었나 보다. 그러면 밥상을 다 차려 놓고 남편에게 먼저 먹으라고 하고 나는 소파에 누워 있었다. 그러면 남편은 나에게 한마디 말도 없이 텔레비전을 쳐다보며 자기 혼자 밥을 먹고는 했다. 그런데 초롱이는 아빠와 함께 식탁에서 손톱만큼의 자기 분량을 후딱 먹고는 소파에 누워 있는 나에게 날아와서 '엄마 괜찮아?' 하는 듯 내 얼굴을 살피고는 했다. 나는 아무리 아파도 하나도 안 아픈 척 초롱이에게 "엄마 괜찮아! 엄마 조금만 누워 있다가 밥 먹을 거야."라고 말하고는 했다. 내가 아픈 걸 초롱이에게 전하고 싶지 않았다. 물론 말하지 않아도 초롱이는 다 느끼는 것 같았지만…. 그렇게 50살이 넘도록 모르는 사람이 있는데, 우리 초롱이는 누가 가르쳐 주지 않아도 이렇게 사랑이 가득하다.

이렇게 예쁜 초롱이에게 또 한 번 진 적이 있다. 가끔 어디 갔다가 돌아와 아무리 불러도 초롱이 소리가 나지 않을 때가 있다. 그러면 가슴이 철렁 내려앉아 오만 가지 두려움에 쌓여 한참 찾다 보면 어딘가에 올라서서 조용히 나를 쳐다보고 있다. 나갔다 왔다고 일부러 대답을 안 하고 있는 것이다. 앵무새 중에 가장 작은 모란앵무라서 잘 안 보인다. 그럴 때면 왜 대답 안 하고 있었냐고 주둥이를 손가락으로 토닥여 주고는 초롱이가 불러도 대답 안 해 줄 거라고 다짐을 한다. 그리고는 뭔가를 하고 있을 때 초롱이가 '엄마 엄마.' (말은 못 한다. 하지만 대부분의 말은 다 알아듣는다.) '짹짹짹' 하고 나를 부른다. 그러면 나도 모르게 "응 엄마 여기 있어." 하고 대답을 한다. 아차 싶다. 대답 안 해 주고 싶었는데…. 억울하다. 매번 이길 수가 없다. 웃음이 난다. 앵무새와 씨름하고 있는 나를 보며 또 한 번 웃는다.

그리고 함께 살고 있는 동물들을 두고 밖에 나갈 때 말을 해 주는 것이 좋을 것 같다. 무언가를 들을 수 있는 귀가 달린 존재라면 사랑하는 존재가 반복적으로 하는 말 들은 다 알아듣는다. (가끔 나는 초롱이에게 엄마 예쁘냐고 묻고는 했다. 그런데 "우리 초롱이 예뻐?"라고 물을 때는 열 번이면 열 번 다 목청껏 짹 하고 소리를 치며 대답을 했는데 자기와 똑 닮은 보라 예쁘냐고 물을 때면 한 번도 대답한 적이 없고 엄마 예쁘냐고 물을 때도 가끔 자기 마음이 좋을 때면 대답을 해 줄 때도 있지만 지 아빠를 닮았는지 그놈의 주둥아리를 꼭 다물고 있다. 자기도 보는 눈이 있다는 것인가 싶기도 하지만…. 그러면 내가 "너도 안 이뻐. 못생겼어."라며 손가락으로 초롱이 주둥이에 스킨십?을 하고 다시 좀 더 큰 목소리로 "엄마 예뻐?"라고 묻는다. 또 한 번의 기회를 준 것이다. 그러면 그제서야 짹 하고 대답을 해 준다. 오고 가는 주먹 속에 웃음꽃이 핀다.) 나는 무언가를 할 때나, 밖에 나갈 때도 초롱이에게 말을 하고 나간다. "초롱아. 엄마 마트에 갔다 올게. 집 잘 보고 있어." 또는 "엄마 쓰레기 버리고 올게. 금방 올 거야." 하면 초롱이가 다 알아듣는다. 날씨 좋은 봄가을에는 자기도 따라간다고 달라붙고 떨어지지 않아서 데리고 가기도 한다. 너무 추운 겨울에 나, 많이 더운 여름에는 굳이 따라 나서려 하지 않는다. 그리고 밖에 나가 초롱이가 염려될 때는 가끔 초롱이에게 텔레파시를 보낸다. '초롱아 엄마 조금 있다가 집에 갈 거야. 집 잘 보고 있어.' 텔레파시가 그렇게 거창한 것이 아니다. 그저 내가 사랑하는 존재들에게 내 마음을 보내는 것뿐이다. 사실 어떤 뚜렷한 말이나 계획적인 생각보다는 고요한 마음 상태에서 무의식에 빠져 그 존재를 그릴 때 더욱 잘 받는 것을 느꼈다. 그러니까 고요한 마음 상태에서 가볍게 집에서 기다리는 아이에게 '엄마. 1시간 후에 집에 갈 거야.'라든지 '사랑해 초롱아.'라든지, 얼마 후에 집에 도착해 문을 열고 들어서는 이미지를 보내는 것도 좋을 것 같다. 사실 동물들이 우리의 말보다 텔레파시나 이미지를 더 잘 받아들인다고 했다. 그러니 매일매일 짧게 집에서 기다리고 있는 아이들에게 사랑의 메시지를 보내거나 마음으로 꼭 안아주는 이미지를 보내 주는 것도 좋을 것 같다.

또 하나의 두려움이 만들어 내는 상황이 있다. 어떤 젊은 여자가 있었다. 그 여자는 어젯밤에 늦게 들어와 아침부터 마음이 안 좋은 엄마랑 한바탕 전쟁을 치르고 도망치듯 집을 나왔다. 흐려진 마음으로 출근하려고 엘리베이터를 탔는데, 아파트 주민이 여섯 살쯤 된 남자 아이랑 엘리베이터 안으로 들어섰다. 그 주민의 손엔 터질 것 같은 음식물 쓰레기 봉투가 들려 있었는데 아이가 부산스럽게 움직이자 그 아이의 엄마가 제지하려다가 음식물 봉투가 그만 손에서 미끄러졌고 잔여물들이 젊은 여자의 다리로 튀어 올랐다. 그리고 그 아이와 엄마는 별다른 사과도 없이 엘리베

기적 만들기

이터를 나갔고 여자는 엄마랑 얼굴을 붉히고 나온 터라 집으로 다시 들어갈 수가 없었다. 근처 상가에 가서 대충 씻고 회사에 가려고 차에 올라 시동을 켜는데 시동이 걸리지 않는다. 어제 늦게 들어와 또 나무랄 엄마가 마음에 걸려 급하게 서두르다 라이트를 켜 놓았던 것이었다. 마음속에 분노가 차오르는 것을 누르고 서비스센터를 불러 늦은 시간에 회사에 들어서니 상사의 불호령이 기다리고 있었다. 이 여자는, 아침부터 자신을 힘들게 한 엄마 때문에 이런 모든 일들이 일어났다고 타박을 했을 것이다. 그러나 그 여자의 시나리오는 이미 예약되어 있었다. 그녀가 언제부턴가 품고 있던 두려움이 각색을 하고 있었다. 이렇게 내 안에 사랑이 아닌 두려움이 머물러 있을 때 재미없는 드라마가 연출된다. 이렇게 우리는 두려움으로 쓰여진 시나리오의 연기자가 된다.

나 또한 하나님의 평화와 기쁨과 사랑을 끌어 올리며 내 안에서 웃음을 그리고 있다가도 어느 순간 내 안에 두려움이 쌓여가는 것이 느껴질 때면 어떻게 해야 할지 모를 때가 있다. 그 10대 초등학생이 본 그 두려움을 나 또한 오십 평생 보고 있다. 공황장애가 어떤 느낌인지 정확히 알 수는 없지만 그런 비슷한 느낌인 것 같다. 가슴 부위에, 온몸에 불안이 새겨진 미세한 전율이 수시로 흐르고 무언가 안 좋은 일이 일어날 것 같은 예감에 진저리가 쳐지지만 그것에서 빠져나오는 방법을 찾을 수가 없다. 나도 모르는 두려움이 내 안에 흐를 때면, 그때 내게 부족한 것들을 붙잡고 마치 그것으로 인해 내가 지금 두려워하고 분노에 장전이 되어 있는 듯한 착각에 빠진다. 돈이 안 들어올 때면 그것에 초점을 두고 남편의 무능력을 탓하고, 원하는 일이 뜻대로 진행되지 않을 때는 그것에 내 불안한 마음을 연결시키고 마치 그 문제로 인해 내가 두려워한다고 생각했다. 이제 내가 나를 조금씩 보기로 했다. 남편에게 안 들어오는 돈 얘기를 하지 않기로 했다. 하지만 전혀 안 할 수는 없다. 내 안에 두려움이 시도 때도 없이 휘젓고 다니고 있으니 난 그것에 완전히 빠져나오려면 시간이 필요했다. 그 문제도, 남편도, 나도 아무런 잘못이 없다는 걸, 그저 내 안에 태초부터 머문 그 죄책감이, 그 에고가 내게 큐 사인을 보낸 것이라는 것을 온전히 바라보기로 했다. 지금 내게 보이는 모든 상황이 내 마음인 것을 기억해 내기로 했다. 그리고 내게 펼쳐진 모든 상황들은 날 인도하는 누군가의 뜻이라고 했다. 내가 용서와 사랑으로 마무리져야 할 구원의 순간이라고 했다. 그러니 그 어떤 것도 기다리지도, 걱정하지도 않기로 했다. 그것을 연습하기로 했다. 또한 시도 때도 없이 내 안에 전기가 흐르듯 내 가슴을 스치는 두려움의 줄기를 나와 연결하지 않고 의식하지 않고 흘려보내기로 했다. 그것을 움켜잡고 받아들이는 순간 어떤 일과 연결할 테니 난 그것들을 잡는 대신 놓아 버리는 연습을 하기로 했다.

### 4) 분노도 내 운을 막는 적이다

그리고 나는 두려움보다 내 앞을 막는 분노를 좀 더 심각하게 받아들이기로 했다. 앵무새 초롱이가 소리에 민감해서 주변에서 나는 모든 소리에 영향을 받았다. 초롱이 나이가 11살이 되었는데, 나이 들어서 더욱 주변에서 시끄러운 소리가 난 다음 날은 몸 상태가 더 안 좋아졌다. 그래서 난 주변에서 소리가 날 때마다 내 두려움과 함께 초롱이의 두려움까지 이중으로 느껴야 했다. 몇 년 전에 우리가 살던 위아랫집 사람들이 내 두려움의 크기를 자주 알려줬는데 특히 윗집의 소리는 도가 지나칠 정도로 시끄러웠다. 그 집에 부부와 고등학생 딸 둘이 살고 있었는데 그 사람들이 문을 열고 닫을 때마다 온 아파트에 지진이 났고, 그들의 발뒤꿈치 소리에 아파트가 진동을 했다. 특히 그 여자가 청소에 집착을 보였는데 그 집이 청소를 할 때면 온 아파트가 전쟁을 치러야 했다. 그곳에서 사는 내내 나와 초롱이는 지옥을 경험하고 있었고 그때도 그 모든 시간들이 내 용서의 시간이라는 것을 알고 있었기에 그 여자와 그 집 사람들을 마음으로 안고 용서와 사랑의 기도를 끝없이 해야 했다. 그리고 그때 우리가 23층에서 살고 있었는데 25층 꼭대기에서 사는 남자가 우리 집에 찾아와 시끄러운 24층 집을 어떻게 참고 사냐고 하면서 나에게 하소연을 했다. 그 25층에 사는 사람들은 얼마 전 이사를 왔는데 아파트 소음을 피하려고 일부러 꼭대기 층으로 이사했는데 아래층에서 나는 소리가 그렇게 크게 들릴 줄은 몰랐다고 했다. 나는 그 윗집 사람들을 피해 이사 갈 날만을 고대하고 있었지만 내가 그곳을 떠나 다른 곳으로 이사 갈 때 결코 두고 올 수 없는 게 있다는 것도 알고 있었다. 그것은 바로 내 두려움이다. 그 두려움과 함께하는 한 어디를 가더라도 소음은 그곳에서 발생할 거라는 것 또한 알고 있었다. 그저 그 소리를 듣는 내 마음을 바꿔야 한다고 했다. 두려움이 아닌 사랑의 마음으로…. 내가 사랑임을 받아들일 때 그때 그 소음들이 더이상 두려움으로 들리지 않는다고 했다. 하지만 아직은 글로 배운 수준이고 이제 연습생인 나는 그곳에서 이사 갈 날만을 기다렸다. 결국 내 두려움은 나의 이삿짐 속에 함께 갈 것인데도… 이사할 때 내 두려움을 전에 살던 집에 조금씩 남겨 두고 오는 듯싶었다. 새로 이사한 집에서 소음들이 조금씩 작아지고 있었다. 그렇게 나는 그 소리들이 내 두려움의 작동임을 알기에 참으려 했지만 내 가슴이 유달리 두근거리는 날에는 참지 못하고 나도 같이 소리를 내려고 했다. 하지만 마음껏 소리를 낼 수 없었다. 잠깐씩 보여지는 나의 분노가 다른 곳에서 일어나는 많은 시끄러운 소음보다 초롱이에게 더한 영향을 준다는 것을 알았다.

그리고 나의 어깨 위로 열이 자주 발생하고는 했는데 어느 날은 내가 화를 낸 순간 그 통증이 즉각적으로 내 목과 머리에 자리를 잡는 것을 느꼈다. 그 순간 나는 화를 멈췄고 그런 나를 아주 유심히 살피게 되었다. 또한 그런 날은 어김없이 내 주변에 평화가 깨지고 있었고 내게 들어오기로 약속된 돈들이 갖은 핑계를 대고 미뤄지고 있었기에 이제 더 이상 모른 척하지 않기로 했다. 그 어떤 것보다 분노가 나를 막는 적이라는 것을 온전히 받아들이기로 했다. 물론 이 삶에서 분노를 온전하게 다 놓아 버릴 수는 없다는 것을 조금은 알고 있다. 아마 마지막 떠나는 날까지 거친 내 모습을 놓아 버리지 못하고 지니고 있을 것이다. 다른 모든 존재들 또한 자신 안에 있는 미운 오리 새끼의 본성을 완전히 바꿀 수는 없다. 이 삶에서 짊어진 그 본성은 자신의 삶을 경험할 수 있는 하나의 도구이기에 절대로 놓아 버릴 수 없을 것이다. 하지만 어느 정도 숨길 수는 있을 것이다. 또한 숨겨야 할 것이다. 그러지 않고선 누군가가 그 사람의 본성을 두려움으로 보고 비난을 할 테니…. 그러니 우리는 우리가 절대 놓아 버릴 수 없는 본성을 다독여야 하는데, 역시나 그 미운 오리 새끼의 본성을 다독일 수 있는 것도 용서와 사랑일 듯싶다. 이곳에서 끝나지 않을 내 숙제다. 이렇듯 완전히 변할 순 없겠지만 조금씩 작게 만들어 가기로 했다. 내 분노를….

## 5) 운이 기우는 시기에 찾아오는 상실의 시간들

운이 기우는 시기가 되면 두려움과 분노로 인도할 일들이 준비되어 있음을 알게 된 일이 있었다. 예전부터 알고 지내던 사람이 있었는데 그 사람은 무던한 성격에 잘 웃고 긍정적으로 열심히 일을 하는 사람이었다. 그리고 그 사람은 돈 잘 버는 남편을(남편은 두 번째로 좋은 방향에서 살

기적 만들기

고 있었고 직장도 좋은 방향에 있었다.) 두고 세 번째로 좋은 방향에서 살고 있으면서 자신의 일에서도 어느 정도의 수입을 얻고 있고 크게 마음 쓸 일 없이 평탄한 삶을 살고 있던 사람이었다. 그런데 몇 년 전부터 그 사람의 주변에서 문제가 발생하는 것을 보게 되었는데 아들에게 상처를 받고 힘들어했고 일 처리에서도 예전과 다른 모습을 보였다. 그렇게 몇 년이 흘러 그 사람을 오랜만에 만나게 되었는데 예전의 밝은 모습은 볼 수가 없었고 자신에게 일어나는 일들에 상처받고 있었고 또한 그 흐려진 마음을 표출하고 있는 것이 보였다. 그런데 그 사람이 몇 년 전에 며느리를 보았는데 며느리가 제대로 며느리 노릇도 하지 않고 자신의 전화도 받지 않는다며 아들에 대한 모든 미움까지 얹어 며느리 흉을 보고 있었다. 10여 년이 넘게 알고 지내도록 그 사람이 누군가의 흉을 보는 것을 처음 보았다. 그런데 그 사람은 광대가 얼굴에서 가장 발달하여 마름모꼴의 얼굴을 가지고 있는 사람인데 그 얼굴에서 가장 넓은 부위인 광대에 해당되는 40대 때는 밝고 긍정적인 마음으로 열정적으로 일하며 세상일에도 두루 뭉술하게 대처했던 사람인데 50대가 넘어가면서부터 일어나는 일들과 감정들로 힘들어하고 있었다. 그렇게 나와 헤어지고 얼마 후 그 사람에게서 전화가 왔는데 며느리한테 전화를 해서 한마디를 하겠다는 것이었다. 그래서 내가 절대 며느리에게 전화를 해서는 안 된다고 했다. 결국에 상처를 받게 될 것이니 '나는 시어머니가 아니다. 나는 며느리가 없다.'라고 생각하고 내려놓으라고 했다. 이 사람의 기운이 내려가고 있으니 절대로 며느리가, 아들에게도 제대로 가르치지 못했던 가르침을 순순히 받아들이려 하지 않을 것이고 그러다보면 이 사람은 모든 관계와 싸워야 할 것이다. 역시나 그 시간들을 지나칠 수 있는 것도 자신이고 또한 미래에 펼쳐질 모든 일들을 두려움으로 제작해서 만들어 내는 것도 자신이다. 두려움과 분노의 감정에 쌓여 있는 그 사람을 보면서 내가 아들이 없어서 며느리를 보지 않아도 되는 것에 하나님께 감사 인사를 드렸다. 며느리가 있다면 그 어떤 시어머니라도 쉽게 지나칠 수 없는 숙제가 될 그 감정에 빠지지 않아도 되니, 특히나 세상이 변해 가는 지금의 상황에서 내가 힘없는 한 존재와 나에게 상처를 주지 않아도 되니 너무도 감사했다. (하지만 마냥 기뻐할 수만은 없다. 내겐 또 다른 모습으로 어떤 일들이 내 용서의 시간으로 주어질 테니까.) 그러면서 나는 사람들이 어떻게 일을 만들어 내는지 보게 되었다. 운세가 꺾일 시기이든 그날의 불안한 마음이든 누군가를 미워하고 누군가로 인해 괴로워할 일들이 준비되어 있고 자신을 힘들게 할 일들을 스스로 만들어 내고 있다는 것을 보게 되었다. 나 또한 어느 날 문득 드물게 누군가를 찾았을 때 그 존재가 내 뜻을 받아 수지 않으면 마음의 상처를 받고는 했는데, 그때 누군가를 찾을 때 내 마음 안에 허한 마음과 함께 불안한 마음이 있었다는 것을 알게 되었다. 그런 불안한 마음으로 누군가를 찾으니 세상이 내 뜻대로 되지 않을 것이고 그러다 보면 그 지인처럼 두려움과 분노의 감정에 빠져 허우적대고 있었다. 결국엔 불안한 마음이 나를 괴롭힐 상황으로 인도하고 있다는 것을 알게 되었다. 그리고 그 사람은 얼마 지나지 않아 자신의 불안한 마음과 분노의 감정을 풀려고, 며느리에게 따끔한 일침을 가할 전화를 하기 위해 수십 번 갈등과 함께 전쟁을 치를 것이다. 그 시간이 자신에게 주어진 용서의 시간인 줄도 모르고… 그것에서 빠져나오는 방법은 용서와 사랑뿐인데…. 그러나 그 용서와 사랑의 시간 또한 그 경험이 다 되어야 얻을 수 있을 듯싶다. 이렇듯 두려움이 만들어 낸 시나리오는 결국에는 자신이 쓴 것이다.

나에게 좋은 서쪽 방향에서 또다시 내 행운의 방향으로 이사 와 1년의 시간이 흐른 어느 날, 그때쯤 두려움의 시나리오를 한껏 쓰고 있던 남편에게서 전화가 왔다. 자신의 차가 고장이 나서 내 차를 빌려 달라는 전화였다. 하지만 난 그 부탁을 거절하고 받아주지 않았다. 그러면서 나는 10여 년 전에 주상복합아파트에서 살 때 나에게 있었던 일들을 기억해 냈다. 20여 년 전부터 남편 회사에서 남편의 형이 함께 일하고 있었는데, 그때 10여 년 전에 형의 차가 사고로 인해 수리를 해야 해서, 보험 회사에서 나오는 차 대여금을 나에게 주겠다고 하면서 내 차를 일주일이 넘는 시간 동안 빌려 갔었다. 그런데 그때가 무더위가 한참인 7~8월쯤이었는데 에어컨도 없이 나와 초롱이와 보라는 더위에 힘거워하고 있을 때였고 더 하게 내 차를 가져간 그즈음부터 윗집에서 인테리어 공사를 시작해서 텔레비전 소리도 제대로 들을 수 없을 정도로 우리 집은 전쟁터가 되었다. 차를 타고 초롱이와 보라를 데리고 시원한 곳에 가고 싶어도 어디에도 움직일 수가 없었다. 그렇게 더위와 소음으로 나와 초롱이와 보라는 10여 일이 넘는 시간 동안 지옥을 경험했었다. 그런데 그런 그 시간 속에서도 나는 내 차를 돌려 달라고 할 수도 없었고 남편 또한 내게 힘이 되어 주기는커녕 힘들어하는 날 모른 체 하고 있을 뿐이었다. 그렇게 10여 일이 넘는 시간이 지나 내 차가 돌아왔지만 그들은 내게 약속한 차 대여금 대신 포도 한 상자를 보냈다. 그때 그 시간은 내 억울함과 함께 날 지켜 주지 못한 남편에 대한 마음까지 더해져 씁쓸하게 기억되고는 했는데 자신의 차가 고장이 났다고 또다시 내 차를 빌려 달라고 한다. 하지만 난 단호하게 빌려주지 않겠다고 했다. 예전의 내가 아니었다. 그때 10여 년 전에 우리가 살던 그곳은 나보다 남편에게 좋은 행운의 방향이었고 나는 상실감을 한껏 품고 헤매고 있을 때였기에 그런 억울한 경우를 당했지만 지금 이곳은 남편보다 나에게 좋은 방향이다. 예전에는 남편의 요구에 투정만 부리고 결국에는 나를 희생해 가며 그들의 요구를 받아 줄 수밖에 없었지만 지금 나는 나를 지킬 수 있는 힘이 생겼고 이 행운의 방향이 나를 도와주고 있었다.

그리고 나는 남편의 차가 고장이 난 이유를 알고 있었다. 그때쯤 남편은 일요일에도 쉬지 않고 출장을 다녔기에 피로에 지쳐 있었고 날이 갈수록 거칠어지고 있었다. 그런 남편에게 나는 일요일에는 쉬어야 한다고, 그런 상태로는 하는 일들이 순조롭게 진행되기는커녕 안 좋은 일들을 만들어 낼 뿐이라고 말을 했는데 내 말을 듣지 않고 오히려 짜증을 내더니 결국 차를 고장 낸 것이다. 그때 남편은 좌절을 경험하고 있었고 자신의 거친 마음을 가장 힘없는 차에게 풀고 있는 게 내 눈에도 보였다. 아무것도 모를 거라고 착각하고 차에게 함부로 하면서 자신의 두려움과 분노를 풀고 있는 남편에게 차가 답으로 멈춰 버린 것이다. 그리고 그런 거친 마음으로는 주변에서 어떤 도움도 받기가 쉽지 않을 것이다. 남편의 차가 고장 난 그날도 나는 인상을 쓰고 있을 남편에게 웃는 이모티콘을 보내며 웃어야 한다고, 그래야 좋은 일이 생긴다고 카톡을 보냈었다. 그런데 얼마의 시간이 지나 차가 고장 났다며 내 차를 빌려 달라는 전화를 한 것이다. 이렇듯 자신에게 펼쳐진 모든 상황들은 자신의 마음을 보여 주는 것일 뿐이다. 그리고 10여 년 전에 나는 행운의 방향에서 살고 있는 남편의 뜻에 따라 나를 희생할 수밖에 없었지만 행운의 방향에서 살고 있는 지금의 나는 나를 위한 선택을 하고 있었다. 그런데 10여 년 전에 그들이 내 차를 맘대로 빌려 가고, 윗집에 공사로 인해 힘겨운 경험을 해야 했던 이유는 모두 나에게 있었다. 그때 내가 품고 있던 두려움과 상실감과 함께 한 여름에 무더위에 지친 내 거친 마음이 그 힘겨운 상황들을 불러온 것이다. 그들은 그저 상실감을 품은 나에게 두려움으로 다가와 도와준 것뿐이다. 삶에

기적 만들기

서 만난 모든 존재는 우리가 만들어 낸 시나리오 속에 배우이고, 힘겨운 시간들은 우리의 용서의 시간이다.

# 15. 안 좋은 방향에 살아도

## 1) 안 좋은 방향에 살아도 꿈과 희망을 품는다

안 좋은 방향에 살면서 뭔가를 시도해 볼 용기도 없고 자신을 믿을 수가 없어 아무것도 할 수 없는 삶을 사는 사람들도 많지만 어쩌면 안 좋은 방향에 사는 사람들이 힘겨운 삶을 벗어나려고 더 많은 일을 하고 더 많은 시간 희망과 꿈을 꾸고 있는 것도 같다. 그런데 안 좋은 방향에 산다고 모든 일이 다 안 되는 것은 아니다. 같은 방향에 살아도 사람마다 각자의 운세에 따라 다를 수 있지만, 평균적으로 좋은 나이 때가 있는 것 같다. 바로 30대에는 37살이다. 연예인들 중에 한참 잘 나가는 사람들 중 많은 수가 37살인 경우가 많은 것 같다. 이 37살은 얼굴에서 눈에 해당되는 나이인데 눈이 흐리거나, 처진 눈보다는 눈이 맑고 약간 올라간 눈을 가진 사람에게 더 좋을 수가 있다. 그리고 이 나이 때에 자신의 인생에서 중요한 어떤 일들을 꿈꾸며 시작하는 사람들이 많은 것 같다. 아주 멋진 나이다. 나는 그 나이 때에 내 가슴을 울린 그 책을 만났다. 내 삶에서 내 뜻을 가장 비중 있게 펼칠 시간으로 나를 인도해 줄 최초의 신호탄이 내 나이 37살에 왔다. 그리고 내 남편도 나와 결혼 후 공장을 인수해서 새로운 길로 들어섰을 때 나이가 37살이었다. 그러니 37살에 자신이 어떤 것에 마음을 두었는지 살펴보는 것이 좋을 듯싶다. 그것이 내 삶의 기반이 될 수 있으니. 뜻을 둔 그 일에 전진한다면 5~6년 후 빛을 볼 수 있는데 그때가 42살, 43살이다. 내게 이때는 30살 후반 때부터 41살까지 정신적으로 혼란스러운 시간과, 오만 가지 상념을 뒤로하고, 내 행운의 방향으로 이사한 42살을 지나 내가 그렇게 원했던 내 이름을 개명한 해이고 상실을 뒤로하고 사랑을 찾기 시작한 때이다. 그때는 몰랐는데 시간이 지나면서 이 42살이 나에게 아주 멋진 나이였다는 것을 알게 되었다. 이 42살에 이혼을 하거나 세상을 떠나거나 아니면 나처럼 어떤 큰 변화를 겪을 수 있는 때인 듯싶다. 나에게는 내 인생이 조금씩 남의 뜻이 아닌 내 뜻으로 움직일 수 있는 힘이 생기기 시작한 나이인 듯싶다. 또한 43살이…. 사람마다 그 사람 인생에 중요한 시점이 되는 나이인 것 같다.

　바로 그 나이 때쯤인 것 같다. 우리 아버지께서 37살쯤 뜻을 품고 많은 고비를 넘기고 나서 42~43살쯤 일본 사람과 동업으로 집을 짓는 일을 해서 돈을 벌기 시작한 때가…. (내 남편도 37살 때 공장을 인수해서 2년 후 남편의 행운의 방향으로 이사 오고 나서 4년을 지나 5년이 되면서부터 모든 일들이 순조롭게 진행이 되었는데 그때 남편 나이가 43살쯤이었다. 그런데 남편 또한 그 시간이 오래 가지 않는데, 내가 남편 나이 45살에 내 행운의 방향으로 이사한 후 남편의 회사에서 문제가 발생하기 시작했다.) 그때 그 시절에는 텃밭을 다듬어 요즘 아파트가 들어서듯 옥상 집이 유행을 했는데, 그 동네에서 우리 집이 가장 먼저 자리를 잡았다. 우리 아버지께서 직접 지으신 집이었고 그 옥상 집은 우리 가족이 살았던 집 중에서 가장 온전하고 좋은 집이었다. 그러나 마지막 집이었다. 내 나이 아홉 살 때쯤(아버지 나이 46살 때인 듯싶다.) 그 집을 나왔던 거 같다. 또한 내 어린 시절을 되돌아볼 때 즐거웠던 기억을 갖고 있는 시간은 그 옥상 집에서 살 때였다. 그러나 한동안 잘 나가던 사업이 일본인 동업자가 모든 걸 챙겨 도망을 가고부터 우리 집은 순식간에 기울기 시작했고, 그 멋진 옥상 집을 나와, 남의 집 단칸방 살이가 시작되었다. 그렇게 우리의 행복한 시간은 짧게 끝이 났다. 아버지도 엄마도 나도 모두 서쪽 방향이 좋은 사람들인데, 그때 그 옥상 집도 동쪽 방향이었다. 아버지는 평생 안 좋은 방향에서 사셨는데 그때 옥상 집에서의 시간은 아버지 인생에서 가장 최고의 시간이었던 것 같다. 그 뒤로 아버지는 다시는 꿈을 꾸지 않으셨다.

이렇게 안 좋은 방향에서 살아도 잘되는 때가 있다. 하지만 그것을 지켜 내기는 힘들다. 그저 골방에 잠시 비추다 지나가는 햇살이랄까. 삶 속에서 좋은 방향에 살거나, 안 좋은 방향에 살거나, 누군가에게나 주어지는 한 번의 기회일 뿐인 듯싶다. 그러나 머물지 않는 빛이었다. 아! 그러고 보니, 우리 아버지도 서쪽 방향이 좋은 사람인데 이 일본에서 온 이노무 스끼가 동쪽에서 온 사람이다. 내 주식은 북쪽(북쪽도 동쪽 방향으로 들어간다.)에 있는 김정은이 말아 먹더니….

그런데 이 또한 잠시 내가 헷갈린 적이 있었는데 나는 북쪽 방향인 서울 사람들에게 도움을 받은 적이 많다. 주상복합아파트를 입주할 때도 서울에서 살고 있는 집주인에게 도움을 받았다. 남편이 살던 집의 전셋집 담보로 은행에서 돈을 빌려 썼는데 약속된 이사 날까지 돈을 갚지 않았다. 이사 전날 남편이 아는 지인에게 그 돈을 빌려 오겠다고 하고서는 술에 만취되어 새벽에 들어왔다. 그리고는 돈은 빌리지 못했다고 했다. 그래서 우리는 은행에 갚지 못한 돈만큼 전 주인에게 받지 못하고 왔기에 전세금이 부족한 상황이었다. 처한 상황이 기가 차고 앞날이 어떻게 될까 하는 걱정과 함께 주눅이 잔뜩 들어 있었다. 그때 남편을 그 전 집에 남

기적 만들기

겨 두고 오고 싶은 심정이었다. 평소에 우리 집 이사를 할 때 남편은 출근을 하고 나 혼자 이사를 하고 퇴근하는 남편에게 집 주소를 알려 주고는 했는데 그날은 자신의 앞날을 조금 염려한 탓인지 출근하지 않고 이삿짐 차를 놓치지 않고 따라 왔다. 이사한 집 안 알려 주려고 했는데…. 암담한 심정으로 이삿짐 차를 주상복합 아파트 앞에 세워 두고 부동산 사무실에 들어갔다. 부동산 사무실에서 집주인을 만나 눈도 제대로 마주치지도 못 하고 사정이 있어서 돈이 조금 모자라니 며칠 기다려야 할 것 같다고 말했다. 그런데 내 말을 못 들은 것마냥 부동산 사장님이, 집주인이 주상복합 아파트 입주금 대출신청을 오늘 해서 며칠을 기다려야 입주를 할 수 있다고 말하는 것이었다. 그러면서 우리에게 양해를 구하더니, 집주인에게 우리 이삿짐 보관 비용과 여관비와 거기에 조금 더 보태서 돈을 받아 주는 것이었다. 갑자기 역전된 상황에 당황했지만 한시름 놓았다. 며칠 여관 살이를 하느라 힘겨움도 있었지만 그보다 더한 우리의 짐을 집주인이 대신 해 줘서 너무도 감사했다. 며칠 후 우리는 그 모자라는 전세금을 마련하게 되었고 집주인 덕분에 크게 책임질 일 없이 이사하게 되었다. 그 집주인이 북쪽인 서울에서 사는 사람이었다. 그런데 사실 아직까지도 의구심이 들고는 한다. 그때 내가 그렇게 작게 주절거리지도 않았는데 그 사람들이 내 말을 못 들은 것이었을까? 하는 생각이 가끔 들고는 했다. 아마 집주인은 내가 한 말들을 집에 가서 계속 곱씹고 있었는지도 모르겠다. 이사하는 날 전세금이 모자르다고 며칠만 기다려 달라고 말하는 세입자나, 아파트 입주금 대출을, 세입자 이사하는 날 은행에 가서 받겠다고 하는 집주인이나 둘 다 황당스럽기는 마찬가지인데 그 모든 것들을 자신이 떠안았으니 한동안 집주인 마음이 심란했을 것 같다. 그때 집주인이 서울에서 내려와서 부동산 사장님에게 '세입자 이사하는 날.' 아파트 입주금 대출 신청을 은행에서 해야 한다는 말을 하고서는 그 부동산 사장님에게 따끔한 충고와 함께 질책을 받았을 것 같다. 그리고 세입자에게 피해보상을 해 줘야 한다는 교육을 받은 듯했다. 그러니 그 집주인은 나의 말을 들었는지 못 들었는지 아무런 말도 하지 못하고 이의도 제기하지 못한 것 같다. 아마 그 집주인과 나는 그때 그 상황을 다른 심정으로 기억하고 있을 것 같다. 그 집주인은 조금은 억울함으로 나는 감사함으로 그 시간을 떠올릴 것 같다. 그리고 대출받을 때 도와주는 사람들이 대부분 서울 사람들이었고 이사할 때마다 대출이나 금융 관련에 대한 궁금한 것이 있으면 의지하고 도움받는 언니가 서울 사람이다. 그러니까 안 좋은 방향이라고 안 좋은 일이 생기는 것도 아닌 것 같다. 그런데 다시 생각해 보니 내가 좋은 방향에서 머물러 있었기에 모든 사람들에게 감사한 도움을 받을 수 있었던 것 같다. 그리고 그때 그 집주인은 그 집의 방향이 자신에게 안 좋은 방향이었으니 그 집의 방향이 좋은 우리의 뜻을 따를 수밖에 없었던 것 같다.

나처럼 다른 사람들도 부자를 꿈꾸며 무언가를 찾아 열심히 헤매는 듯싶다. 내가 아는 지인이 나처럼 잘 살아 보겠다고 큰 꿈과 희망을 품고 새 아파트 두세 채를 부동산 떴다방 사람들의 꼬임에 빠져 계약을 했다. 이런 경우를 예전에 또 들은 적이 있었다. 15년 전에 어떤 아가씨가 악착같이 모아 온 전 재산으로 부동산 떴다방 사람들의 꼬임에 빠져 아파트 두세 채를 계약을 했다. 부동산 업자들이 자기들이 알아서 금방 팔아 준다며 집 계약을 부추겼고 그 아가씨는 그들을 믿고 한 푼 안 쓰고 모아 온 돈들을 모두 쏟아부었는데 그 부동산 사람들이 약속을 지키지 않고 나 몰라라 했고 결국 그 아가씨는 수년간 모아온 돈들을 한순간에 다 날려 버리

기적 만들기

고 부동산 사람들만 큰 수익을 남겼다는 얘기를 들었다. 그런데 그 부부에게 그 아가씨와 같은 일이 일어났다. 그 부부는 좋은 인성에 열심히 자식들을 키우며 힘들게 노동을 해서 모아 온 돈으로 작은 아파트를 구입한 지 얼마 되지 않았었다. 그런데 얼마 후 더한 행복을 꿈꾸며 가지고 있던 모든 돈들을 신축 아파트 계약 하는데 들이붓고, 아마 살고 있는 아파트에도 대출을 받았으리라. 부동산 업자들이 그 집들을 다 팔아서 이득을 남겨 줄 테니 기다리라고 했겠지만 그 아파트는 아주 오랫동안 미분양으로 빈집들이 넘쳐나고 있었다. 그 부부가 갖고 있던 아파트들도 팔리지 않았고 제때 내지 못한 중도금과 불어난 이자들로 인해 결국 그 아파트들은 다 넘어가 버리고 그것도 모자라 새로 이사한 지 얼마 되지 않은 아파트를 팔아 해결을 해야 했다. 그동안 부부가 열심히 모아온 돈들과 집과 모든 시간들이 한 순간에 날아가 버리고 말았다. 그 부부의 방향을 보니 그 부부는 동쪽이 좋은 사람들인데 서쪽 방향에서도 가장 안 좋은 최대흉 방향에서 살고 있었다. 그런데 부동산 떳다방에게 매입한 그 아파트들은 부부에게 좋은 방향에 있었다. 그러나 아무리 좋은 방향에 있는 아파트라도 안 좋은 방향에서 살고 있으면 힘을 받을 수 없다. 그렇게 큰일을 경험한 그들에게 이제 더 이상 나쁜 일은 생기지 않을 거라고 모두들 위로했겠지만 얼마 지나지 않아 그 부부에게 더한 힘겨운 일이 다가왔다. 사람이 살면서 경험하게 되는 가장 슬픈 일이 다가왔다. 그 일로 그 부부는 잃어버린 사랑을 찾지 않았을까 싶다. 그리고 또한 화해도 했으리라. 그 힘겹고 슬픈 시간들이 잃어버린 사랑과 화해와 함께 왔을 것이다. 분명….

집을 자주 이사하다 보니 부동산 사람들과 잠깐씩 인연을 맺는데, 서쪽 방향으로 이사할 때 도와준 부동산 실장님이 있었다. 나는 그 실장님의 도움으로 전셋집을 계약하게 되었고 그 집으로 이사한 어느 날 그 실장님이 빵과 과일을 사 들고 우리 집에 찾아왔다. 그리고는 내가 이사한 얼마 후 그 부동산을 인수했다고 했다. 그런데 그 부동산의 전 사장님에게는 그 서쪽 방향이 두 번째로 좋은 방향이었다. 그 전 부동산 사장님은 이미 돈이 많고 성공한 사람이었다. 그러니까 나는 그 전 부동산 사장님과 계약을 한 것이었다. 그런데 이 실장님은 동쪽이 좋은 사람이었다. 서쪽에서 아무리 열심히 해도 잘되기가 힘들고 설사 잠깐 잘된다 하더라도 지키기가 힘든 방향이었다. 내가 이사하기 전부터 이 서쪽은 실장님한테는 힘든 방향이고 잘되고 싶으면 동쪽에 가서 해야 한다고 알려 줬는데 들으려 하지 않았다. 이왕 시작했으니 절대 큰돈을 들여 땅이나 부동산에 투자하지 말라고 말해 주었다. 꿈에 부풀어 다음에 고객이 되어 날라고 찾아왔을 텐데…. 내 말은 그저 악담으로만 들렸을까. 안 좋은 표정으로 갔다. 잠깐씩 소식을 들으면 계약을 잘 못하는 것 같았다. 3년이 지나면 더 힘들어질 텐데…. 하는 생각이 들었다. 안타까웠다. 그렇게 4년의 시간이 지나갔다. 차를 타고 그곳을 지나가다가 아직도 하고 있나 보면, 하고 있다. 그런데 얼마 후 부동산 홍 사장님과 얘기를 하다가 그 부동산 실장님 얘기가 나왔다. 내가 "그 부동산 사장님은 여기 서쪽 방향에서 하면 안 되는데. 동쪽 방향에 가서 해야 하는데…." 하고 말했다. 그러자 홍 사장님이 "그렇잖아도 그 부동산을 내놓았는데 아주 오랫동안 나가지 않아서 권리금도 못 받고 넘겼다고 하더라고요."라고 말했다. 그러면서 "원래 부동산 팔 때 권리금 못 받는 경우가 없는데." 하며 부동산 사람들끼리도 의아해했다고 한다. 그렇게 안 좋은 방향에서 3년의 시간이 지나면 안 좋은 기운들이 조금씩 쌓이게 되고 그러다 보면 하는 일에 성공을 거두기도 힘들지만 그 사업체를 내놓아도 오랜 시간 속을 썩이고 싼 가격으로 손해를 보고 내놓아야만 마무리가 져진다. 좋은 방향에서도 3년이 지나면서 좋은 기운들이 조금씩 쌓여 가듯이 안 좋은 방향에서도 3년이 지나 시간이 길어질수록 더욱 힘든 상황으로 펼쳐지게 되어 있다. 조금만 버티면 회복이 될 거라 생각하며 붙들고 있는 사람들이 있지만 그 힘겨운 일들은 구르는 눈덩이처럼 더욱 더 커질 것이다. 그리고 그때가 그 실장님이 힘든 경험을 할 시간이었나 보다. 용서의 시간이다.

## 2) 같은 안 좋은 방향에 살아도 각자의 운세 따라 다를 수가 있다

세상 모든 일에 변수가 있겠지만 아이들에 대해서도 여러 가지 변수가 있는 듯싶다. 같은 나이에 같은 방향에 살아도 아이들의 운세 따라 다를 수도 있겠지만 부모의 좋거나 나쁜 운세에 영향을 받아 또 각자 다를 수가 있는 듯싶다. 남편은 나보다 더 안 좋은 두 번째 방향에서 거의 초년의 시간을 보냈다. 그런데 고등학교도 남편에게 안 좋은 방향에 있었지만 대전에서 알아주는 좋은 학교였고 그렇게 힘든 일 없이 무난한 학교생활을 했다고 한다. 대학교도 대전에서 최고 좋은 곳에 다녔는데 그 대학교의 방향이 남편에게 가장 좋은 행운의 방향이었다. 대학에서 남편은 학생회장을 하며 많은 친구들에게 사랑을 받은 듯했다. 그리고 대부분의 남자들이 군대 생활에 대해 힘겨워하거나 안 좋은 기억을 갖고 있었는데 남편에게는 군대 생활 또한 대학교에서의 시간처럼 좋은 시간이었던 것 같았다. 부대에서 축구 시합을 해서 1등을 했던지 군대에서 하는 많은 일들에서 좋은 성적을 내어 포상휴가를 시도 때도 없이 받았다고 했고, 군대의 윗사람들에게도 많은 사랑을 받은 듯했고, 군대에서 힘겨운 일이 있었냐고 물으면 하나도 없었다고 했고, 군대 다녀 온 남자들이 꼭 꾼다는 영장 나오는 꿈도 한 번도 꾼 적이 없다고 했다. 남편이 강원도에 있는 군대에 있었는데 그 방향이 남편에게 세 번째로 좋은 방향이었다. 대학교와 군대가 자신에게 좋은 방향에 있었으니 안 좋은 방향에 있는 집에서 살고 있었다 하더라도 그 좋은 기운들을 그대로 받을 수 있다는 것을 알 수 있었다.

하지만 남편은 자신에게 좋은 방향에 있는 대학교와 군대에서의 행복하고 무난했던 시간들을 보내고 난 이후에 대부분의 시간들을 힘겹게 산 듯했다. 군대 제대 후 대학을 졸업하고 취직한 회사에서 알게 된 동료에게 사기를 당했는데 이때 남편의 나이가 27살이었다고 했다. 한동안 그 지인을 찾으러 다녔지만 결국 돈 한 푼 받지 못하고 그 이후로도 제대로 되는 일이 아무것도 없었던 듯싶다. 나와 결혼 후 남편에게 좋은 행운의 방향으로 이사 가기 전까지…. 그리고 그때 남편이 다녔던 회사가 남편에게 세 번째로 안 좋은 방향에 있었는데 이렇듯 자신에게 안 좋은 방향에 있는 집에 살고 있고 더하게 안 좋은 방향에 있는 회사에 다녔으니 사기도 당하고 힘겨운 경험을 하게 되는 것 같다. 그리고 남편은 아니라지만 힘겨운 시간 속에서 아버지의 도움을 받은 듯싶었다. 20대 때 남편이 술 먹고 자고 있었는데 아버지가 양동이에 물을 받아 와서 누워 있는 자신의 얼굴에 끼얹었다고 했다. 그 얘기를 할 때 남편의 얼굴에서 아버지에 대한 섭섭함과 함께 거부감이 느껴졌었다. 그리고 평소에 잠깐씩 하는 말에서 아버지와의 관계에서 조금 힘겨워하는 것을 느꼈었는데 그도 그럴 것이 남편은 무난한 듯 무심하고 헐렁한 성격이었는데 아버지는 꼼꼼하고 성실한 분이셨다. 그러니 무심한 남편도 살면서 스트레스를 받은 듯싶었다. 그리고 신혼 초에 남편이 잘 때 이를 갈았다. 이를 가는 행위는 부모와의 관계에서 부정적인 감정을 갖고 있을 때 보이는 모습이다. 몇 년의 시간이 지나 이를 더 이상 갈지 않았는데 남편이 아버지를 마음속에서 조금씩 용서한 듯싶었다. 내 입장에서 바라본 일방적인 생각일 수도 있겠지만 나보다 더 안 좋은 방향에서 살았던 남편의 삶이 나보다는 조금 더 편안해 보였다. 이렇게 부모의 삶에 영향을 받았던지 자신의 운이던지 더 안 좋은 방향에서 산 사람이 꼭 더 나쁜 삶을 사는 것이 아님을 알게 되었다.

또 한 번 내가 잠깐의 의문을 가졌던 때가 있었다. 우리 가족들이 평생 살았던 집이 나와 막내 여동생에게는 똑같이 세 번째로 안 좋은 방향이었다. 그런데 나는 사는 내내 생일 케이크도 선물도 받아 본 기억이 없고 받은 것이 있다면 타박이랄까. 다시 생각해 보니 어렸을 때 딱 한번 어느 생일날 케이크를 받은 적이 있었고, 작은 오빠가 내가 책을 좋아한다고 책을 한 권 사 준 기억이 난다. 그런데 여동생은 막내라고 생일마다 케이크에 선물까지 언니 오빠가 챙겨 주고 있었고 가끔 가다 오는 친척들이나 사람들이 막내 여동생에게만 용돈을 주었다. 나는 결혼해서 그 집을 떠나기 전까지 명절 음식도 엄마와 내가 다 했고, 부침개는 거의 내가 다 했다. 열 식구 이상의 양을…. (이혼하고 혼자 옥탑방에 살 때도 명절 전 날, 그때 올케 언니가 있었는데도 엄마가 전화를 하셔서 집에 와서 부침개를 부치라고 하셨다. 한 번은, 올케 언니한테는 왜 일을 시키지 않느냐고 물었더니 자기가 하려고 해야지 무슨 일을 시키냐고 대답하셨다. 그러고 보니 엄마는 나에게 강제로 일을 시킨 적이 없다. 내가 일을 하려고 했으니 그 일들이 내일이 된 것이었다. 그리고 나는 나에게 좋은 방향에 있는 옥탑방에서 살 때, 그 이후로 더 이상 부침개를 부치러 집에 가지 않았다. 좋은 방향에 머물고 있는 내가 누군가에게 잘 보이려는 행동을 하지 않았다는 것을 알 수 있었다. 그리고 몇 년이 지나 남편과 결혼 후 나에게 안 좋은 방향에서 살고 있을 때 또다시 누군가에게 인정받으려고 궂은일을 하는 나를 보아야 했다. 그리고 예전에 방문판매 회사를 다닌 적이 있었는데 그곳에서 일어나는 모든 일들을 맡아서 바쁘게 활동하는 사람을 본 적이 있었다. 그런데 그 사람은 그 누구보다 많은 일들을 했지만 자신에게 이득이 되는 것은 그리 많이 얻지 못했고 또한 그 일들은 그 사람이 하지 않아도 되는 일이었다. 그 사람의 방향을 찾아보니 그곳이 그 사람에게는 안 좋은 방향이었다. 그렇게 안 좋은 방향에 머문 사람들이 자신에게 이득이 되는 것은 하나도 없이 남들을 위한 일들을 찾아서 한다는 것을 또 한 번 알 수 있었다.) 그리고 언니는 과자 공장으로 돈 벌러 나갔으니 9식구의 빨래가 큰 고무 대야로 한 가득이었는데, 물론 엄마가 더 많이 하셨지만 한겨울에도 고무장갑도 없이 맨손으로 빨아야 했다. 내 나무젓가락 같은 팔로 크고 빳빳한 어른 청바지를 비빌려면 그 가느다란 뼈가 시리고 아려서…. 지금 생각해도 진저리가 쳐진다. 가끔은 '지금 같았으면 고무장화를 신고 막 밟아서 대충 널어 줄 텐데….' 하는 생각과 함께…. 맘이 그때 그 시간 속으로 고무장화를 들고 달려간다. 하나님께 딱 한 번만 기회를 달라고 하고 싶은 마음도 몇 번 있었다. 그런데 사실 빨래를 하고 집안일을 했던 그 시간들은 내가 인정받기 위해 선택했던 일들이었기에 그리 힘겨운 시간은 아니었다. 그저 그때에 그 빨래보다 더 하게 힘들었던 다른 모든 일들을 그 빨래에 묻어 두고 있었을 뿐이다. 그리고 그 어릴 적에 인정받으려 해도 아무도 알아주지 않은 그 시간들이 날 지치게 했을 뿐이다.

하여튼 난 그런 시간 속에 있었는데 여동생은 막내여서 집안일을 누가 시키는 사람도 없었고, 생일이 아니어도 언니 오빠가 가끔 집에 올 때면 막내 여동생 선물을 챙기고는 했었다. 그래서 여동생은 우리가 살던 그 집이 좋은 방향일 거라고 생각했는데 나와 같은 방향이었다. 좀 의아했

기적 만들기

다. 심사숙고해서 다시 생각해 보니, 남편이 힘겨운 시간 속에서 아버지에게 도움을 받았듯, 여동생의 힘겨운 시간 속에서는 내가 도움을 준 것 같다. 여동생을 좋아하고 사랑하고 또한 여동생이 있어서 초년의 시간이 좀 더 행복할 수 있었지만, 시집살이 한 여자가 시집살이를 시킨다고, 어느 날은 내가 늦게 들어와서 막내 여동생에게 오빠 밥 챙겨 주지 않았다고 잠시 나무란 적이 있었다. 딱 한 번! 나중에 생각해 보니 오빠가 동생을 챙겨 줘도 되는데…. 그리고 처음으로 누군가의 볼에 조금 쎄게 스킨십을 한 적이 있었는데, 그게 여동생의 뺨이었다. 변명을 하자면 내 속을 뒤집어 놔서…. 여동생과 아홉 살 차이인데, 여동생은 잘난 사춘기였던 것 같고, 나는 삶이 행복하지 않은 20대 갱년기였을 때인 듯싶다. 또한 그때 여동생과 방을 같이 썼을 때인데, 밤 12시에 못다 한 숙제를 한다고 타자기를 두드리고 있었고, 온전하지 못한 내 마음까지 분석해 가며 차가운 비평으로 알려 주고는 했다. 그러다 보니 내 손바닥과 여동생 볼따구가 만나는 지경에까지 이르게 되었다. 그러나 다행히도 그 이후로 그 둘이 또 만난 적은 없었다. 그게 처음이자 마지막 구타였고 우리는 살면서 그때 외에는 말다툼도 한 적이 없었다. 그저 그들에게 내 거친 눈빛과 내 거친 탄식만을 보여 줬을 뿐이다. 그러니 그들이 내게 사랑으로 다가올 수 없었을 것이다. 또 어느 날은 셋째 오빠가 제대하면서 받았던 편지들을 다 가져왔는데, 그 편지 중에 여동생이 보낸 편지가 있었다. 그 편지 한 통을 열어 읽어 보았더니 그 편지 속에 내가 나도 모르게 등장하고 있었는데, 작은 언니 때문에 힘들다고 푸념이 한참 쓰어 있었다. 마음속으로는 섭섭했지만 그때 까칠했던 내 마음을 알기에 여동생의 마음이 조금은 이해가 갔다. 그리고 언젠가 남동생과 전화 통화를 하는데, 여동생이 어렸을 때 자기가 제대로 먹지 못해 키가 클 수 없었다고 하면서 힘겨웠던 얘기를 했다는 남동생의 말을 들었을 때 살짝 웃음도 났지만 여동생의 힘겨움을 조금 더 알 수 있었다. 이렇듯 여동생의 힘겨운 시간 속에서 나름 다른 많은 힘겨운 일도 있었겠지만, 내가 많은 도움이 되어 준 듯싶다. 내가 액땜 해 준 듯…. 그래도 여동생이 언제인가 내게 그때의 심정과 함께 고마운 말을 해 준다. '언니가 왜 그랬는지 그때는 몰랐는데, 내가 회사를 다녀 보니까 알겠더라. 그리고 언니가 회사 안 다니고 집에 있을 때가 좋았어, 그때 엄마가 해 준 밥보다 언니가 해 주는 밥이 더 맛이 있었어.'라고 말해 주었다. 그 힘겨운 시간을 보내고 받은 감사의 선물 같았다. 그리고 이렇게 같은 방향이어도 각자의 운세에 따라 삶이 다양한 모습을 그릴 수 있다는 것을 또다시 알게 된 시간이었다.

### 3) 안 좋은 방향에 살아도 돈이 많은 부자일 수 있지만

예전에 내가 조금 알고 있던 사람이 안 좋은 방향에 살고 있었는데 누가 보아도 잘 사는 부자였다. 그래서 내가 조금 의아해 한 적이 있었다. 그 사람은 형과 함께 회사를 만들어 20여 년이 지나 어느 정도의 성공을 이루었으나 결혼도 못 하고 혼자 살고 있었다. 그 사람은 착한 성품으로 부모님의 생계를 책임지며 부모님과 형의 의견을 따르며 평생을 살아 왔다. 그리고 동생은 형을 믿고 회사에 모든 업무를 맡기고 열심히 일만 했는데 어느 날 형과의 관계가 흔들리기 시작하면서 회사 사정을 확인하게 되었고 자신이 20여 년간 벌어 온 많은 돈들이 형의 명의로 되어 있다는 것을 알게 되었다. 그제서야 이 동생은 자신의 몫을 돌려 달라고 말했지만 형은 동생의 요구를 받아들이지 않았고 결국 좋았던 관계가 모두 깨지는 상황으로 이어지고 있었다. 그래서 나는 그 동생이 살고 있는 집의 방향을 다시 찾아보았는데 역시나 그 동생은 자신에게 안 좋은 방향에서 살고 있었고 형과 함께 하는 회사도 동생에게 안 좋은 방향에 있었다. 형과 그 부모님의 방향은 동생과는 반대 방향이었고 그들은 자신들에게 좋은 방향에서 살고 있었다. 그것을 보면서 나는 동생이 평생 착하다는 말을 들어가며 가족들을 위해 살아야 했다는 것을 알 수 있었다. 유난히 착하다는 말을 듣는 사람들을 보면은 안 좋은 방향에서 살고 있었다. 그리고 동생은 회사에 형보다 더 많은 일을 하며 회사를 키우는 데 노력을 했겠지만 그 방향은 형에게 좋은 방향이었으니 형의 좋은 기운으로 그 회사가 성공할 수 있었던 것 같다. 그러니까 재주는 곰이 부리고 돈은 좋은 방향에서 살고 있는 사람에게 가는 것이다. 또한 동생은 형 명의로 된 모든 건물들에 대한 소유권을 주장하고 있지만 안 좋은 방향에서 살고 있는 힘없는 동생이 모든 일을 순조롭게 이루기가 쉽지 않을 듯싶고 부모님들 또한 동생보다는 형의 편을 들 듯싶다. 사람들은 안 좋은 방향에 살고 있는 사람보다는 좋은 방향에서 살고 있는 사람에게 도움을 주려고 할 것이니 이 동생이 부모님의 도움을 받기는 힘들 것 같다. 그러나 동생에게도 그 시간이 그렇게 나쁘지만은 않은 시간일 수도 있다는 생각이 든다. 이제야 다른 사람을 위한 삶이 아닌 자신의 삶을 온전히 바라볼 수 있는 시간이 주어진 것이다. 나 또한 42살에 다른 사람들에게 인정과 사랑을 받으려는 마음을 놓아 버리고 내 삶을 살기 위해 선택한 시간들이 있었는데, 이 동생에게도 그 시간이 주어진 것이다. 가족들에게 인정과 사랑을 받기 위해 그 동생은 50여 년의 시간 동안 그 둥지를 떠나지 못하고 머물러 있고 또한 잡혀 있었던 것이다. 이렇게 상처 내지 않고서는 화목으로 연결된 그 가족들과 쉽게 끊을 수가 없을 듯싶다. 그리고 이 50대 초반은 무엇인가를 내려놓을 수 있는 때이고, 내려놓아야 하는 시간인 듯싶다. 이 나이에 오랫동안 다니던 회사를 그만두거나 변화의 시간을 경험하는 사람들을 많이 보았고 나 또한 이 나이에 내가 사랑하던 한 존재를 놓아 보내야 했고 어떤 의미로 봤을 때는 해방의 시간이었다. 이 동생에게 온전한 자유와 해방의 시간이 왔다. 이 말을 누군가의 말로 들으면 받아들일 수 없으니 말로는 전할 수 없고 텔레파시로 보내 본다. '다 놓아 버리세요. 당신이 가족들에게 갚아야 할 빚은 그 시간으로 다 끝났습니다. 이제 당신의 삶을 사세요. 그리고 용서하세요. 그것이 당신을 온전히 사랑할 수 있는 방법입니다. 그리고 당신에게 좋은 방향으로 이사 가세요.'

텔레비전에 가끔씩 나오는 한 중년 부부의 삶이 내 눈에 조금 독특해 보였다. 그 부부는 요식업으로 성공을 해서 크고 멋진 집에서 살고 있었다. 그런데 그 아내가 남편이 예전에 바람을 피고 수많은 돈을 날려서 자신이 공황장애로 힘들게 살았다고 했다. 그런데 그 부부는 각방을 쓰고 있었는데 남편은 호텔 스위트룸같이 멋지게 꾸며 놓은 안방에서 크고 멋진 침대를 혼자 쓰고 있었고 남편의 옷과 신발들이 모두 다 명품이었고 차 또한 몇 억짜리 외제차를 타고 있었다. 그런데 아내는 그 집의 작은 방에서 침대 하나를 두고 자고 있었다. 남편의 방과 비교되어서 더 작고 초라하게 보였다. 그리고 아내가 입고 있는 옷들도 명품이 아니었고 남편이 해외여행을 다닐 때도 아내는 공황장애로 인해 해외여행 한 번 갈 수도 없었고 차도 가질 수 없었다고 했다. 또한 그 부부가 운영하는 식당에서 아내는 모든 일들을 다 하고 있었는데 남편은 명품 옷을 입고 계산대에서 돈을 받고 있었다. 그 부부의 방향을 찾아보니, 부부는 방향이 달랐고 그들이 살고 있는 집은 남편에게는 가장 좋은 행운의 방향이었고 아내에게는 가장 안 좋은 최대흉 방향이었다. 그렇게 자신에게 좋은 행운의 방향에서

기적 만들기

살고 있었으니 남편은 모든 것을 누리고 살고 있고 아내는 그렇게 안 좋은 방향에서 살고 있었으니 사람들에게 자신이 이렇게 힘든 삶을 살았다고 하소연만을 하고 있었다.

이렇듯 동생과 이 아내처럼 안 좋은 방향에 살고 있으면서도 좋은 집에서 많은 돈을 가질 수도 있고 하는 일들이 잘될 수도 있다는 것을 알게 되었다. 그러나 시간이 지나 그곳에 자신의 것은 그리 많지 않다는 것을 알게 될 시간이 준비 되어 있다는 것과 함께, 자신보다는 다른 사람들을 위한 삶을 사는 것으로 대신할 수 있다는 것을 알 수 있었다. 그리고 보니 이 방향에서 볼 수 있는 진리 또한 돈이 행복을 가늠할 수 있는 척도가 아님을 알려 주는 것 같다. 돈은 수없이 많이 가진 사람이 다른 사람들에게 인정받기 위해 남을 위한 삶 속에서 자신을 바라보지도, 온전히 사랑할 수도 없는 그 삶이 진정 행복한 인생일까 싶다. 남들이 부러워하는 돈이 수십 조가 넘는 재벌가의 집에서 사는 사람들 중에도 그 방향이 좋은 방향일 수가 있고 안 좋은 방향일 수가 있을 것이다.

얼마 전에 어느 재벌가 사람들의 방향을 찾아본 적이 있었는데 그 재벌가 아들의 삶을 살짝 볼 수 있었다. 그 회사는 할아버지가 만든 회사였고, 아버지가 물려받아 더 크게 성장시켰는데 얼마 전에 이 아들이 회사를 물려받았는데 순탄치 않아 보였다. 그래서 나는 그 할아버지와 아버지와 아들의 방향을 살펴보게 되었는데 할아버지와 아버지는 같은 방향이었고 아들은 방향이 달랐다. 역시나 할아버지와 아버지가 살고 있던 집과 회사도 모두 그들에게 좋은 방향이었고, 아들에게는 안 좋은 방향이었으니 이 아들이 아버지와 함께 살 때 많이 힘들었을 거라는 생각이 들었다. 아버지의 기에 눌려 자신의 뜻을 맘대로 펼치지도 못하고 인정받기 위해 많은 노력을 했을 거라는 생각이 들었다. 남들이 다 부러워하는 삶 속에 살고 있던 그 아들이 안 좋은 방향에서 살고 있었을 때 과연 행복했을까 하는 생각이 든다.

　예전에 어느 재벌가 아들이 범죄를 저질러 사회적으로 지탄을 받고 있는 뉴스를 본 적이 있었는데 몇 년 후 그 아들이 100억이 넘는 집을 샀다는 기사를 보게 되었다. 그런데 재벌가 아들의 방향을 보니 살고 있는 집과 사업체가 그 아들에게 안 좋은 방향에 있었다. 그리고 그 재벌가의 1세대인 아버지의 방향을 찾아보았는데 역시나 집과 회사가 아버지에게는 좋은 방향에 있었다. 그 아들은 결혼 후에도 아버지의 집 근처에서 살고 있었으니 자신에게 안 좋은 방향에서 살고 있는 것이다. 그리고 그 아들의 사진을 보게 되었는데 사실 내 눈에 재벌가의 사람 같지 않아 보였다. 그 사람의 얼굴에 굴곡이 조금 보였는데 돈은 수백 억씩 갖고 있는 그 사람의 삶이 행복해 보이지 않았다. 그렇게 자신에게 안 좋은 방향에서 살고 있었으니 아버지에게 제대로 된 인정도 사랑도 받을 수 없었고 그러다 보니 온전한 마음을 지닐 수 없으니 범죄를 저지르고 방황을 한 듯싶다. 또한 20대 때 한 결혼도 아버지에게 인정을 받지 못했다고 했는데 역시나 1년도 안 되어 안 좋게 끝났다고 했다. 역시나 재벌가 1세대들은 자신들에게 좋은 방향에서 살고 있었는데 그 2세대 자식들은 부모님과 함께 살 때 그 집의 방향이 자신들에게 안 좋은 방향일 수도 있으니 돈은 수백 억씩 가질 수 있을지 몰라도 행복과 기쁨은 누리지 못하는 것 같다. 역시나 돈이란 것이 완전한 행복과 연결되지 못한다는 것을 또 한 번 알 수 있었다. 그러니 좋은 방향에서 살 때 '내가 부자가 될까?'가 중요한 게 아니라 누군가에게 인정받기 위해 자신을 희생하는 삶이 아닌 내가 나를 위한

기적 만들기

삶을 살고 있는가, 지금 내게 펼쳐진 모든 상황들을 온전히 즐기고 있는가, 그게 가장 중요한 핵심인 듯싶다. 나에게 좋은 방향에 살면서 내가 진정 찾아야 하는 것이 돈이 아닌 나를 사랑하는 마음이다. 남들을 향한 시선을 거두고 온전히 나를 바라보고 나를 사랑해야 하는 것이다.

# 16. 기적 만들기

## 1) 기적은 오로지 사랑의 마음으로 만난다

모든 사람의 마음에는 두려움과 사랑의 마음. 오직 이 두 가지만이 존재한다. 이 세상은 두려움으로 만들어진 세상이고 또한 두려움은 죄책감으로 인해 생겨난다. 내 자신이 사랑이 아닌 두려움이라는 오류에 빠져 있을 때 그때 품은 죄책감으로 나 대신 다른 존재들에게 그 두려움을 투사하는 것이다. 그러면 그들은 나에게 안 좋은 모습으로 다가오는 것이다. 이렇듯 이 세상에서 일어나는 모든 일들은 세상의 두려움으로 일어나고 내 주변에서 일어나는 모든 일들은 나의 두려움으로 만들어진 것이다. 그렇다고 내 주변만 말하는 것은 아니다. 텔레비전을 보면서 내 마음이 두려움으로 반응했다면 그 또한 나의 일이다. 어떤 사람들이나 어떤 사건들을 보면서 나에게서 두려움과 분노와 슬픔이 느껴졌다면 그 상황을 언젠가 내가 경험한 일이고 용서하지 않고 내 안에 숨겨 놓은 일이다. 온전히 용서하지 못한 두려움과 분노와 슬픔이, 내가 언젠가 경험한 그 일들을 똑같이 누군가 경험하는 상황으로 연출되어 나에게 나타난 것이다. 나에게 용서의 시간이 다시 주어진 것이다.

얼마 전에 나는 텔레비전 안에서 오래전에 아프리카인들이 유럽인들에게 학대당했던 일들에 대해 나오는 걸 보게 되었는데 그때 그 흑인들이 이유 같지 않은 이유로 팔 한쪽이 잘린 장면들을 보게 되었다. 그런데 그 순간 나는 그 장면을 보면서 문득 저 경험을 내가 했을 수도 있겠구나 하는 생각이 들었다. (나는 황인이었고 흑인이었고 백인이었다. 나는 아프리카에서도 살았고, 아메리카에서도 살았고 유럽인으로도 살았고 일본인으로 중국인으로 모든 아시아인으로 살았고 내가 경험하지 않은 인종은 없다고 믿고 있다.) 그러면서 내가 9세 이전에 옥상 집에서 살 때의 일들이 떠올랐다. 그 일은 40년이 넘는 지금까지 그 누구에게도 내 입으로 말할 수 없을 정도로 아주 큰 두려운 시간이었다. 그때 예닐곱 살쯤 되었을 때인 듯싶은데 집에 나 혼자 있었는데 옆집에서 소란스러운 일들이 벌어지고 있는 듯해서 옥상 계단으로 올라서고 있었다. 그 계단 담벼락 옆으로 옆집이 바로 붙어 있었다. 그래서 옆집을 보게 되었는데 그 옆집 마당에 두세 명의 남녀가 있었는데 그 마당 전체에 피가 널려 있었다. 그리고 그중 한 남자가 누군가의 흉기로(난 그 흉기를 도끼로 기억하고 있었다.) 내리쳐진 듯 팔에선 홍건한 피가 흐르고 있었고 그때 내 기억엔 뭔가로 팔이 잘려 나갔다는 기억으로 남아 있었다. 어린 마음에 그 기억이 정확하진 않을 수도 있지만 난 사십 평생 그 사람의 팔이 잘린 것으로 기억하고 있었다. 흑인의 잘려 나간 팔을 보면서 나는 그 기억을 떠올렸다.

그리고 《우주가 사라지다》에서 그 책의 작가 개리의 전생의 경험이 이 삶에서 다른 누군가에게 비슷한 경험으로 펼쳐졌다는 것을 나는 생각해 냈고 어렸을 적에 그 옆집에서 일어난 일들은 내가 전생에서 분명 경험한 일이었다는 생각이 들었다. 그 일들이 그저 우연히 내 앞에 펼쳐진 것이 아니라는 사실을 나는 좀 더 인지하게 되었다. 이 세상에서 일어나는 모든 일들은 우연이 아니라고 했다. 그런 시간들이 나에게 주어진 것은 내가 온전히 용서하지 못하고 두려움의 시간 속에 갇혀 있었기에 내 앞에 다시 펼쳐진 것이다. 삶에서 그 경험들이 조금 용서되어 다른 존재의 경험을 통해 내 앞에 펼쳐진 것이다. 나는 온전한 용서로 그 시간들을 매듭 져야 한다는 것을 깨닫게 되었다. 나는 다음 생에서 비슷한 일을 나와 내 주변에서 다시 경험하지 않기 위해 전생이든, 그 어릴 적 그때의 아이와, 그때 나와 연결된 모든 존재들을 끌어안고 용서와 사랑으로 마무리되길 수십 번 떨리는 가슴을 진정시키며 기도를 했다. 내게 주어진 구원의 순간이었다. 그리고 어떠한 사건에서 누가 가해자인지 피해자인지는 중요하지 않다. 전생에 내가 유럽인이었을 수도 있고 아프리카인이었을 수도 있다. 누구나 한 번씩은 가해자였고 피해자였다. 서로 번갈아 가며 멈추지 않고 돌아가는 쳇바퀴에서 빠져나오시 못하고 반복되는 경험을 한다고 했다. 그것에서 온전히 빠져나오는 방법은 용서와 사랑이라고 했다.

이렇게 내가 보고 내가 듣고 내가 느낀 모든 것들로 사랑의 삶과 두려움의 삶으로 인도되어진다. 그러니 내 마음을 사랑이 아닌 두려움으로 만드는 상황을 보고 있거나 머물러 있다면 그 자리에서 되도록이면 빨리 빠져나오는 것이 좋다. 안 좋은 것을 보고도 사랑일 수 있다면 좋겠지만 우리는 아직 그럴 수 있는 존재가 아니다. 우리는 거의 모든 것을 두려움으로 느끼고 그 마음으로 기적을 주문하고 기적을 바란다. 그러나 기적은 오로지 사랑의 마음으로 만날 수 있는 것이다. 우리가 행복을 노래해야 행복을 누릴 수가 있고, 기쁨을 그리고 있을 때 기쁜 일이 생기는 것이다. 그리고 몸이 아픈 사람에게서는 돈도 멀리 도망간다고 했다. 몸이 아프다는 것은 사랑이 아닌 다른 마음을 품고 있기 때문이다. 돈도 사랑의 빛을 따라 움직인다. 그리고 《시크릿》 같은 책을 수십 권 읽다 보니 그 책들에서도 기적을 만드는 것이 감사와 사랑의 마음임을 하나같이 알리고 있었다.

기적 만들기

이런 종류의 책들이 세상에 나오고 많은 사람들이 이런 책들을 읽고 나와 같이 많은 기대와 함께 많은 꿈을 꿨을 것이다. 종이에 기록하고 원하는 것들을 소원하고 원하는 것들의 이미지를 그려 우주에 띄워 보내기도 하는 등, 수십, 수백 가지를 해 보았을 것이다. 그리고 어떤 것들은 이루어진 게 있을 테지만 대부분의 것들은 원하는 대로 이루어지지 않았을 것이다. 그리고는 실망감에 조금씩 놓아 버리고 있지 않았을까 싶다. 그 안에 답이 사랑임을 알아차렸다 해도 쉽지 않았을 것이다. 아주 긴 시간 두려움에 좌지우지 되어 산 시간들을 사랑으로 바꾸기가 보통 일이 아니었을 테니…. 그렇게 용서하지 않고 사랑하지 않고서 두려움과 거친 분노를 품고 욕심만 내니 하나님이 도와줄래도 사랑의 빛이 없는 그곳으로는 아무것도 줄 수가 없는 것이었다. 그래서 좋은 방향에서 머물렀으면 하는 것이다. 마음에 평화가 생겨 좀 더 좋은 것을 받아들일 수 있게 되고 안 좋은 방향에서는 아무리 좋은 얘기를 들어도 의심하고 받아들이기가 쉽지 않고 또한 그러다가 내가 너무 마음을 닫고 사는 게 아닌가 하는 마음이 들어 그때 자신에게 다가온 누군가의 말을 믿고 받아들였는데 그 순간이 사기 맞는 순간이 될 수도 있다. 이렇게 자신에게 좋은 말들은 의심하며 흘려보내고 자신이 피해야 할 순간은 피하지 못하고 그 힘겨움을 온전히 경험할 수밖에 없는 것이다. 그 존재는 주어진 시간 속에서 용서와 함께 기적을 만날 수 있는 사랑의 길을 찾아내야 할 것이다.

## 2) 사랑이 아닌 나를 용서하기

힘겨운 삶 속에서는 사랑의 노래도 버겁다. 사실 아플 때 더욱 하나님을 찾고 사랑의 기도를 해야 하는데 아플 때는 그 통증에 쌓여서 아무런 생각도 나지 않고 나더라도 사랑을 말하고 싶은 마음이 일어나지 않는다. 그때 하나님이 혹여 '지영아.' 하고 불러도 '지금 그럴 상황이 아니니 다음에 다시 오세요. 아! 아파 죽겠는데….' 할 판이다. 하나님도 보이지 않고 행복과 기쁨과 사랑의 노래 또한 나오지가 않는다. 이렇듯 사랑으로 가는 길이 만만치가 않고 더하게 통과해야 할 문이 하나 더 있는데 그것은 바로 용서의 문이다. 용서하지 않고서는 그 누구도 사랑의 마음을 얻을 수 없다. 그런데 용서는 누구를 용서해야 할까. 내게 묻지도 않고 낳아 놓고 온전하게 사랑으로 양육하지 않은 부모를 용서하고, 날 인정해 주지 않고 힘들게 한 형제들을 용서하고, 내게 상처를 준 친구들과 남자들과 날 힘들게 한 사람들을 용서하면 될까. 그들만 용서하면 내가 사랑일 수 있을까. 아니다. 용서해야 할 인물이 하나 더 있다. 그들과 함께 그들에게 임무를 준 주동자를 용서해야 한다. 그 주동자는 바로 나 자신이다. 지난 과거 속에서 만난 모든 존재들이 나였다. 나는 나를 만난 것이었다. 현재 내 주변에 보이는 모든 존재들이 내가 펼쳐 놓은 내 마음이다. 그 모든 순간에 두려움이었던 나와 그런 나를 도와준 그들을 모두 용서하는 것이다. 용서하고 또 용서하다 보면 10년이 지나 있을 때쯤(또 누군가가 "나 10년씩이나 용서 못 해요." 하는 사람이 있을지도 모르겠다.) 아님 더 짧을 수도 있고 더 연장될 수도 있다. 자신들이 얼마나 용서를 열심히 하느냐에 달려 있다. 지난 과거 속의 등장인물들이 하나둘 임무를 마치고 떠나갈 것이다. 그렇다고 방심해서는 안 된다. 줄었다 뿐이지 완전히 사라진 것은 아니다. 내가 두려움으로 취해 있을 때 또다시 등장해야 하니까. 또한 새로운 인물들은 계속 만들어진다. 이사한 곳의 윗집이나 아랫집에서 나 들으라고 쿵쿵 뛰고 있고, 텔레비전 속에서 내가 싫어하는 인간이 모든 채널에서 다 나대고 있고, 누군가가 내 돈을 떼어먹고 도망가 나만 빼

기적 만들기

고 다른 모든 사람들과 함께 평평 쓰고 있고, 난 안전 운전하는데 옆 차가 시비를 걸어오고, 식구들 중 누군가가 아프거나 내가 아프고, 배우자가 내 말을 안 들어 주고 상처 주고 있고, 시짜들이 날 친딸 같다면서 막 대하고, 중2병 걸린 자식이 갱년기에 걸린 날 괴롭힐 신종수법을(이 경우에 크게 걱정하지 않아도 될 것 같다. 갱년기와 중2병이 만나면 갱년기가 이긴다고 했다. 그리고 그 아이들도 꼭 거쳐야 할 앓이를 경험하는 것이니 조금 더 방치해도 되지 않을까 싶다.) 개발하는 등 끝없이 나타나고 만들어진다. 처음에는 이 상황이 용서해야 할 시간인 것을 감지하는 데도 많은 시간이 걸린다. 주변에서 일어나는 모든 일에 내 마음에 사랑이 아닌 두려움이 감지된다면 그 순간이 용서할 시간이다.

그리고 나는 사야 할 물건들이 있을 때 그 물건들을 바로 사지 않는다. 당장 필요한 물건이 아닌 것들은 다음 달로 미루고 최대한 늦춰서 살려고 한다. 시간 속에서 그 물건들이 내게 필요 없는 물건이 될 수도 있고 또한 내가 그 물건들을 그 즉시 산다고 내가 사야 할 물건들이 끝난 것이 아님을 알았다. 내 두려움은 끊임없이 내가 무언가가 필요하다고 두리번거리게 했고 나는 그 지시에 따라서 나에게 필요한 것들을 찾아내고는 했다. 이렇듯 이 물건들과 함께 내 주변에서 해결해야 될 문제들은 이 세상에 머물러 있는 한 끝없이 만들어질 것이니 난 서두르지 않기로 했다. 그리고 일어난 일들을 해결하기 전에 내 안의 두려움을 알아채고 진정시켜야 한다. 두려움을 진정시키려면 해답은 용서에 있다. 두려움인 나와 그런 나를 도와준 존재들을 용서할 때 내 마음이 편안해지고 그제서야 사랑이 빛을 낼 수 있는 것이다.

용서와 사랑의 연습생인 나도, 사실 용서와 사랑을 자주 잊어버린다. 그럴 때는 어김없이 주변에 작던 크던 안 좋은 일들이 생기고 사람들이 내게 관대하지가 않다. 주변에서 일어나는 일들을 보고 '아 지금 내가 사랑이 아니구나.' 하고 나를 바라보는 시간을 갖는다. 어쩔 땐 나에게 조금은 투박한 모습을 보이는 사람들을 보면서 내 마음을 들여다보고 웃음이 나기도 한다. 내 마음 상태를 그대로 알려 주는 그들의 모습을 보면서 또 한번 우주의 이치를 확인하는 것이다. 그런데 한 인간에게는 이 규칙이 적용이 잘 안 된다. 바로 남편이다. 내가 유일하게 막대하고 마음 놓고 싸울 수 있는 고마운 인간. 그 인간이 내게 함부로 하는 것은 그 인간의 인격이 문제가 있어서 그런 것이고, 내 속을 뒤집어 놓는 것은 모자라서 그런 것이다. 그럼 난 버르장머리를 고쳐 놓겠다고 같이 소리 높여 가며 하나님이 아무리 불러도 듣지 못하고 망나니가 된다. 그러면서 조금씩 보이기 시작했다. 남편이 내게 얼굴을 찌푸리고 날려들면 이제 조금씩 그날의 내 마음이 사랑이 아니었음을 돌아본다. 아직 완전하지 않다. 반푼이다. 그래서 난 가끔 하나님께 기도한다.

'하나님! 하나님이 생각하시는 것보다 제가 좀 많이 모자랍니다. 하나에서 열까지 그때그때마다 콕 찍어서 이끌어 주소서. 지영아! 네가 지금 두려움이니 사랑임을 기억하거라' 라고요.

정답이 주어졌다. 그런데 이 정답이 내게 그저 달라붙지 않는다. 매일매일 용서와 사랑과 감사의 색을 칠해야 한다. 하루라도 쉴 참이면 전에 보던 재미없는 영화가 상영된다. 언제까지 해야 되냐고 물어보는 사람 꼭 있다. 이것도 말 잘해야 하는데…. 또 너무 길다고 말하면 포기할지도 모르는데…. 이 세상을 떠날 때까지…. 당신 안에 두려움이 존재하지 않을 때까지라고 하면 너무 긴가요? 내 안에 두려움이 작동되지 않을 때까지 해야 한다. 원치 않은 모든 일들은 내 안에 두려움이 연출한 것이니, 그 두려움이 작아지고 사랑이 커질 때까지 용서와 사랑을 연습해야 한다.

기적 만들기

## 3) 기적은 놓아주는 것이다

그리고 기적을 만들 때 계획하면 안 된다. 판단하고 계획할 때 두려움이 일어난다. '혹시 안 되면 어떡하지. 안 되겠지.' 하는 의심이 생기게 되면 그땐 이미 기적은 날아가 버렸다. 무의식중에 의도만 비추고 놓아 버려야 한다. 내가 이사할 때마다 내가 의도한 대로 될 때는 난 어떤 계획도 하지 않았다. 어떤 계산이나 걱정 없이 그저 내가 바라는 의도만 살짝 비추고 시간 속에 모든 것을 내맡겼다. 그런데 내게 두 번째로 좋은 서쪽 방향에서 3번을 이사했는데, 첫 번째 이사할 때와 두 번째 이사할 때는 어떤 계산도 없이 모든 것을 하나님께 맡겼을 때는 모든 일들이 원활하게 꾸며지고 있었고 나에게 도움을 주려는 사람들에게 많은 사랑을 받을 수 있었던 시간이었다. 그런데 세 번째로 1년 6개월 살 집을 구할 때 난 온갖 계획을 세우고 있었다. '이번엔 대출을 조금만 받아야겠어. 그러려면 지금보다 더 싸게 전셋집을 알아봐야 하니까. 전세가격을 확 깎아야지.' 전세금 시세와 상관없이 내가 금액을 정해 놓고 집을 달라고 하니 제동이 걸렸다. 이렇게 우리가 하는 모든 계획은 두려움이 인도한다. 그저 모든 것을 내가 의지하는 신이나 하나님께 맡기면 된다. 사실 하나님만큼 내 삶을 완전하게 이끌어 줄 존재는 없는 듯싶다.

몇 년 전에 부동산 홍 사장님과 만나서 대화를 하게 되었다. 나는 홍 사장님과 대화를 할 때 용서와 사랑이 기적을 만드는 방법임을 몇 번 얘기한 적이 있었다. 또한 뭔가 잘 해내려고 계획을 세우다 보면 욕심이 생기고, 그 욕심과 함께 두려움이 발생하고 그러다 보면 분노가 발생하고 또 그러다 보면 어떤 일도 이루어지지 않으니 일어나는 모든 일에 용서와 사랑의 마음을 그리고 편안한 상태를 유지해야 한다고 얘기한 적이 있었다. 그런데 어느 날 홍 사장님이 자신이 집을 중개해서 계약을 하게 된 얘기를 나에게 해 주었다.

"내가 얼마 전에 집을 하나 중개했거든요. 그런데 그 집을 계약하는 날 우리 부동산에 그 집주인 남자와 아들이 들어오더니 왜 이렇게 집을 싸게 팔았냐고 소리를 지르고 난리를 피우는 거예요. 그렇게 난리를 피우는 와중에 힘겹게 계약을 마쳤는데 그 집이 그렇게 싼 가격에 거래된 것이 아니었거든요. 그때 시세였어요. 그리고 그게 끝이 아니었어요. 그 집을 산 새 집주인이 외국에서 살다 와야 한다고 그 집을 전세를 놓겠다고 해서 그 집에 전셋집을 구하는 사람들을 또다시 데리고 가야 했어요. 그래서 그 난리를 피운 남자 집주인에게 전셋집을 찾는 사람들이 오면 집을 보러 가겠다고 전화를 했는데 그 집주인이 나에게 집을 딱 한 번만 보여 주겠다고 하면서 '당신에게는 기회가 딱 한 번뿐이야. 그 기회를 제대로 살리지 않으면 당신에게는 두 번의 기회는 없어.'라고 말하는 거예요. 나는 기가 막히고 암담했지만 모든 걸 내려놓기로 했어요. 그렇게 마음을 비우고 있는데 부동산에 어떤 여자분에게서 전셋집을 알아보려는 전화가 왔어요. 그런데 전세로 나온 집이 그때는 그 집 딱 한 집뿐이었어요. 그래서 내가 그 여자분에게 '사모님 지금 전세로 나온 집이 한 집이 있거든요. 그런데 제게는 기회가 딱 한 번밖에 없습니다. 그 집주인이 딱 한 번만 집을 보여 주겠다고 했어요. 사모님이 그 집을 보고 계약을 하지 않으시면 제 한 번뿐인 기회는 날아가거든요. 그러니까 그냥 한번 보자 하는 마음으로 보시면 안 될 것 같아요. 정말 하실 마음이 있으실 때 보셔야 할 것 같은데요.'라고 말했어요. 그러자 그 여자분이 '제가 집을 구해야 하는 것은 확실한데요. 그렇게 말씀하시니 너무 부담스러운데요.' 하며 머뭇거리더니 잠

기적 만들기

시 후 '일단 알겠습니다. 그럼 집을 보러 갈게요.'라고 말하더라고요. 그래서 얼마 후 우리 부동산 사무실에 찾아온 그 여자분하고 같이 그 집을 보러 갔어요. 그런데 너무도 감사하게 그 여자분이 전세 계약을 하게 되었어요."라며 그간의 일들을 나에게 전해 주었다. 그러면서 홍 사장님이 "내가 그때 뭐 이런 인간이 다 있나. 기가 막혀서 말이 안 나오네. 하며 같이 난리 피우고 흥분했다면 그 전세 계약은 이루어지지 않았을 텐데, 내가 그 모든 것들을 내려놓고 마음을 비우자 모든 게 순리대로 잘 이루어진 것 같아요."라고 말했는데 그 말이 정답이다. 시끄러운 마음을 비우고 모든 것을 내려놓았기에 그 한 번의 기회를 놓치지 않고 살릴 수 있었던 것이다. 난 그 코미디 같은 얘기를 들으면서 마음 한편으로는 다양한 사람들을 상대하는 사장님의 고충이 느껴지면서도 내 목젖에서는 웃음이 터지고 있었다. 전셋집을 내놓고 그 집을 선택할 사람이 나올 때까지 집을 보여 줘야 하는데 딱 한 번의 기회만 주어졌으니 홍 사장님 입장에서는 상당히 기가 차고 어이없고 황당스러운 마음이었을 것이다. 그런데 그 코미디 같은 상황을 홍 사장님은 정답을 선택해서 기적을 이뤄냈다. 그 기발하고 재밌는 제안을 한 집주인에게(전화를 끊고) 울분을 토하고 세상에 존재하는 사랑이 아닌 말들을 토해 낼 수도 있었겠지만 홍 사장님은 기적을 만드는 사랑을 택한 것이다. 어떠한 판단도 하지 않고 모든 걸 다 내려놓고 일어나는 일들을 그대로 받아들이겠다고 한 순간 기적을 만날 마음이 된 것이었다. 그러니 사랑이 기적으로 답을 해 준 것이다.

나 또한 그 상태 안 좋은 집주인 아저씨처럼 두려움으로 홍 사장님을 대했던 일이 있었다. 서쪽 방향에서 1년 6개월 동안 살 집에서 6개월 정도 살고 있을 때였다. 어느 날 집주인이 집을 내놓았다고 처음 본 부동산에서 사람들을 데리고 우리 집을 구경 시켜 주는 것이었다. 그렇게 두세 번 집 구경만 하고 아무도 계약을 하지 않았다. 그러던 며칠 후 홍 사장님에 게서 사람들을 데리고 집 구경을 오겠다는 전화가 왔다. 그때 나는 순간, 처음으로 서쪽 방향에서 살았던 전셋집에서 6개월 정도 살고 있을 때 집 주인이 집을 내놓았는데 1년 6개월 동안 이사 전 날까지 집이 나가지 않 았던 그 시간들이 떠올랐다. 그리고 그때 그 집주인에게 그 집의 방향이 안 좋은 방향이었기에 집이 오랫동안 매매가 이루어지지 않았던 기억과 함께, 살고 있던 그 집 또한 집주인 여자에게 안 좋은 방향이었기에 내 염 려는 더 커지고 있었다. 또다시 1년의 시간 동안 우리 집에 낯선 사람들이 끊임없이 찾아올 거라는 생각에 나는 홍 사장님에게 1년이 남았으니 천천 히 사람들을 데려와 달라고 말했다. 그런데도 홍 사장님이 저녁 때 사람 들을 데리고 오겠다고 뜻을 굽히지 않았기에 순간 짜증이나 전화를 끊어 버렸다. 그리고는 전세 기간이 한참 남았는데도 자신들의 이익을 챙기기 위해서 집을 내놓는 집주인들에게 미운 마음이 들었고 그들을 위해서 내 가 이렇게 힘든 시간을 가져야 하나 하는 생각에 빠져들고 있었다. 그런 데 순간 내가 지금 두려움에 쌓여 있는데 이게 과연 그 집주인만의 일일 까 하는 생각이 들었다. 내가 두려움에 싸여 있는 것을 보니 이것이 나의 일이었다는 생각이 들었다. 내 두려움이 이 시간들을 준비하고 있었다는 것을 깨닫게 되었고 그런 사실을 깨달은 나는 그때의 모든 상황들을 받아 들이기로 마음을 먹었고 그 시간 속에 머문 나와 그 모든 존재들을 위한 용서와 사랑의 시간을 가졌다. 그리고는 마음을 내려놓고 저녁 밥을 하 고 있는데 부동산 사람들과 함께 한 명의 아주머니가 우리 집을 구경하러 왔다. 그때 난 마음을 비우고 두려움이 아닌 평화 속에 머물러 있었다. 다 음 날 그 아주머니가 매매계약을 했다는 소식을 들었고, 그 상황들을 밀어 부쳐줘서 집 계약이 빨리 이루어지도록 도와준 홍 사장님에게 감사의 말을 전했다. 그리고 그때 모든 일들이 내 두려움이 만들어 낸 일이었다는 것을 받아들였기에 모든 일들이 순조롭게 이루어졌다는 것을 알 수 있었다. 그리고 내가 그 집주인 여자에게 그 집이 안 좋은 방향이었다는 사실에만 너무 많은 염려를 하고 있었다는 것을 알았다. 그 집의 방향은 나와 집주인 남자에게도, (그 집은 부부 공동 명의로 되어 있었다.) 그리고 홍 사장님 또한 좋은 방향이었다는 사실을 생각하지 못하고 있었다. 우리의 좋은 기운들이 그 집주인 여자의 안 좋은 기운들을 넘어서 모든 일들이 순조롭게 진행될 수 있었다는 것을 생각하게 되었다.

나는 10여 년 전에 수십 가지 작성해서 고이 간직해 오던 희망 목록을 과감히 버렸다. 가만히 생각해 보니 난 살면서 누군가를 시샘하거나 부러웠던 적이 별로 없었다. 친구들은 누군가가 결혼을 하거나, 아이를 낳거나, 누군가가 큰 집을 장만하면 시샘하고 부러워하는데 난 그런 모습들을 보면서 크게 공감을 하지 못했다. 그때는 결혼에 대해서도 아이에 대해서도 집에 대해서도 크게 관심이 없었고 내 안중에 없었던 것 같다. 그러니 그런 모든 상황들이 내 마음을 흔들 수 없었던 것 같다. 그런데 40대 초반쯤에 TV 속에서 아빠의 사랑을 받으며 모든 것을 누리고 사는 아이들을 보았을 때 난 처음으로 부러움과 시샘을 가졌다. 돌이켜 보니 그때 한참 부자가 되어 보겠다고 몸부림을 치던 시간 속에서 모든 것을 누리고 있는 그 아이들에게 시샘과 부러움을 느낀 것 같았다. 그리고 또 한 번 집을 가진 사람들에게 시샘과 부러움과 작은 미움을 가졌다. 그전에 난 집에 대한 욕심도 없었고 오로지 내가 원하는 건 약간의? 돈과 함께 내 안의 평화였다. 그런데 이사를 많이 다니다 보니 이사할 때 이사 준비에 필요한 것들로 인해 많은 신경을 쓰게 되고 청소도 해야 하고 정리도 하다 보니 몸과 마음이 모두 지쳐 회복하는 데 몇 달이 걸리는 것을 알게 되었다. 그러자 돈과 집 또한 내 안의 평화를 유지하기 위해서는 필요하다는 생각이 들었다. 이사할 때마다 여러 가지 일로 무리를 하다 보니 한동안 병치레를 하게 되고 그러다 보니 잘 들어오던 돈이 자꾸 미뤄지게 되고 여러 가지 문제들이 생기는 것을 알게 되었다. 또한 나이들수록 이사하는 것이 너무 힘이 들었고 그제서야 내 집을 갖고 싶다는 생각을 갖게 되었다. 그런데 그 생각 끝에 또 하나의 감정이 따르고 있었다. 나는 한 채도 못 가진 집을 두세 채씩 갖고서 집값을 올리고 있는 그들을, 시샘하고 미워하는 감정이 기다리고 있었다. 내가 바라는 것이 생기자 그걸 가진 그들이 미워졌고, 그걸 갖지 못한 내가 사랑이 아닌 두려움 속에 쌓여 있는 걸 보게 되었다. 내 소망이 누군가를 미워하는 감정과 연결되어 있다니…. 난 이제 어떤 꿈도 꾸지 않는다. 어떤 계획도 하지 않는다. 아니 그러려고 노력하고 있다. 이것도 쉬운 게 아니다. 까먹고 좋지 않은 머리를 굴려 계획표를 작성하고 있다. 습관처럼…. 내가 계획하고 꿈을 꿀 때 두려움이 언젠가 슬며시 끼어든다. 그저 내가 나아갈 길에 사랑의 마음으로 나아가면 인도되어진다.

　　나는 주차할 때 가끔 기적을 본다. 우리 아파트 주차장이 공간이 여유롭지 않아 저녁 늦은 시간에 들어오면 몇 바퀴를 돌아야 하는데 주차장을 나갈 때 무의식에 가깝게(잠깐이라도 어떤 생각도 끼어들지 않게….) 내가 돌아왔을 때 주차 공간을 0.1초가량 살짝 의도만 비친다. 그리고 모든 것을 하나님께 맡기고 놓아 버린다. 그러면 돌아왔을 때 내 자리가 하나 있거나 그때 맞춰서 누군가가 차를 빼 준다. 단 그때 내 상태가 사랑을 유지하고 있을 때에만 해당된다. 주차장을 나가면서 '이따 돌아올 때 내 자리가 마련되어 있어야 하는데….' 하는 잠깐의 생각이 끼어드는 순간 두려움이 이미 발생했고 그때는 이미 물 건너갔다. 나갔다 돌아와 주차공간을 발견하지 못하고 주차장을 몇 바퀴 돌다가 잠시 정차한 후 용서의 시간을 갖는다. 그렇게 사랑이 아닌 날 용서하고 내 마음을 살피고 있으면 얼마 후 누군가가 나에게 자리를 내어 준다. 내가 해야 하는 것은 그저 용서와 사랑과 감사의 노래를 부르는 것이다. 모든 계획은 하나님께 맡기고…. 이렇듯 엉성한 계획과 판단을 내려놓고 무심하게 놓아 버릴 때 모든 것들이 순조롭게 이루어지는 것이다. 그리고 소원은 말하는 것이 아니다. 자신에게 펼쳐질 삶은 그저 아는 것이다. 자신이 무엇인가를 할 거라는 것을 그저 마음이 아는 것이다. 마치 내가 책을 쓰는 것이 소망이 아니었듯, 고등학생 때부터 그저 책을 낼 거라는 것을 알고 있었듯이 그냥 아는 것이다. 어렸을 때부터 자신이 배우가 될 거라는 것을 느낌으로 알고 있었다고 말하는 어떤 배우처럼 그냥 아는 것이다. 그리고 자신에게 오는 것을 온전히 알 수 있는 순간은 그 존재가 온전한 평화 속에 머물러 있을 때 느낄 수 있는 것이다. 그러니 자신이 무엇을 할 것인지 알기 위해서는 마음을 맑게 해야 한다. 그러기 위해서는 마음을 흐리는 상실감 대신 사랑을 선택해야 한다. 그리고 물질이건, 원하는 일이건 무심이 느끼고 놓아 버리는 것이다.

# 17. 치유는 마음에서 온다

### 1) 몸은 아무런 잘못이 없으니 몸이 아닌 마음을 들여다본다

초롱이와 보라가 우리에게 오기 전 10여 년 전에는 남편과 나는 가끔 등산을 하고는 했다. 초롱이와 보라가 오고 나서도 그 아이들과 함께 낮은 산은 정상까지 가기도 하지만 높은 산 정상까지는 매번 가지 못했다. 그러고 보니 제대로 된 등산을 한 지가 10여 년이 넘어서고 있다. 사실 난 등산을 두려워하는 마음이 있었는데 보통 산을 두세 시간 올라갔다 내려오면 그 당일보다 그다음 날부터 며칠 동안 다리에 알이 배겨 근육통에 시달려야 했다. 그런데 10여 년 전에 어느 날 남편과 계룡산 정상에 올라 산 아래를 감상한 후 내려 온 그날 밤에 침대에 누워 마음으로 스치듯 내 다리를 바라보고 잠이 들었다. 다음 날 아침에 일어났는데 낯선 느낌이 들었다. 등산 후 언제나 날 따라왔던 다리의 근육통이 산 정상에 남겨져 있었나, 아무런 통증도 느낄 수 없었다. 등산을 다녀온 후 내 다리에는 매번 근육통이 며칠씩 머물러 있었는데 이런 적은 한 번도 없었다. 잠시 후 나는 어젯밤 자기 전에 내가 마음으로 다리를 바라본 것이 생각이 났다. 내 마음에 숨겨져 있던 굳은 마음이 그 다리에 심어져 있어야 했는데, 내가 그 밤에 그 마음을 살짝 들여다본 이유로 통증이 그곳에 발생하지 않았다. 그러고 보니 등산이 내 다리에 통증을 만든 것이 아님을 깨닫는 순간이었다. 내 딱딱하게 굳은 마음이 문제가 있을 거라고 생각했던 그 부위에 찾아 들었던 것뿐이었다. 그런데 내가 그걸 인식하자 그 통증이 그곳에 머물기를 포기한 듯했다. 몸 탓이 아니었다. 우리는 통증이 발생하면 습관적으로 내 몸이 약해진 탓으로 보는데 몸은 아무런 힘이 없다고 했다. 몸은 그저 마음의 명령을 따르는 것뿐이라고 했다. 등산을 다녀오고 나서든, 힘든 일을 하고 나서든, 내 몸 어느 한 곳에 통증이 생길 거라는 내 믿음에 몸이 그렇게 매번 반응했던 것이었다.

그리고 나는 산후 우울증을 경험한 적이 있었다. 아기도 낳지 않은 내가 경험할 수 없는 일이었지만 앵무새 초롱이와 보라가 우리 집에 온 후 그 경험을 하게 되었다. 태어난 지 보름 정도된 아기들이 어서 두세 시간마다 이유식을 먹여야 했다. 남편이 아무런 말도 없이 데려와 갑작스럽게 키우게 되어 먹을 것들을 알아보고 새장에 천 침대도 매달아 놓고, 장난감들과 물어뜯을 나뭇가지를 준비하고, 나의 일과는 일어나 잠들기 전까지 그 애들을 위한 생각으로 가득했다. 하지만 그것들로 인해 나에게 우울증이 온 게 아니었다. 물론 그런 것들도 영향이 있었겠지만 그 애들이 우리 집에 오고 나서 나의 모든 일상이 깨지고 있었다. 나는 밥도 제대로 먹을 수 없었고 책도 제대로 읽을 수 없었고 밖에도 마음껏 나갔다 올 수 없었다. 가장 힘든 것은 밥 먹을 때나, 청소를 할 때나 무언가를 할 때 새 집에 넣어두었는데 그때마다 목청이 찢어지도록 새집에서 꺼내 줄 때까지 1분 1초도 멈추지 않고 짖어댔다. 특히 초롱이 목소리는 다른 모란앵무 새들 중에 최고였는데 온 동네가 떠나갈 듯 짖어댄다. 초롱이는 자기가 원하는 뜻을 이룰 때까지 절대 포기하지 않는 아이였다. 새장 문도 열고 나오고 맘먹은 것은 꼭 이뤄야 하고 자신의 뜻이 받아들일 때까지 끝없이 울어댔다. 그런 시간이 계속되자 내 머리는 쥐가 나기 시작했다. 쉼없이 울어대는 초롱이 보라 때문에, 또한 깨져 버린 나의 일상으로 인해 두려움이 일렁이기 시작된 어느 날 나도 모르게 분노와 함께 울음이 터져 버렸다. 그리고 얼마 후 TV에서 여자들의 산후 우울증 얘기가 나왔는데 내 증상하고 똑같았다. 그제서야 내가 앵무새 산후우울증을 앓고 있었다는 것을 알게 되었고 산후우울증이 무엇인지도 조금 알게 되었다. 잃어버린 나의 일상과 함께 새로 나에게 닥친 그 생활 또한 놓아 버릴 수 없는 그 상황이 두려움과 분노와 슬픔으로 오는 것이 산후 우울증이라는 것을 알게 되었다. 또한 산후 우울증은 어렸을 때 제대로 사랑받지 못한 여자들이 많이 경험하는 듯도 싶었다. 나는 제대로 사랑도 받지 못했는데 갑자기 나타난 존재들이 내게 사랑을 달란다. 그리고 내 일상을 깨뜨리고 날 작은 집안 공간에 가둬 버린 작은 존재들로 인해 두려움에 갇히게 되고 분노와 슬픔과 함께 울분이 터져 버리는 것이 산후 우울증인 것 같다.

그리고 지금 나에게 닥친 갱년기 또한 같은 맥락인 것 같다. 산후 우울증도 그렇겠지만 갱년기 또한 모두 다 경험하는 게 아니다. 사오십 년간 내 안에 지니고 있던 상실감으로 내 몸에 여럿 증상들이 나타나는 것 같다. 두려움으로 허리 통증이 발생하고 분노로 가슴이 답답하고 어깨가 뭉치고 목과 머리에 통증이 발생하고 열이 위로 올라 얼굴이 붉어지고 머리카락이 빠지게 되고 그러다 보니 우울증이 발생할 수밖에 없는 것이다. 결국 이것 또한 사랑으로 풀어헤치지 못하고 오랜 시간 움켜잡고 있는 두려움으로 인해 만들어진 증상들 같다.

그리고 나 또한 사람들이 말하는 일반적인 갱년기 증세로 가슴 위로 열기가 올랐다 내렸다 하는 것을 자주 경험하곤 했었다. 그런 나를 유심히 관찰한 어느 날 그 열기가 오르기 바로 전에 내 마음을 바라보게 되었다. 그때 불현듯 불안한 마음이 들었거나, 바로 전에 불편한 마음으로 어떤 생각을 했거나, 흐린 마음으로 누군가를 생각하고 있는 나를 보게 되었다. 내 마음에 두려움과 불편한 마음이 흐를 때 내 가슴 위로 열기가 순간 오른다는 것을 알게 되었고 또한 크게 불편함이 느껴지지 않는 지난 일들을 떠올린 후에도 내게 열기가 발생하는 것을 느끼게 되었는데 그 생각들 속에 내 불안한 마음이 숨어 있다는 것을, 내가 가늠할 수 없는 작은 생각조차 나에게 열 기운을 만드는 두려움이라는 것을 알게 되었다. 그러고 보니 내 안에서 일어나는 대부분의 생각들이 나에게 도움은커녕 안 좋은 감정들을 불러오고 있었다. 그리고 안 좋은 마음이나 생각들을 품을 때 열이 발생하기도 하지만 역으로 내 몸 안에 열이 머물러 있을 때나 몸 상태가 안 좋을 때, 지난 시간에 상처받은 일들을 떠올리거나 안 좋은 생각들을 품게 된다는 것을 알게 되었다. 그 뒤로 나는 가끔씩 평온한 시간 속에 머물러 있다 가도 나도 모르는 불안한 감정들과 생각들이 떠오르고 난 뒤에 혹 하고 더위가 느껴질 때면 난 이제 이렇게 말한다. "난 더울 수 없는 존재다. 이 열기는 내가 사랑이 아닌 두려움을 보았기 때문이다." 그 사실을 받아들이는 지금도 나는 수시로 발생하는 생각들로 인해, 오르내리는 열기를 느끼고 있지만 그것을 바라보는 내 마음 안에 두려움은 조금씩 작아지고 있다.

나는 30살 초반부터 거의 20여 년을 식후 배앓이를 했다. 배앓이 또한 두려움에서 유발하는 것이지만 양육에 대한 불편한 마음이 새겨지면 통증이 발생한다고 했다. 부모에게 기본이 될 수 있는 사랑을 받지 못했으니(물론 이것이 진정한 사실은 아니다.) 모든 존재들에게 경계하는 마음과 불편한 마음을 쉽게 품게 되어 이런 통증들을 불러 온 것이다. 30살 이전까지는 나는 음식들을 정량만 먹고 많이 먹지도 않았고 거의 술도 마시지 않았다. 그런데 30살 즈음부터 술자리가 생기니 맛있는 음식들과 함께 술을 마시게 되었고 그때부터 내 배앓이가 시작되었다. 그때 숨겨져 있던 불안한 감정이 내 몸이 무리를 하자 이때다 싶어 자리를 잡은 듯하고 30살 즈음부터 위장 기능도 약해져 어렸을 때만큼 많은 음식을 섭취하기가 쉽지 않다고 했는데 그 이유인 듯싶다. 그때부터 시작된 배앓이로 20여 년 동안 힘겨운 시간을 보내야 했는데 잠깐씩 그 배앓이가 멈춘 적은 있었다. 좋은 정수기 물을 먹으니 배앓이가 멈추는 듯했고, 교정구(깔창)라는 것을 신발에 끼고 다니자 그 배앓이가 사라지는 듯했고, 유산균을 섭취하자 그 통증이 사라진 듯했지만 모두 다 답이 아니었다. 그 어떤 것도 배앓이를 멈추게 하지 못했다. 내 안에 양육에 대한 불안한 마음이 풀어 헤쳐지지 않고 있으니, 그 통증은 내 몸이 자기 집인 양 들락거리며 떠나지 않았다. 그런데 요즘 그 마음이 조금씩 놓여지는 듯 배앓이가 조금씩 잦아드는 것을 느낄 수 있었다. 부모님에 대한 양육의 미흡함을, 내가 제대로 양육하지 않았다고 자책하는 마음을 내려놓은 듯싶었다. 세상 모든 부모와 자식이 아무런 잘못이 없음을 내가 받아들인 듯싶었다. 하지만 그 통증들이 완전히 사라진 것은 아니었다. 내 마음에 익숙한 그 불편한 마음들이 머무를 때면 가끔씩 나타나고는 했다.

어느 날은 내 몸에 통증들이 내 시선을 피해 이곳저곳 옮겨 가는 것을 경험한 적이 있었다. 명치 아래쪽에 야구공만 한 근육 뭉침이 느껴졌었다. 물론 위와 관련도 있겠지만 같은 위치에 있는 간이나 담 부위의 영향도 있는 듯싶다. 내 경험에 의하면 위가 안 좋을 때 간도 영향을 받고 신장

기적 만들기

의 기운도 약해지고 그 약한 기운들이 오래 갈 경우 폐와 대장에도 영향이 미쳐 모든 장기가 하나로 연결되어 있다는 것을 확인하고는 했다. 그때쯤에 그 명치 부위가 자주 뭉쳤고 그 뭉친 자리에는 언제나 통증이 함께 했다. 나는 그 근육 뭉침을 마음으로 잠시 바라보고는 '또 이곳에 뭉쳐 있네.' 하는 잠깐의 느낌을 가졌고 그저 무심히 지나쳐 버렸다. 그러자 얼마 후 내 명치 아래 그 뭉침 덩어리가 사라지고 내 오른쪽 정강이 뼈 옆에 숨어 있는 것이었다. 정강이 앞쪽으로 위장혈이 흐르고 그 옆 자리는 담경이 흐르는 자리였다. 그러니 내 배 쪽에 있던 위와 담 부위에 머물러 있던 그 뭉침 덩어리들이 다리에 있는 위와 담경 자리로 옮겨간 것이었다. 그곳은 역시나 내가 스트레스가 많을 때, 잘 때 가끔 뭉치던 자리였다. 내 명치 아래에 뭉쳐 있던 그것들을 별 마음을 쓰지 않고 바라보자 그것들이 마치 내 다리에 문제가 있는 듯 내 다리로 옮겨진 것이다. 그리고 내가 그것을 마음으로 바라보며 '이곳으로 옮겨져 있네.' 하는 마음을 가졌을 뿐인데, 얼마 후 그것들이 또다시 내 어깨로 옮겨져 있었다. 그것 또한 내가 인식을 하자 내 몸 이곳저곳을 방황하듯 돌아다니다 어느 순간 느껴지지 않았다. 그것을 보면서 내 안에 긴장과 스트레스로 인한 불편한 마음이 내 몸 이곳저곳을 돌아다니다 어딘가에 머물면 그곳에 문제가 생겼다고 치료를 하려 안간힘을 썼던 것 같다. 내 두려움의 뭉치를 객관적인 마음으로 무심이 바라보자 그 두려움의 뭉치가 이게 아닌데 하며 이곳저곳에 방황을 하며 돌아다닌 것 같다. 이제 내 몸이 문제가 있어서 그런 통증이 유발되는 것이 아니라는 것을 알고, 이렇게 가끔 내게 장난치는 그 두려움의 덩어리를 온전히 바라보기도 하지만 긴 세월 그것에 휩쓸린 나는 아직도 완전히 벗어나지 못하고 있다.

그리고 내 몸에 반복적으로 나타나는 통증들이 다 고통스럽지만 그중에 어깨와 목과 머리에 열기와 함께 통증이 발생해 며칠씩 날 흔들 때면 진저리가 처지고는 했는데 어느 날 내가 다리 쪽으로 갑작스런 운동 아닌 운동을 하게 되어 다리에 근육통이 발생하게 되었다. 그러자 어느 순간 상체에 몰려 있던 그 통증들이 사라지고 다리로 옮겨졌다는 것을 알게 되었다. 그 경험을 하고 난 이후 나는 가끔 허리나 머리에 머문 통증들로 인해 힘이 들 때면 그 통증들을 어디로 옮길까 하는 생각을 가끔씩 하고는 했다. '다리로 옮길까, 아니면 손가락이나 발가락으로 옮길까, 아, 거기도 아픈데, 그냥 다리에 있는 털로 옮겼으면 좋겠다.' 하는 생각을 한 적이 있었다. 그리고는 다리를 기역자로 만들고 까치발을 들어 다리에 근육통을 만들어 머리의 통증을 다리로 옮기려 한 적이 몇 번 있었다. 그러나 그 모든 상황들이 매번 내 뜻대로 이루어지지는 않았다.

그리고 배우자에게 사랑을 받지 못한 슬픔을 품을 때면 폐 기운이 약해져 기침을 하게 된다. 물론 매 순간 배우자와 연결된 것은 아니지만 이런 사실을 알게 된 이후로 나는 남편과 싸우고 난 후 내게 기침 증세가 발생할 때면 마음으로 목을 바라보며 '내가 또 저 사람을 미워하고 있었네.' 하며 내 슬픔이 자리한 것을 슬쩍 인식한다. 그렇게 마음으로 바라봐 주는 것만으로도 기침이 오래 가지 않고 멈춰 줄 때도 있다. 그리고 남편과의 관계에서 부정적인 감정을 품고 있을 때 내 몸에 기침과 함께 나타나는 증상이 있었는데 그것은 바로 왼쪽 어깨와 팔에 나타나는 통증이었다. (간은 분노와, 아버지와 연결되어 있고, 신장은 두려움과, 자식과 연결되어 있고, 위는 자책하는 자신과의 감정과 연결되어 있고, 폐는 슬픔과, 배우자와 연결되어 있고, 자궁은 엄마랑 연결되어 있다.) 그 어깨 통증 또한 배우자와의 관계에서 불편한 마음을 품을 때 발생한다는 것을 알게 되었는데 예전에 남편의 부족한 사랑에, 부정적인 생각을 한참 가졌을 때, 내 왼쪽 어깨에 통증이 자주 발생했었다. 목과 연결된 어깨와 팔로, 그리고 약지로 배우자와의 감정의 기가 흐르는 듯싶다. 그래서 약지에 결혼반지도 끼는 것 같다. 그날도 나는 남편과 작은 다툼을 한 이후여서 왼쪽 어깨에 발생한 통증의 원인을 깨닫고 마음으로 바라보게 되었다. '아, 내가 저 사람을 미워한 마음이 또 어깨에 숨었네.' 하는 생각을 스치듯 하고는 잊고 있었는데 얼마 후 그 통증이 더 이상 느껴지지 않았다. 내 마음을 살피자 통증이 내 어깨에서 사라진 것이다.

그리고 오십견이 와서 어깨가 아프다는 40~50대의 여자들을 보면 거의 대부분 남편이 바람을 피웠거나 남편에게 제대로 된 사랑을 받지 못하여 부정적인 마음이 그 어깨에 숨어 통증을 만들어 내는 것이다. 언젠가 지인을 만난 적이 있었는데 그 지인이 한쪽 어깨가 잘 들리지 않아 병원에서 치료를 받았다고 했다. 그래서 내가 혹시 남편이 바람을 피운 적이 있었냐고 물었더니 몇 년 전에 남편이 바람을 피웠다고 했다. 그래서 내가 슬픔과 분노가 그 어깨에 숨어 있다고 말해 주었다. 남편에 대한 부정적인 감정으로 인해 통증이 발생한 것이다. 그리고 전에 배우자로 인해 집을 날린 사람 또한 어깨 통증으로 인해 병원을 다니고 있다는 소리를 듣게 되었다. 그 일을 당한 후 그 사람은 미움과 분노로 배우자와 힘겨운 시간을 보내다가 조금씩 마음을 정리한 듯싶었지만 그 분노의 마음은 온전히 털어내지 못하고 어깨에 묻어 두고 있는 것이 보였다. 어느 날부터 어깨 통증으로 병원을 다니더니 결국은 그 병원에서 수술을 하게 되었다는 소리를 들었다. 그렇게 그 사람은 수술을 하고 조금은 평화를 찾아가고 있었다. 하지만 그 마음을 온전히 놓지 못하는 한 어떠한 형태로든 통증이 또다시 발생할 것이다. 이렇게 몸에 나타나는 모든 증세는 우리의 마음으로 인해 발생한 것이다. 그러나 어깨와 팔에 나타나는 통증들 또한 꼭 배우자와의 감정과 연결된 것만은 아니다. 인간관계에서 스트레스를 받았거나 부정적인 감정이 발생했을 때도 통증이 발생하기도 하는데 가끔씩 내 어깨와 팔에 통증이 느껴질 때면 나는 '내가 또 무언가를 경계하고 있었네.' 하는 생각을 스치듯 하고는 했다.

얼마 전에 있었던 일이다. 이제 이 글도 어느 정도 마무리가 된 듯싶어 다른 누군가의 생각들을 들어 보고 싶은데 아무도 떠올려지는 사람이 없었다. 그러다 보니 막막함에 내 글에 대한 믿음도 작아져 혼란스런 의심이 생기고 누구 하나 함께 할 수 있는 사람이 없다는 감정에 흔들리고 있었는데 어느 순간 내 목 아래 부위 등 쪽으로 묵직한 통증이 느껴지기 시작했다. 그 통증을 느끼면서 나는 '아! 내가 아무에게도 지지 받지 못한다는 마음을 품고 있구나.' 하는 생각을 하면서 내가 아는 어떤 사람을 떠올렸다. 그 사람은 젊었을 때부터 그 등 쪽 부위가 조금씩 굽어 가고 있었는데 나는 그 사람을 볼 때면 가끔씩 등을 쫙 피고 다니라는 말을 해 주고는 했었다. 그 사람은 30살 후반까지 안 좋은 방향에서 살고 있었는데 잠깐씩 하는 말을 들어보면 어렸을 적에 부모님들이 자신보다는 형제의 뜻을 더 받아 줬다며 긴 세월 섭섭함을 가슴에 품고 있는 듯했다. 그리고 그 형제의 방향을 찾아보니 그 형제는 어렸을 때부터 평생을 자신에게 좋은 방향에서 살고 있었다. 그러니 그 부모님들이 이 사람보다는 그 형제에게 더 많은 지지와 배려를 해 줬을 것이다. 그리고 부모님 집 또한 그의 형제가 갖게 되었다고 했는데 그 모든 섭섭함과 함께 아무에게도 지지 받지 못한다는 마음을 오랜 시간 갖고 있는 그 사람의 등이 더욱더 굽어져 가고 있는 것이 보였고 그를 통해 나를 보게 되었다. 통증들이 다음 날 아침까지 계속되었는데 이 글을 쓰면서 어느 순간 통증들이 조금씩 약해져 가고 있는 것을 느끼게 되었다. 내가 나의 마음과 그 통증들을 들여다보자 아무 힘없는 이것들이 포기하고 내려놓는 것이다. 이렇듯 몸은 마음에 추종자일 뿐이다. 내 몸에 내 마음을 아주 세밀하게 표현해 내고 있을 뿐이다.

그리고 텔레비전에 나온 어떤 남자가 간에 이상증세가 생겨 병원에서 수술을 받아야 할 상황이었는데 그 사실을 알게 된 엄마가 자신에게 아버지를 생각하며 "아버지 감사합니다."라고 말하면서 절을 하라고 했단다…. 엄마의 말대로 그 남자는 "아버지 감사합니다." 하며 며칠을 절을 했다고 했다. 그런데 그 이후에 그 사람의 간이 호전 되어 수술을 받지 않았다고 했다. 나는 그 얘기를 들을 때 그 엄마는 이미 아들의 간 안에 숨어 있는 부정적인 아버지에 대한 감정을 알고 있는 사람인 것 같다는 느낌이 들었다. 그런데 몇 년의 시간이 흘러 그 남자는 온전히 풀어헤치지 못한 아버지에 대한 부정적인 마음이 남아 있었던지 결국에는 수술을 받았다고 했다.

10여 년 전에 찜질방에서 있었던 일이다. 혼자 황토방에 앉아 찜질을 하고 있었는데 40대 정도 되어 보이는 어떤 여자가 들어오는 것이었다. 그 찜질방에 나 이외는 아무도 없어서 빈자리가 많았는데 내 바로 옆자리에 앉더니 갑자기 나에게 인사도, 대답도 구하지 않고 자신의 배를 만지면서 자기가 자궁이 안 좋아서 수술을 받았다고 하면서 뒤이어 자신의 엄마 얘기를 하는 것이었다. 자신과 엄마가 서로 안 좋은 감정으로 힘들어한 일들을 나에게 말하고 있는 그 사람은 분명 자궁과 엄마가 연결되어 있다는 것을 아는 사람 같았다. 그리고 내가 한마디도 하고 있지 않았는데도 내게 그 무엇도 묻지도 않고 그저 자신의 얘기를 하고 있는 평범하지 않은 그 사람의 모습에 살짝 의구심과 함께 두려움도 생겨 그 사람 말이 잦아질 때쯤 찜질방을 슬쩍 나와 버렸다. 지금도 궁금하다. 그 사람이 내 옆에 앉자마자 자신의 얘기를, 그것도 자신의 자궁과 엄마와의 관계를 연결 지어 얘기하는 그 사람이 좀 새롭기도 했다. 나는 살면서 나와 같은 관심사를 가진 사람들을 만난 적이 별로 없었기에 그런 사람들을 볼 때면 좀 새로웠다. 이렇듯 엄마에 대한 부정적인 감정이 쌓이면 자궁 안에 그 감정이 숨어 문제를 만드는 듯싶다.

나는 소양인이어서 신장이 내 몸에 약점이다. 그런데 위에 글을 쓸 때 내 신장이 또 위의 글에 영향을 받을까 살짝 석정을 했었는데 역시나 다음 날 나의 왼쪽 허리 신장 부위에 약간의 통증이 발생했다. 나는 왼쪽 신장 부위를 손바닥으로 따뜻하게 마사지를 해 주면서 내가 그 전날 위에 '나의 약점은 신장이다.'란 글을 쓰면서 염려했던 두려움을 그대로 내 신장이 받아들이고 있었다는 사실을 인지하게 되었다. 그래서 나는 위의 글을 읽을 때 언젠가 또다시 내 신장이 영향을 받을까 싶어 그 글들을 지울까 하다가 남겨 두기로 했다. 난 사실 내 몸이 아픈 얘기를 자세히 하지 않으려 한다. 아프다는 얘기를 자꾸 하면 그 얘기를 내 몸이 그대로 듣고 그 상태를 더 유지할 것 같다는 느낌도 들고, 또한 그러기도 했다.

그리고 예전에 의사들이 인턴과 레지던트 생활을 할 때 환자가 아픈 곳을 똑같이 경험한다는 것을 들은 적이 있었다. 그런데 나도 똑같은 경험을 신혼 때 자주 했었다. 남편이 감기에 걸려 아팠을 때 내가 그것을 치료해 주고 싶은 마음과 안쓰러운 마음이 들었을 때, 얼마 후 내 몸에 남편과 똑같은 증세가 나타나는 것을 알게 되었다. 그리고 남편이 자꾸 찬 물이

기적 만들기

나 찬 음식을 먹고 기침을 자주 했었는데 그 기침이 며칠 계속될 때 내가 그 기침 소리를 듣고 내 두려움이 작동되면 내 몸에도 똑같은 그 증세가 나타나기 시작했다. 그래서 어느 순간부터 남편이 기침을 하면 두려움과 함께 화가 났다. 또 저 증세를 내 몸이 받아들일까 봐… 그래서 남편이 찬 음식들을 찾을 때 내가, 몸에 찬 기운이 들면 신장의 기운이 약해져 허리 통증이나, 다리 뒤쪽으로 통증이 발생한다고 하거나, 찬 음식을 자주 먹으면 폐 기운이 약해져 기침을 하니 따뜻한 음식을 먹으라는 말을 하고는 했었다. 그런데 그런 얘기를 할 때마다 내 몸이 내 얘기를 받아들이고 내 몸에 그런 증상들을 발생시키는 것을 가끔씩 경험했기에 되도록이면 그런 말들도 잘 안 하려고 했다.

그리고 윗글에 배앓이가 잦아들고 있다는 내용을 쓰고 며칠 후 내 배에 그 증세가 다시 조금씩 나타나기 시작했다. 그 글들을 쓸 때 나는 내 배앓이에 대한 느낌과, 그리고 발생 원인 등 많은 생각들을 하고 있었는데 내 몸이 또다시 그것들을 기억해 내고 있었던 듯싶다. 그래서 나는 그 윗글 또한 지울까 망설이다가 남겨 두기로 했는데 이후에 이곳에 쓰여진 증세들이 그대로 나에게 심각하게 나타나고 있다는 것을 알게 되었다. 나는 이 글들을 재검토 하느라고 거의 이삼일에 한 번씩 반복해서 소리내어 열심히 읽었는데 이 글들을 수십 번씩 읽으면서 내 몸에 그 전보다 더욱 심각한 변화가 생기고 있다는 것을 알게 되었고 초롱이 또한 내 영향을 받은 탓인지 더하게 두려워하고 힘들어했다. 그래서 난 그 이후로 이 장을 새로운 글들을 기록할 때에만 들여다보기로 했다. 그리고 나는 몇 번 내 신장이 들으라고 나의 가장 강점은 신장이라고, 내 장기 중에 신장이 가장 강하다고 말했다. 내 신장이 그 말도 알아들었기를 바라며… 이렇듯 내가 이곳에 쓴 글들을 읽을 때마다 내 몸이 마치 내가 내린 명령인 양 자연스럽게 받아들이고 있었다. 이렇게 몸은 아무런 힘도 아무런 잘못도 없다. 그저 그 주인의 마음과 생각과 말을 귀담아들을 뿐이다.

그리고 위장에 혈이 다리 앞쪽으로 지나가니 위장 기능이 약해졌을 때 무릎 통증이 발생한다. 무릎이 아픈 사람들은 사실 그 무릎 치료보다 위장 치료가 먼저가 아닐까 싶다. 가장 먼저 위장이 할 일을 줄여 줘야 할 것 같다. 음식을 조금씩 섭취하거나 가끔씩 단식해 보는 것도 좋을 것 같다. 물론 그 위장 또한 자신이 자책하는 마음과 함께 불편한 마음이 숨어 있는 까닭이겠지만…. 이렇듯 내 몸에 나타나는 모든 것은 내 마음에서 일어나기에 내 마음을 흐리게 하는 것들을 하나씩 내려놓기로 했다. 내 몸의 통증도 내 안에 숨겨 놓은 두려움이 만들어 낸 것이고 내게 발생하는 모든 일들도 내 불안한 마음이 만들어 낸 것이니 그 또한 치유하는 것은 내 마음이다. 내가 해야 할 일은 내 마음을 살피는 것이다. 내가 습관적으로 꺼내든 두려움을 이제 내려놓고 사랑으로 내 마음을 밝히는 연습을 해야 한다. 그러고 보니 우리가 몸에게 병 주고 약 주고를 매일 반복하고 있다. 두려움으로 몸 이곳저곳에 통증을 심어 놓고 그 통증 부위에 해당하는 치료 방법을 찾아다니고 약국을 드나들고 병원을 찾아가고 온갖 방법들을 찾아내고 있다. 자신 안에 있는 온전한 치료제는 꺼내 들기에 익숙하지도 않고 많은 연습이 필요하므로 간단하게 구할 수 있는 세상의 치료제를 찾아 헤매고 있다. 물론 우리는 우리가 다시 온전히 사랑으로 회복될 때까지 세상이 만들어 놓은 치료제로 도움을 받아야 한다. 지금은 우리 안에 있는 완전한 치료제를 온전하게 사용할 수 없지만 이제 조금씩 몸보다는 마음을 바라보는 방법을 연습해야 할 것 같다. 일단은 먼저 내 몸이 아픈 곳이 보이면 이렇게 해 보는 것도 좋을 것 같다. 아픈 곳을 바라보며(마음으로 바라보든 눈으로 바라보든) '어 여기에 내 두려움이 숨겨

기적 만들기

져 있네.' 하고 마음으로 들여다보는 것이다. 너무 깊게 생각하지 않고 그 저 스치듯 무의식에 가까운 마음으로 바라보는 것이다. 그러면서 우리 몸에 숨겨 놓은 두려움이 어떻게 반응하는지 보는 것도 흥미롭다. 내 두려움으로 만든 통증은 내 사랑의 마음으로 치유해야 한다.

### 2) 양육에 대한 부정된 마음이 병의 원인이고 시초다

나는 동물들이 나오는 〈동물 농장〉이라는 프로를 거의 빠짐없이 보고 또한 문제 강아지들이 주인공인 〈개는 훌륭하다〉라는 프로와 함께 문제 아이들이 나오는 프로 또한 자주 시청한다. 그러고 보니 내가 유달리 어떤 문제들이 개선되는 프로들에 마음을 둔다는 것을 알게 되었다. 그 강아지들이나 문제 아이들을 보면서 미운 마음이 들기도 하지만 더 하게 그 아이들의 부모나 그 동물들의 가족들을 보면서 질책하는 마음으로 흔들릴 때가 많다. 내가 그런 프로에 집착하는 이유를 보면은 이 세상의 모든 잘못된 양육이 바로 잡혀지길 바라는 마음을 볼 수 있었고 용서되지 않은 부정된 양육에 대한 마음을 확인할 수 있었다. 그리고 내가 이 양육에 대한 생각을 더 하게 된 이유는 몸에 통증들을 보면서 모든 것이 부정된 양육에 대한 마음에서 시작된다는 것을 깨달았기 때문이다. 다리 쪽으로 나타나는 모든 증세는 위와 간과 담, 신장과 비장 등 장기가 스트레스로 인해 긴장한 까닭으로 근육이 뭉쳐서 순환이 원활하게 이루어지지 않아 통증이 생기고, 팔과 상체에서 발생하는 모든 통증 또한 오장육부의 긴장으로 인해 원활한 흐름이 되지 않아 통증이 생기는 것이다. 그만큼 몸의 변화는 긴장과 스트레스로, 두려움과 분노와 슬픔 등 부정적인 감정들로 인해 오장 육부의 순환이 원활히 되지 않아 몸에 가장 약한 부위에 통증이 발생 한다는 사실들을 알아내지만 그 모든 것에 시초는 부정된 양육에 대한 마음에서 시작되는 듯싶다. 모든 것에 시초인 양육에서 온전한 사랑을 받지 못했으니 세상 모든 사람들과의 관계에서도 쉽게 상처받은 마음이 몸의 통증으로 나타나는 것이다. 그러니 모든 통증의 시초를 부정된 양육에 대한 마음으로 볼 수 있는 것이다. 그 부정된 양육에 대한 마음이 내게도 수시로 보이곤 한다. 어느 순간 상실의 감정과 함께 지나온 시간이나 부정적인 마음을 품는 순간 내 배 쪽으로 조금씩 뒤틀림이 느껴질 때 이제 나는 그 배 쪽을 바라보며 내 마음을 인식하고는 한다. '즉각이네.' 하며… 온전한 양육을 하지 않은 부모를 비난하는 마음으로, 온전한 양육을 하지 않은 자신을 자책하는 마음으로 움켜잡고 긴장하고 있으니 근육들이 뭉쳐 모든 길들이 막혀 병이 생기고 통증이 발생하는 것이다. 그러니 아픈 부위에 따라 각기 다른 수많은 이름을 붙여 세세하게 진단을 내리기 전에 장기에서 일어난 모든 통증에서 자신의 마음 안에 부정된 양육에 대한 마음을 찾아보는 것이 가장 빠른 치료 방법이 아닐까 싶다.

마음을 치료하는 의사나 몸을 치료하는 몇몇의 의사들이 환자와의 상담에서 마지막으로 묻는 질문 있다. "부모님과의 관계는 어떠했나요?" 물론 부모가 아닌 다른 양육자일 수도 있다. 그 양육자와의 관계에서 형성된 문제 행동이나 병의 원인을 찾고는 한다. 〈개는 훌륭하다〉라는 제목에도 개가 훌륭하다면 누가 문제인가? 라는 의문을 남기고 있고 〈우리 아이가 달라졌어요〉에 나온 조금은 영재인 아이가 자신을 이해하지 못하는 선생님을 두고 촬영진에게 "이제 우리 선생님이 달라졌어요."라는 말을 했는데 사실 그 프로를 보면서도 문제 원인을 결국에는 부모나 주변 어른들에게서 찾는 경우가 대부분이다. 그만큼 이 세상은 문제의 동물과 아이의 문제는 양육자에게 답이 주어졌다. 나 또한 그 답에 힘을 실어 주고 있

기적 만들기

기에 그런 프로들을 보며 어른들을 질책하면서 어른들만 잘하면 세상이 온전하게 될 것 같은 마음으로, 세상이 바뀌길 바라는 마음으로 헤매고는 한다. 두려움이 만들어 낸 이 허술한 세상에서 완전한 사랑을 주는 부모도 없고 완전한 사랑을 받는 자식도 없다. 그저 자신들이 준 만큼 사랑을 줄 부모를 만나게 되고, 자신들이 받은 만큼의 사랑을 줄 자식들을 만나게 되는 것이다. 이 세상은 부족한 양육으로 두려움과 분노와 슬픔을 경험해야 하는 곳이니…. 난 이제 내 배에서 어떤 움직임이 느껴질 때면 "그어떤 양육도 잘못된 양육은 없다. 그저 두려움을 보고 있었을 뿐이다."라고 말을 한다.

### 3) 우리 모두는 분리되지 않은 하나이다

아이가 아플 때나, 안 좋은 모습을 보일 때, 그 부모의 마음을 들여다봐야 할 듯싶다. 아이와 부모의 마음이 하나로 연결되어 있다. 부모가 싸움을 할 때 아이도 함께 하는 것이고 그 싸움을 보지 않았더라도 거친 생각을 품은 부모의 마음을 아이들은 다 느끼고 있다. 나 또한 초롱이가 내 마음과 온전히 함께 한다는 것을 가끔 느끼고는 했는데 어느 날 내가 무의식중에 초롱이를 생각하다가 내 두려움이 만들어 낸 염려로 안 좋은 이미지를 떠올렸는데 그 순간 자기 방에서 자고 있던 초롱이가 '쫙' 하고 비명에 가까운 소리를 질렀다. 내 두려움이 그려 낸 이미지를 초롱이가 분명 느낀 것이었다. 이런 경우가 몇 번 있었는데 내가 의식을 갖고 생각하는 순간보다 무의식에 빠져 초롱이를 생각할 때 초롱이가 더 큰 반응을 보였다. 이렇듯 사랑으로 연결된 존재들은 더욱더 생각과 마음을 함께 느낄 수가 있다. 그러니 부모 마음 안에 두려움과 분노의 마음이 머물러 있다면 사랑하는 내 아이가 함께 느끼고 있다는 것을 알아야 한다. 유난히 두려움이 많은 아이들이나 동물들을 보면은 그들의 부모나 가족들 중 누군가가 두려움이 많은 사람일 수가 있다. 우리의 생각과 마음을 사랑하는 존재들과 함께 온 우주가 함께 하고 있다.

어느 날 나는 머릿속이 선명한 상태로 잠을 이루지 못했다. 그날은 평소에 일렁이던 잔 생각들도 많이 일어나지 않는 평화로운 상태였는데 잠에 쉽게 들지 못했다. 그렇게 지루한 시간을 보내고 새벽에 잠이 들어 시끄러운 꿈에 취해 늦잠을 자게 되었는데, 아침을 맞이한 나는 어떤 사실을 인지하게 되었다. 내가 잠을 이루지 못한 이유가 내 탓이 아닌 주변 사람들 마음 탓일 수도 있다는 것이었다. 그날은 2021년 설날이었는데 그러고 보니 매년 명절 때면 잠을 청하기가 쉽지 않았음을 기억해 냈다. 내 마음이 두려움을 보아서일 수도 있겠지만 내 주변 사람들의 마음에 영향을 받고 있었다는 것을 깨닫게 되었다. 명절에 많은 사람들이 모이다 보면 가끔 주변에서 싸움을 하는 소리도 들을 수 있었는데 수십 년간 쌓아 놓은 가족들 간의 두려운 마음들이 건드려져 더하게 거친 마음을 품고 잠자리에 들었을 그들과 함께 나 또한 혼란스런 마음으로 잠을 이루지 못했다는 것을 알 수 있었다. 그리고 남편은 나와는 반대로 베개에 머리만 대면 잠이 드는 사람인데 그날 밤 남편 또한 쉽게 잠이 들지 못했다. 그러고 보니 명절이 아니어도 내 속이 시끄러워 잠을 이루지 못할 때 내 주변에 머문 위아래 집 사람들도 잠을 이루지 못한다는 것을 느끼고 있었고 그들이 잠을 이루지 못할 때 나 또한 영향을 받고 있었다는 것을 그 전에도 느끼고 있었다. 이렇듯 나는 혼자가 아니었다. 우리는 분리된 존재들이 아니었다. 내 평화가 그들의 평화가 될 수 있고 그들의 혼란스러운 마음이 내 마음이 될 수 있음을 깨달은 시간이었다. 이렇게 우리는 두려움도 사랑도 함께 하고 있었다.

　세상이 나와 하나임을, 세상 모든 존재가 내 마음이 펼쳐 놓은 드라마임을 조금씩 더 인식하고 있던 어느 날 조금은 생소한 경험을 하게 되었고 그 시간들을 어떤 열린 마음으로 보게 되었다. 그때쯤에 내 몸에 오만 가지 통증들이 머물러 있었는데 내 왼쪽 턱 부위에 경련이 일기 시작했고 한 달의 넘도록 그 증세는 멈추지 않았다. 나는 그제서야 내가 낸 의료비를 사용할 때가 되었다는 생각이 들었다. 나는 병원에 잘 가지 않는 사람인데 그만큼 심각한 상황이었다. 하지만 나는 오만 가지 핑계를 대며 병원에 가는 것을 차일피일 미루고 있었는데 어느 날 내 왼쪽 턱의 경련이 어느 순간 보니 멈춰 있었다. 그리고 엄마에게 연락이 왔는데 왼쪽 턱 부위에 무언가가 생겨 잘못 건드려서 피부과에 치료 받으러 왔는데, 치료가 끝난 후 나와 만나자고 하시는 것이었다. 그렇게 엄마와 만나게 되었는데 내 왼쪽 경련이 일던 부위와 똑같은 곳에 검붉은 증상이 엄마 왼쪽 턱에 나타나 있었다. 그것도 내 경련이 일던 크기와 비슷하게 4~5센치의 크기였다. 그리고 그때쯤 내 두 다리에 생긴 통증으로 인해 한동안 걷기가 불편했었다. 모든 순환이 차단된 듯 마치 물에 불려진 통나무같이 무거워 제대로 걷기가 힘들었다. 그때 나는 언제부턴가 다리가 아파 제대로 걷지 못하는 엄마의 다리가 이렇게 아팠을까 하는 생각을 했었는데, 그 생각이 나면서 나의 턱에 있었던 증상들과 엄마의 다리에 있었던 통증들이 서로의 몸으로 교환되어 경험하고 있다는 생각이 들었다.
　그리고 그때쯤 내 왼쪽 발바닥과 엄지발가락 쪽으로 신경이 건드려졌나 그곳에도 통증이 발생했는데 그 통증도 한동안 사라지지 않고 조금 심각했었다. 그런데 그 통증이 조금 희석되어 가던 어느 날 목욕탕에 가서 탕 속에 앉아 있는데 그 옆에 세 명의 아주머니들이 얘기를 하고 있었다. 아니 한 명의 아주머니가 자신의 왼쪽 발바닥과 엄지발가락 쪽에 나타난 증세를 몇십 분을 혼자 반복해서 얘기하고 있었다. 그런데 그 위치 또한 내 발과 같은 위치였다. 그 발가락 쪽에 나타난 증세로 병원에서 검사를 받았는데 처음 들어 보는 병명과 함께 그 증세는 평생 안고 가야 한다고 의사가 말했다고 했다. 나는 그 얘기를 들으면서 '아니에요. 이 세상에 절대 치유될 수 없는 병은 없어요. 그 증세는 시간 속에서 사라질 거예요.'라는 말이 내 목구멍까지 차올랐다. 그때 기침이라도 했다면 기침 대신 그 말이 튀어나올 지경이었다. 그리고는 그 말이 내 입 밖으로 튀어나올까 봐 잠시 진정을 시키면서 그 아주머니의 발에 나타난 증세와 내 발에 있다 사라진 그 증세와 어떤 연관이 있을 거라는 생각이 들었다.

그리고 그 비슷한 시기에 왼쪽 팔꿈치도 뭐가 잘못됐는지 제대로 움직일 수가 없었는데, 1박 2일 출장을 갔다 온 남편이 왼쪽 팔꿈치 부분에 파스를 붙이고 왔다. 일하다가 부딪혀서 다쳤다고 했다. 그때 나는 내 왼쪽 턱의 경련과, 왼쪽 발바닥 쪽에 나타난 증세와, 왼쪽 팔꿈치 부근에 나타난 증세와 퉁퉁 부은 듯한 다리 통증으로 인해 우울한 마음으로 그 통증들을 한 달이 넘는 시간 동안 지니고 있었다. 그런데 목욕탕에서 만난 아주머니와 엄마와 남편과 함께 통증들을 서로 주고받고 있었다는 것을 알게 되었다. 그전부터 나는 모든 존재들이 서로 연관이 되었을 때 그 생각과 마음들을 공유한다는 것을 받아들이고 있었는데 이렇게 몸에 통증들도 서로 공유할 수 있다는 것을 경험하게 되었다. 물론 그 전에도 내가 사랑하는 존재가 아파하는 것에 마음을 둘 때면 그 통증을 내가 똑같이 경험한다는 것을 알고 있었지만 이렇게 한 달여의 시간 안에 3명의 존재들이 나와 어떤 통증들을 같은 부위에 주고받고 있다는 것을 내가 확인했다

기적 만들기

는 것은 그것에서 내가 무언가를 깨달아야 한다는 것을, 그 누군가가 내가 나아갈 길로 나를 인도하고 있다는 것을 확인할 수 있었다. 이제 내가 더욱더 모든 존재들과 하나라는 것을 받아들여야 할 때가 된 듯싶었다. 우리는 생각과 마음과 함께 몸의 병 또한 하나로 경험할 수 있는 존재였다. 이렇듯 우리 모두는 분리되지 않은 하나라는 사실을 또 한 번 깨닫는 시간이었다.

## 4) 치유는 마음과 함께 웃음으로

내 몸에 병을 만드는 두려움을 날려 보내는 방법 중에 최고의 방법인 웃음을 연습하기로 했다. 몇 년 전에 두려움을 길게 본 탓으로 내 왼쪽 목과 머리로 계란후라이를 하면 반숙이 될 정도로 열기가 몰려 있어서 많이 힘든 시간이었다. 그런데 나는 약을 잘 안 먹는 사람이어서 며칠을 약을 안 먹고 버티고 있었는데 그날 텔레비전에서 〈무한도전〉이라는 예능 프로를 보게 되었다. 그런데 그날따라 그 〈무한도전〉에 나오는 한 사람으로 인해 나는 그 프로가 끝날 때까지 배가 아플 정도로 웃고 있었다. 그만큼 그날따라 맘껏 웃을 수 있는 날이었는데 무한도전이 끝나고 나서 보니 나를 괴롭히던 통증들이 더 이상 느껴지지 않는 것이었다. 내가 1시간 여 동안 웃고 있었는데 그 사이에 며칠 동안 목과 머리 쪽으로 몰려 있던 무거운 불덩어리가 내게서 떨어져 나간 것이었다. 웃음의 힘을 알고는 있었지만 그렇게 강하게 경험한 적은 그때가 처음이었다. 그 뒤로 나는 하루에 5분 이상 웃음과 만나는 숙제를 만들어 놓았는데 웃는 것도 쉬운 일이 아니었다. 언젠가 텔레비전에서 어떤 할아버지가 암에 걸려 의사의 권유로 하루에도 몇 번씩 박수를 치며 웃는 시간을 갖고 있었는데 어느 날 옆집 남자가 찾아와서 한 번만 더 웃으면 가만두지 않겠다고 협박을 하는 걸 본 적이 있었다. 그리고 나 또한 23층 아파트에 살 때 웃는 시간을 갖고 웃고는 했는데 어느 날 25층 꼭대기에 살고 있는 남자에게서 전화가 왔다. 그 남자는 24층의 소음으로 인해 나에게 가끔 전화를 해서 그 집 아줌마 흉을 보고는 했는데 그 여자 웃음소리까지 들려서 너무 힘들다는 것이었다. 그 얘기를 듣는 순간 나는 그 웃음소리가 내 웃음소리를 말한다는 것을 알고 있었기에 "그 웃음소리는 내 웃음소리예요."라고 말할까 하다가 입을 꼭 다문 적이 있었다. 그날 이후로 조금 작게 웃어야 했었다. 이렇듯 웃고 싶다고 맘대로 웃을 수 있는 것도 아니었다. 그래도 웃음을 포기할 수 없는 것이 언젠가 어느 방송인이 이런 말을 하는 것을 들었다. 자신이 몇 년 전에 암에 걸려 병원에 입원해서 지료를 받는 중에 병실에서 그 〈무한도전〉이라는 프로를 다운받아 매일매일 그것만 보고 웃었다고 했다. 그러면서 그때 웃음의 힘을 알았다고 했다. 지금 이 얘기를 읽고 내가 그 〈무한도전〉 관계자와 무슨 인연이라도 있나 할지도 모르겠지만 우연히 겹쳤을 뿐이지 내가 말하려 하는 것은 웃음의 힘을 전하고 싶을 뿐이다.

그리고 나는 가끔 언젠가 내가 병원에 신세를 져야 할 때를 그려 보고는 한다. 먼저 나는 색깔을 무척 아끼는 그 병실부터 바꿔야겠다는 생각을 하고는 했다. 생기 있는 초록색이 넘쳐나는 풍경화를 걸어 두고 그곳 병실에서 만난 사람들과 함께 박수도 치고 웃는 시간을 만들어 놓고 가끔은 신나는 음악을 틀어 놓고 춤도 추고(일어날 수 없으면 누워서라도) 특히나 텔레비전을 볼 때는 웃을 수 있는 재밌는 프로만 보자고 해야겠다는 생각을 하고는 했다. 병원이란 곳이 환자가 있어야 먹고살 수 있으니 환자를 빨리 퇴원시킬까?! 아니면 좀 더 머물게 할까?! 하는 딜레마에 처한 그들의 마음도 이해하지만 이제 더 이상 약만이 아닌 또 다른 치료 방법

기적 만들기

들을 찾아내어 치유해 주는 곳이었으면 좋겠다는 생각을 하고는 했다. 내가 병원에 도움을 받을 날이 언젠가 오겠지만 그때 그 병원이 약이 아닌 또 다른 치유 방법들을 선택하기를 기도해 본다. 병 또한 마음에서 오는 것이고 치유도 마음에서 오는 것이니 몸의 약과 함께 마음의 약을 선택하기를….

# 18. 기적 만들기 공식

## 1) 용서의 시간

사는 동안 수많은 존재들이 알게 모르게 나를 인도해 주었다. 그리고 여러 권의 책들이 내가 나아가야 할 길로 나를 인도해 주었다. 그런데 세상에게 배운 것들과 책들을 읽고 배운 것들 중에 삶에 적용하려면 매번 정해진 것 외에 또 다른 세세한 것들은 어떻게 적용해야 하는지 알지 못할 때가 많다. 책에서 배우는 기본 공식 외에 번외로 일어나는 수십 수백 가지 일들에 그중 어떤 것들을 어떻게 그 공식에 적용해야 하는지 알아내는 것 또한 일이었다. 또한 정답이 용서와 사랑임을 알고 있으면서도 욕심이 지나쳐 두려움이 만들어 낸 숲 속에 갇혀 있을 때면 정답을 기억해 내지도 못하고 또한 기억해 냈다 해도 그 정답을 잡지 못하고 긴 시간 헤매야 할 때도 있었다. 그리고 내가 다른 사람들의 불친절한 태도에서 내가 사랑이 아님을 알아차리고 있고, 안 좋은 일이 발생할 때마다 내가 사랑이 아님을 깨달으면서도 남편과 관련된 것에서는 접목을 시키지 못한 것처럼…. 순간순간 일어나는 모든 일에 온전히 정답인 용서와 사랑을 적용시키지 못했다. 그러다 보니 세상에서 일어나는 모든 일들에 표시를 해 줬으면 좋겠다는 생각을 가끔씩 하곤 했다. 어쩔 때는 하나님께 매 순간

순간 일깨워 달라고 기도를 하기도 한다. 그래서 나의 마음과 같은 생각을 하는 사람들이 있을 거라고 믿고 내가 아는 한도에서 공식을 풀어 볼까 한다. 기적을 만들기 위해서는 기적의 열쇠가 사랑임을 이제 모두 알 것이라 믿는다. 그런데 그 열쇠를 찾기 위해서는 용서란 관문을 통과해야 한다. 누구를 용서해야 하는지는 여러분들도 이미 알고 있다. 내 안에서 두려움이 만들어 낸 기억들이 반복 재생될 때 용서의 시간이다. 또한 그 드라마가 현실에서 일어날 때도 용서의 시간이다. 그럼 이제 내가 아는 한도에서 세부사항을 기록해 본다.

### ◆ 용서의 시간

1. 와 달라고 간청?해서 왔는데 부족한 사랑을 준 부모님에 대한 원망이 일어날 때.

2. 오고 싶다고 해서 받아 줬더니 뭐 맡겨 놓은 것마냥 요구를 하고 삐뚤어져 나가는 자식들을 볼 때나, 자신이 자식들에게 준 사랑은 인정하지 못하고 못 해 준 것들이나, 잘 못한 것들을 놓아 버리지 못하고 자책할 때. (우리는 어떻게 해도 만족할 수 없다. 해답은 역시나 용서와 사랑이다.)

3. 내게 상처만 주고 인정해 주지 않는 형제들의 생각이 떠오를 때.

4. 날 괴롭힌 친구들이 또다시 기억 속에서 출연할 때.

5. 내 돈을 이자 많이 준다고 가져가 연락도 없는 친구나 지인이 생각날 때.

6. 배우자나 애인이 내게 사랑은 안 해 주고 무시하거나 상처 줄 때.

7. 마트 직원이나 가게 점원이 빨리 빨리 계산해 주지 않고 늦장 부리거나 불친절할 때.
(내가 사랑일 때는 내가 줄 서 있을 때 갑자기 옆 빈 계산대에 직원이 와서 내게 계산을 해 주겠다고 하는 경우가 생기고 반대로 내가 줄 서 있는 계산대가 원활하게 진행이 되지 않을 때 그때 내 마음 상태가 사랑이 아님을 살피고는 용서의 시간을 갖는다.)

8. 주차할 공간이 하나도 내게 허락되지 않을 때.
(내가 사랑이 아닌 것이다.)

9. 가족 중 누군가가 아플 때.

10. 내 몸이 이곳저곳이 아플 때.
(몸이 아프다는 것은 사랑이 아닌 두려움과 분노와 슬픔을 품고 있기 때문이다.)

11. 잘 나오던 텔레비전이 갑자기 오작동을 일으키거나 주변 모든 가전제품들이 말을 안 듣거나 고장 날 때.
(내 경험을 말한다면 텔레비전이나 세탁기, 청소기 등 몇 가지 가전제품들이 내가 사랑이 아닌 두려움을 품고서 그것들을 사용할 때면 오작동이 발생하는 것을 몇 번 알아차린 적이 있었다. 내 불안한 마음을 그 기계들이 함께 하는 것이다.)

12. 차에 갑자기 문제가 발생할 때.

(내 상태가 안 좋을 때 차에서 문제들이 발생한다는 것을 알게 된 이후로는 남편과 싸운 후 차를 탈 때는 한참 차에서 마음을 가라앉히고 조심조심 타려고 한다. 그래도 어쩔 때는 차가 인정머리 없이 봐주지 않고 문제를 만들어 낸다. 어느 날 남편과 한바탕하고 차를 탔는데 차 유리창이 작동을 안 하는 것이었다. 차가 오래된 차여서 조수석 문 유리가 천천히 움직이는데 그날은 중간쯤 올라오다가 멈추고 작동을 안 하는 것이었다. 계속 올렸다 내렸다를 반복하다가 다른 문 유리창도 작동을 해 보았는데 처음엔 작동이 잘되다가 갑자기 그 나머지 유리창까지 작동을 안 하는 것이었다. 그렇게 며칠을 방치하고 일요일 날 공원에 나가면서 남편이 차를 살펴보고도 문제가 해결되지 않아 마트 안에 있는 카센터에 가서 문의를 하니 카센터 사장님도 이것저것 살펴보더니 차를 맡기라고 하는 것이었다. 차 수리비가 얼마냐고 물었더니 12만 원이라고 했다. 그래서 다음에 다시 오겠다고 하고 내 차를 마트 주차장에 주차시키고 남편 차를 타고 초롱이와 공원에 놀러 갔다. 그리고 얼마 후 공원에서 마트로 와서 남편은 나를 내려주고 집으로 향했고 나 혼자 내 차에 갔는데 차 시동이 켜져 있고 차 키가 차에 그대로 꽂아 있는 것이었다. 내 차가 오래된 차여서 난 항상 문에 달려 있는 잠금 장치를 누르고 문을 닫고는 했다. 그래서 가끔 차 키를 빼지 않고 문을 잠근 적이 몇 번 있었다. 문이 잠겨 반쯤 열려 있던 조수석 유리로 들어가다가 우연히 유리창 작동시키는 버튼을 누르게 되었는데 유리가 쑥 내려가는 것이었다. 모든 유리창도 작동이 잘되는 것이었다. 그렇게 또 하나의 기적이 왔다. 차 수리 안 하길 다행이다. 12만 원 벌었다. 남편에게 이 기적의 순간을 얘기를 했더니 그전에는 차의 문제를 발견하지 못했으면서 그제서야 차 문을 볼 때 누군가가 어떤 버

튼을 눌러서 그것 때문에 해결이 됐을 거라고 말을 한다. 물론 그 말이 맞을 수도 있지만 그건 기적을 푸는 방법이 아니다. 내 마음에 두려움이 머물러 있을 때, 아주 단순한 이유로 인해 그런 문제들이 발생하고 그 두려움의 마음일 때는 그 단순한 문제조차 찾아내지도 해결하지도 못한다. 그리고 내 안의 두려움이 해제되었을 때 그 문제 또한 아주 쉽게 해결이 되는 것이다. 그러니 그 문제 안에서 무언가를 파악하고 그 문제를 파악했기 때문에 그 문제가 해결됐을 것이라는 생각은 오산이고 기적과 멀어지게 하는 어리석은 판단이다. 모든 것은 내 안의 두려움이 시발점이고 그 문제를 해결하는 것은 두려움을 내려놓고 사랑을 볼 때다. 이렇게 마음에 두려움을 내려놓고 있으면 기적이 찾아온다. 이것 또한 내가 터득한 것인데 어떤 문제가 발생하거나 전자세품들이 이상 증세를 보일 때, 모든 것을 잠시 멈추고 그 순간 내 안의 두려움을 발견하고 용서와 사랑의 시간을 갖고 마음을 진정시키면 정상으로 돌아오는 것을 알게 되었다. 용서와 사랑의 시간을 가졌는데도 그 문제들이 해결되지 않으면 당장 그것을 고치려고 붙잡고 있지 않고 잠시 그것과 떨어져 모든 것을 내려놓고 시간을 갖는다. 대부분 어느 정도의 시간이 지나 정상 작동되는 것을 알게 되었다. 며칠의 시간을 갖고서, 내 안에 두려움을 용서하는 시간을 가진 후에도, 그 상태가 계속된다면 그때 수리해도 될 것 같다.)

13. 이사를 자주 다니거나 회사를 빈번히 이직할 때.
(내 안의 두려움을 용서할 시간이다.)

14. 들어와야 할 돈이 안 들어올 때.
(내 안에 죄책감과 두려움이 해제될 때까지 누군가가 안 주고 보관하

고? 있다.)

15. 어디선가 날아온 공이나 물건들에 구타당할 때나, 갑자기 어떤 봉변을 당할 때.
(우주에 있는 모든 것들과 모든 마음들이 연결되어 있다. 그때 그 공이나 물건들이 내 불안한 마음과 하나로 연결되어 자석이 달라붙듯 나에게 달라붙는 것이다. 조금 세게, 나에게 벌을 주는 것이다.)

16. 운전 중에 옆 차가 시비를 걸거나 힘들게 할 때. 교통체증으로 인해 내 차 진행이 원활하지 않을 때.
(그때 내 마음이 사랑이 아닌 것이다. 용서의 시간이다. 몇 년 전에 차를 타고 아파트 입구를 나오면서 '오늘은 배려하며 운전해야지.' 하는 생각을 하고 빨간 불이 켜져 있는 아파트 앞 2차선 사거리에 좌회전 줄에 서 있었다. 내 앞에는 6~7대의 차들이 줄을 서서 기다리고 있었고 잠시 후 차들이 운행을 하고 있었는데 나는 조금 더 빨리 가고 싶은 욕심에 우측 직진 차선으로 이동 후 좌회전을 했다. 그때 내 앞뒤로 직진 차량이 한 대도 없었다. 그렇게 몇백 미터를 가다가 또다시 사거리에서 우회전을 해야 했는데 갑자기 내 앞에 두 대의 차량 중 맨 앞에 선 차량이 우회전을 하는 코너에서 멈춰 서서 우리의 진행을 막고 있었다. 그곳은 멈춰 설 이유가 없는 곳이었다. 내가 잠시 머뭇거리다 그 옆 차선으로 이동을 하려고 하자 진행을 막고 있던 그 차가 다시 움직여 코너를 돌아가는 것이었다. 나는 그 상황에 그 맨 앞에 차가 나를 견제했다는 것을 알게 되었다. 그 두 대의 차들은 좀 전에 나와 함께 좌회전 했던 차들이었다. 나는 그 순간 '와우! 저 사람이, 내가 오늘은 배려하고 운전해야지. 하는 내 생각을 함께 듣고 있었

어.'라는 생각이 순간 스치고 지나갔다. 그전에도 나는 가끔 우리 집 앞 차선에서 직진 차량이나 우회전은 하는 차량이 한 대도 없을 때 가끔 그 차선으로 이동해서 좌회전을 한 적이 몇 번 있었다. 그런데 그전에는 그렇게 나에게 따끔한 충고를 하며 나를 방해하는 차가 없었는데 그날 갑자기 이런 상황이 펼쳐진 것이었다. '오늘은 배려하고 운전해야지.' 하며 품고 있던 내 마음에는 온전한 평화의 마음보다는 나를 온전히 인정하지 않는 불안한 마음이 머물러 있었을 것이고 그 불안한 마음을 그 사람이 나와 함께 느끼고 그렇게 나에게 두려움으로 다가온 것이다. 나는 그때 내 작은 생각을 누군가가 함께 나눴다는 것이 새롭게 느껴지기도 했지만 한편으로는 '와! 이런 다짐 또한 쉽게 해서는 안 되겠네.'라는 생각을 했었다. 내 생각을 세상이 함께하고 바로 반응을 하고 있다는 것을 알게 된 시간이었다. 그러니까 내 마음 상태를 온 주변의 차들이 함께하는 것이다. 내 마음에 사랑이 아닌 두려움이 머물러 있을 때 그렇게 주변에 차들이 거친 모습을 보여 주고는 한다. 그러니 운전할 때 거친 마음을 품은 사람이 나에게 시비를 걸어온다면 그때 내 마음을 살펴보아야 할 것 같다. 내 마음에도 그 사람과 같은 불안한 마음이 머물러 있을 것이다. 그때는 그 존재에게 아무런 반응을 하지 않고 떨어져 나와 두려움을 품은 나와 그 존재를 위한 용서와 사랑의 기도를 해야 한다. 그리고 고속도로나 어딘가로 가고 있을 때 차들이 막혀 진행이 원활하지 않을 때에도 내 마음 안에 사랑이 없기 때문이다. 우연히 일어난 일이 아니다. 어쩌면 명절 때마다 일어나는 교통체증이 그냥 일어난 일이 아닐 것이다. 그곳에 머문 모든 사람들의 마음이 불안한 까닭이 아닐까 싶다.)

기적 만들기

17. 나를 사랑으로 보지 않을 때.

(나는 두려움과 분노가 많은 나를 볼 때마다 나를 온전히 사랑의 마음으로 볼 수 없었다. 그런 내가 나를 고쳐 보겠다고 수십 년을 몸부림을 쳤지만 자책하는 마음으로는 나를 사랑으로 바꿀 수 없었다. 그것은 나에게 또 하나의 상처를 주는 일일뿐이었다. '오늘은 배려하고 운전해야지.' 하는 다짐을 한 그 비슷한 시기에 '오늘은 남편에게 투박한 말 대신 부드럽게 말을 해야지.' 하고 생각을 하고 있던 그날 퇴근하고 돌아온 남편이 나에게 '좀 부드럽게 말 좀 해.'라며 평소의 투박한 내 말투를 비난을 하는 것이었다. 내가 바로 몇 시간 전에 '남편에게 부드럽게 말해야지.' 하는 나의 생각을 남편이 함께 하고 있었던 것이다. 또한 내가 나의 부정적인 모습을 생각하며 조금 더 조심해야지 하는 생각을 하고 있던 그날 남편이 내 안 좋은 모습을 들쳐 가며 비난을 하고는 했다. 이렇게 내가 생각했던 것들을 남편이 함께 하고 있는 상황이 몇 번 있었다. (내 차를 가로 막았던 그 자동차 운전자와 남편과의 일들이 비슷한 시기에 함께 경험되었는데 그때 난 누군가가 모든 존재들의 생각들이 하나로 연결되어 있다는 것과 함께 내가 나를 사랑으로 보지 않으면 세상도 나를 사랑으로 보지 않는 다는 것을 나에게 가르쳐 주려 한다는 것을 감지하고 있었다.) 그 뒤로 나는 단점을 바꾸고 싶은 다짐이나 반성조차 함부로 해서는 안 되겠다는 생각이 들었는데 반성한다는 자체부터 나를 인정하지 않고 사랑으로 보지 않는다는 것을 알 수 있었다. 두려운 마음으로 나 자신을 사랑이 아닌 존재로 보니 세상 사람들이 나에게 거칠게 다가와 두려움이라고 알려 주는 것이다. 그러니 세상 사람들에게 사랑을 받고 싶다면 나를 사랑의 마음으로 봐줘야 할 것 같다.)

18. 중학생 딸이 나와 상의도 없이 내 돈으로 화장품 회사를 키워 주고 있고, 내 눈에 천재로 보이는 아들이 게이머가 꿈이라고 게임만 할 때.

19. 회사에서 상사가 나를 쥐 잡듯 할 때나, 동료가 나를 괴롭힐 때.

20. 시집에서 나를 부르면 언제든지 오는 강아지인 줄 알 때나, 무임금 노동자인 줄 알 때. 그리고 며느리가 내 전화를 받지 않을 때.

21. 누군가에게 사기당했을 때.
(그 사람에게 진 빚을 갚은 것이라고 생각하는 것이 좋을 것 같다. 그게 어느 정도 사실이기도 하고 내 마음을 편하게 하기 위해서라도 그 말을 믿는 것이 좋을 것 같다. 그 사람과 나를 용서할 시간이다.)

22. 텔레비전에서 안 좋은 뉴스나, 내가 싫어하는 사람들을 보고 두려움과 분노가 일 때.
(내가 싫어하는 사람의 모습은, 내가 용서하지 않는 내 모습이다.)

23. 어떤 사람이나, 어떤 상황이나, 어떤 물건에 불만을 품을 때.
(내가 사랑이 아닌 것이다.)

24. 영화관에서 영화를 보았는데 너무 재미없는 영화여서 돈이 아까울 때.

25. 내가 세상을 경계하는 마음이 느껴질 때.
(코로나로 인해 요즘 상황이 심란한 탓에 사우나를 오랫동안 갈 수 없었

기적 만들기

는데 1월에 굳은 몸 좀 녹이고 싶어 큰맘 먹고 사우나를 가게 되었는데 목욕탕에는 대여섯 명의 사람들이 목욕을 하고 있었다. 반신욕을 하려고 탕 안에 들어가 혼자 앉아 있는데 잠시 후 한 아주머니가 탕 안으로 들어와 그 큰 탕 안에 넓은 자리를 다 놔두고 내 옆에 1미터가 조금 넘는 곳에 앉는 것이었다. 요즘 상황에 거리를 두라고 했는데 그 아주머니는 좋아하는 자리였는지 그 자리를 고집하고 있었다. 그리고는 잠시 후 두 명의 아주머니가 탕 안으로 들어오더니 물을 휘저어 가며 탕 산책을 하면서 내 바로 앞을 계속해서 스쳐 지나가고 있었다. 그래서 나는 맘속으로 '저리가. 저리가.' 하면서 경계를 하고 있었는데 그들이 내 마음을 조금은 느끼는 듯했지만 여전히 탕 안을 걸어 다니고 있었다. 그렇게 시간이 5분이 지나갈 때쯤 순간 경계하는 나를 보게 되었고 '내가 경계하고 있었네.' 하는 생각과 함께 모든 경계를 멈추고 내 옆에 앉은 아주머니와 그 탕 안을 산책하는 두 사람이 내 앞을 스쳐 지나갈 때 내 품으로 끌어당겨 마음으로 안고 '용서하고 사랑합니다.' 하고 짧은 기도를 했다. 그런데 내가 그렇게 마음속으로 '저리가. 저리가.'라고 소리를 질러 봤자 내 뜻이 통하지 않았는데 내가 모든 경계를 내려놓고 그들을 마음으로 품자 그 두 사람이 탕안 산책을 그만두고 그 즉시 밖으로 나가는 것이었다. 그리고는 내 옆에 앉아 있던 아주머니도 탕 밖으로 나가는 것이었다. 그것을 보면서 나는 내 두려움의 경계가 그 상황을 만들고 있었다는 것을 알았다. 경계를 해제하고 그 사람들을 사랑으로 품자 원치 않은 상황들이 순식간에 해제되었다.)

26. 어떤 행동이나, 어떤 일이나, 어떠한 것에 강박적으로 대할 때나, 청소에 집착할 때.

(나를 온전히 사랑하지 않으니 불안한 마음에 다른 것에 온 마음을 쏟

고 있는 것이다.)

27. 내 몸 이곳저곳이 물건들에 부딪쳐 멍들거나 상처가 날 때, 또는 사고로 내 몸이 부상당했을 때.

(자책하며 내게 상처 주는 것이다.)

28. 식당에 갔는데 종업원이 불친절하거나 음식이 맛이 없을 때.

(어느 날부터 나는 내 몸이 안 좋을 때면 음식을 하지 않고 외식을 하고는 했는데 그럴 때 식당에서 먹은 음식들이 맛이 없거나 마음에 들지 않는 음식이었다는 걸 알게 되었다. 내 마음과 몸이 온전하지 않으니 당연한 이치였다. 내가 사랑이어야 음식도 맛이 있다.)

29. 주위에서나 위아랫집에서 소음이 발생할 때.

(그 소리의 크기에 따라서 내 안의 두려움의 크기를 확인할 수 있다. 그 소리를 불러 낸 것도 나이고 그 소리를 불안한 마음으로 듣는 것도 나이다.)

30. 결핍과 함께 모든 것에서 부족함을 느끼며 두려워하고 분노할 때.

(나 또한 이 두려움에서 자유로울 수가 없었다. 지금보다 가진 것이 더 없었던 예전엔 몰랐던 이 결핍감이 내가 무언가에 욕심을 내자 나를 흔들기 시작했다. 끝없이 용서하고 내가 가진 것들을 돌아보려 하기도 하지만 전셋집에서 벗어나 내 집을 갖고 싶다는 생각이 들면서부터 내 마음은 우울증에 빠져 허우적대고 있었다. 이 결핍감이 나를 괴롭히기 위해 에고가 장착해 놓은 문제라는 것을 알면서도 내 서툰 용서로는 해제가 되지 않았

다. 분명히 난 그 어느 때보다 더 완전해지고 더 많은 걸 갖고 있는데 내 욕심은 나에게 끝없이 모자르다고 말하고 있다. 집을 장만하고 새 차를 갖는다 해도 또 다른 어떤 것에 욕심을 두고 괴로워할 것이다. 남편이란 존재와 함께 이 결핍으로 인한 이 욕심은, 이 모자란 마음은 내 마지막 떠나는 날까지 놓을 수 없을 것 같다. 그리고 사실 나는 마음 한편으로는 나보다 더 많이 가진 부자들을 볼 때마다 그들이 나보다 더한 부를 갖은 이유는 전 환영의 시간에서 선행을 행한 시간이 있었기에 이곳에서 부를 누리고 있다는 것을, 그리고 그들은 내가 돈을 바라고 그 돈을 만들기 위해 들인 시간과 노력보다 더하게 부자가 되기 위해 많은 노력을 했다는 것을 기억해 내려고 하고 있다. 그들은 그들이 원하고 받을 만한 것을 받았을 뿐이고 나는 내가 뜻을 두고 원하는 것을 그 누구보다 더 하게 받고 있다는 사실만을 보기로 했다. 모든 존재가 자기가 구한 것을 얻고 자신이 뜻하는 길을 찾고 있음을, 그러니 한 손에 내가 가진 것을 쥐고 있고 또 한 손에 다른 존재가 가진 것을 잡지 못해 원망하는 마음을 접기를 바라며 이 또한 나에게 간청해 본다. 온전히 용서하기를….)

31. 주문한 택배 상품이 마음에 들지 않거나 어떤 문제가 발생할 때.

　(얼마 전에 해외에서 오는 건강식품을 주문한 적이 있었는데 두 달이 다 되어서 받을 수 있었다. 그런데 그 건강식품을 주문할 때 내 마음이 사랑이 아닌 두려움을 품고 있을 때였다. 이렇듯 내 상태가 안 좋을 때 주문한 상품에 문제가 발생한다는 것을 알아차린 이후로 나는 내가 많이 아프거나 내 안에 두려움이 머물러 있을 때 무언가를 사야 할 때는 며칠씩 미루기도 한다.)

32. 어딘가에 전화를 하는데 전화 연결이 잘 안되거나 힘겹게 될 때.

(또한 그때는 전화 연결이 되었다 해도 전화를 받아 주는 상대 또한 답을 주지 못하거나 친절하지 않을 수도 있는데 그때 내가 사랑이 아닌 이유다.)


33. 누군가를 판단하고 비평할 때나 많은 말을 할 때.

(내 안에 불안함과 죄책감이 머물 때, 그때 내 눈에 띄는 사람이나 텔레비전에서 이슈가 되는 사람들이나 예전에 날 힘들게 했던 사람들을 떠올리고는 그들을 판단하고 비평하는 말들을 쏟아내게 된다. 용서의 시간이다.)


34. 인정과 사랑을 받지 못해 분노할 때

(세상 모든 사람들과의 관계에서도 이 두려움으로 짜여진 드라마에 빠지기도 하지만 특히 엄마와 딸의 관계에서 흔히 볼 수 있는 드라마인 듯싶다. 나 또한 평생을 인정과 사랑을 받으려 엄마에게 확인하고는 했다. 그러던 어느 날 엄마가, 언니가 담은 김장 김치를 가져가 먹으라고 하시면서, 김장 김치를 가져가지 않는 우리들에게 언니가 조금 섭섭해하는 것 같다는 엄마의 말씀에 며칠 후 김치 한 통을 집에 들고 왔다. 그런데 얼마 후 엄마에게서 전화가 오는데, 그 전에, 아는 지인이 맛도 없는 김치를 돈을 받고 줬다는 얘기를 나에게 해 주셨는데, 나에게 주신 김치가 지인이 준 맛없는 김치인 것 같다며 내 눈치를 보며 말씀하셨다. 그 김치를 주고 마음에 걸렸었나 보다. 그 얘기를 듣는 순간 내 속에서는 서서히 불꽃이 피어나고 있었는데 그날은 내가 뷔페를 사 드리고 소정의 용돈을 드린 날이었기에 섭섭함이 더 했던 것 같다. 하지만 나는 엄마에게 내색하지 않았다. 또 한편으로는 그날 내 몸 상태가 좋지 않았는데, 그것에서 온전하

지 않은 내 마음을 볼 수 있었다. 그날 내가 사랑이 아니었으니 분노를 경험하도록 짜여진 드라마였다. 하지만 그 사실과는 별개로 내 안에서는 인정받지 못한 상처가 일깨워져 전쟁이 일어나기 시작했다. 그 순간 나는 하나님을 찾았고 얼마의 시간이 지난 후 마음의 안정을 찾았지만 온전한 평화를 가질 순 없었다. 그런데 엄마는 평소에 나에게 고마워하며 뭔가를 주고 싶어 하셨는데 흔치 않게 어느 순간 내가 인정받고 싶어 할 때 나 무엇인가를 요구할 때는 그런 모습을 보이고는 하셨다. 그러면 나는 분노하면서도 엄마가 슬퍼하고 힘들어할까 봐 맘껏 내색을 할 수가 없었는데 엄마 또한 자신의 그런 행동에 자책하고 두려워하셨다. 그게 엄마와 나에게 주어진 관계인 듯싶었다. 나는 살면서 엄마가 아들들보다는 우리 딸들을 볼 때 자신을 바라보듯 동등한 입장으로 냉정하게 바라보고 있다는 생각을 하고는 했었다. 또한 아들들보다 딸들에게 더 한 것을 받으면서도 그것에 대한 감사함보다는 당연함으로 인식하고 있다는 생각이 들고는 했었다. 물론 그보다 더 하게 우리에게 제대로 주지 못한 사랑을 미안해하시고 고마워하시지만 우리의 결핍을 채울 수는 없었다. 그렇게 엄마와 딸의 관계에서의 애증이 우리에게도 보였다. 그리고 나는 특히 엄마와 언니에게서 인정받고 싶어 하는 마음이 있었는데 막내 여동생 또한 우리에게서 인정과 사랑을 받고 싶어 했다는 것을 생각하게 되었다. 그제서야 엄마와 언니와 나와 여동생이 짜여진 에고의 드라마에 평생을 같이 경험하고 있었다는 것을 알았다. 서로가 인정과 사랑을 받기를 원할 때는 주지 않고 거부를 하고, 또 거부를 하고는 자책하고 그리고 거부당한 존재는 분노하고 슬퍼한다. 우리 집의 남자 형제들보다 엄마와 언니와 나와 여동생이 더한 사랑과 함께 이런 상처를 품는다는 것은 우리가 더 많은 용서와 사랑으로 두려움을 해제해야 한다는 것을 알 수 있었다. 그리고 이런 모습을 예전 엄마와 딸의 관계에서 흔히 볼 수 있었는데 요즘 엄마들의 모습에서도 어렵지 않게 볼 수 있었다. 내 친구에게 딸과 아들이 있었는데 아들은 애인을 바라보듯 애지중지 하는 게 느껴졌는데 딸은 조금은 무심하게 바라보는 것을 느끼고는 했었다. 그럴 때마다 내가 나중에 효도를 하는 건 딸이니 지금 딸에게 잘해 줘야지 나중에 엄마와 딸이 갖는 애증의 관계를 갖지 않게 될 거라고 말해 주고는 했었다.

35. 나의 요구를 거부당했을 때나, 내 뜻을 누군가가 막아 설 때나, 내가 나에게 무언가를 베풀기를 미루거나 거부할 때.

(이제 어느 정도 우주의 이치를 조금씩 알아 가던 어느 휴일 날, 남편과 점심을 먹기 위해 시내로 가는 중에 내 차에 대해서 얘기를 하게 되었다. 내 차는 22년 된 소형차인데 자동차 정기 검사를 불합격을 받았다. 그동안 차가 잘 나가지 않아서 조심스럽게 타고 있었는데 검사까지 불합격을 받아서 차를 사야겠다는 생각을 하게 되었다. 그런데 남편의 조금만 더 있다 사는 것이 어떻겠냐는 말에 섭섭함을 느끼며, 답답한 내 상황에 잠시 눈물이 터져 나왔다. 그런 흐려진 마음으로 가끔 가는 고깃집에 가게 되었다. 석 갈비를 주문하고 기다리는데 한참 후 반찬들은 하나도 나오지도 않고 석 갈비만 나왔다. 그렇게 말 없이 고기만 먹고 있는데 옆 테이블에 앉아 있던 아주머니가 "빨리 벨을 눌러서 반찬 갖다 달라고 하세요. 아! 이 사람들 반찬도 안 갖다 주고 뭐 하고 있는 거야. 답답해 죽겠네." 하는 것이었다. 사실 '답답한 이 사람들.' 속에 우리도 포함됐을 것이다. 그 이후로도 우리에게 밑반찬을 가져다주지 않았는데 그곳은 큰 식당이었고 그날 사람들이 많은 이유로 우리는 별관에 앉게 되었다. 그렇게 별 생각 없이 앉아 있었는데 옆에 앉은 아주머니의 부추김으로 벨을 누르게 되었

기적 만들기

고 한참 후 종업원이 우리 테이블에 아무것도 없는 것을 보고서는 밑반찬을 가져다주겠다고 했지만 그리고 나서도 한동안 아무 소식이 없었다. 그래서 나는 다시 벨을 누르기 시작했는데 그때부터 내 안에서 작은 분노가 그 손가락을 통해 일어나고 있었다. 그리고도 한참 후 밑반찬이 차려졌는데 사실 나는 그때 우리에게 아무도 도움을 주지 않는 이유를 알고 있었기에 모든 상황들을 그저 지켜보고 있었다. 내 안에 사랑이 어딘가에 숨어 잠수를 탔기에 모든 존재들이 우리를 보지 못하고 챙겨 주지 않는 것이다. 밥을 먹고 우리는 근처 산으로 가게 되었는데 그 산 부근에서부터 차들이 막혀 있어서 쉬어 가며 산을 오르게 되었다. 그 길 양 옆으로 모든 차들이 주차되어 있어 좁은 외길을 오르다가 맞은편에서 오는 차와 마주치게 되었는데 그 차에서 어떤 아저씨가 내려 우리에게 오더니 길이 막혀 있다며 뒤로 빠져나가야 한다고 했다. 그리고는 이렇게 말했다. "조금 전까지 입구에서 차 못 들어오게 막고 있었는데, 왜 이렇게 차를 들여보냈지." 하는 것이었다. 그렇게 남편은 후진으로 되돌아 나와야 했다. 그때도 난 우리의 흐린 마음이 그런 상황들을 불러왔다는 것을 받아들이고 있었다. 우리는 공원에 가는 것을 포기하고 동네 마트에 가게 되었는데 역시나 그곳에서도 지체되는 계산대와 수리 중인 엘리베이터가 우리의 진행을 막고 있었다. 그곳을 나와 우리는 천 원샵에 들렀다 올 계획을 하고 있었지만 그런 마음 상태로 돌아다니는 것을 멈추고 집으로 가기를 선택했다. 그렇게 어수선한 하루를 보내고 집에 온 나는 그날 하루 동안 내 마음 상태를 알려 준 모든 존재들과 나와 남편을 위한 사랑과 용서의 시간을 가졌다. 그리고 한 발짝 물러나서 내가 차를 갖게 되는 모든 것들을 순리에 맡기기로 했다.

얼마의 시간이 흘러 나는 나에게 차를 사 주기로 했다. 또한 어떠한 것도 따지지 않고 내가 원하는 차를 사 주기로 했다. 지난 시간을 뒤돌아보니 차를 사지 못하도록 막고 있었던 것이 나란 사실을 알았다. 남편도 아니고 그 누구도 아닌 내가 오만 가지 핑계를 대며 새 차를 타는 것을 막고 있었다. 그리고 사실 남편이 10여 년 전부터 지나가는 말로 차를 사라고 했지만 내가 우리 집 상황으로는 차를 살 수 없다는 말로 모든 것을 막아서고 있었다. 그런데 지금 내가 나에게 차를 사 주겠다고 했다. 행운의 방향과 두 번째로 좋은 방향에서 11년의 시간을 보내고 있는 지금이 되어서야 내가 나에게 새 차를 허락했다는 것을 알 수 있었다. 나에게 좋은 방향에서 머물면서 나를 사랑하는 마음이 더 커지게 되어 이제서야 내가 나에게 사랑을 베풀고 있다는 것을 느낄 수 있었다. 결국 세상이 나에게 주는 모든 것은 내가 허락한 것만이 온다는 것을 알 수 있었다. 그리고 얼마 후 7월 말에 무더위에 지쳐 가던 내가 또 하나의 사실을 인지하게 되었다. 그것은 바로 매년 여름마다 무더위로 겪게 되는 힘겨운 시간들을 내가 준비해 놓고 있었다는 사실을 알게 되었다. 이 또한 용서의 시간이었다. 나는 매년 여름에 나에게 고통을 주고 있었다. 나를 온전히 용서하지 못하고 자책하는 마음으로 힘겨운 시간을 준비해 놓고 있었기에 내가 에어컨을 설치하는 것을 미루고 막고 있었다는 것을 깨닫게 되었다. 그제서야 내가 나에게 에어컨을 사 주기로 했다. 이번 여름은 (2021년) 얼마 안 남았으니 내년이나 내후년에 꼭 사 주겠다고 나에게 약속했다.^^)

36. 변기가 막혀 물이 내려가지 않을 때 내 안에 용서되지 않는 두려움이 막고 있는 것이다.

(몇 달 전부터 나와 초롱이의 몸 상태가 평소보다 더한 두려움으로 인해 약해져 있었는데 그때 우리 집 현관 쪽에 세 가지의 문제가 발생했다.

기적 만들기

평소에 초롱이가 두려움이 많으니 집에 가장 안쪽인 신발장 안의 아빠 운동화 속이나 위에 있는 걸 좋아했다. 그래서 남편은 털이 보송보송한 그 겨울 운동화를 신는 걸 포기할 수밖에 없었다. 그런데 그때쯤 초롱이의 두려움이 전에보다 더 높아지고 있었는데 그때 현관의 전구가 갑자기 오작동을 일으키며 깜빡이기 시작했는데 현관 앞을 지나갈 때마다 불이 켜지면서 1초에 한 번씩 깜빡거리기 시작했다. 그 오작동이 며칠이 지속되면서 초롱이는 더 이상 신발장에 가지 않았다. 또 하나 그때까지 아무런 문제없던 현관 중문이 잘 움직이지 않았다. 그 중문을 두 번이나 빼내어 틈새와 함께 중문에 달린 바퀴를 청소하고 닦았는데도 여전히 잘 열리지가 않고 힘들게 문을 밀어야 열 수 있었다. 그리고 신발장 옆에 화장실이 있었는데 그 화장실 변기 또한 뭔가에 막혀 물이 내려가지 않는 것이었다. 초롱이 아지트인 그 신발장의 1m 안에서 그런 일들이 동시에 발생을 한 것이었다. 난 처음에는 그저 그것들을 별개로 보았지만 얼마 후 그 모든 것들이 초롱이의 두려움과 나의 두려움이 만들어 낸 현상이라는 것을 알게 되었다. 그 세 군데에서 발생한 문제들이 며칠간 지속되었다.)

37. 사랑하는 누군가가 내 곁을 떠나 다시는 볼 수 없을 때.

(2020년 7월 어느 날이었다. 남편 차를 타고 어딘가를 가려고 차에 올라탔는데, 남편 차에 설치된 블랙박스가 갑자기 오작동이 났는지 블랙박스 안에 녹음된 여자의 목소리가 한시도 멈추지 않고 온 차 안에 울려 퍼지고 있었다. '상시 녹화를 시작합니다. 상시 녹화를 시작합니다.' 하며 나의 신경을 건드렸다. 그리고 그 소리가 최대치로 되어 있어서 남편에게 소리 좀 줄이라고 하니 남편이, 이제까지 안 그랬는데 뭐가 잘못되었는지 소리를 낮출 수도 없고 끌 수도 없다는 것이었다. 수리센터에 가야 할 것 같다

고 남편이 말했다. 다음 날 남편의 차를 탔는데 그 소리는 잠시도 멈추지 않고 계속되고 있었는데 남편이 바빠서 수리를 하지 못했다고 했다. 그렇게 며칠을 남편 차를 탈 때마다 그 소리와 함께 해야 했다. 그렇게 며칠이 흘러 남편 차를 탔는데 남편 차에서 여전히 그 블랙박스에서 나는 오작동 소리가 나서 남편에게 "아직도 안 고쳤어."라고 묻자 남편이 "이상하네! 이제까지 괜찮았는데 당신이 타면서부터 다시 이렇게 소리가 나네." 하는 것이었다. 그리고 또 며칠이 흘러 남편의 차를 타게 되었는데 더 이상 그 블랙박스에서 시끄러운 소리가 나지 않았다. 그런데 남편은 그 블랙박스를 따로 수리하지 않았다고 했다. 사실 남편의 차에서 그 블랙박스의 오작동 소리를 처음 들었을 때부터 나는 그 원인을 알고 있었다. 블랙박스에서 처음 오작동이 발생한 날 남편과 나는 초롱이를 안고 근처 공원 나무 아래로 가던 길이었다. 그날이 우리가 초롱이를 마지막으로 본 날이었다. 11년을 나의 친구로 나의 아이로 머물며 나와 두려움과 사랑을 함께 한 초롱이가 이 시끄러운 여름에(초롱이가 떠날 이 여름에 6월부터 8월을 넘어 설 때까지 비가 내리고 있었다.) 아주 편안한 시간으로 돌아갔다. 사실 이 책 또한 초롱이와 함께 했다. 나는 이 글들을 휴대폰에 마이크를 켜 놓고 말로 쓰고 있었고 수없이 반복해서 읽으며 수정을 했는데 그때마다 초롱이가 이 책에 담긴 모든 내용들을 가만히 듣고 있다가 '초롱이가'란 말을 하며 자기 얘기가 쓰여진 곳을 읽을 때면 '쩍' 하고 소리를 내고는 했다. 내가 글 쓰는 것을 나와 초롱이 외에는 아무도 몰랐는데, 며칠 전부터 더한 두려움을 보고 있던 초롱이가 평소처럼 내 손바닥 안에서 잠을 자듯 편안하게 돌아갔다. 그 모든 일들은 30~40초 안에 이루어졌고 나는 그 짧은 순간에도 초롱이를 온전히 놓아줄 수 없었기에 초롱이의 입을 벌려 인공호흡을 했다. 그런데 초롱이가 일곱 살이 지나면서부터 4년이 넘게 마

기적 만들기

비 증세와 함께 호흡 곤란을 겪을 때마다 수도 없이 인공호흡을 해 줬는데, 그때 그 마지막 날에는 그동안 했던 인공호흡과는 전혀 다른 경험이었다. 내가 초롱이 입 안으로 숨을 보내 줬는데 초롱이 목에 누군가가 판자로 막아 놓은 듯 그 호흡이 그대로 초롱이 콧구멍으로 빠져나와 초롱이 가슴으로 전해지지 않았다. 그 순간 모든 일이 아주 짧은 시간에 평온하게 이루어졌다. 초롱이도 마지막 떠나는 날에는 몸에 어떤 증세도 보이지 않고 힘들어하지 않고 떠날 수 있게 되었고, 나 또한 초롱이가 마지막 떠날 때 힘들어하는 모습을 보지 않아도 되도록 누군가 도와 준 것 같았다. 그렇게 초롱이와 나의 용서와 사랑의 시간이 끝이 났다. 남편이나 다른 사람에게 못 할 말도 초롱이에게 다 하고, 다른 누군가에게 하면 정상이 아니라고 욕먹을, 말도 안 되는 잘난 척도 초롱이에게 다 했는데 그런 걸 모두 받아 준 초롱이가, 유일한 내 친구가⋯. 6월부터 끝없이 내리는 장맛비로 기온이 떨어진 탓인지 나와 초롱이는 그 어느 때보다 더한 두려움을 보고 있었는데 더 이상 경계하지 않아도 되는 곳으로 돌아갔다. 4년이 넘는 시간 동안 수없이 이 마지막 날을 준비하고 있었는데, 또한 슬픈 마음으로 초롱이를 보내지 않으려 마음먹고 있었다. 그런데 초롱이가 떠나는 일이 결코 슬픈 일이 아니란 것을 알면서도 그 어떤 다짐으로도 슬픔과 그리움을 숨길 수가 없었다.

그렇게 깊숙이 눌러 놓은 내 슬픔을 블랙박스가 같이 느끼고 있었던 것이다. 남편 차를 탈 때마다 그 블랙박스는 나와 하나였고 한동안 작동이 잘되는 듯싶다가도 내가 남편 차에 오르면 또 블랙박스가 내 슬픔을 느끼고 오작동을 보여 주었던 것이었다. 그렇게 시간이 흘러 조금씩 내가 슬픔과 그리움에서 조금씩 벗어나고 있을 때 그 블랙박스에서 더 이상 오작동으로 발생하는 소리를 듣지 않아도 되었다.

그리고 나는 초롱이가 떠난 후 이 모든 글들을 점검하는 것을 멈추고 한 동안 읽지 않았다. 몇 주가 지나 마음이 어느 정도 가라앉힌 후에도 초롱이의 대한 얘기가 쓰여진 곳은 되도록이면 읽지 않았고 초롱이에 대한 어떤 기록도 하지 않았다. 어느 정도 마음이 평온을 찾았다 싶어 나는 초롱이에 대한 위의 글들을 쓰기로 했다. 하지만 초롱이란 말을 담는 그 순간부터 위의 글들을 써 내려오는 동안 수십 번을 멈출 수밖에 없었다. 슬픔이 어느 정도 진정이 된 줄 알았는데 가슴이 먹먹해지고 닭똥 같은 눈물이 떨어지고 있었다. 초롱이를 보낸 그날에도, 그 이후로도 한 번도 운 적이 없었는데 이날 글을 기록하면서 처음으로 눈물을 흘렸다. 그리고 난 마음을 다 잡아가며 위의 글들을 힘겹게 마친 후 이 화면을 닫았다. 그리고 새로 작성된 글로 인해 또다시 이 글들을 '사본 만들기'란 곳에 남겨 두려고 했는데, 이 글이 담긴 문서란에 오작동이 발생했다. 이 기계가 내 마음을 보여 주고 있었다. 나는 가슴을 쓸어내리며 용서와 사랑의 기도를 했다. 그리고 얼마 후 이 문서란에서 발생한 오작동은 본래 제 기능으로 돌아갔다. 그리고 나는 초롱이를 용서할 것이 없다. 용서할 것이 있다면 나와 함께 두려움을 보고 있었던 그 시간뿐이다. 내가 11년간 보아온 초롱이는 한시도 사랑이 아니었던 적이 없었다.)

(그리고 초롱이가 떠난 후 그 시간 뒤로 내 주변에서 발생하는 소음들이 작아진 걸 느낄 수 있었다. 평소에 초롱이와 나를 괴롭히던 윗집에서 쿵쿵대는 소리도 잦아들고 있었고 주변에서 나는 모든 소음들이 작게 들리거나 더 이상 나를 힘들게 하지 않았다. 세상이 고요 속에 빠진 듯했다. 물론 내 안의 두려움이 조금씩 일어날 때면 주변의 소리에 여전히 흔들리고는 했지만…. 얼마간의 시간이 지나 다시 되돌아보니 주변에서 발생하

기적 만들기

는 모든 소음들이 내 두려움과 초롱이의 두려움이 만들어 낸 소리라는 것을 알게 되었다.

5년 전에 처음으로 이 서쪽 방향으로 이사 온 3층 집에서 살 때, 초롱이가 거실 유리창 밖에 작은 공원에 잠깐씩 놀러 나갔다가 내가 "초롱아." 하고 부르면 집으로 들어오곤 했는데, 어느 날 초롱이가 공원에 혼자 놀러 갔다가 돌아온 뒤로 몸에 변화가 오기 시작했다. 그때부터 4년이 넘는 시간 동안 나와 초롱이의 힘겨운 시간들이 시작되었다. 그 집에서 살 때 주변에서 아이들이 떠들고 싸우는 소리가 자주 들렸는데 우리 집 아래 1층에 유치원이 있다는 것을 알게 되었고 거실 창밖에 공원 옆으로 개천 위에 다리가 있었는데 그 다리로 지나다니는 차들의 소리가 유달리 크게 들리는 집이었다. 그런데 초롱이가 몸이 안 좋아지기 시작하면서부터 그 아이들의 떠드는 소리에 힘들어하면서 소리를 지르고 날아다녔다. 그즈음에 난 '6개월 전에도 똑같이 나던 소리였는데, 그때는 저 소리들이 내게 아무런 영향도 미치지 못했는데 지금 저 소리들이 왜 이렇게 힘들게 들리지.'라는 생각을 한 적이 있었다. 초롱이가 아프기 전에는 주위에서 나는 어떤 소리들도 우리에게 영향을 미치지 못했는데 초롱이 몸이 약해진 이후로 유치원에서 나는 아이들의 떠드는 소리와 밖에서 나는 차들의 소리가 갑자기 무기가 되어 우리를 공격하고 있었다. 나는 그 소리들이 들릴 때면 내 가슴이 콩닥콩닥 뛰는 것보다 초롱이가 그 소리에 힘겨워하는 이유로 더 하게 힘들어했다.

그렇게 힘든 그곳을 떠나 두 번째로 이사한 23층 아파트 윗집에 그 청소에 집착하는 여자와 시끄러운 가족이 사는 집을 만나게 되었다. 그 유치원보다 덜하지도 더하지도 않은 집이었고 초롱이와 나는 그 집에서 두려움으로 제작된 소음을 절정으로 경험을 했었다. 그리고 지금 살고 있는 이 집으로 이사 와서 그 소음들이 많이 작아졌지만 여전히 나와 초롱이는 주변에서 나는 소리의 영향을 받고 있었다. 초롱이가 몸이 약해진 이후로 초롱이에 대한 나의 염려와 두려움이 그 소리들을 불러냈고 또한 본래 존재하던 그 소리들을 더하게 불안감으로 듣고 있었다는 것을 알게 되었다. 4년이 넘는 시간 동안 주변의 소리들이 정확하게 내 두려움과 만나 힘겨운 고통의 시간을 만들어 주었고 그 시간들이 내 용서의 시간이었음을 또 한 번 확인할 수 있었다. 그 힘겨운 시간을 보내고 나서야 이제야 제대로 볼 수 있게 되었다.)

38. 허한 마음으로 이성을 원하거나 예쁜 동물들로 그 마음을 채우려 할 때.

(내 20대를 뒤돌아보면 그때 난 내 불안한 삶을 바꿔 줄 남자를 그리며 온 시간을 다 보낸 것 같다. 하지만 그렇게 허망한 꿈을 꾸면서도 마음을 닫아 놓은 이유로 많은 남자들을 만나지도 못했고 또한 잠깐씩 스치듯 만난 남자들로 인해 내 허한 마음이 채워지기는커녕 더 하게 불안할 수밖에 없었다. 그 허한 마음을 채워 주고 나의 불안한 삶을 바꿔 줄 존재는 이 세상에 없다는 것을 그땐 알지 못했다. 오로지 내 안에 사랑만이 내 불안한 삶을 바꿀 수 있다는 것을 그땐 아무도 가르쳐 주지 않았다.

그리고 초롱이가 떠난 후 7개월의 시간이 흘렀다. 난 그 시간 동안 평화 속에 머물러 있었지만 초롱이를 그리워하는 마음과 함께, 허한 마음은 끝이 없어 내 마음에 또다시 누군가를 안고 싶은 마음이 생겨나고 있었다. 나무 위에서 지저귀는 참새들을 볼 때면 그 아이들을 잡고 꼭 안아 주고 싶은 마음이 일었다. 그렇게 내 마음에 조금씩 욕심이 생기는 어느 날 엘리베이터에서 우리 옆집 가족들을 만났다. 그 부부는 세 자녀를 두었는

기적 만들기

데 그 아주머니가 나에게 아이들은 어디 있느냐고 묻는 것이었다. 그래서 난, 우리는 부부 둘만 살고 있고 아이들은 없고 작년에 11년간 키운 앵무새를 떠나보냈다는 얘기를 했는데 그때 나에게서 작은 위축감이 느껴졌다. 난 한 번도 아이를 원한 적도 없었고 또한 아이가 없는 것은 그 숙제를 다 한 이유라는 것을 받아들이고 있었기에 내가 아이가 없는 것이 얼마나 감사한 일인 줄 알고 있었다. 자식은 내가 사랑과 두려움으로 경험을 해야 할 큰 숙제라는 것을 알고 있었기에(초롱이와 보라가 내가 이 삶에서 11년 동안 두려움과 사랑으로 경험해야 할 자식이었다는 생각이 들고는 했다.) 내가 자식이 없는 것에 대한 위축감이 든 적이 한 번도 없었다. 그런데 그때 그들이 나에게 아이 얘기를 묻고 있을 때, 아이가 없는 것이 그들이 가진 보물을 난 갖지 못한 것만 같은, 기분에 쌓여 있는 나를 보게 되었다. 그 시간들을 보내고, 그 가족들을 만나 그들이 나에게 아이들을 묻고, 불안한 마음을 품게 된 그 모든 것들이 내가 허한 마음에 새들과 예쁜 동물들에게 마음을 두고 욕심을 품으면서 그 죄책감이 생겨났다는 것을 알게 되었다. 허한 마음을 일으켜 무언가에 결핍을 느끼게 하고 죄책감으로 나를 괴롭히고 상처 주도록 짜여진 드라마였다. 내가 후에 누군가를 또 품을 수도 있겠지만, 내 허한 마음에 누군가를 품지는 않겠다고 또 한 번 다짐을 한다. 내가 사랑으로 나아가고 누군가와의 시간이 순리로 이어질 때 그때 함께 하고 싶다.)

39. 지난 과거 속에서 자신이 잘못했다고 생각한 일들이 떠올라 자책할 때나, 다른 존재들이 잘못했다고 생각한 일들이 떠올라 질책하는 마음이 들 때.

(용서의 시간이다. 이 세상에 있는 그 누구도 아무런 잘못이 없다고 했

다. 그 모든 시간은 그저 두려움을 보고 있었을 뿐이고 우리 모두가 분리되지 않은 하나라는 사실을 잊은 것뿐이라고 했다. 가장 좋은 방법은 과거를 뒤돌아보지 않는 것이다.)

40. 일평생을 허망한 꿈만 꾸고 있는 나를 보았을 때.

(나의 50여 년이 넘는 삶을 뒤돌아보니 내 평생 허상만을 붙잡고 있는 것이 보였다. 한 살 때부터 50년이 넘는 시간 동안 나 아닌 다른 존재들에게 인정과 사랑을 받지 못해 상실감을 품고 살았다. 그리고 옥탑방에 살 때 1년이 안 되는 시간 동안 만났던 사람이 있었는데 그 사람은 내가 원하는 모습으로 평생 한 번도 느껴 보지 못했던 사랑을 처음으로 느끼게 해 주었는데 그때 나는 온전한 사랑을 할 줄도 모르고 그 무엇도 제대로 판단할 수 있는 마음을 갖고 있지 않을 때였다. 그 사람과 헤어진 후 10년이 넘는 시간 동안 그리움으로 가슴앓이를 하며 고통의 시간을 보냈는데 그 긴 시간을 보내고 나니 그 사람은 절대로 내게 좋은 인연이 아니었다. 그 짧은 시간 동안 내게 사랑을 주고 긴 시간 그리움으로 고통의 시간을 경험하도록 나에게 상처를 주기 위해 머물다 간 인연이었다. 그저 내게 상처를 주려고 내게 받은 상처를 갚으려고 온 존재일 뿐인데 나를 온전히 사랑해 줄 존재라고 착각하고 온전히 마음에서 놓지 못하고 오랫동안 붙잡고 있었다. 그리고 남편과의 10여 년이 넘는 결혼 생활 동안에도 사랑과 인정을 갈구하며 보냈다. 언젠가는 남편과 행복하게 사랑할 날이 올 것이라고, 절대로 우리에게 주어지지 않을, 사랑일 수 없는 우리의 관계에서 긴 시간 사랑과 인정을 구걸하며 헤매고 있었다. 다른 많은 부부들의 삶과 크게 다를 바 없는 삶이 아닐까 싶다. 사랑을 주려고 만난 인연이 아니라는 것을, 용서의 시간으로 주어진 인연이란 것을 조금씩 눈치채고 있

었다. 그 사랑을 놓아 버리면서 또다시 잡은 것이 있었는데 그것은 바로 돈이었다. 부자가 되기 위한 방법들을 찾아 책들을 뒤적거리며 결국에 주식에 뛰어들어 몇 년을 또 허상을 쫓고 있었고 또다시 집을 가져야 안전할 수 있다는 이유를 만들어 허상을 쫓고 있었다. 절대 나의 것이 되지 않을 것들을 끊임없이 바꿔가며 망상에 젖어 있었다.

이제 조금씩 보이기 시작했다. 50년의 시간을 보내고 나서야 이제야 조금씩 받아들이기 시작했다. 하지만 이 사실을 알았다고 내가 온전히 모든 것을 다 놓아 버릴 수 있다고 장담할 수는 없다. 난 무언가에 끊임없이 조종을 당하고 있고 그 조종에서 완전히 벗어날 수는 없다. 그저 이 세상에서의 허망한 사랑도 누군가에게 받으려 했던 인정도 어떤 물질적인 갈망도 모두 다 내게 상처 주려고 준비된 시간이었다는 사실을, 내가 용서로 놓아 버려야 한다는 것을 조금 더 받아들이기로 한 것이다. 꿈만 쫓느라 날 사랑할 수 없었다. 절대 내 것이 아닐 것들을 쫓느라 내가 진정 보아야 할 것들을 외면하고 있었다. 또다시 어떤 꿈을 품고 흔들리지 않기를, 평화 속에서 날 사랑하기를 갈망해 본다.)

내가 생각해 낸 경우는 이 정도이지만 독자들에게는 또 다른 경험이 더 있을 것이다. 또한 이 중에서 자신에게 반복적으로 발생하는 몇 가지 일들이 있을 것이다. 이렇게 원치 않은 일들이 일어나 내 안에서 두려움과 분노와 슬픔이 느껴질 때가 용서의 시간임을 알아차려야 한다. 빨리 알아차릴수록 좋다. 알아차릴 때까지 안 좋은 일들이 연달아 일어날 수가 있다. 남편이 내게 불만을 토로하며 달려들 때, 같이 달려들다가 내가 사랑이 아닌 두려움이었다는 걸 깨닫는 순간 모든 것을 멈추고, 사랑이 아닌 날 용서하고 그런 나를 도와준 남편을 용서하고 사랑으로 회복하는 것이다. 이렇듯 우리에게 용서의 시간은 매 순간 다가올 것이다. 이때가 내게 주어진 구원의 기회라고 했다. 내게 주어진 그 구원의 시간에 온전히 용서와 사랑으로 회복할 때 다시는 그 용서의 시간들이 오지 않는다고 했다. 우리의 두려움으로 제작된 재미없는 드라마를 반복적으로 보는 이유는 온전히 용서하지 못하고 사랑으로 품지 못한 이유라고 했다. 내가 사랑하는 제이가 이런 말을 했다.

'너에게 구원의 기회가 왔다. 구원의 기회를 놓치지 말라.'

### ♦ 용서하기

1. 내 안의 죄책감으로 인해 두려움이 발생하고 그로 인해 원치 않은 일들이 발생한다.

2. 내가 두려움인 걸 알아차린다. (그 순간이 될 수도 있고 며칠이 걸릴 수도 있고 몇 달이 걸릴 수도 있다.)

3. 두려움이었던 나와, 그때 나와 함께한 상대를 용서한다. (용서합니다.)

4. 우리 모두가 하나임을 받아들인다. (사랑합니다.)

처음에는 그 일들이 내 두려움이 만들어 낸 것이라는 것을 알아차리는 데도 많은 시간이 걸린다. 계속 반복하다 보면 알아차리고 용서하는 시간들이 짧아져 가는 것을 느낄 것이다. 어느 순간 자동화가 될 때가 오지 않을까 싶다. 그렇게 두려움의 자리가 작아지면서 그 빈자리는 사랑의 빛으로 채워질 것이다. 그때가 되면 기적이 하나둘 이루어지는 것을 보게 되리라 믿는다.

## 2) 기적 만들기 공식

1. 매일매일 용서와 사랑으로 마음을 단련한다.
(평화와 기쁨과 감사와 사랑의 마음을 유지해야 한다.)

2. 살면서 필요하거나 원하는 것을 잠깐 인식한 후 놓아 버린다. 모두 하나님께 맡긴다.

(하지만 어떻게 놓아 버려야 하는지도 모르겠고 언제까지 놓아 버려야 하는지 가늠이 안 될 때가 있다. 생각으로는 놓아 버렸다고 해 놓고 뒤돌 아서서 호박씨 까듯 나도 모르게 내가 원하는 것들을 위한 계획을 하고 판단을 한다. 내 경험에 내가 원하는 것들이 원활하게 이루어졌을 때는 내가 원하는 상황을 무심하게 인식한 후 놓아 버리고 잊고 있다가 어느 날 문득 '아차 나 뭐 해야지.' 하고 뭔가를 할 때, 모든 것들이 순조롭게 이 루어진 것 같다. 원하는 것들이 이루어지지 않았을 때는 그것들을 생각으 로 인식하고 계속 뒤돌아보고, 의심하고 판단했던 것 같다. 결국 그것들 은 내 두려움이 끼어들어 휘저어 놓은 탓으로 이루어지지 않았다.)

3. 웃어야 한다.
(일이 잘되는 사람들을 보면 밝고 편안한 모습에 얼굴에 미소가 머물러 있다. 반면에 일이 안 되는 사람들의 얼굴에는 밝은 기운이 없고 그 얼굴 에 웃음이 머무는 시간이 그리 길지가 않다. 그런데 웃고 싶다고 마음껏 웃을 수 있을 것 같지만 그것도 쉽지가 않다. 자주 웃어야지 하는 나도 어

떻게 웃어야 하는지조차 모를 정도로 웃음이 안 나올 때가 많다. 웃고 싶은데 남편이 두 달이 다 돼 가도록 돈을 안 가지고 와서 웃음이 안 나고 웃고 싶은데 뜻하는 것이 원활하게 이루어지지 않아서 웃음이 안 나고 웃고 싶은데 우울증 걸린 사람처럼 마음이 절벽 아래로 가라앉아서 웃음이 안 난다. 웃고 싶은데 내 안의 죄책감이 만들어 낸 통증들이 내 몸 이곳저곳 숨어 나가지 않아서 웃음이 안 난다. 이렇듯 막상 웃으려 해도 어디 있는지 찾을 수 없을 때가 많다. 그래서 나는 텔레비전에서 재밌는 것을 볼 때나, 살면서 웃긴 순간이 있을 때나, 내 안에서 본래 존재하던 기쁨을 발견할 때 그때 맘껏 웃으려 한다. 언제 또 이것들이 숨어서 찾을 수 없는 시간들이 시도 때도 없이 다가오니 웃을 수 있을 때 마음껏 웃어야 한다.

우리의 목표는 하나다. 평화와 사랑과 기쁨이 내 안에 오래오래 머물게 하는 것이다. 그것이 기적을 만드는 힘이다.)

### 3) 상실감은 모든 운을 막는다, 상실의 시간을 놓아 버릴 때 기적이 다가온다

우리는 이 세상에서 기적이 일어나기를 꿈꾸며 이곳에서의 시간을 채우고 있는 듯싶다. 그런데 이 세상에 있는 모든 존재들은 이곳에 올 때 손에 뜨거운 감자들을 몇 개씩 쥐고 온다. 그런데 우리 인생에 큰 기적을 만들어 내기 위해서는 그 뜨거운 감자들을 하나씩 놓아 버려야 한다. 그 뜨거운 감자들은 우리 안에 머문 두려움과 분노를 만들어 낼 우리의 죄책감이고 상실감이다. 그 뜨거운 감자라는 것은 우리가 알고 있는 그대로 맘대로 놓아 버릴 수도 없고 그냥 그대로 잡고 있기에도 우리에게 고통과 상처를 주는 족쇄이다.

학창시절 몇몇의 아이들에게 괴롭힘을 당하고 왕따를 당하면서도 그 누구에게도 도움을 요청할 수도 없고 요청한다 해도 받아들여지지 않을 상황에 처해 있는 아이의 손에 뜨거운 감자가 쥐어졌다. 그런데 그 감자를 놓아 버려야 한다는 생각조차 할 수 없다. 그리고 군대에서나 직장에서나 사회에서 우리에게 상실감을 안겨 줄 뜨거운 감자들이 기다리고 있고 남자들도 그렇겠지만 여자들에게는 더 하게 새로 시작된 결혼 생활에서 뜨겁게 달궈진 감자가 기다리고 있다. 이 감자는 쉽게 놓을 수 없는 더 하게 뜨거운 감자다. 여자의 손에 쥐어진 감자 밑으로 수십 개의 감자들이 줄줄이 매달려 있다. 그 아래 것들을 쳐 버리기 위해서는 손에 쥔 그 하나의 감자를 놓아 버려야 한다. 물론 그 손에 쥔 하나의 감자가 더욱 뜨겁게 달궈진 감자일 가능성이 더 많다. 놓아 버릴 수 없다. 맘대로…. 이렇게 뜨거운 감자가 우리가 살아가는 길에 시시때때로 우리의 손에 쥐어지고 있다. 그런데 학교에서나 사회에서나, 결혼 생활에서 맞난 뜨거운 감자들은 시간이 지나 떨어져 나가거나 식어 버리거나 놓여날 수가 있지만 우리의 삶에서 쉽게 놓아 버릴 수 없는 가장 뜨거운 감자가 있다.

그것은 바로 가족으로 만난 인연이 아닐까 싶다. 핏줄로 맺어진 인연이라는 명목하에 더욱 특별함으로 만들어 놓고 그 존재들에게 인정과 사랑을 받으려 몸부림을 치고 상처받으면서도 마치 거미줄에 걸린 것마냥 빠져나올 생각조차 못 하고 있다. 그저 상실감에 빠져 자신을 미운 오리 새끼로 보고 자신을 온전히 사랑할 수가 없는데 아무것도 할 수가 없다. 이거야말로 가장 뜨거운 감자다. 다른 곳에서는 때가 되면 놓아 버릴 수 있지만 이것은 더 한 죄책감과 함께 세상의 비난이 준비되어 있다. 인정과 사랑을 받기 위해 평생을 그 부모와 형제의 주변을 맴돌고 채워지지 않는 상실감으로 상처받으면서도 놓아 버릴 수가 없다. 그러나 기적을 만들어 내고 싶다면 상실감을 내려놓고 사랑을 선택해야 한다. 기적은 사랑만이 만들 수 있는 것이니 상실감을 내려놓을 때마다 기적이 하나씩 이루어질 것이다.

　나에게 첫 번째 기적이 다가올 징조가 27살에 왔다. 그 1년간의 결혼 생활을 거쳐 나를 사랑으로 볼 수 없었던 내 20여 년의 긴 상실의 시간을 놓아 줄 수 있었다. 물론 그때는 그 1년간의 결혼 생활이 또 하나의 뜨거운 감자였기에 그저 고통의 시간인 줄만 알았다. 그런데 27살 이 나이는 그저 지나치기에는 나에게 많은 의미가 있는 시간이었고 뒤돌아보니 그 시간이 나에게 축복의 시간이었다. 나에게 올 첫 번째 기적의 시간이 다가오고 있었고 그 기적의 시간이 다가오기 전에 경험되는 마지막 고난의 시간이었다. 기적을 얻기 위해서는 준비된 시간들을 다 경험하고 나서야 이룰 수 있다는 것을 몇 번에 상실의 시간을 놓아 버리면서 알게 되었고 그 상실의 끝자락에 가장 큰 시련이 준비되어 있다는 것을 알게 되었다. 그것을 다 경험하고 지나가야 한다. 기적의 시간을 받아들이기 위해서는… 그 고난의 시간을 보내고 내 인생 처음으로 온전한 행복을 느낄 수 있었던 환희의 시간이 다가왔다. 바로 옥탑방으로 처음 이사한 내 나이 스물여덟 살이었다.

　그리고 9년의 시간이 흘러 나에게 두 번째 기적의 시간이 다가오고 있었다. 날 상실의 시간 속에 가둬 두었던 시집이란 존재들을 내 인생에서 놓아 버렸다. 상실의 시간 속에서는 절대 나를 사랑으로 볼 수가 없다. 이때 이후로 나는 나에게 좋은 방향에서 살게 되었고 그 상실의 방향으로는 다시는 돌아가지 않았고 그 이후로 내 상실감 속에 머물러 있던 모든 존재들을 놓아 버리기 시작했다. 날 미운 오리 새끼로만 보는 친구도 형제도 다 놓아 버렸다. 그들은 내가 세상이 인정하는 그 무엇이 됐다 하여도 미운 오리 새끼의 모습으로만 나를 말할 것이다. 그리고 그 상실의 시간 속에서 나 또한 나를 미운 오리 새끼인 줄 알았다. 나는 미운 오리 새끼가 아니다. 그리고 그때 나는 나를 사랑으로 선택한 것이다. 그렇게 1년여의 시간이 흐른 후 나에게 찾아온 기적은 바로 37살에 내 가슴을 울린 책을 만난 것이다.

또다시 9년의 시간이 흘러 행운의 방향에서 살고 있던 나에게 또다시 기적을 만나기 전의 상실의 시간이 준비되어 있었다. 그때 나에게 작은 교통사고로 인해 병원에 입원한 일이 있었고, 사랑하는 앵무새 보라를 떠나보내야 했고, 그 5년의 시간 동안 작은 집에 갇혀 야박한 돈으로 인해 힘든 시간들을 경험하고 있었는데 그 시간들이 내가 용서해야 할 상실의 시간이었던 것 같다. 그 시간 이후로 나는 용기를 내어 내가 원하는 좋은 집으로 이사하게 되었는데 작은 감옥에서 해방된 기분이었다. 이것이 나에게 찾아온 또 하나의 기적의 시간이었다.

그렇게 9년의 시간이 흘러 나에게 또 하나의 뜨거운 감자가 놓여질 시간이 왔다. 첫 번째 뜨거운 감자를 놓아 버릴 수 있었던 27살 이후 또다시 27년(3번의 9년)이라는 시간이 흘러 난 내가 움켜잡고 있던 가장 큰 상실의 시간을 놓아 버리기로 했다. 54년 평생을 인정과 사랑을 받기 위해 맴돌던 것을 멈추기로 했다.

어떤 여자의 얘기가 떠오른다. 자신이 남자 형제들과 오롯이 딸 하나인 집에서 살았는데 엄마가 남자들에게는 맛있는 음식과 좋은 것들을 다 챙겨 주면서도 그 여자에게는 엄마인 자신과 똑같은 밥상에서 밥과 단출한 반찬만을 주고 그 여자가 남자 형제들의 밥상을 처다보기만 해도 수저로 머리를 때렸다고 했다. 그렇게 그 여자에게도 인정과 사랑을 받기 위한 길고 긴 시간이, 뜨거운 감자가 놓여지지 않고 손에 쥐어져 산 듯했다. 시간이 흘러 그 여자의 엄마가 명이 다하여 떠나는 날 이 여자의 손을 잡고 네가 내 엄마였고 내 친구였고 너무나 고마운 존재였다고 말을 하는데 온몸에 치가 떨렸다고 했다. 그 여자가 엄마에게 얼마나 인정받고 사랑받기 위해 애썼는지 그 말로 다 알 수가 있을 것 같다. 이런 것이다. 평생 인정과 사랑을 받으려고, (특히 딸들이) 주변을 맴돌고 인정받지 못해 상처받고 상실감으로 아파하면서도 절대로 놓지 못하고 있다가 마지막이 되어야 들을 수 있을 정도… 이런 말조차 듣지 못하는 존재들이 더하게 많겠지만 이런 말을 듣거나 듣지 못하거나 별반 차이가 없을 듯싶다. 마지막이 되어서야 들을 수 있는 말을 듣기 위해 수십 년을 손에 쥐고 있는 뜨거운 감자를 놓지 못하고 있다. 이것은 가족에게만 해당되는 것이 아니다. 사랑이라는 허상을 씌워 놓은 존재에게 내가 참으면, 내가 잘하면 그들에게 인정과 사랑을 받을 수 있을 거라는 착각 속에 살지만 그 관계의 답은 이미 정해져 있다. 그 모습들이 아주 긴 시간 지속된다는 것을, 내가 끊어 내지 않으면 결과는 정해져 있다는 것을 알게 될 것이다.

나 또한 보았다. 평생을 다 보내고 나서 마지막에야 들을까 말까 하는 말을 포기하기로 했다. 나에게 준비된 결말도 별반 다르지 않을 것이다. 그렇게 내 큰 상실의 시간이 놓여지고 있었다. 그 이후로 내 안에 남은 상실감의 흔적들로 몇 달을 몸에 통증을 만들어 내며 보내야 했다. 이 또한 기적의 시간을 맞이하기 전에 경험되는 마지막 시련이라는 것을 그 시간을 다 보내고 나서야 알게 되었다. 그리고 이것으로 내 상실의 시간이 다 끝난 것이 아니라는 걸 안다. 내 상실의 시간이 다 끝났다면 내 안에서 죄책감과 상실감을 더 이상 볼 수도, 이 세상에서 나란 존재를 볼 수도 없을 것이다. 그저 하나의 상실의 시간이 끝날 때가 다가온 것뿐이고 또한 그 상실 시간이 끝나고 오는 기적이 날 기다리고 있었다. 질질 끌던 내 책을 세상에 내보내기로 했다. 마무리 짓지 못하고 휴대폰 안에 가둬 놓은 이 글들을 이제

기적 만들기

세상에 내놓기로 했다. 이것이 나에게 오는 기적의 시간이다.

이렇게 자신에게 기적의 시간이 오길 바란다면 붙잡고 있던 뜨거운 감자를 죄책감을, 상실감을 놓아 버려야 한다. 그 말은 자신을 사랑하고 또한 사랑을 선택해야 한다는 말이다. 죄책감과 상실감에 빠지게 하고 자신을 미운 오리 새끼로 보이게 하는 사람들과 상황 속에서 빠져나와야 한다. 자신의 운을 바꾸고 싶다면 오랫동안 두려움으로 머물렀던 자리를 옮겨야 하는 것처럼 운을 바꾸고 싶다면 상실감을 안겨 주는 사람들과 분리되어야 한다. 그 존재가 누구라도 상관없다. 자신을 사랑으로 볼 수 없다면 그 누구라도 놓아 버려야 한다.

그때 운이 바뀌게 될 것이다. 마음 안에 상실감이 머물러 있다면 기적을 일으킬 힘을 얻을 수 없다. 상실감은 모든 운을 막는다. 그러니 누군가로 인해 끊임없이 상실감을 느껴야 한다면 당장 뒤돌아서 멀어져… 당장! 그때 기적의 시간이 다가올 것이다.

# 19. 기도하기

'하나님! 이제 제가 집을 가져야 할 것 같습니다. 나이 들어서 이사하기가 너무 힘드니 40평짜리 멋진 집주인이 되게 해 주셔서 감사합니다. 하나님.'

'하나님. 제 차가 만으로 22살이 넘었습니다. 이름이 '슈'인데 슈가 옆에 없어서 말씀 드리는데 제가 이번에 맘에 드는 승용차를 하나 -생각보다 저렴하니까 너무 걱정하지 마세요- 점 찍어 놨는데 그 차를 타고 드라이브를 할 수 있도록 도와 주셔서 감사합니다. 하나님.'

'하나님. 남들은 요즘 10평짜리 원룸에서 살아도 큰 스마트 텔레비전을 가지고 있는데 저는 동생이 보다가 준 제조된 지 10년이 넘은 작은 텔레비전을 보고 있습니다. 이제 그 큰 스마트 텔레비전을 우리 집에 옮겨 놔야 할 것 같은데 도와주셔서 감사합니다. 하나님.'

'하나님. 남들은 월세방에 살아도 중국도 가고 점심 먹으러 일본도 가고 필리핀에 바람 쐬러 갔다 온다고 하는데 저는 결혼하고 제주도도 한 번 못 가 봤습니다. 이번에 유럽 여행을 갈 수 있도록 비행기 표를 마련해 주셔서 감사합니다. 며칠 굶어도 되는데 경비까지 마련해 주셔서 감사합니다. 하나님.'

'하나님. 남들은 다 있는 고양이 나는 없다고 하는 사람들이 있는데 저는 그것은 됐습니다. 10여 년을 넘게 앵무새 집사로 살고 있는 저는 초롱이로 만족합니다. 이제 그들의 예쁜 모습에 현혹되어 또다시 험난한 집사의 길로 들어서지 않게 인도해 주셔서 감사합니다. 하나님.'

'하나님! 이삿짐센터 아저씨가 우리 집 오래된 전기레인지 선반을 이사하는 도중 발통을 분리시켰습니다. 그리고는 너무도 감사하게 우리 집 가구들이 너무 오래되어서 다 바꿔야 할 것 같다고 친절하게 알려 줬습니다. 하나님도 들으셨겠지만 이제 그 가구들을 멋진 가구들로 바꿀 수 있게 도와주셔서 감사합니다. 하나님.' 10여 년 전의 난 이렇게 하나님에게 기도를 드렸다. '하나님. 초롱이와 보라가 천 소파에 응가로 영역 표시를 수도 없이 해 놓았습니다. 그래서 이번에 새 가죽 소파로 바꿔야 할 것 같으니 하나 장만해 주셔서 감사합니다. 하나님.' 그러면 하나님이 어느 가구점에 연락해서 우리 집에 아주 멋진 소파 하나 가져다주라고 할 것만 같았다. 그러나 난 이제 무언가를 요구하는 기도는 하지 않는다. 내가 기도할 때는 두려움이 날 흔들고 있을 때나, 내가 누군가에게 상처를 주었을 때나, 내 안에 사랑이 자리 하기를 원할 때 기도한다. 그리고 남편에게 상처 주고, 내 마음에 상처를 받았을 때 기도를 하고 누군가의 마음 안에 사랑이 깃들기를 바라는 마음으로 기도를 한다. '사랑하고 축복하고 고맙습니다. 다 용서합니다.'라고 기도를 한다. '하나님 제가 어떻게 해야 당신의 사랑으로 채워질 수 있나요? 당신의 사랑으로 인도해 주셔서 감사합니다. 하나님.'

나는 살면서 내게 어떤 예지력이 있다거나 어떤 신통함이 작게라도 느껴진 적이 없었다. 그저 눈치 빠르다는 소리는 가끔씩 듣고는 했다. 내가 처음으로 꾼 코끼리 꿈조차 행운의 꿈이라는 것을 감지조차 못 할 정도로 내게 뭔가 암시되는 표식을 받거나 느낀 적이 별로 없었다. 그만큼 난 평범한 사람이었다. 하지만 남편의 일거수일투족을 살피고 예감하는 능력은 나날이 커지고 있었다. 그런 나에게 조금 신기한 일이 있었다. 나의 기도에 누군가가 반응하는 것을 본 적이 있었는데 10여 년 전에 초롱이와 보라가 우리 집에 온 지 몇 년이 안 됐을 때쯤 어느 날 마트에 갔을 때 일이다. 그곳 마트에는 잉꼬새와 다른 새들을 새장에 가둬 두고 판매를 하고 있었다. 그런데 우리는 초롱이와 보라를 어디를 가나 데리고 다녔고, 초롱이와 보라에게 친구들을 만나게 해 주고 싶은 마음에 매번 새들을 보러 갔었다. 그리고 나는 새장에 갇혀 있는 새들을 바라보면서 사랑과 축복의 기도를 해 주고는 했는데 그 새들은 그런 나에게 어떤 반응도 보이지 않았다. 그저 나는 그들이 자신이 사랑임을 알길 바랐을 뿐이고 그 마트에 머무는 동안 조금 더 편안하길 바랐다. 그런데 초롱이 보라를 데리고 남편과 함께 마트에 간 그날도 새장 안에 갇힌 새들을 바라보고 있었는데 한쪽 새장에 있는 노란색 옷을 입은 두 마리의 잉꼬새들이 내 시선을 끌었다. 그 작은 새장 안에는 두 마리의 잉꼬새가 있었는데 한 마리의 잉꼬새가 또 다른 잉꼬새를 쫓아다니며 미친듯이 괴롭히고 있었는데 내가 그 새장 앞에 서자 두 마리의 잉꼬새가 쫓고 쫓기는 행동을 멈추고 횃대에 나란히 올라가 앉아 있었다. 나는 그 새장 앞에 서서 힘없이 당하고 있는 잉꼬새에게 기도와 함께 텔레파시를 보냈다. '사랑하고 축복해. 너는 사랑이야. 그리고 너는 힘없는 나약한 존재가 아니야. 너는 강하고 큰 힘을 가진 존재야. 그러니 그 친구가 널 괴롭힌다면 당하고만 있지 말고 너도 그 친구의 머리를 한번 쪼아 줘.' 그리고는 괴롭히던 새의 머리를 향해 살짝 쪼아 주는 이미지를 보냈다. 그러자 두려움에 움츠려 있던 그 잉꼬새가 옆에 있는 조폭 잉꼬새의 머리 쪽을 향해 부리를 콕 하고 찍는 모습을 보여 주는 것이었다. 부리가 그 상대 잉꼬새의 머리에 닿지는 않았지만 내가 보내 준 이미지와 똑같은 모습을 그리고 있었다. 그리고 옆에 있는 조폭 잉꼬새 또한 그 상황을 그대로 받아들이고 있었다. 그 모습을 살짝 지켜보면서 나는 계속해서 텔레파시를 보냈다. '너희들은 사랑이야. 그리고 너희들은 그 새장 안에 머물러 있어야 해 너희들은 같은 편이야. 사랑해야 행복해. 그러니 둘이 많이 사랑하고 있어. 사랑하고 축복해.' 그 두 마리의 잉꼬새가 내 텔레파시를 그대로 받고 있는 듯했다. 그리고 나는 그곳을 벗어나 멀리 떨어져서 그 잉꼬새들을 한동안 지켜보았는데 그 뒤로 그 조폭 잉꼬새는 친구를 더 이상 괴롭히지 않았고 한 번도 싸우는 모습을 보이지 않았다. 그리고 그 일은 예전에 경험해 보지 못한 일들이었기에 내 가슴에 묻어 두고 있었다.

몇 년 후 나의 기도에 반응하는 존재를 또다시 보게 되었다. 내게 두 번째로 좋은 서쪽 방향으로 처음에 이사한 아파트에서 있었던 일이다. 그 아파트 3층 창가에서 바로 보이는 작은 동네 공원이 있었다. 초롱이가 한 번씩 나가서 놀다 들어오던 그 공원을 바라보고 있을 때 가끔 고양이들이 혼자 지나다니는 것을 볼 수 있었다. 고양이들은 꼭 혼자 다녔다. 어느 날부터인가 나는 차를 타고 가다가도 보이는 모든 나무들과 지나가는 동물들과 날아가는 새들을 보았을 때도 사랑의 기도를 보내 주었고 사람들에게도 사랑과 축복의 기도를 보내 주었다. 그날도 그 공원을 걸어가는 고양이에게 아무런 생각 없이 무심하게 사랑의 기도를 보냈다. '사랑하고 축복해. 고양이야. 넌 사랑이야. 그리고 넌 다 용서 받았어. 넌 잘못한 게 하나도 없어. 사랑해.' 그러자 그 고양이가 공원을 걸어가다가 멈춰 서서 내가 서 있는 아파트 쪽을 올려다보는 것이었다. 그리고는 그 자리에 앉아 한참을 바라보더니 그 공원 바닥에 배를 깔고 엎드리고 있는 것이었다. 나도 그러고 있는 그 고양이가 신기해서 한참을 쳐다보았다. 고양이는 그렇게 한참을 머물다가 떠나갔다. 그리고 그 이후로도 그 고양이를 몇 번 더 봤는데 그럴 때마다 난 사랑과 축복의 기도를 보내주었고 고양이는 어김없이 그곳에 멈춰 서서 내가 있는 3층을 바라보고 그곳에 앉아 있거나 납작 엎드려 있고는 했다. 하지만 그런 시간이 두세 번 반복되고 더 이상 어떠한 일도 일어나지 않자 고양이는 더 이상 멈추지 않았고 한번 쳐다보고는 그냥 자기 갈 길을 가 버렸다. 가끔 다른 고양이들이 지나갈 때도 사랑의 기도를 보냈는데 그 고양이들도 어김없이 이쪽을 바라보고 멈춰 서서 반응을 보였다. 그리고 가끔 가다 강아지들이 눈에 띄었을 때 그 강아지들에게도 사랑과 축복의 기도를 보냈는데 강아지들은 내 기도를 받지 못했다. 그 강아지들은 언제나 혼자인 고양이들과 달리 사신의 가족들과 함께였고 공원에 산책을 나온 것이었다. 그 강아지들의 마음에는 온통 그 사람이 들어가 있었기에 나의 텔레파시를 받지 않는 것 같았다.

텔레파시 얘기를 하다 보니 남편과의 일이 떠오른다. 결혼생활 초부터 남편에게 맛있는 음식을 해 주고 싶은 마음이 연결한 텔레파시의 도움을 받아 남편과 나는 음식에 대한 생각을 공유할 수 있었다. 우리는 일주일에 한 번 밖에서 외식을 했는데 퇴근하는 남편을 기다리며 무엇을 먹을까 고민하다가 '오늘은 만두전골을 먹으러 나가야겠다.' 하고 생각을 하고 있으면 남편이 퇴근 후 집에 와서 "우리 만두전골 먹으러 갈까?"라고 하고 또 어느 날은 '칼국수 먹자고 해야지.' 하고 혼자 속으로 생각하고 있으면 남편이 "우리 칼국수 먹으러 갈까?"라고 말한다. 그리고 한 번은 '육개장 전문 식당에 가서 육개장을 먹을까? 아니면 고깃집에 가서 고기나 먹고 올까?'라고 나 혼자 생각을 하고 있었는데 집에 온 남편이 "여보. 우리 육개장 먹으러 갈까? 아니면 고깃집에 가서 삼겹살 먹고 올까?"라고 말하는 것이었다. 내가 생각하고 있었던 두 가지 음식들을 남편도 같이 생각하고 있었다. 나는 순간 '오! 신기하다.'라며 속으로 감탄을 했다. 살면서 이런 일이 반복되자 어느 날 나는 내 생각을 남편이 읽은 건지 남편의 생각을 내가 읽은 건지 궁금해졌다. 그런 어느 날 '오늘은 칼국수 먹으러 가야겠다.' 하고 생각을 하고 있었는데, 얼마 후 퇴근한 남편이 "우리 칼국수 먹으러 갈까?"라고 말하길래, 남편에게 "그 칼국수 먹고 싶은 생각 몇 시에 했어요?"라고 물어본 적이 있었다. 또 한 번은 어느 날 편의점의 딸기 마카롱이 먹고 싶은 생각이 들어 퇴근하는 남편에게 편의점에 들러 딸기 마카롱을 사 가지고 오라고 할까 말까 갈등을 하다가 남편이 집에 오면 다음에 생각날 때 편의점에 들러 딸기 마카롱을 사 달라고 해야겠다고 생각을 했다. 그런데 퇴근 후 집에 온 남편이 "내가 집에 오는 길에 편의점에 들러 딸기 마카롱을 사 올까 하다가 그냥 왔어요."라고 말하는 것이었다. 그래서 내가 "근데 왜 안 사 왔어요?" 하고 묻자 남편이 아무 말도 하지 않았다. 내가 갈등하던 그 생각을 남편이 같이 하고 있었다. 그리고 음식뿐만 아니라 내가 남편을 생각하면서 한 생각들 또한 남편이 같이 느끼고 있었다. 이렇게 남편도 내 생각을 읽고 있었고 나도 남편의 생각을 공유하고 있었다.

10여 년 전에 내 행운의 방향에서 살 때 남편이 몽골에 기계들을 설치해 주려고 보름 이상을 출장을 간 적이 있었다. 그날 나는 초롱이와 보라와 함께 낮잠을 자려고 셋이 침대에 누워 있었는데 갑자기 뜬금없이 수박 생각이 나는 것이었다. 그때가 여름이었는데 우리가 한 번도 수박을 사 먹지 않았다는 생각이 났다. 그런데 그 생각 끝에 2초도 안 되어 몽골에 있던 남편에게서 문자 메시지가 와서 보니 수박 사진이었다. 그리고 바로 남편에게서 전화가 왔는데 그 몽골 현장에 있는 어느 직원이 수박을 줬다며 수박 사진을 찍어 내게 보내 주었다는 것이었다. 그러고 보니 그 수박 생각이 내 생각이 아니라 남편이 그 수박 사진을 찍으며 나에게 보내 줄 생각을 내가 느낀 것이었다. 살짝 새로운 경험이었다. 그렇게 남편과 나는 서로의 생각을 공유하고는 했었다. 또 한 번은 랍스터 생각이 문득 스치고 지나간 어느 날 남편이 퇴근하면서 아주 큰 랍스터 한 마리를 가져왔다. 아래 지역에서 살고 있는 후배가 먹으라고 택배로 보내 주었단다. 그때 너무도 신기했었다. 다른 것도 아닌 랍스터라서 더욱 신기했었다. 그때는 내가 랍스터를 먹고 싶은 마음을 알고 우주가 보내 줬나 하는 생각을 했었지만 나중에 다시 생각해 보니 그 후배 마음과 남편의 마음을 내가 공유한 것이었다.

그리고 어느 날은 초롱이가 좋아하는 생크림이 들어간 롤케이크가 떨어져서 사러 가야겠다고 마음을 먹고 있었는데 잠시 후 초인종이 울리더니 윗집에 아주머니가 시끄럽게 해서 죄송하다며 내가 가려고 했던 빵집의 롤케이크를 사 가지고 왔다. 그리고 김치가 떨어져서 김치를 담아야겠다고 생각을 하거나, 문득 김치가 떠오른 그날, 남편이 지인이 줬다며 김치 한 통을 들고 오고는 했었다. 이렇듯 사랑하는 가족들과 간절한 마음으로 텔레파시가 연결되어 있다고만 생각했는데, 가족들뿐 아니라 모든 존재들과 모든 생각이 공유된다는 것을 조금씩 깨달아 가기 시작했다. 그리고 나와 유달리 음식에 관한 생각들을 공유한 존재가 있었는데 바로 남편의 형이었다. 그분은 내가 그곳에서 7년의 시간 동안 힘겨운 일이 있을 때마다 내게 미안해하며 사과를 했던 유일한 사람이었다. 물론

　　　　　　　　　　　　　　　　　기적 만들기

동생의 결혼 생활이 염려되어 내게 한 사과였다 해도 나에게는 감사한 일이었다. 그 형님이 유달리 나와 생각을 공유한 적이 많았다. 어느 날 무의식중에 찹쌀떡이 떠올랐는데 그날 저녁에 남편이 퇴근하면서 형이 사 줬다며 유명한 찹쌀떡집에서 사온 찹쌀떡을 들고 왔다. 어느 날은 LA 갈비를, 어느 날은 천안에서 사 온 호두과자를, 또 어느 날은 김치를 들고 왔다. 그런 날은 신기하게도 내가 그 음식들을 무의식중에 떠올린 후였다. (하지만 매번 느낀 것은 아니었다. 내가 사랑이었을 때 모든 존재들과 생각을 공유한 것 같다.) 그때도 나는 내가 원하는 것을 우주나 하나님이 보내줬다고 생각을 했는데 그 형님과 내가 하나였고 바닷가재를 준 후배와, 남편과 내가 하나였고 김치를 준 모든 사람들과, 세상 모든 존재들과 내가 하나였다는 것을 깨닫기 시작했다. 그러고 보니 남편의 생각이 먼저인지 내 생각이 먼저인지 아니면 찹쌀떡이 먹고 싶었던 내 생각이 먼저인지 그 떡을 주고 싶었던 형의 생각이 먼저였는지 이제 구분할 필요가 없는 것 같다. 내가 그들의 생각을 읽었든, 그들이 내 생각을 읽었든, 우리 생각들은 모두가 하나라는 것을 그거 외에는 다른 판단은 할 필요가 없다는 것을 깨달아 가고 있었다. 이미 우리는 모든 생각을 공유하고 있었던 것이었다.

10여 년 전에 이런 일도 있었다. 어릴 적부터 나는 내가 책을 낼 것 같다는 생각과 함께, 내가 강단에 서서 사람들에게 뭔가를 말하는 예감이 자주 들고는 했다. 세상과 등지고 있는 시간 속에서도 난 강단에 서서 말하고 있는 나를 가끔씩 그렸고, 그때 갑자기 다른 사람들의 강연을 듣고 싶다는 생각이 강하게 든 어느 날 인터넷으로 대전에서 하는 강연을 잠깐 찾아봤지만 아무것도 찾을 수 없었다. 그런데 다음 날 내가 몇 년 전에 갔었던 도서관에서 문자 메시지가 왔는데 강연장에 초대하는 메시지였다. 나는 순간 내가 도서관에 연락을 한 적이 있었나 하는 생각이 스쳤지만 도서관에서는 그 어떤 검색도 한 적이 없었고 그 어느 곳에서도 별다른 것을 찾을 수 없었다. 그러니 그 문자 메시지는 나에게 살짝 놀라운 일이기도 했고 우주 공간을 통해 누군가가 내 생각을 읽고 나에게 이런 메시지를 보내게 됐다는 것을 감지했었다. 그러니 어찌 내 안에 나쁜 생각을 오래 남겨둘 수 있겠는가. 내가 누군가에 대해 나쁜 생각을 하면 그 상대가 내 생각을 느끼고 나에 대해 나쁜 감정을 갖게 되고, 누군가가 나에게 호의적인 생각을 갖고 있으면 나 또한 그 상대의 마음을 느낄 수 있는 것 같다. 우리 모두가 하나임을, 그러기에 우리 마음 안에 사랑이 아닌 다른 생각들은 빨리 지워야 함을 또다시 느끼고 있었다. 그런데 난 그때 그 강연장에 가지 않았다. 마음은 가고 싶었지만 그때쯤 우리 집에 온 초롱이와 보라 때문에 맘 편히 나서기도 그랬지만 누가 끌고 가지 않는 이상 채비를 하고 나서기가 귀찮았다. 그렇게 내게 온 신기했던 기회를 놓아 버렸다.

초롱이가 한두 살쯤 되었을 때 어느 날 초롱이가 긴장을 했는지, 한쪽 날개가 어긋나 있었는지 경련과 함께 날개를 들썩이며 불편해하고 있었고 그 시간은 반나절이 넘어가고 있었다. 그래서 나는 아무 생각 없이 내 어깨 위에 있는 초롱이에게 맘속으로 텔레파시를 보냈다. '초롱아 긴장하는 마음을 내려놔. 그 날개에 묻어 둔 두려움을 내려놔.' 하며 어깨를 편안하게 축 내려놓는 이미지를 초롱이에게 보냈다. 그리고는 "초롱아 마음을 편안하게 해. 그 날개에 있는 모든 긴장을 다 내려놔. 마음을 편안하게 해."라고 초롱이에게 말을 해 주었다. 그러자 반나절이 넘는 시간 동안 멈

기적 만들기

추지 않았던 그 증상들이 순식간에 사라져 버렸고 그 이후로 한 번도 초롱이는 그 증상을 보이지 않았다. 나는 초롱이가 내 텔레파시와 말을 그대로 받아들인 것에 조금 신기해했었다. 어느 누구도 내 말을 그렇게 온전히 믿고 따라준 존재가 없었는데, 그전엔 한 번도 경험하지 못한 일이었다. 평소에 남편의 몸이 안 좋을 때 "여보 마음을 편안하게 해. 당신이 긴장을 해서 그래. 마음을 편안하게 해 봐." 하면 남편은 말도 안 되는 소리를 한다며 내 말을 무시하고 받아들이지 않았을 텐데…. 이렇게 내 말을 곧이곧대로 받아들인 초롱이가 조금 신기했었다. 마치 예수님이 '믿느냐.' 하니까 '믿습니다.' 하자 병의 치유를 받아들이고, 치유를 도와준 그 두 존재들처럼 초롱이와 나는 환상의 2인조였다. 그러나 그때 이후로 몇 번 더 초롱이가 몸이 안 좋을 때 그 방법을 사용했지만 그때처럼 그렇게 완벽하게 이루어지지는 않은 것 같다. 아마 내 마음에 조금의 계산과 함께 이번에도 될까 하는 작은 의심들이 들어가 있었던 듯싶다.

그리고 초롱이가 일곱 살부터 열한 살까지 몸이 약해지기 시작했고, 소화가 안 되는지 밥을 못 먹어 몸에 기운이 떨어지면 헛구역질을 하거나, 그때쯤 긴장을 하거나 놀라서 날아다니고 나면 갑자기 호흡을 멈추고 온몸이 뒤틀리며 마비 증세를 보였다. 그럴 때마다 초롱이에게 인공호흡을 하고 등 마사지를 하면서 용서와 사랑의 기도를 끝없이 했다. 그리고 한참을 꼭 안아주면 얼마 후 회복되기를 셀 수 없이 한 것 같다. 그리고 아무것도 먹으려 하지 않을 때도 삶은 달걀 노른자를 넣은 호박죽은 조금씩 먹기도 했는데 정말로 힘든 날은 그것조차 먹으려 하지 않았다. 그러면 나는 초롱이가 밥을 안 먹어 그런 일이 또 일어날까 봐, 밥을 안 먹는 시간이 길어지면 노른자를 넣은 호박죽을 강제 주입을 했는데 그럴 때마다 초롱이는 나를 경계하고 힘들어했다. 그렇게 4년의 시간을 보낸 어느 날 또

다시 초롱이가 밥을 먹지 않아서 호박죽을 먹였는데 그 호박죽들을 계속 토해내기 시작했다. 그 시간 이후로 초롱이는 아무것도 먹지 않았다. 나는 초롱이를 손으로 감싸 안아 가슴에 품고 하루를 보냈고 밤에도 남편과 번갈아 가며 가슴에 안고 초롱이를 재웠다. 그리고 다음 날 남편이 출근한 이후에도 가슴에 품고 초롱이의 상태를 계속 확인하고 있었다. 그런데 하루를 보내고 이틀의 시간이 다가올 때쯤 내 가슴에 안겨 있던 초롱이가 갑자기 날개를 펼쳐 기지개를 하더니 먹을 걸 찾기 시작했다. 떠나보낼 마음의 준비를 하고 있었는데 먹을 것을 찾는 초롱이가 새삼스럽게 보였다. 그리고 난 그 일로 인해 내가 내려놓아야 할 수만 가지 일 중에 한 가지를 내려놓기로 했다. 초롱이가 밥을 먹지 않을 때 가슴 졸이며 강제로 먹이지 않고 먹으려 할 때까지 기다리기로 했다. 그리고 초롱이의 몸에 호흡 곤란과 마비 증세가 와도 나는 인공호흡도 하지 않았고 등 마사지도 하지 않았다. 그저 '용서하고 사랑합니다.' 하고 기도를 하고 난 후 이렇게 말했다. "초롱아. 마음을 편안하게 해." 그러면서 내 심장이 편안해지는 이미지를 초롱이에게 보내고 꼭 안고 있으면 얼마 후 초롱이가 서서히 회복되는 것이었다. 그러면서 난 또 하나의 두려움을 내려놓는 법을 배웠다. 그렇게 초롱이는 내 곁에서 7개월을 더 머물렀다. 난 그 기간 동안 헤매고 있기도 했지만 그 어느 순간보다 더 나아가고 있었다. 그리고 시간이 지나 그때 그 시간이 내게 필요한 시간이라는 것을 알게 되었다. 내 용서의 시간이었고 움켜잡고 있던 두려움의 한 조각을 놓아 버리는 시간이었다.

10여 년 전에 내 행운의 방향에서 살 때 어떤 까치를 보고 의아해했던 적이 있었다. 그곳 3층에서 살 때 그 집 앞 뒤로 비슷한 높이의 건물들이

기적 만들기

있었는데 그 건물들 사이에 2미터 이상의 공간들이 있었다. 그리고 우리 집 베란다에서 바라보면 맞은편 건물의 2층 뒷 베란다에 사람들이 사용하지 않는 공간이 있었는데 그곳에서 참새들이 뭔가를 주어 먹는 모습을 본 적이 있었다. 초롱이와 보라 때문인지 난 다른 동물들보다 새들에게 유달리 관심이 더 갔다. 그래서 난 언제부터인가 아침에 일어나면 옆집 뒷 베란다 벽 쪽에 한 움큼의 쌀을 던져 보내기 시작했고 참새들에게 쌀 먹으러 오라고 텔레파시를 보냈다. 그러면 얼마 후 참새들이 날아와서 쌀을 먹기 시작했다. 그 후 참새들은 더 많은 친구들을 데려왔고 아침에 내 방 창가 앞 전깃줄 위에서 지저귀기 시작했다. 가끔은 초롱이와 보라가 먹다 남은 호두와 아몬드와 계란도 던져 줬는데 가끔 까치가 와서 호두와 아몬드를 먹고 날아가고는 했다. 그런 어느 날 남편의 퇴근 시간이 다가오고 있었고 초롱이가 뒷 베란다의 주차장이 내려다보이는 창가에서 아빠 차가 들어오나 쳐다보고 있었다. 초롱이는 시계를 볼 줄 아는 아이처럼 남편 퇴근 시간이 되면 항상 그 뒷 베란다 창가에서 아빠를 기다리고 있었다.

(얼마 전에 텔레비전에서 사랑하는 사람이 집으로 돌아오는 시간을 정확히 알고 있는 강아지들의 모습을 보게 되었다. 그 강아지들이 무언가를 하고 있다가 어느 순간 창가에 다가가거나 현관문 앞에 앉아 기다리고 있는 것이었다. 그런데 그때가 그 강아지가 사랑하는 사람이 일과를 마치고 집으로 돌아오려고 자신의 차로 몸을 돌리는 순간이었다. 강아지가 창가로 다가온 시간과 정확하게 일치했는데 그 둘의 마음이 연결된 것을 알 수 있는 시간이었다. 사실 나도 초롱이가 퇴근하는 남편의 시간을 알고 있다고 생각하고 있었지만 한편으로는 사랑하는 사람이 집으로 향할 때 그 아이들을 생각했을 것이고 그 생각들을 아이들이 느끼고 있을 거라는

생각을 한 적이 있었다. 그리고 초롱이가 아빠를 마중 할 때나 기다리고 있을 때 현관문에 달아 놓은 풍경에 매달려 있고는 했는데 남편이 출장 간 날도 가끔 그 풍경에 매달려서 아빠를 기다리고는 했다. 그때 내가 "아빠 출장 가서 오늘은 집에 안 오니까 이리 와."라고 아무리 말해도 듣지 않고 풍경에 매달려 있었는데 잠시 후 남편이 퇴근하는 일이 몇 번 있었다. 나는 그때 어떤 감지도 못했는데 초롱이가 느낀 것이다. 그렇게 아이들이 사랑하는 사람의 마음과 생각을 함께 하고 있다는 것을 텔레비전을 보면서 더 확인할 수 있었다.

그리고 나 또한 무심코 남편을 떠올리던가 아니면 남편의 퇴근 시간을 생각하면서 시간을 확인한 얼마 후 남편이 집 근처에 있거나 곧바로 집에 들어오는 것을 확인하고는 했다. 타지로 출장을 자주 다니는 이유로 남편의 퇴근 시간이 매번 정확하지 않았는데 내가 갑자기 남편을 떠올리며 남편에게 무언가를 사 오라고 할 때나 뭔가 할 말이 있어 전화기를 들어 전화를 할 때쯤이면 남편이 집 근처에 다가오고 있을 때였다. 옛 속담에 호랑이도 제 말을 하면 온다는 말처럼 내가 갑자기 초롱이에게 "초롱아. 네 아빠 말이야." 하며 남편 말을 할 때에도 남편이 집 근처에 있다는 것을 알게 되었다. 그러니까 남편이 집 근처에 있을 때 어떤 식으로든 남편을 떠올리고 남편의 마음을 초롱이와 내가 함께 느끼고 있었던 것이다. 그런 일들이 반복되던 어느 날 내가 남편에게 전화를 해서 "집 근처에서 알짱거리네." 하고 말했는데 그때 남편이 조금 신기해했었다. 그런 일이 몇 번 반복되자 남편이 나에게 가끔 자기가 어디쯤에 있는지 맞춰 보라고도 했었다. 하지만 매번 알 수는 없었다. 내 상태가 안 좋을 때는 흐린 마음 상태로 인해 제대로 느낄 수 없었던 것 같다. 내 마음이 평화롭고 사랑이었을 때 잘 느꼈던 것 같다.)

그래서 나도 뒷 베란다로 가서 초롱이와 함께 남편을 기다리며 창밖을 내다보고 있었다. 그런데 우리 집 3층 뒷 베란다에서 옆집의 1층 창고 지붕이 보였는데 나는 가끔 그 창고 지붕 위에도 삶은 계란을 던져 준 적이 있었는데 새들이 날아와 먹은 듯했다. 그렇게 밖을 바라보고 있는데 조금 떨어진 어느 건물 위에 있던 까치가 우리를 본 듯하더니 우리 맞은편 창고 지붕 위로 내려오는 것이었다. 그러더니 한 발을 들어 올리고는 깨금발로 그 창고 위를 '톡톡톡 톡톡톡' 반대편으로 걸어갔다. 또다시 깨금발로 돌아오는 것이었다. 초롱이와 나는 그런 까치를 아무 생각 없이 바라보고 있었는데 얼마 후 까치가 깨금발로 지붕 위를 걸어 다니는 것을 멈추고 자신을 바라보는 우리를 힐끗 올려다보고는 잠시 후 날아가 버렸다. 그제서야 까치가 왜 그런 원맨쇼를 했는지 조금 알 것 같았다. 내가 그 동네 참새들에게 먹을 것을 주는 것을 그 까치도 알고 있었던 것 같다. 그리고 가끔씩 창고 위 지붕 위에 계란을 던져주는 존재가 나라는 걸 알고 창가에 있는 나를 보고는 날아와서 계란을 달라고 원맨쇼를 한 것이었다. 자기 한쪽 다리가 아픈 척을 하면서 먹을 것을 달라고 한 것 같았다. 일찍 깨달았으면 좋았을 것을…. 그 이후로 까치는 다시는 원맨쇼를 하러 오지 않았다. 까치와 친해질 수 있는 기회를 놓쳐 버렸다. 그리고 5년의 시간이 다 되어 그 집을 떠나게 되어 그 집과 전세 계약을 한 아주머니에게 참새들을 부탁하고 왔다. 아침마다 옆집 담벼락에 쌀 한 주먹씩 던져 달라고 했다.

그리고 초롱이가 아프기 시작할 즈음에 동물병원에 갔을 때 일이다. 순서를 기다리고 있는 동안 병원 안을 살피는데 투명 케이스 안에 고양이가 치료를 받고 누워 있었다. 온몸의 기가 다 빠져나간 듯 축 늘어져 있는 그 고양이는 반대편 벽 쪽을 바라보고 있었다. 나는 그 아이에게도 사랑과 축복의 기도를 해 주고 그 아이에게 마음속으로 '고개 돌려 날 한 번만 바라볼 수 있어?' 하자 그 고양이가 고개를 천천히 돌려 나를 쳐다보는 것이었다. 고양이가 내 마음의 소리를 들었다. 놀랄 새도 없이 고양이에게 눈을 한번 깜빡하고 고양이 인사를 했더니 고양이도 눈을 깜빡하고 감았다 뜨며 내 인사에 답을 해 주었다. 나는 고양이에게 텔레파시로 '넌 사랑이고 축복이야. 그리고 네가 아픈 거 낫게 해 주려고 병원에 온 거야. 너는 더 건강해질 테니 맘 편하게 있어. 넌 잘 이겨낼 거야. 사랑해.'라고 했다. 그 아이는 그것을 다 듣고 있었다.

얼마 전 초여름에 일요일 날 남편과 나와 초롱이는 남편 회사에 잠깐 들른 적이 있었다. 남편의 공장에 어느 날부터 드나들던 길고양이가 6마리의 새끼를 낳아 놓고 젖을 뗄 무렵 남편에게 새끼들을 맡겨 놓고 이 세상을 떠났다. 그때부터 남편은 고양이들의 아빠가 되어 밥을 챙겨 주려고 일요일에도 회사에 갔다 오고는 했는데 그날은 초롱이와 나도 따라나섰다. 남편 회사는 산속에 위치해 있었다. 회사에 도착 후 남편이 차를 회사 정문 앞에 다 세워 두고 혼자 회사 안으로 들어갔고 나와 초롱이는 차에서 남편을 기다리고 있었다. 남편 회사에 몇 번 와 봤지만 회사 안으로 들어가던지, 정문 앞에서 있을 때도 차가 반대로 주차 되어 있어서 그전에는 보지 못한 나무를 보게 되었다. 회사 안 담벼락 옆에 자리한 그 나무는 둥글둥글한 잎사귀를 가진 예쁘고 빛나 보이는 나무였는데 자세히 보니 작고 푸른 감 몇 개가 달려 있는 것이 보였다. 감나무였는데 보통 감나무보다 아주 크고 윤기가 나 보이는 멋진 감나무였다. 마치 목욕을 마치고 꽃단장을 한 새색시 같아 보였다. 올 여름에(2020년) 잦은 비가 내린

기적 만들기

까닭인 듯싶다. 그러고 보니 남편이 가을에 가끔씩 산봉우리 같이 크고 예쁜 감을 가지고 왔는데 그 나무에서 따온 감이라는 느낌이 들어 반가운 마음에 감나무에게 텔레파시를 보냈다. '안녕! 감나무야. 사랑하고 축복해! 너 너무 예쁘다. 그리고 네가 만든 감 너무 맛있었어. 고마워! 그리고 내가 본 감나무 중에 네가 최고로 멋지다. 사랑하고 축복하고 고마워.'라며 감나무에게 감탄을 하며 텔레파시를 보냈다. 그런데 그 순간 그 나무의 다른 가지들과 주위의 모든 나무들도 어떤 흔들림도 없었는데 그 감나무 오른쪽의 길게 늘어진 가지만 크게 출렁 내려앉았다 올라갔다. 그것은 분명 내 사랑과 축복에 대한 화답이 분명했다. 어떤 집안에 있던 작은 나무가 살인자를 잡을 수 있도록 도와주었다는 얘기를 알고 있다. 그 나무는 살인자가 옆에 오자 사시나무 떨듯 떨었다고 했다. 그리고 같은 마당에 있는 나무들도 사람들이 많이 바라봐 주고 사랑을 많이 받은 나무들에서 더 예쁘고 큰 꽃들이 피어나고 더 잘 자란다고 했다. 그리고 기린이 어느 한 그루의 나무 잎사귀를 뜯어 먹으면 그 주변 나무들에게 위험 신호가 텔레파시로 보내지고 그 뒤로 모든 나무들이 쓰디 쓴맛을 내뿜는다고 했다. 그래서 그 뒤로 기린들이 시간차를 두고 먹었다는 얘기를 들은 기억이 난다. 그리고 어떤 식물학자가 나무에게도 우리와 똑같은 마음이 있고 텔레파시가 통한다는 실험을 하고 있었는데 어느 날 이 식물학자가 밖에서 '3시에 들어가서 나무에게 물을 줘야지.'라는 생각을 했는데 그때 동시에 나무에 설치된 초음파 기계가 움직이기 시작했다고 했다. 그 나무가 밖에서 보낸 식물학자의 텔레파시를 들은 것이다. 이렇듯 나무들도 텔레파시로 서로의 생각들을 주고받고 있다는 걸 알 수 있고 또한 나무들도 우리와 같은 모든 감정을 느끼고 있다고 생각한다. 그러니 사랑의 마음은 더 크게 잘 받아들일 것이고, 그렇게 큰 감나무가 나의 감사와 사랑의 텔레파시를 받고 나에게 감사의 인사를 했다는 것을 난 믿고 있다.

어느 일요일 날 근처 공원에 갔을 때 일이다. 공원에 차를 주차시키고 막 공원 안으로 들어가는데 나무 위에서 까치가 울부짖고 난리가 났다. 그 나무 아래를 보니 고양이가 그 나무 위를 쳐다보고 서성대고 있었다. 그때가 봄이었는데 아마 까치가 알을 품던지 새끼를 키우고 있는 듯싶었다. 그래서 나는 별 생각 없이 고양이에게 텔레파시를 보냈다. '공원에서 당장 나가. 고양이야. 여기는 네가 있을 곳이 아니야. 빨리 나가.' 그러자 고양이가 나를 한번 힐끗 보더니 천천히 공원을 빠져나가는 것이었다. 그렇게 동물들이 반응할 때마다 사실 나도 조금씩 놀라고는 했다. 나의 텔레파시를 그들이 받을 거라는 걸 생각하지 않고 아무 생각 없이 텔레파시를 보내는 것이었는데 그들은 어김없이 나의 텔레파시를 받고 있었다. 그리고는 남편과 초롱이와 함께 공원 안으로 걸어가고 있었는데 아까부터 어떤 까치가 우리를 따라오고 있는 걸 보게 되었다. 나는 내가 잘못 보았나 싶어 계속 걸어가면서 그 까치를 보았는데 우리가 가는 길을 그대로 쫓아 근처 나무로 날아오면서 따라오고 있었다. 처음에 나는 그 까치가 우리 초롱이를 보고 따라오는 건가 싶었는데 그 까치가 조금 전 새끼들을 보호하기 위해 고양이에게 울부짖던 까치라는 것을 느낌으로 알게 되었다. 그 까치도 내가 고양이에게 보낸 텔레파시를 같이 듣고 있었던 것 같았다. 그 까치는 자신에게 도움을 준 나를 따라오고 있었던 것이다. 난 또 한 번 아무 생각 없이 보낸 텔레파시가 누군가에게 전달될 수 있다는 것과 함께 그 옆에 있던 다른 존재에게도 전해질 수 있다는 것을 알게 되었다. 조금은 신기해하면서 그 공원을 돌아다니다 공원 안에 있는 연못에 가서 물고기들에게 쌀 튀밥을 던져 주었다. 그런데 초롱이가 잘 먹지도 않는 그 쌀 튀밥을 먹어 보겠다고 물고기들이 있는 연못으로 날아가는 바람에 내가 놀라서 "초롱아 안 돼. 이리 와." 하고 크게 소리를 질렀다. 그 연못 근처 나무에까지 까치가 따라왔는데 내가 소리치는 바람에 실망을 했나 뒤도 안 돌아보고 날아가 버렸다. 아직 내가 반문이인 걸 그 까치가 알아차렸나 보다.

또 한 번 더 나를 놀라운 순간으로 이끈 적이 있었다. 그날은 아파트 분리수거함에 쓰레기들을 버리고 아파트 주변에서 꽃구경 좀 할까 하고 초롱이와 함께 아파트 1층으로 나갔다. 그때도 봄이어서 겨울 동안 어딘가에 숨어 있던 새들과 함께 새로 태어난 아기 새들까지 다 쏟아져 나왔는지 그 어느 때보다 재잘재잘 떠드는 소리가 온 아파트 주변에 울려 퍼지고 있었다. 또한 아파트 옆 작은 도로 맞은편에 중학교가 있었는데 그 학교 나무 위에도 수십 수백 마리의 참새들이 함께 지적이고 있었다. 내가 분리수거장으로 들어서자 초롱이가 근처 나무 위로 날아올라 갔는데 분리수거를 다 하고 초롱이를 찾으니 좀 전에 앉아 있던 나무 위에 초롱이가 보이지 않았다. 새 소리에 민감한 초롱이가 수많은 참새들 소리에 놀라 어디론가 날아가 버린 듯싶었다. (유달리 다른 동물들의 소리보다 새 소리에 민감해했고 더한 경계를 했다. 특히 알려 주지도 않았는데 집에 있을 때도 창밖으로 다른 새들이 지나갈 때는 쩍쩍쩍 소리를 치고는 했는데 하늘 위에 황조롱이가 날아올라 있을 때는 쥐 죽은 듯이 조용히 바라보고 있었고 내가 황조롱이라는 말만 해도 싫다고 소리 치고 날개를 퍼덕였다.) 초롱이를 찾아 아파트를 몇 바퀴를 돌고 주변 도로까지 나가 초롱이를 아무리 불러도 찾을 수가 없었다. 어디에선가 간간이 초롱이 소리가 들리긴 했었지만 수십 마리의 참새들 소리에 초롱이 소리를 찾아내기가 쉽지가 않았다. 30여 분을 찾다가 따뜻해진 봄 날씨에 더워서 옷도 갈아입고 놀란 마음도 가라앉히려고 집에 갔다가 사랑과 용서의 기도를 하고 다시 나왔다. 그리고는 초롱이와 함께 있었던 분리수거장 앞에 서서 마음을 편안히 가라앉히고는 사랑과 용서의 기도를 한 후, 초롱이와 새들에게 텔레파시를 보냈다. '초롱아. 엄마 목소리를 들으면 엄마 있는 곳으로 와. 엄마 목소리를 들어 봐.' 그리고는 '참새들아. 까치들아. 사랑하고 축복해 너희들은 사랑이고 다 용서 받았어. 사랑해. 그리고 초록색 옷을 입은 앵무새를 보면은 엄마가 찾고 있다고, 엄마에게 가라고 전해 줘. 사랑하고 축복하고 고마워. 너희들은 모두 사랑이야.' 그런데 그 순간 놀라운 일이 일어나고 있는 것을 감지하게 되었다. 온 동네가 떠나갈 듯 지저귀던 수많은 참새소리가 내가 기도를 하는 그 순간 아무런 소리도 나지 않았다는 것을 알게 되었다. 한 마리의 참새도 지저귀지 않았고 세상이 순식간에 조용해졌다. 수십 마리의 새들이 동시에 하나가 되어 내 기도를 듣고 있었다. 잠시 후 내 기도가 멈추자 다시 참새소리가 온 아파트 주변에 동시에 울려 퍼지기 시작했다. 놀랍고 신기한 마음은 접어 두고 주변을 살피기 시작했다. 그런데 내가 머물러 있던 곳에서 40~50m 떨어진 도로가 키 작은 나무 위에 초롱이가 앉아 있었다. 나무 아래서 초롱이를 부르고 있었는데 동네 마트에서 무언가를 사 들고 지나가던 아주머니가 "애 아까 내가 여기 지나갈 때부터 이 나무에 있었는데."라고 말했다. 내가 그 나무 아래를 2번을 "초롱아. 초롱아." 하고 부르며 지나갔을 때는 그 나무에 없었는데 내가 잠시 집에 들어갔다 온 사이에 내 소리가 들리지 않자 근처 그 작은 나무로 날아온 것 같았다.

전에도 가끔씩 무언가에 놀라거나 지 마음에 안 들면 이렇게 속을 썩이고는 했다. 너무도 괘씸한 마음에 그냥 집에 들어갈까 하는 마음을 다독

기적 만들기

여 가며 초롱이를 불러 나무에서 내려오게 했다. 그리고 집에 돌아오는 길에 초롱이 종아리에 사용할 회초리로 작은 나뭇가지를 꺾어 올까 하는 마음이 살짝 있었지만 참기로 했다. 돌이켜 보니 그날 내 마음이 온전한 사랑이 아니었다. 내 안에 거친 두려움과 분노가 자리하고 있었다. 그래서 그런 시간이 내게 주어졌던 것이다. 용서의 시간이었다. 하지만 그날의 경험은 또 다른 새로운 경험이었다. 내 기도를 그 많은 존재들이 하나가 되어 듣고 있다는 것은 믿기 힘든 경험이었다. 이렇게 모든 존재들이 하나임을 깨달아 가는 시간들이 쌓여지면서 더욱더 난 사람들에게 안 좋은 생각을 하고 난 이후 나, 지난 시간에 만났던 사람들을 떠올린 이후에는 더 많은 용서와 사랑의 기도를 했다.

남편 나이 쉰 살쯤 되었을 때 아버지께서 위중한 상태가 되었다. 난 아버지께서 아프다는 얘기를 들었을 때부터 기도를 하기 시작했고 아버지가 생각날 때마다 사랑과 축복과 용서의 기도를 보내 드렸다. 그런 시간이 길게 반복되던 어느 날 가족들이 의사의 권유로 아버지를 보내 드리기로 했는데 아버지를 위해 많은 도움도 주지 못했던 남편이 산소마스크 떼어 내는 것을 반대했다고 했다. 그리고 얼마의 시간이 흘러 아버지가 돌아가셨다고 남편이 알려 주었다. 난 아버지에게 사랑과 축복의 기도와 함께 마지막 인사를 보내 드렸다. 그날 밤 꿈을 꾸었는데 꿈속에서 내가 어떤 사람의 바짓가랑이를 꽉 움켜쥐고 있는 것이었다. 서서히 고개를 들어 그 존재의 얼굴을 보게 되었는데 아버지였다. 한참을 바라보다가 내 손에 꽉 쥔 바짓가랑이를 살며시 놓아 드렸다. 그리고 꿈에서 깨어났다. 그때 문득 아버지를 내가 붙잡고 있었던 게 아니었나 하는 생각이 들었다. 나는 그분이 돌아가시기를 원치 않았다. 이 세상에서 사는 것이, 그것도 그렇게 아픈 몸으로 머무는 것이 결코 좋은 게 아니라는 것을 알고 있는 나였지만 아버지가 돌아가시고 나서 남겨진 가족들과 남편의 슬픔이 내겐 더 큰 두려움이었나 보다.

　나는 남편에게 내가 어느 날 생사를 오락가락하고 긴 시간 침대에 의지해 생명을 유지하는 시간이 온다면 나에게 어떠한 죄책감도 갖지 말고 보내 주라고 했다. 그것이 진정 내가 원하는 것이라고 했다. 이렇게 말하면 남편이 내게, 떠날 거면 빨리 떠나라고 농담으로 말한다. 어쩌면 조금은 진담이…. 그러면 나는 85세까지는 살다 가야 할 것 같다고 말했다. 그 긴 시간 두려움과 상실의 감정만 경험했는데, 이제야 사랑의 기도를 하기 시작했는데, 빨리 갈 수는 없을 것 같다. 할 일을 다 마치고 가야 한다. 그 할 일이란 본래 사랑이었던 나를 기억해 내는 것이다. 대충 하다 가면 다시 돌아와서 그 긴 상실의 시간을 다시 반복해서 살아야 하니까. 빨리는 못 갈 것 같다고 했다. 다음 환영의(다음 생) 시간을 위해 사랑의 빛을 키워 놓고 가야 한다. (미래의 지영아! 내가 너를 위해 이렇게 노력을 하고 있다.^^) 그리고 남편에게, 나 가고 나서 꼭 당신에게 좋은 행운의 방향으로 이사 가서 살으라고 했다. 그러자 남편이 "그때 내 나이가 90살인데 이사 가라고."라고 말한다. '그러고 보니 그렇네.' 하는 생각이 들었다. 혼자 가끔 생각나면 웃음이 터지고는 했다. 90살에 좀 더 잘 살아 보겠다고, 그것도 10년을 머물러야 한다고 했는데…. (다시 말하지만 10년의 시간 속에서 자신을 사랑하는 마음이 커져 자신의 뜻을 온전히 이룰 수 있는 힘이 생긴다는 것이다. 자신에게 좋은 방향으로 옮겨 얼마 안 되는 시간부터 자신에게 평화와 사랑과 기쁨이 조금씩 느껴지기 시작할 것이다. 큰 꿈을 꾸지 않는다면 그 행복에 노래를 부를 것이다. 사실 그 어떤 성공보다 이 마음이 가장 큰 축복인 줄을 시간이 지나 더욱 더 알게 될 것이다.) 백

기적 만들기

살이 넘어서 받을 좋은 기운을 위해 90살에 구부정한 몸으로 짐을 꾸리고 있는 남편의 모습이 그려졌다. 이사하다가 쓰러져 나를 따라올지도 모르겠다는 생각을 했다. 그렇게 아버지를 보내 드리고 난 어느 날 남편에게 산소마스크를 떼지 않은 것, 잘한 일인 것 같다고 말했다. 그때 그 산소마스크를 떼어 냈다면 가족들 가슴에 조금이라도 상처로 기억될 수 있었는데 그래도 당신이 그걸 막아 주어서 조금은 다행인 것 같다고 했다.

1년의 시간이 흘러 이번엔 남편의 둘째 여동생이 갑상선 암으로 수술을 했다고 어느 날 남편이 나에게 전해 주었다. 그 얘기를 듣는 순간 가슴이 저 아래로 떨어지는 걸 느꼈다. 아버지 소식을 들었을 때보다 더 놀라운 순간이었다. 그 여동생 또한 내 동생이었나 보다. 나는 다시 내가 할 수 있는 것을 할 수밖에 없었다. 여동생의 몸을 꼭 안아 주고 사랑의 기도를 했다. 그리고 생각날 때마다 사랑의 기도를 하고 편안한 마음을 유지해야 한다는 메시지를 텔레파시로 보냈다. 그런 어느 날 여동생에게 좋은 건강식품을 구입해서 복용 방법과 함께 짧은 병의 대처방법을 남편 휴대폰에 문자 메시지로 보내주었고 그 문자를 여동생에게 보내 주라고 했다. 시간이 흘러 어느 날 남편의 휴대폰에 뜬 여동생이 보낸 문자 메시지를 우연히 보게 되었다. 평소에 남편의 휴대폰에 궁금한 게 있어도 내 속이 시끄러워 질까 봐 보고 싶지 않았는데 그때 내가 남편의 휴대폰 옆을 지나갈 때 문자 메시지가 왔고 아무 생각 없이 그 메시지를 보게 되었는데 여동생에게서 온 문자 메시지였다. 그런데 그 메시지에는 오빠에 대한 감사만 쓰여 있었고 나에 대한 어떤 얘기도 없었다. 물론 인연을 끊고 사는 내게 그럴 수밖에 없는 마음이었겠지만 그 문자 메시지는 내 마음에 옛 기억을 떠올리게 했다. 지난 시간의 기억들은 끝없이 날 그때의 상실감으로 인도했고 인정받지 못한 아이가 또다시 내 안에서 표출되었다. 어쩌면 당연한 거였는데 내 마음은 허탈함과 슬픔을 느끼고 있었다. 그 시간 이후로 나는 여동생에게 어떠한 기도도 텔레파시도 보내지 않았다. 그리고 여동생보다 남편이 더 미웠다. 예전에 그 모습처럼 불안한 자신을 챙기느라 자신의 가족들에게서 나를 어떻게 챙겨야 하는지조차 몰랐던 남편의 모습이 다시 떠올랐다. 그리고 얼마 후 여동생은 정해진 삶을 다하여 떠나게 되었다. 나는 여동생에게 이 삶에서 다시 갖지 않아도 될 마지막 용서의 기도를 했다. 이렇게 겉으로는 모두를 용서한 것 같지만 내 안에 상처받은 아이는 언제라도 나타날 수 있었다. 그 지나온 시간은 내 안에서 지워지지 않는다는 것을, 내가 아직 온전한 사랑이 아님을 이렇게 또 확인하는 시간이었다. 그래서 난 지난 시간의 사람들을 만나지 않기로 했다. 만나서 상실의 시간들이 기억되면 다시 그들을 미워할까 봐. 차라리 보지 않고 용서하고 사랑의 시간을 갖기를 선택한 것이다.

그리고 난 그들의 장례식에 가지 않는다. 그곳에 간다는 것은 내가 또 다른 인정을 받기 위한 행동일 뿐이다. 그리고 내가 그곳에서 7년의 시간 동안 머물러 있을 때 남편조차 돌아보지 않은 나를 유일하게 측은하게 바라봐 주시던 할머니께서 돌아가셨다. 그날 늦은 밤에 할머니께서 위급하다는 전화를 받고 남편과 나는 서둘러 집으로 갔다. 그리고 나는 할머니 방으로 들어가 할머니 옆에 앉아서 손을 꼭 잡아 주었다. 주위에 있던 다른 식구들은 모두 다 다른 곳으로 가 버렸고 나와 할머니만 남아 있었는데 할머니께서는 자신의 마지막을 두려움으로 맞이하고 계셨다. 할머니의 가슴이 콩닥콩닥 방망이질을 해대고 있었고 온몸은 사시나무 떨듯 떨고 계셨다. 난 할머니의 가슴에 손을 올리고 할머니에게 조용하게 얘기를 했다. "할머니. 아무것도 두려워하지 않아도 돼요. 아무것도 걱정하지 않

기적 만들기

아도 돼요. 편안하게, 마음을 편안하게 하세요. 아! 편안하다." 하며 한참을 할머니의 가슴을 쓰다듬고 할머니의 두려움이 진정되기를 바라면서 "아! 편안하다."를 반복했다. 한참의 시간이 흐른 후 할머니의 가슴이, 사시나무 떨듯 하던 온 몸이 진정이 되어 편안한 상태가 되었다. (나는 살면서 많은 존재들이 이 세상을 떠나기 직전에 두려움을 경험하고 있다는 것을 알게 되었다. 그 어떤 원인보다 두려움으로 이곳에서의 시간을 끝내고 있는 것을 보게 되었다. 보라가 이 세상을 떠나기 바로 전에도, 초롱이가 떠나기 직전에도 그 짧은 1분도 안 되는 시간 속에서 두려움을 한껏 움켜잡고 있었다. 그리고 많은 존재들이 이 세상을 떠나기 직전에 두려움으로 마지막을 그리고 있는 것을 볼 수 있었다. 그때 그들이 그 두려움을 놓아 버렸다면 그때가 마지막이 아닐 수도 있다는 생각이 들었다. 다른 모든 원인보다 두려움을 넘치게 움켜잡고 있는 그게 원인이었다. 물론 그때가 그 존재에게 정해진 시간이었겠지만…) 그렇게 얼마 후 할머니는 편안하게 돌아가셨다.

그리고 근처 병원 장례식장으로 가게 되었는데 그 장례식장에 머무는 동안 남편의 지인들과 간간히 인사도 하며 짧은 대화도 했지만 나는 그 수많은 사람들 속에서 무릎이 굽어지지 않을 정도로 일을 했고 나중에는 아파서 바닥에 무릎을 댈 수 없을 정도였다. 맨정신에도 나를 돌아보지 않은 남편은 술에 만취되어 그런 나를 바라보지도, 챙겨주지도 않았다. 장례식이 끝나고 시집에 다들 모였는데 장례식장에서 일만 하는 나를 지켜보던 둘째 고모님이 내게 의자를 내주며 '조카는 여기에 좀 앉아서 쉬어야 할 것 같아. 좀 앉아 있어.'라며 그 많은 사람들 중에 나에게만 앉으라고 하셨다. 그곳에서 7년의 시간 동안 할머니 외에 처음으로 들어본 따뜻한 말이었다. 내가 그곳에서 무릎이 아플 정도로 일을 할 수밖에 없었던 것은 그들과 온전히 하나가 되지 못한 내가 유일하게 할 수 있었던 것이 일이었을 뿐이었다. 그 모든 일들을 누가 시켰다기보다는 내가 나에게 시킨 것이었다. 난 이제 그 어느 곳에서도 원치 않은 일을 내게 시키지 않는다. 난 나를 풀어 주었다. 그리고 그들은 내가 사랑의 기도를 하면 언제든지 만날 수 있다. 그렇게 나는 사랑만 하고 싶다.

  난 어릴 적부터 내가 책을 쓸 거라는 막연한 생각을 갖고 있었고 강단에 올라 사람들에게 무언가를 말하는 장면을 가끔씩 떠올리고는 했다. 정확히는 알 수 없지만 지금 나는 그 이유를 알 것 같았다. 그때가 고등학생 때였는데 학교에서 쉬는 시간에 주변 친구들이 떠드는 그 속에서 문득 누군가가 나에게 영감을 보내 준 듯 내가 책을 써야 한다는 생각이 스치고 지나갔다. 너무도 자연스럽게 책을 써야 한다는 느낌을 받은 그 순간이 아직도 기억이 난다. 지금 나는 그때 나에게 책을 써야 한다는 영감을 보내 준 그 누군가가 미래의 나였다는 것을 깨닫게 되었다. 나는 나를 안고 기도를 할 때 가끔 '지영아, 너는 세상 사람들을 위해 아주 멋진 책을 쓸 거야. 넌 아주 멋진 존재야. 그리고 너는 빛이고 사랑이야.'라며 두려워하고 있을 어릴 적 나에게 내가 사랑임을 전하는 기도를 하고는 했다. 또한 가끔 내가 강단에 올라 강연하는 모습을 보내 주기도 했다. 그렇게 미래의 내가 보낸 메시지를 어릴 적 내가 받은 것 같다. 또한 나는 어릴 적 나에게 기도를 할 때 꼭 '지영아.'라고 했는데 내 어릴 적 이름을 말하고 싶지 않았다. 그런데 지나고 보니 그 어릴 적 이름이 초년의 힘겨움을 경험해야 할 이름이지만 전체적으로 봤을 때는 괜찮은 이름이라는 것을 알게 되었다. 하지만 굳이 그 이름을 말하고 싶지 않았기에 기도를 할 때 꼭 지영이라고 했고, 그러고 보니 어릴 적 내가 지영이란 이름을 매일매일 미래의 나의 기도로 듣게 되어 지영이란 이름으로 개명을 하려고 했던 것 같다.

또한 어릴 적에 누군가 가르쳐 준 적도 없고 내가 하나님을 찾을 어떠한 근거도 없을 때부터 나는 그저 혼자 상념에 빠져 있을 때 하나님을 찾고는 했다. 그 또한 이유를 알 것 같았다. 내가 어릴 적 나에게 기도를 해 줄 때 '지영아. 너는 하나님과 함께 있어. 모든 것은 하나님께 맡기고 너는 사랑과 용서의 기도만 하면 돼.'라며 하나님 얘기를 자주 했었다. 그러고 보니 이때도 고등학생 때였는데 그 시절에는 등화관제 훈련이라 해서 가끔가다 온 나라가 모든 전등을 끄고 잠시 어둠 속에 갇혀 있어야 했었다. 그때 우리 집이 언덕 위 맨 꼭대기에 있는 집이었기에 창밖으로 더욱 빛나는 별들을 바라보며 하나님을 찾은 기억이 난다. 그때의 내 모습을 아주 선명하게 가끔씩 기억해 내고는 했었는데 뒤돌아보니 그때 또한 미래에서 내가 보내 준 영감을 받아 하나님을 떠올린 듯했다. 그런데 사실 그때는 '하느님.'이라고 했다. 나는 하느님이란 호칭을 아주 오랜 시간 마음에 익혀 왔는데, 《기적 수업》이라는 책을 읽으면서 하나님으로 바꾸기 시작했다. 어차피 하느님이나 하나님이나 내게는 구별을 둘 수 있는 둘이 아니었다. 글자만 조금 다른, 내가 긴 시간 의지해 왔던 같은 존재였다. 그렇게 어릴 적 내가, 미래의 내 말을 듣고 있는 것을 지금 마음으로 확인하고 있다.

그리고 나는 미래의 내가 지금의 나에게 분명 무언가를 전하려 하고 있을 거라는 생각을 하고는 한다. 그러고 보니 내가 책을 낼 거라는 생각과 강단에 올라 무언가를 말하는 이 생각들은 미래의 내가 나에게 보내 온 생각을 지금의 내가 과거의 나에게 보내 준 것 같다. 나는 이 글들이 책으로 되어 세상에 나갈지 아직 확실하지도 않고 내가 아직 강단에 서 본 적이 없었으니 이 모든 생각들은 미래의 내가 지금의 나에게 보내 준 것 같다. 내가 기도로 과거의 나에게 도움을 주려고 하듯이 미래의 나 또한 분명 지금의 나에게 간절한 마음으로 사랑을 담아 기도를 하고, 또한 나에게 전하고 싶은 메시지를 보내기도 했을 것이다.

　고등학교 시절에도 내 사랑의 기도를 받은 적이 있다는 것을 알게 되었다. 고등학교 1학년 방학 때였는데 학생들이 돌아가면서 하루 동안 학교에 청소를 하러 나와야 했다. 그때 우리 반에서 가장 친한 내 친구들 대여섯 명과 함께 교무실 옆 복도 청소를 하고 있었는데, 인상이 험악한 선생님이 우리에게 다가오더니 나를 부르는 것이었다. 이 선생은 조금 과장해서 그때 그 학교에 다니는 반이 넘는 학생의 뺨을 때렸을 것이다. 교과서를 준비하지 않았던지, 질문에 대답을 못 하던지, 복장 상태가 안 좋다던지, 작은 꼬투리가 잡히면 무조건 때리고 특히 세일러복을 입고 온 여학생은 묻지도 않고 때렸다고 했다. 나중에 들은 얘긴데 우리 선배들은 무지막지하게 맞았다고 했다. 그런데 그때 우리가 1학년이여서 그 선생에 대해서 잘 알지 못했고 그때 난 한참 잘 웃고 재밌는 농담도 많이 할 때라 그 선생이 어떤 사람인지도 모르고 가벼운 농담을 했다. 더 가까이 다가오라는 선생의 말에 내가 손가락을 펼치며 "한 뼘도 안 되게 가까운데요." 라고 했더니 그 선생이 별 일도 아닌 그 일로 30여 분이 넘게 따귀를 때리기 시작하는 것이었다. 그런데 그 시간이 끝나고 친구 중 한 명이 나에게 한다는 말이 "너 울고 있는데 너무 예쁘더라."(내 얼굴을 궁금해하실 필요가 없는 게 나는 그냥 평범한 얼굴이다.)라는 쌩뚱맞은 말을 하는 것이었다. 나는 선생도 아닌 그 인간에게 쥐어 터지고 있는데 그 친구는 내게서 밝은 사랑의 빛을 본 것이었다. 그런데 그 빛을 본 존재가 그 친구뿐만이 아닌 듯싶었다. 그곳에 있는 내 친구들과 함께 그걸 떨어져서 지켜보던 또 다른 선생님이 나에게서 사랑의 빛을 보았나 보다. 그 뒤로 나에게 살갑게 다가와 주시고 많이 예뻐해 주셨다. 나는 그때 쥐어 터지고 울고 있는 내가 뭐 그렇게 예쁘다고 그들이 나를 예쁘게 보았을까 하는 의구심이 살짝 들기도 했었는데 30여 년이 지난 지금 그 이유를 알게 되었다. 또한 나를 때린 그 선생도 나를 때린 것이 마음에 걸렸나 보다. 사과를 하러? 나에게 찾아왔는데 그 사과 하는 태도가 아주 기가 찼었다. 그때 우리는 1학년 때였고 그 선생은 2, 3학년을 맡고 있을 때여서 우리는 그 선생과 만날 일이 없었는데 어느 날 우리 교실에 들어와야 할 선생님이 사정이 생겨서 그 선생이 우리 교실에 배정이 되었다는 이야기를 수업이 시작되기 얼마 전에 한 친구가 우리에게 해 주었다. (지나고 나서 보니 그 선생이 일부러 우리 교실을, 아니 내가 있는 교실을 찾아온 듯싶다는 생각이 들었다.) 그러자 우리 반에서는 난리가 났다. 아마 나의 구타 사건으로 인해 그 선생의 소문이 우리 반 아이들에게까지 퍼진 듯싶다. 그때 그 수업의 교과서를 가져오지 않은 친구는 옆 교실의 친구에게 교과서를 빌리려 뛰어갔고, 세라복을 입고 있던 친구는 옷을 바꿔 입으려고 옆 교실로 뛰어나갔다. 그렇게 수업이 시작되어 그 폭력 교사가 들어왔다. 나에게 사과를 하러 온 것이다. 그런데 그 선생이 나에게 사과를 하는 모습이 이랬다. 그 선생은 수업이 시작하자마자 우리 반에 있는 60명이 넘는 학생들을 일어서게 했다. 그리고 맨 앞에 있는 학생부터 문제를 내기 시작했다. 그 문제에 1초라도 머뭇거리거나 정답과 다른 말이 그 아이의 입에서 튀어 나오는 순간 그 아이의 눈에서는 불꽃이 튀어야 했다. 그때 그 선생은 우리 반 아이들을 그저 때리려고 온 사람 같았다. 그렇게 수십 명의 학생들을 구타를 하고 그 깡패 교사가 내 옆에까지 왔다. 그리고 나에게 문제를 던졌다. 내 머리는 이미 멘붕 상태였고 나는 맞은 경험도 있으니 반 포기하고 그 선생의 질문에 무언가를 대답을 했다. 그 대답은 정답과 근접하지도 않는데 난 그저 주절거렸고 조금은 넋이 나가 있는 상태였다. 그런데 그 선생이 나를 때리지 않고 바로 내 짝꿍에게 질문을 던지는 것이었다. 그때 우리 반 아이들은 내가 그 선생의 질문에 정답을 말했다고 알고 있었겠지만 내가 말한 답은 정답이 아니었다. 그 상황에 나는 그 질문에 대해 제대로 된 인식도 할 수 없었고 정답 또한 알지 못했다. 그저 아무 말이나 내뱉었을 뿐이었다. 그러나 그 선생은 그때 내가 아무 말도 하지 않고 입을 다물고 있다 해도 나를 때리지 않았을 것이다. 곧 이어 그 선생은 내 짝꿍을 때리려고 문제를 냈고 내 짝꿍은 다른 수많은 친구들처럼 제대로 답을 내지 못했다. 그리고는 내가 맞았어야 할 것과 함께 더 해져서 다른 친구들보다 더 세게 구타를 당했다. 마치 배구공을 때리듯 강타를 날렸다. 그리고 다른 친구들은 한 대씩 맞았는데 내 싹꿍은 두 대나 맞았다. 내 것까지 맞은 것이었다. 그 선생이 나 보란 듯 '이번엔 나 너 안 때린다.' 하는 뜻이 보였다. 그렇게 그 선생은 우리 반 60여 명의 친구들을 때리며 나에게 사과를 하고 있었다. 자기 손바닥에 벌을 주고 있었나 보다. 우리 반 친구들의 뺨을 통해서…. 그때 우리 반 친구들이 98%가 넘게 그 선생의 스킨십을 느껴야 했다. 나 이외에 정답을 말한 두어 명만 빼고 다 맞았다.

선생이 아닌 그 사람도 나를 때릴 때 내게서 사랑의 빛을 본 것 같았다. 그렇게 많이 때린 학생들 중에서도 유일하게 나에게 사과를 하러 온 이유를 이제 알 것 같았다. 나는 평상시에도 지나온 시절에 힘들어하거나 울고 있는 나를 떠올릴 때면 그 아이를 꼭 안아 주고 사랑과 축복의 기도를 해 주었는데 특히 그 선생에게 맞고 있던 그 아이가 어느 순간보다 자주 떠올려지고는 했다. 10여 년 간의 힘겨운 삶 속에서도 맞고 살지는 않았는데 그때가 정말 거의 처음이었다. 그래서 더 많은 시간 울고 있는 그 아

기적 만들기

이가 생각날 때마다 안아 주고 사랑의 기도를 보내 주었다. '사랑하고 축복해 지영아. 넌 사랑이야. 네 앞에 있는 그 존재는 니가 용서해야 할 존재야. 다 용서해. 그리고 넌 다 용서 받았어. 넌 잘못한 게 하나도 없어. 사랑하고 축복해.' 내 수십 번의 사랑의 기도가 그렇게 쥐어 터지고 있는 나에게 빛을 밝혀 준 것이었다. 그때 나를 보았던 그 친구가 미래에서 내가 수없이 많이 보내 준 사랑의 빛에 쌓인 나를 예쁘게 보게 되고 모든 존재들이 그 빛을 보게 된 것이었다. 또한 나는 매번 나를 위한 용서와 사랑의 기도와 함께 내 앞에 있는 그 선생을 위한 용서와 사랑의 기도를 함께 해 주었다. '사랑하고 축복하고 다 용서합니다. 당신은 사랑이고 다 용서 받았습니다. 사랑합니다.'라고 나를 안아 줄 때마다 이 선생도 매번 안아 주었다. 그러니 그 선생도 미래에서 내가 보내 준 용서와 사랑의 기도를 받고 있었던 것 같다.

그리고 나를 때린 그 선생을 용서하면서 전 환영(전생)의 시간에서 분명 내가 그를 힘들게 했을 것이란 사실을 난 받아들이고 있었다. 자신에게 힘든 경험을 하게 한 존재들과 나에게 복수하기 위해 다음 생에서 선생이란 이름을 갖고 우리 앞에 나타난 것이다. 나는 그를 온전히 용서해야 했는데 89% 용서한 것 같다. 그때를 기억할 때 내 가슴이 아직도 두려움과 분노로 들짝이고 있으니 온전한 사랑으로 다 용서는 하지 못한 것 같다. 하지만 다음 환영의 시간에서 그를 만난다면 나는 그를 온전한 사랑으로만 맞이해야 했기에 그 존재를 더하게 용서해야 한다. 또한 내가 그 존재에게 사랑이 아닌 두려움을 보여 준 그 시간들을 용서해야 한다. 그런데 나는 이 글을 쓰고 반복적으로 읽으면서 그 두려움과 분노의 시간을 용서하고 있었나 보다. 이후로 그 시간을 떠올릴 때 내 가슴에 두려움과 분노의 울림이 희미하게 작아져 있었다. 이제 1%만 더 용서하면 될 것 같다. 나와 그 존재를⋯.

 또 한 번 내 사랑의 기도가 내 어릴 적 친구에게 전해졌을 거라는 생각
이 얼마 전에 들었다. 나는 얼마 전 내 기억 속에 나타난 그 친구를 위해
사랑과 축복의 기도를 해 주고 있었다. 그때 문득 '아! 이 친구도 내 사랑
의 기도를 어릴 적에 받고 있었겠구나.' 하는 생각이 들었다. 중학교 3학
년 때 우리 반에 원경아 라는 친구가 있었다. 난 친구들 이름도 잘 기억하
지 않았는데 고등학교 이전의 친구들은 더욱 더 기억을 하지 못했다. 그
런데 그 친구의 이름을 기억한 이유가 있었다. 내 사랑의 기도를 받은 그
친구는 나와 친한 친구도 아니었다. 그때 우리 반은 한 달에 한 번 짝꿍
을 바꿨는데 평소에 내가 탐탁지 않아 했던 그 친구가 내 짝꿍이 되었다.
그 친구는 조금은 사춘기를 맞이해 방황하는 듯 보이는 친구였기에 그렇
게 좋은 마음이 아니었다. 그런데 그 친구는 우리 반에 어떤 여자아이를
좋아했었는데 자기가 좋아하는 그 친구가 자기에게 관심을 주지 않는다
고 괴로워했었다. 그런데 나는 그 친구를 별로 좋아하지 않았지만 힘겨
워하는 친구의 얘기를 들어 주게 되면서 그 친구를 조금씩 이해하게 되었
다. 그렇게 점심시간에 학교 운동장도 산책하며 그 친구의 힘겨운 이야기
를 들어주면서 나는 따뜻하지도 않은 따끔한 충고를 해 주기도 했던 친구
였다. 또한 그 친구의 어설픈 사춘기 앓이가 선생님들의 시선을 끌었는
데 교무실에 볼 일이 있어 그 친구와 함께 갔는데 우리 곁을 지나가는 몇
몇의 선생님들이 그 친구의 머리를 치거나 아니면 조금은 거친 말로 비난
하는 것이었다. (그때 선생들이 학생들을 때리면 안 된다는 가르침을 받
기 전이어서 폭력을 행사하는 선생들이 어디에나 있었다.) 그것을 옆에서
보는데 마음이 안타까웠다. 그렇게 한 달 여간 함께한 그 친구는 조금 안

기적 만들기

쓰러운 친구였는데 한 달이 지나 다른 짝꿍과 교체되면서 더 이상 친구가 되진 못했다.

그렇게 20살이 갓 넘은 어느 날 고등학교 때 친구가 나에게 그 중학교 때 친구 얘기를 해 줬는데 그 일로 인해 그 친구를 가끔 떠올리며 기도를 해 주게 된 것이다. 그런데 사실 그 고등학교 때 친구는 그 중학교 때 친구와 모르는 사이었다. 예전에 라디오에서 가장 인기 있는 〈별이 빛나는 밤에〉라는 프로가 있었는데 그때 많은 사람들이, 특히 여자아이들이 엽서를 예쁘게 꾸며 그 라디오에 보내면 그중 가장 예쁘게 잘 꾸며진 엽서들을 뽑아서 전시회를 했었다. 그때 내 고등학교 친구가 고등학교 졸업 후 그 전시회에 가서 한 엽서를 보게 되었는데 예쁘게 꾸며진 한 엽서에 내 얘기가 쓰여져 있었다고 했다. 그러면서 그 엽서를 쓴 사람이 원경이라고 말해 주었다. 그 엽서에는 나에 대한 그리움과 함께 내가 아주 멋진 친구로 묘사되었던 것 같다. 그 엽서를 읽은 고등학교 친구가 그 뒤로 나를 더 좋아해 주었다. 그런 이유로 원경이라는 친구를 자주 기억하고는 했는데 나는 그 친구가 선생님들께 뒤통수를 맞고 있을 때나 나와 학교 주변을 산책하면서 힘든 얘기를 할 때의 모습이 떠올려질 때면 매번 그 친구를 안아 주고 사랑과 축복의 기도를 해 주었다. 그리고 그 친구는 한 달 동안 자신의 힘겨운 이야기를 들어준 나에게 좋은 마음을 느끼고 몇 년이 지나 나를 그리워하며 엽서를 예쁘게 꾸며서 〈별이 빛나는 밤에〉라는 라디오 프로에 보낸 것 같다. 내가 듣길 원했겠지만 난 듣지 못했는데 내게 전해지길 바랐을 그 친구의 간절한 마음을 내 고등학교 친구가 사랑의 배달부가 되어 나에게 전해 주었다. 그 이유로 난 다른 친구들보다 원경이라는 친구에게 가장 많은 사랑과 축복의 기도를 보내 주었는데 그 사랑의 기도를 받고 나에게 더한 사랑의 마음을 가졌던 것 같다.

지금 우리가 시간들을 만들어 내어 순차적으로 살아가는 듯하지만 모든 순간들은 이미 동시에 이루어졌다고 했다. 과거와 현재와 미래가 동시에 함께 하는 것이라고 했다. 미래의 내 기도가 과거에 영향을 주고 과거에 상황들이 미래의 나에게 영향을 동시에 줄 수 있는 것이다. 그러니 미래에서 보내 준 내 기도가 꼭 나중일 수가 없고 과거에 내 기도를 받고 날 좋은 마음으로 봐 준 그 친구의 선택이 꼭 먼저일 수가 없다. 그리고 누군가의 사랑의 기도가 그 사랑의 기도를 받은 존재에게 빛을 밝혀 준다는 것을 확인하고 있다. 그리고 오랜 시간 사랑과 축복의 빛으로 밝혀진 존재는, 그 빛을 본 사람들에게 더하게 사랑을 받고, 사랑으로 인도되어진다는 것을 알 수 있었다. 사랑의 기도의 힘을 다시 확인하면서 난 오늘 아침에도 어릴 적 나를 안고 사랑과 용서의 기도를 해 주었다.

이제 기도는 나의 일상이 되었다. 난 매일 아침 상념이 가득 담긴 명상의 시간을 끝내고 나를 위해 기도를 한다. 그리고 초롱이와 남편을 위한 기도를 하고 엄마와 내 마음이 닿는 형제와 조카들과 그때 내게 인연이 닿는 존재들을 위해 기도를 한다. 어렸을 적에는 몰랐는데 세월을 지나고 보니 기도의 힘을 알게 되었다. 그래서 교회 다니는 사람들이 새벽 기도를 다니는 이유를 또한 알 것 같았다. 하지만 기도는 꼭 절이나 교회에 가서 하지 않아도 된다. 내가 머문 자리가 기도의 자리다.

20대 때 처음으로 어떤 언니를 따라서 아무 생각 없이 간 철학관에서 역술인이 엄마에 대해 말한 것이 기억이 난다. 그 역술인은 엄마가 자식을 많이 낳을 운이라고 했고, 덕을 아주 많이 쌓으신 분이라고 했다. 그리고 아버지가 원래 단명 하실 분인데 엄마의 기도와 덕으로 사셨다고 했다. 그 얘기를 들었을 때는 별 생각이 없었는데 살면서 그 말뜻을 알게 되었다. 사실 우리 엄마는 예전에 무당이셨다. 그러나 엄마는 일반적인 다른 점집들과는 좀 달랐다. 손에 꼽을 정도로 손님을 본 적이 별로 없었다. 집도 없는데 마땅한 법당을 차릴 여유도 없어서 엄마는 작게 집안 공간에 법당을 꾸며 놓으셨고, 손님들을 받는 것보다 남편과 자식들을 위한 기도로 그 기운을 다 쓰셨다. 언젠가 엄마가 그 일을 받아들인 이유는 일을 하기 위해서가 아니고 가족을 위해서라고 했다. 그리고 아버지께서 40대 중반쯤에(동업자 일본 사람이 보따리를 싸 들고 도망친 후) 아주 힘겨운 시간을 보냈는데 그때가 아버지의 정해진 시간이었던 것 같다. 그때 아버지는 몸과 함께 마음도 모두 놓을 정도로 약해 있었는데 그때 엄마가 많은 기도를 하신 듯했다. 그때 내가 아홉 살 때쯤인 듯싶은데 그때 기억이 흐릿하게 난다. 그때 아버지가 제정신이 아닌 상태로 일층보다 좀 더 높은 곳에 있는 아주 작은 유리창으로 뛰어내린 기억이 어렴풋이 난다. 아버지는 그때 힘겨운 시간들을 엄마의 기도로 잘 견뎌 내셨고 20여 년을 더 사셨다. 그렇게 엄마는 남편과 자식들을 위해 평생을 기도하셨다.

나는 살면서 엄마가 우리에게 많은 사랑을 표현하지 않은 것에 섭섭함을 품고 있었는데 우리가 엄마에게 많은 사랑을 받고 있었다는 것을 나이 들어 알게 되었다. 엄마의 기도가 우리에게 빛이 나게 해 주고 있었다는 것을 알게 되었다. 엄마는 내 나이 서른 즈음에 법당을 다 치워 버리고 자식들을 위한 기도도 그 누구를 위한 기도도 하지 않으셨다. 그런데 엄마의 기도가 멈추면서 30여 년간 우리에게 밝게 빛나던 빛이 사라지고 있었다는 것을 나중에 알게 되었다. 가난한 삶 속에서도 우리 형제들은 어디를 가더라도 사람들이 좋아하고 친구들의 관심과 사랑을 받고 있었다. 투박했던 나 또한 별다르게 애를 쓰지도 않았는데 친구들이 좋아해 주고 몇몇 선생님들도 예뻐해 주셨다. 그렇게 우리 형제들이 많은 사랑을 받을 수 있었던 것이 엄마의 기도 덕분이라는 것을 세월이 한참 흐른 후 깨닫게 되었다. 엄마의 기도가 멈춘 그즈음부터 우리 형제들에게 머물러 있던 빛들이 사라지고 있었다. 투박하지만 재밌고 잘 웃던 내 마음에 어느 순간부터 사람들을 미워하는 마음이 생겨나기 시작했고 그 시간들이 쌓여 그들 모두와 단절하는 시간들이 다가왔다. 그렇게 우리가 사람들에게 가졌던 사랑이 작아지고 있었고 사람들 또한 우리에게서 더 이상 밝은 사랑의 빛을 보지 못했다. 20대 때 만난 역술인이 엄마의 기도가 아버지를 살렸고, 우리 자식들과 다른 사람들을 위해 기도하신 엄마의 덕이 많이 쌓였다는 그 말이 기억났다. 보통 사람들보다 엄마의 기도에 큰 힘이 있다고 했다. 그제야 나는 엄마가 얼마나 큰 사랑을 주셨는지를 알게 되었다.

나는 30여 년간 나를 위해 기도해 주신 엄마를 위해 엄마가 이곳에 계시는 동안 기도를 해 드리기로 했다. 매일 아침 엄마를 마음으로 꼭 안아 드리고 엄마 마음 안에 두려움이 사라지고 사랑이 채워지기를 바라면서 매일 사랑의 기도를 한다. 그런데 얼마 전에 난 내 기도의 힘을 살짝 보았다. 언젠가부터 엄마가 허리와 다리의 통증으로 열 걸음을 걷고 쉬기를 반복할 정도로 걷는 걸 힘들어하셨다. 나는 엄마를 위한 기도를 하며 안아 드릴 때 그전에는 사랑과 축복과 용서의 메시지만 보내 드렸는데 그 후로는 기도와 함께 엄마의 온몸을 하나하나 쓰다듬으며 사랑의 빛이 전해지는 이미지를 보내 드렸다. 그렇게 3~4일을 기도를 하고 있었는데 엄마가 전화를 하셔서 오늘은 움직일 만하다고 같이 큰 시장에 가자고 하시는 것이었다. 내 기도가 엄마에게 전해진 것이었다. 나는 그 뒤로 아침에 엄마를 위한 기도를 할 때 꼭 엄마의 허리와 배와 다리에 사랑의 빛을 전하고 쓰다듬어 드리는 기도로 마무리를 한다.

하지만 내 기도로 엄마가 가진 통증들이 조금 완화될 수는 있지만 그 허리와 무릎에 머문 통증을 온전히 치유할 수 있는 존재는 엄마 자신뿐이다. 나는 매번 엄마에게 무릎이 아픈 이유는 위장이 힘들어하는 것이니 밥을 줄여야 한다고 말을 했지만 다리에 통증이 발생하는 이유는 사랑이 아닌 다른 것을 품고 있기 때문이다. 어느 날에는 엄마와 데이트 중 그날 상태가 안 좋았던 내가 엄마에게 조금 거친 말을 했는데 갑자기 엄마가 다리와 허리가 아프다며 통증을 호소하는 것이었다. 그때 나는 엄마가 내 거친 말을 흘러보내지 않고 움켜잡고 있었다는 것을 느꼈다. 이렇듯 다리 통증을 줄이기 위해 음식을 줄이고 조심해야 하는 것도 방법일 수 있겠지만 사실 다리 안에 숨겨 놓은, 자신을 자책하는 마음과 함께 누군가에 대한 원망을 사랑으로 대체하기 전에는 그 통증은 어떤 약으로도 치료될 수 없고 누군가의 기도로도 사라지게 할 수 없다. 기적을 여는 열쇠도 사랑이고 병을 치유할 수 있는 약도 사랑뿐이다. 자신 스스로 용서와 사랑을 선택해야 한다.

얼마 전에 엄마가 40여 년 전에 나의 기도를 받고 있었다는 것을 확인하게 되었다. 그날 나는 엄마와 식당에서 밥을 먹고 있다가 문득 엄마랑 데이트한 지도 벌써 15년이 되었다는 생각이 들어 엄마에게 "엄마! 내가 엄마한테 밥을 사 드린 지가 벌써 15년이 됐어요."라고 했더니 엄마가 "아닌데! 모르겠는데." 하시는 것이었다. 그래서 내가 "30대 중반부터 엄마에게 밥을 사 드렸는데 그것을 모르겠다고요." 했더니 엄마가 "난 잘 모르겠어." 하시는 것이다. 한 달에 한두 번씩 어쩔 때는 세 번씩 나에게 전화를 해서 밥 먹자고 하신 분이 엄마였는데 아니라고 부정하신다. 역시나 내가 인정을 받으려고 꺼낸 말이니 당연한 대답이다. 그런데 내가 10대 초중반쯤에 엄마에게 큰 굴뚝 과자를 사 드린 적이 있었는데 엄마는 그 얘기를 하시면서 그 기억은 난다고 하셨다. 그런데 엄마는 그 얘기를 가끔 나에게 하시며 고마워하셨는데 그때 내가 초등학생 5~6학년쯤 되었을 때였는데 엄마가 산에서 기도하고 내려오시는 길에 돌에 머리를 다쳐 방에 누워 계셨었다. 그때 누구에게도 보살핌도 받지 못하고 계셨을 때 내가 엄마가 좋아하고 잘 드시는 굴뚝 과자와 함께 은행에 조금씩 모아 두었던 돈을 전부 찾아서 가져다 드렸는데 엄마는 그 돈이 너무 작아서인지 돈에 대한 기억은 나지 않는다고 하셨다. 그런데 아무도 엄마에게 신경 써 주지 않는 그때 어린 내가 그 굴뚝 과자를 가져다준 기억이 평생 잊혀지지 않는다고 하시면서 매번 고맙다고 하셨다. 그런데 그날 난, 내가 15년이 넘게 엄마에게 밥을 사 드린 것은 인정하지 않으시면서 그 굴뚝 과자를 사다 드린 것을 고마워하시며 기억하신 이유를 깨닫게 되었다.

나 또한 40여 년 전에 그날의 기억을 아주 오랫동안 기억하고 있었다. 그때 어린 마음에 방 한쪽 구석에 누워 아파하시는 엄마에게 무엇이라도 해 드리고 싶은 마음에 엄마가 좋아하시는 굴뚝과자와 함께 돈을 가져다 드렸다. (엄마가 평생 사시면서 아버지랑 드물게 대화를 하실 때 90%가 돈 얘기였기에 난 엄마가 돈을 아주 많이 좋아하신다는 걸 어렸을 때부터 알고 있었다.^^) 엄마가 조금이라도 행복하시길 바랐다. 그리고 나는 40여 년이 흐른 시간 속에서 그때 기억이 날 때마다 방 한 켠에 누워 계시는 엄마에게 사랑의 기도와 함께 엄마의 머리와 몸을 쓰다듬으며 밝은 치유의 빛과 사랑의 빛을 전해 드렸다. 엄마가 그날의 기억을 나보다 더 자주 떠올리시고 나에게 감사해 하시는 이유를 이제야 온전히 알게 되었다. 엄마는 내가 미래에서 보내드린 사랑의 기도를 매번 받고 계셨고 내 모든 사랑의 기도를 그 굴뚝 과자에 심어 두고 계셨다. 이렇듯 누군가를 위한 최고의 선물이 사랑과 축복의 기도임을 또다시 확인하는 시간이었다.

기적 만들기

10여 년 전에 내 행운의 방향에서 서쪽 방향으로 이사를 가도 될까 하는 마음에 전화로 타로카드 점을 본 적이 있었다. 그때 내 전화를 받은 타로 마스터에게 내가 대출 받아서 이사를 가도 잘 헤쳐 나갈 수 있는지 알고 싶다고 하자 타로 마스터가 카드를 뽑아서 나에게 얘기를 해 주었는데 모든 것을 잘 헤쳐 나갈 수 있을 거라고 했다. 그리고 나는 그때 조금 불편한 마음으로 의심하는 사람이 있었는데 그 사람과의 관계에 대해서도 타로 점을 보았는데 그 타로카드에 평소에 그 사람에게 갖고 있던 불편한 마음이 그대로 나온 것이었다. 그리고는 타로마스터와 얘기를 하다 보니 타로마스터가 나에게, 내 마음에 그런 의심하는 마음이 있었으니 이런 카드가 나온 것이라고 말해 주었다. 그렇게 그때 펼쳐지는 카드들이 내 마음 상태를 그대로 보여 준다는 것을 알게 되어 의심하던 마음을 내려놓고 그 사람을 용서와 사랑으로 품을 수 있는 시간을 가질 수 있었다. 그리고 그때가 내가 행운의 방향에서 산 지 5년쯤 되었을 때이고 내 마음 안에 밝은 기운들이 커져 가고 있었기에 내가 이사를 가도 모든 일을 잘 헤쳐 나갈 수 있는 카드가 나왔다는 것을 알 수 있었다. 이미 내 마음 안에 내 모든 미래가 정해져 있다는 것을 알게 되었다.

　그리고 보니 가끔씩 인터넷으로 별자리 운세들을 읽을 때 느낀 것이 있었는데 똑같은 시기의 운세도 그날의 내 마음 상태에 따라 조금씩 다른 해석으로 다가온다는 것을 느낀 적이 있었다. 그때 내 마음 상태가 불안한 상태일 때에는 부정적인 글들을 조금 더 많이 읽게 되고, 내 마음 안에 사랑이 머물러 있을 때에는 긍정적인 글들을 더 많이 읽게 된다는 것을 알 수 있었다. 이렇듯 어떤 운세든 그때 내 마음 상태를 보고 미래를 말해 주는 것이라는 것을 알게 되었다. 그러니 내 미래를 알고 싶다면 지금의 나의 마음을 보아야 할 것 같다. 지금 내 안에 미움과 불만이, 고통과 슬픔이, 분노와 불안한 마음이 머물러 있다면, 지난 상처를 움켜잡고 있다면 내 미래는 두려움으로 만들어진 드라마가 펼쳐질 것이다. 그리고 내 안에 자유와 행복이 머물러 있다면 기쁨과 평화로 웃을 수 있다면, 감사와 축복으로 춤을 출 수 있다면, 용서와 사랑으로 내가 알고 있는 모든 존재들을 위한 기도를 할 수 있다면, 내 삶은 사랑으로 만들어진 멋진 영화가 펼쳐질 것이다.

　나의 사랑의 기도로 어떤 일을 경험한 사람이 신기해하며 내게 그 방법을 알려 달라고 한 작은 사건이 있었다. 그것은 서쪽 방향에서 세 번째로 이사할 집을 구할 때 얘기다. 모든 일이 내 뜻대로 원활하게 이루어질 때쯤 내게 찾아온 기고만장한 마음으로 1년 6개월 살 집을 구할 때 나는 전셋값을 말도 안 되는 가격으로 깎아 달라고 했다. 너무도 황당한 요구를 한 내가 마음에 안 들었는지 그 집주인은 그 이후로 홍 사장님의 전화도 받지 않는다고 했다. 평소에 나였으면 쉽게 포기하고 다른 집을 알아봤을 텐데, 그때 그 집을 보러 갈 때 홍 사장님이 "이 집은 1년 6개월만 살 사람을 구하는데…."라는 말을 듣는 순간, 그 집을 보러 가기 전부터 그 집이 내 집이라는 예감이 들었고 그 집을 보고 나서 더더욱 그 집이 나를 위해 기다려 준 집이라는 느낌을 강하게 받은 집이었기에 난 쉽게 포기가 되지 않았다. 하지만 홍 사장님의 전화도 받지 않고 완강하게 거부하는 그 집주인의 모습에 다른 집을 알아보고 계약금을 보내기 직전까지 갔지만 마음속에서는 그 집은 내 집이 아니라는 느낌이 들었고 그렇게 망설이는 사이에 누군가가 다행히도 계약을 해 주었다. 그러나 여전히 내가 원하는 그 집주인은 전세금을 깎지 않고 원하는 가격으로 계약을 하겠다고 했는데도 받아들이지 않았는데, 그 집주인이 다른 부동산을 통해 그 집을 원하는 사람과의 확답을 기다리고 있다는 말을 홍 사장님이 해 주었다. 그러나 난 이미 그 집이 내 집이란 느낌을 받았고 나 이외에 그 집과 계약할 사람이 없다는 것을 내심 믿고 있었다. 하지만 여전히 완강한 그 집주인의 태도에 낙담하며 암담한 심정으로 홍 사장님과 얘기를 하다가 "그 집이 분명 내 집인데…." 하자 홍 사장님이 "정말 그 집이 사모님이 살 집이 맞아요? 그렇다면 제가 한 번 더 집주인에게 전화해 볼게요…. 그런데 그 집주인 여자는 마음을 연 것 같은데 남편이 막무가내로 반대를 하는 듯싶어요."라고 말했다. 그 말을 듣고 나는 제 차 남편이 반대하는 게 맞느냐고 확인을 했다. 나는 그때까지 그 여자 집주인에게만 사랑의 기도를 하고 있었다. 그 집을 보여 줄 때도 그 여자 집주인이 보여 주었고, 요즘은 집을 구할 때 여자들이 구하거나 집 명의도 여자의 명의로 하는 경우가 많아서 이번에도 그 여자 명의로 할 거라고 생각하고 있었다. 그런데 복병이 그 남편이었다. 그리고 나중에 알게 되었는데 그 집은 부부가 공동명의로 된 집이었고 또한 그 집에 방향은 아내에게는 안 좋은 방향이었지만 남편에게는 두 번째로 좋은 방향이었다. 그러니 그 남편의 뜻이 더 크게 작용할 수 있었다. 나는 그 사실은 꿈에도 알지 못했다. 그래서 나는 부동산 사장님에게 알겠다고 하고 나는 지금까지 그 여자 집주인에게만 기도를 했는데 이제 남자 집주인에게 기도를 할 테니까 이제 가 보셔도 될 것 같다고 했다.

그리고 난 그 순간부터 나쁜 생각은 하나도 내 안에 들어오지 못하게 하고 오로지 좋은 마음으로 그 남자 주인에게 하루 종일 사랑의 기도를 보냈다. 사실 잘난 집 갖고 유세 떤다고 미워하고 마음속으로 쥐어박기도 했는데, 그런 미운 맘들을 모두 다 지우고 사랑의 마음으로 기억하려고 했다. 다음 날 아침에 11시가 다 되어 갈 때쯤 홍 사장님과 통화를 하게 되

없었는데 홍 사장님이 신기한 일이 일어났다고 했다. 그렇게 막무가내로 부동산에서 하는 모든 전화를 차단하고 받지 않던 남자 집주인이 웬일로 아침에 전화를 받더니 순순히 계약을 하겠다고 했다면서 도대체 어떻게 했길래 그런 일이 생길 수 있느냐고 신기해했다. 전셋집 계약을 하면서 그렇게 어렵게 한 경우도 없었지만 그 시간은 내게도 새로운 경험이었다. 누군가를 위한 사랑의 기도를 하면서도 내 사랑의 기도가 그 상대에게 전해졌는지 심증만 있고 확인할 수 없는 시간들이었다. 이렇게 다른 사람을 통해 확인한 것은 처음이었다.

내 사랑의 기도를 고양이들과 감나무와 수많은 참새들과 까치가 듣고 있었고, 우리 초롱이와 보라와 엄마와 형제들과 남편과, 잠깐의 오해로 맺어진 모든 존재들을 위한 용서와 사랑의 기도가 분명히 그들에게 전해지고 있었다. 더한 기쁨은 어릴 적 상실의 시간에 갇혀 불안에 떨고 있는 어린 나에게 사랑과 축복의 기도를, 최고의 선물을 전할 수 있다는 사실이 내겐 또한 기쁨이고 행복이 되었다. 이렇게 사랑의 기도가 얼마나 대단한 것인 줄 다시 확인하는 시간이었다. 나는 홍 사장님에게 내가 어떤 방법으로 그 집주인의 마음을 돌릴 수 있었는지 아주 자세히 알려 주었다.

'사랑하고 축복하고 고맙습니다. 다 용서하고 우리는 사랑입니다.' 이렇게 그때 내가 한 기도를 알려 주었다. 그리고 이 기도 방법을 사용하기 위해서는 내 마음 안에 사랑을 키워야 한다고 말해 주었다. 두려움과 분노와 미움을 품고서는 어떤 기도도 효과가 없을 거라고 알려 주었다. 그러면서 아침에 일어나 '사랑합니다. 용서합니다. 감사합니다.' 하고, 시간이 날 때마다 기도를 하고 누군가와 힘겨운 시간이 있을 때도, 누군가를 미워하는 마음이 들 때도, 자신이 누군가에게 잘못한 일이 생겼을 때도, 밤에 잠에 들기 전에도 사랑과 용서와 감사의 기도를 하라고 알려 주었다.

기적 만들기

사랑이 기적을 여는 열쇠였다. 모든 사랑과 축복과 용서의 기도는 완전한 빛이 되어 그 존재에게 전해질 것이다. 그 어떤 시간 속에 머문 존재라 하여도 전해질 것이다.

# 20. 내 아주 오래된 인연을 만나다

## 1) 기적수업을 만나다

2018년 여름은 잊을 수 없는 의미가 새겨지는 시간이었다. 그해 여름은 20여 년 만에 찾아온 폭염으로 내 몸이 휘청일 정도로 더운 날씨를 온 주변에 뽐을 내고 있었고 우리나라 전 지역에 비가 오는 날에도 무슨 기림막이 쳐져 있는 듯 비구름은 대전을 피해 가고 있었다. 나이 들고 몸이 약해져 밖에 세상을 조금 더 경계하는 초롱이 때문에 밖에 맘대로 나갈 수 없는 형편이어서 선풍기 하나로 그 여름과 대치하고 있었고 난 에어컨을 설치하지 않았다.

그 여름을 보내고 난 앓이를 해야 했는데 그 힘겨운 시간에 한 권의 책을 만났다. 제목은《우주가 사라지다》(개리 레너드)이다. 사실 그 책을 읽을 때 더위와 함께, 초롱이의 수발과, 내 두려움에 쌓여 마음이 온전한 사랑이 아닌 탓도 있었겠지만 일반 책보다 두꺼운 그 책이 받아들이기 쉬운 책이 아니었다. 약간의 짜증과 함께 처음 만났을 때는 그렇게 좋은 심정이 아니었는데 그 책은 내가 평소에 읽던 책들과 비슷했지만 뭔가 좀 다른 책이었다. 어떻게든 내 가슴을 울린 책이었다. 그리고 그 책에서는《기적 수업》이라는 책을 수없이 얘기하는데 마치 그 책을 내가 봐야 한다고 유도를 하는 듯했다.

《기적 수업》은 헬렌이라는 심리학 박사가 예수가 한 말을 10여 년 간 기록한 책이라고 했고, 많은 사람들이 읽다가 포기할 정도로 어려운 책이라고 했다. 인터넷에 그《기적 수업》이라는 책을 알아보니 가격이 일반 책에 3배가 넘는 가격이어서 어떤 책인지 알아보고 구입을 해야겠다는 생각으로 세 군데의 도서관을 돌아다니다 어렵게 대여를 해 와서 보게 되었다. 《기적 수업》이란 책은 가격만큼 두께도 일반 책의 3배가 넘는 아주 두꺼운 책이었고 그 책에서는 읽어야 할 글들과 함께 1년 간 해야 할 연습서가 있었는데 그 연습서 앞장에 있는 목차에는 365개의 지침들이 있었다. 나는 그 지침들만을 행하면 될까 싶어 사진을 찍으려다 보니 그것들은 그저 제목일 뿐이었고 그 제목 아래 글들을 읽고 숙지하고 행해야 했다. 그리고 그 365개의 지침들을 하루에 1과만 해야 했다. 어떻게 하면 그 비싼 책을 안 사고 대충 읽은 듯 안 읽은 듯 넘어 갈까 하고 수없이 잔꾀를 부리고 있었지만 그 책은 내 얕은 잔꾀로 대충 넘어갈 수 있는 그런 책이 아니었다. 최소 1년의 시간이 필요한 책이었다. 그렇게 어설픈 쇼를 하고 대여한 책을 며칠 만에 도서관에 갖다 주고 결국은 인터넷에서 그 책을 구입을 하게 되었다.

그 책이 내게 온 그날부터 난 일 년의 시간을 들여 조금은 엉성하고 나름 성실하게 《기적 수업》의 지침을 따랐다. 어떤 사람은 1년간의 지침을 어기고 6개월 만에 끝냈다는 사람도 있다고 하고, 다른 사람들은 보통 1년이 넘게 걸린다고 했는데 나는 거의 정확하게 1년이 걸렸다. 조금 부족한 듯한 날에도 난 뒤돌아보지 않았고(어차피 난 그 책을 반복해서 수십 번을 읽을 생각이었다.) 정해진 1년의 시간은 내 조금 엉성한 성실함?과 함께 어떻게든 꾸며지고 있었다. 나는 그 1년의 시간 동안 그《기적 수업》

과 함께《우주가 사라지다》란 책과 그 후속편으로 나온 세 권의 책들을 번 갈아 가며 읽었다. 3년이 넘어가는 지금도 거의 그 다섯 권의 책들만 읽고 있다.《기적 수업》을 읽을 때는 한 줄 읽으면서 까먹고, 다음 줄을 읽고 또 까먹고, 잠깐 쉬었다 다시 읽으려 하면 읽은 곳을 찾지 못해 읽었던 곳을 다시 읽어 보아도 마치 처음 읽은 것처럼 생소했다. 그저 아무 계산하지 않고 이해하려 하지 않고 눈으로 보고 입으로 읽었다. 그리고 사실 그 책 의 내용은 용서와 사랑이 주를 이루는 내용이었기에 잠시 이해가 가지 않 는 상황에서도 살짝 뒤돌아보면 결국엔 우리가 분리되지 않은 온전한 하 나임을 말하고 있었다. 한두 번 말하면 알아듣지 못하고, 알아들었다 해 도 온 마음과 영혼에 담지 못하는 우리를 위해 사랑과 용서와 우리 모두 는 하나임을 수백 가지의 표현으로 반복해서 기록한 책이었다. 우리의 가 슴에 새겨지길 바라면서, 아니 본래 우리 안에 있던 기억이 일깨워지길 바라면서 썼을 것 같다. 같은 말들을 모두 다른 표현으로, 그렇게 많은 글 들을 쓸 수 있다는 게 처음 글을 쓰는 나에게, 그 또한 예수의 대단함을 느 끼게 해 주는 시간이었다. 용서와 사랑으로 깨달으라고 했더니 예수의 글 을 평가하고 있다. 아직 엉성한 나를 너그러운 마음으로 이해해 줄 것이 다. 예수님은….

그렇게 예수의 뜻은 잠시 옆에다 내려놓고 글 솜씨에 경탄을 하면서 《기적 수업》에 젖어 들고 있었다. 난 그《기적 수업》을 아침에 일어나 초 롱이 수발을 든 다음에 마음을 가라앉히는 명상의 시간이 지난 후, 나와 몇몇 사람들을 위한 사랑의 기도를 하고 난 후 매일매일 두 장씩 읽어 나 갔다. 물론 처음 읽었을 때는 어떤 내용인지 궁금하기도 하고 빨리 읽고 끝내야지 하는 조급한 마음으로 여러 장을 읽어 나갔지만 지금은 천천 히 나아가기로 했다. 그리고 너무 많이 읽으면 머리에 쥐도 나고 어차피

기적 만들기

내가 평생 읽을 책이라 서두르지 않기로 했다. 또한 그 책을 한 번 읽고 두 번, 세 번 읽고, 내가 나아가고 있을 때, 전에는 깨닫지 못했던 부분들을 조금씩 깨달아 가고 있었다. 그러니 난 굳이 애써 그 책의 내용을 공부하듯 주입하지 않았다. 내가 그 책 안에 내용들을 받아들일 때가 되면 그때 깨우쳐지는 것 같다. 《기적수업》이라는 책은 아마 내가 이곳에서의 시간을 다 할 때까지 읽어야 할 것 같다. 그때까지도 완전한 사랑이 아닐 테니….

　오랫동안, 내 기분을 좌지우지 한다는 이유로 잡지나 신문에 나오는 오늘의 운세도 보지 않았는데 2018년 어느 날 문득 별자리 운세가 궁금해져서 그때 인터넷에서 별자리 운세를 읽어 보게 되었는데 그해 여름에 오랫동안 떨어져 있던 가족이나 지인을 만날 수 있다고 했고 고향으로 돌아가 자신의 뿌리에 닿아 원점으로 돌아갈 시기라고 했고 인생의 큰 의미를 갖게 될 만남이 미래로 열리는 길로 인도한다고 했다. 그 8월에 날 인도해 줄 스승이 나타난다고 했다. 그런데 몇 달을 마음에 품고 간절히 기다리던 그 인연을, 나를 인도해 줄 스승님을, 그 여름이 다 지나가도록 만나지 못했다. 초롱이 때문에 공원에도 자주 나갈 수 없었고, 누군가를 만날 수 없는 처지였고, 아무리 생각해 봐도 내 인연을 만난 적이 없었다. 그때 내가 만난 사람은 남편과 초롱이와 엄마뿐이었고 우연히 스쳐 지나가는 사람들이 전부였다. 그리고 또 다른 존재가 있었다면 《우주가 사라지다》와 《기적 수업》 그 두 권의 책들이 있었다. 그제서야 알았다. 날 인도해 줄 존재들이 내게 사람으로 다가오는 것이 아니라 책으로도 다가올 수 있다는 것을 알았다. 그리고 별자리 운세를 볼 때 몇 사람의 글을 읽었는데 그중 한 사람의 글에서 내게 다가올 존재가 우리가 이 사회에서 부를 수 있는 존재가 아닐 수도 있다고 했다. 그러고 보니 살면서 내가 읽었던 책들은 마치 내가 사원에서 대리로, 대리에서 과장으로 진급할 때마다 그에 맞는 책들이 내게 주어진다는 것을 느낀 적이 있었다.

(내가 10여 년 전에 내 가슴을 울린 책을 만났을 때 이런 생각을 한 적이 있었다. '내가 이런 내용이 담긴 글을 20대 초반에 어디에선가 잠깐 읽었을 때는 그 글들에서 아무런 느낌도 받지 못하고 허무맹랑한 얘기들이라 생각하고 그냥 지나쳤던 것 같은데….' 다시 생각해 보니 그때 내가 안 좋은 방향에서 살고 있을 때였고, 두려움에 갇혀 아무리 좋은 얘기를 들어도 받아들일 수 없는 상황이었기에 아무런 울림도 받지 못했던 것 같다. 그런데 37살에 그 책을 만났을 때 난 가슴과 온몸에 큰 전율을 느꼈었다. 그때 난, 아무리 좋은 책을 만나도 그 책의 내용을 받아들일 상태가 아니면, 좋은 얘기를 들었나 해도 때가 아니면 아무것도 받아들일 수 없다는 생각을 했었다. 그리고 나는 평소에 내가 읽는 책들을 주변 사람들에게 한 번도 권한 적이 없었다. 그들은 내가 원하는 것과는 다른 것들을 원하는 듯싶었다. 그런데 홍 사장님에게 《우주가 사라지다》를 한번 읽어 보라고 권한 적이 있었다. 홍 사장님에게 그 책을 권한 이유는 홍 사장님이 내가 하는 말에 다른 사람들보다 더 열린 것 같다는 느낌을 받았고 내가 말하는 그런 비슷한 책을 읽었다는 얘기를 들었기에 읽어 보라고 권해 드렸다. 그렇게 얼마의 시간이 지나 홍 사장님과 통화를 하게 되어 그 책을 읽어 보았는지 물어보았는데, 홍 사장님이 "너무 어려워서 못 읽겠는데요. 앞에 조금 읽다가 말았어요." 하는 것이었다. 그때 나는 속으로 '그 책이 조금 두껍기는 하지만 어렵다고?' 하는 생각과 함께 작은 의구심이 들었다. 그러면서 한편으로는 역시나 그 사장님도 아직 때가 되지 않았기에 그 책을 받아들이지 못한다는 생각을 했다. 그래서 나는 홍 사장님에게

기적 만들기

"사장님도 언젠가 그 책을 읽을 때가 올 거예요. 지금은 때가 아니니 그냥 갖고 계시다가 나중에 한번 읽어 보세요."라고 말했다. 이렇게 어떤 책을 받아들이는 것 또한 때가 되어야 한다는 것을 또 한 번 알 수 있었던 시간이었다.)

그렇게 내가 읽는 책들도 순서를 지켜 가며 내게 다가오는 것 같았다. 《우주가 사라지다》의 작가 '개리'가 《기적 수업》의 작가? 예수가 날 인도해 줄 존재들이었다. 그것도 모르고 난 그 기적수업을 어떻게 하면 안 사고 대충 도서관에서 대여한 책으로 며칠 만에 해치울 생각으로 어설픈 도서관 탐색을 했는데…. 그러고 보니 《우주가 사라지다》의 작가 개리도 《기적수업》을 기록한 예수도 내가 2000년 전에 만난 것 같다는 느낌이 들었다. 떨어져 있던 지인이 그들이었고, 내가 돌아갈 고향이 그들과 같은 길이었고, 내가 재회할 인연이 그들이었던 것 같았다. 2000년 전 그때, 스쳐지나가듯 만났든, 예수의 말을 듣기 위해 모여든 수많은 청중 속에 한 명이었던지, 어떻게든 난 그들과 예전에 분명 만난 적이 있을 거라는 느낌이 들었다.

37살에 가슴을 울리는 책을 만나고, 새로운 뜻을 품고 사랑의 길을 선택하기 위해 이어 온 시간들이 있었다. 그리고 42살에 내 안에 40여 년간 새겨진 미움을 지우려고 사랑과 용서와 감사를 기록한 그 시간들이 채워져 10년이 지난 지금 내가 때가 되어 그들이 날 찾아 준 것 같았다. 내가 그들을 만날 준비가 되었던 것 같다. 그때 내 나이 50살이었다. 50살 초반의 나이를 조금 두려워하고 있었다. 남편도 그즈음에 아버지와 여동생을 떠나보냈고, 50대 초반에 하던 일을 그만두고 멀리 여행을 가던가 다른 변화의 시간을 갖는 사람들을 많이 보아 왔다. 그래서 내게도 어떤 힘겨운 일이 기다리고 있을까 하여 조금 염려하고 있었다. 돌아보니 나 또한 48

살부터 52살까지 내게는 수도 없이 생사를 오락가락하는 초롱이 때문에 내 두려움을 용서해야 하는 시간이었고 내 나이 52살 여름에 초롱이를 떠나보내야 했지만 내 인생의 큰 의미를 갖게 될 만남과 함께 새로운 사랑의 빛이 열리는 아주 멋진 시간이었다. 물론 그 여름에 내 마음 상태는 더위에 지쳐 분노가 내 시선을 끌고 있었지만, 날 인도하러 온 그 존재들로 인해 난 더 큰 사랑의 길로 나가려 기나긴 준비를 하고 있었고 어느덧 2년의 시간 동안 난 나아가고 있었다.

### 2) 책을 쓰기 시작했다

그리고 어렸을 적부터 막연하게 가졌던 책에 대한 생각들을 기억해 내고, 그 책에 기록될 내용들을 메모지에 모아 두고 있었지만 막상 쓰려 하면 막막하기만 해서 시작조차 할 수가 없었다. 아직 때가 아닌 듯싶어 모든 걸 내려놓고 있었는데 《기적 수업》을 만나고 1년의 시간이 지난 2019년 말에 갑자기 휴대폰 메모란에 톡 톡 톡 자판이 눌러지더니 글들이 어렵지 않게 쏟아져 나오고 있었다. 그동안 모아 놓은 메모지들은 한 장도 볼 필요가 없었다. 그 전엔 시작하려 해도 한 글자도 제대로 쓰여지지 않았는데, 마치 누군가가 내 손을 통해 자판을 누르는 것처럼 모든 글씨들이 쏟아져 나오기 시작했다. 그렇게 한 달여 만에 내가 살면서 사람들에게 전하고 싶었던 마음들이 글로 새겨져 나왔다. 물론 그 글들이 책을 낼 수 있을 정도로 온전한 상태는 아니었다. 처음 글을 쓰는 내가 잘하고 있나 누군가에게 도움을 받고 싶어서 그 글들을 누군가에게 보내려 했지만 휴대폰 메모 어플에 쓰여진 글들을 이메일로 보낼 수가 없었다. 그 메모 어플에 담겨진 글들을 이메일로 보낼 수 있는 방법들을 찾다가 결국에 휴대폰 마이크에다 대고 글을 쓸 수 있는 방법을 기록한 책을 알게 되었고 또한 내가 알고 싶었던 다른 문제들도 해결할 수 있었다.

그리고 난 이 글을 쓰면서 내 지난 50년의 시간을 뒤돌아 볼 수 있었다. 이 글들은 사실 50여 년 동안 살아오면서 사람들에게 인정받기 위해 끊임없이 해 왔던 이야기들을 신나게 펼칠 수 있었던 시간이었고 내가 이렇게 힘들었다고 외쳐 보는 시간이었다. 내 50여 년의 시간 동안 지니고 있었던 상처들을 치유 하고 있었고 나에게 상처도 주고 사랑도 준 존재들을 하나하나 만나면서 용서하고 사랑할 수 있었던 시간이었다. 그 모든 순간들을 두려움의 시간으로 만들어 머물러 있었던 나를 용서하고 사랑할 수 있었던 시간이었다. 이 책을 쓴 3년에 가까운 시간들이 내게는 지나온 그 어떤 시간보다 더 높게 날아오를 수 있었던 시간이었던 것 같다. 그리고 이 책 안에 담겨진 글들을 다른 사람들을 위해 쓰기로 마음먹었다고 했지만 나는 또 다른 한 존재를 위해 쓰기로 했다. 그 존재는 바로 백년 후에 다시 이곳에 돌아와 환영을 보고 있을 나를 위해 쓰기로 했다. 100년 후에 어떤 모습으로 이곳에 머물고 있을지 알 수 없지만, 이곳에 다시 돌아와 어디에서인가 헤매고 있을 나에게 과거의 내가 도움을 주고 싶었다. 난 이 책이 100년 안에 모두 사라졌다 해도 한 권의 책이 미래의 나를 위해 세상에 남겨져 나와 만나게 될 것이라는 것을 의심하지 않고 있다. 그래서 나는 이 글을 쓰는 내내 기도를 했다.

'하나님. 제가 100년 후에 다시 이곳에 돌아와 이 책을 만났을 때 제 가슴을 울리는 책이도록 하소서. 나의 마음 안에 사랑의 빛이 밝게 빛날 수 있는 글들이 새겨지게 하소서. 사람들의 마음 안에 당신의 사랑이 온전하게 깨어날 수 있는 글들이 쓰여지게 하소서. 이 책 안에 당신의 사랑의 빛이 온전하게 머물기 전에는 절대로 세상에 내보내지 않게 하소서.'

## 3) 빛이 보였다

《우주가 사라지다》와《기적 수업》을 읽다 보면 빛 얘기를 들을 수가 있다. 《우주가 사라지다》의 작가 개리가 자신이 빛을 보게 되는 과정을 그려 놓았는데, 또한《기적 수업》에서도 어느 순간 빛을 볼 수 있는 시간이 올 거라고 했는데 나 또한《기적 수업》을 읽으면서부터 내 주변에서 빛들이 보이기 시작했다. 우리 집 안방에는 암막 커튼을 쳐 놓아서 잘 때 한 조각의 빛도 들어오지 않았는데 어느 날 자려고 누웠는데 잠시 후 내 앞에서 수많은 색깔들이 섞여 있는 빛들이 바람에 날리듯 춤을 추고 있었다. 나는 낯선 그 빛들을 처음엔 두려움으로 보았고 그 두려운 마음을 진정시키려 내가 두려워할 것은 아무것도 없음을 기억해 내며 그 시간을 경험을 했다. 그 빛들은 내가 사랑으로 나아가고 있는 것을 보여 주는 빛이기도 하겠지만 내가 그 빛 안에서 두려움을 보았다면 내 두려움이 토해져 그려진 빛이라는 생각이 들었다. 이 또한 내가 사랑으로 가기 위한 과정임을 인식하고 있었다. 하지만 그 경험은 그리 오래 가지 않았다. 또한 집 안에 있는 물건들에서 빛들이 보이고는 했다. 어쩔 때는 하얀 빛으로 어쩔 때는 무지개빛으로 보였다. 이 모든 우주가 본래 빛이었는데 우리가 빛을 보지 못하고 환영을 본다고 했다. 지금 우리에게 보이는 모든 것들이 환영이라고 했다. 그런데 마음을 열면 환영이 아닌 빛을 볼 수 있다고 했다. 나 또한 그때 잠시 그런 빛들을 보았다. 그리고 내 행운의 방향으로 이사한 집에서 일주일의 시간이 지났다. 밤 12시가 넘어 자려고 침대에 누웠는데 얼마 후 내 몸에서 낯선, 뭐라 표현할 수 없는 느낌이 느껴졌고 잠시 후 깜깜한 방 안에 하얀 빛들이 춤을 추기 시작했다. 2년 전에는 수많은 색깔이 섞인 빛들이었는데 이번에는 아무런 색깔도 섞이지 않은 환한 빛

기적 만들기

이었다. 이번에 난 어떤 두려움도 없이 그 빛들을 받아들이고 있었다.

어렸을 적에는 자주 볼 수 있던 무지개를 어느 순간부터 볼 수 없었고, 20여 년이 넘는 시간 동안 작은 무지개를 한두 번 봤을까 하는 생각이 들기도 했지만 그 또한 정확하지도 않다. 그런데 나에게 무지개를 볼 수 있는 세 번의 기회가 있었고, 또 다른 작은 무지개 빛을 본 적이 세 번이나 있었다. 첫 번째 무지개를 보았을 때는 《우주가 사라지다》와 《기적 수업》 그 두 권의 책을 만난 후 초가을쯤이었던 것 같다. 그때 23층 아파트에 살 때였는데 무심이 하늘에 던진 내 시선에 아주 크게 펼쳐져 있는 쌍무지개가 들어왔다. 어렸을 때 이후로 거의 30년이 다 되어 가도록 그렇게 큰 무지개는 처음이었다. 5분도 채 되지 않는 시간이 지나면서 무지개는 서서히 사그라들어 더 이상 빛을 내 보이지 않았지만 나는 그날 그 무지개가 마치 나를 위해 펼쳐진 것 같다는 느낌이 들었다. 그리고 2년여의 시간이 흐른 후 그 무지개를 본 같은 동 아파트 2호에서 1호 18층으로 이사를 했는데, 이 집에서도 똑같은 위치에 펼쳐진 똑같은 무지개를 또다시 보게 되었다. 초여름쯤인 듯싶다. 그날도 무심이 하늘을 올려다보았는데 2년 전과 같은 위치에 같은 크기로 무지개가 떠올라 있었다. 난 무지개가 없어질까 싶어 한동안 눈을 떼지 못하고 있었는데 역시나 무지개가 오래 머물러 있지 않았다.

그리고 두 번째 무지개를 본 집에서 세 번째로 작은 무지개 빛을 10월 가을 하늘에서 보았다. 그 무지개 빛은 일반적으로 보던 무지개와는 달랐다. 그런 빛은 내 생전 한 번도 본 적 없던 모습이었다. 아침에 일어나 커튼을 제치고 창가 옆에 앉아 명상을 하려고 앉으려다가 하늘을 보게 되었는데 파란 아침 하늘에 유일하게 예쁜 깃털 모양의 큰 구름이 펼쳐져 있는 것이었다. 난 그 구름을 본 순간 "어 초롱이 깃털이다." 하고 작게 외쳤다. 그때는 초롱이가 떠난 후 3개월의 시간을 향해 가고 있을 때였는데, 정말 예쁘고 큰 하얀 깃털 모양을 그리고 있는 구름이었다. 천사의 날개 같다는 생각도 잠깐 들었지만 초롱이 깃털을 똑 닮았다. 초롱이가 하늘에서 내게 깃털을 보여 줬나 하는 잠깐의 착각에 빠져들며 옆을 보았는데 그 옆에 초롱이의 솜털이 달려 있는 작은 깃털 모양의 구름이 또 펼쳐져 있는 것이었다. 또다시 내 입에서는 "어! 저것도 초롱이 작은 깃털인데…." 하고 혼잣말이 튀어 나왔다. 내 앞에 펼쳐진 하늘에는 그 두 개의 구름들만 있었다. 그러고는 잠시 후 작은 깃털 모양의 구름 가운데에 무지개 빛이 서서히 밝혀지고 있는 것이었다.

(나는 이 구름 모양을 시간이 지날수록 잊어 가고 있었고 초롱이가 떠난 지 1년이 넘어가고 있는 그때 초롱이 깃털의 모습 또한 기억이 흐려져 가고 있었기에 깃털을 간직하지 않은 것을 조금 후회하고 있었다. 초롱이 보라와 사는 동안 그 아이들이 털갈이를 할 때 빠진 예쁜 깃털들을 보면서 몇 개 간직하고 있을까 하는 갈등을 하기도 했지만 떠나는 존재는 잡지 않겠다는 마음을 갖고 있던 나는 그 아이들이 떠난다면 인연이 다한 것이니 흔적조차 남기지 않겠다는 마음으로 하나의 깃털도 간직하지 않았다. 그런데 무지개를 품은 깃털 구름의 모양과 함께 초롱이 깃털 모양조차 내 기억에서 흐려지고 있었기에 깃털을 하나도 남겨 두지 않은 것을 조금 후회하고 있었는데 이틀 후 내 앞에 초롱이 깃털이 나타났다. 그것도 무지개를 품었던 구름을 닮은 그 작은 깃털이었다. 그 깃털은 절대 숨겨질 수 없는 의외인 곳에서 발견되었다. 내가 몇 년 전에 초롱이와 있을 때 타로카드를 배워 보겠다고 타로카드를 샀다가 제대로 발도 못 담그고 포기한 적이 있었다. 그렇게 한동안 잊고 몇 년 동안 꺼내지 않았던 타로카드를 잠깐씩 서랍에서 꺼내 들고 있었는데 타로카드를 넣어 놓는 천 주

기적 만들기

머니 맨 위쪽 조금의 여유가 있는 곳에 뭉툭한 생선 가시 같은 것이 천 밖으로 삐져나온 것이 보였다. 그것을 잡아 빼니 초롱이 작은 깃털이 쑥 뽑아져 나오는 것이었다. 구겨져 있는 깃털을 펼쳐 보니 내가 하늘에서 본 초롱이 깃털 모양의 구름을 닮은 깃털이었다. 절대 일부러라도 그곳에 넣기 힘들었을 텐데 어떻게 그곳에 들어가 있었지? 하는 생각이 들었다. 그런데 내가 무지개를 품고 있던 그 구름의 모습이 기억 속에서 흐릿해져 아쉬워하고 있을 때 그 깃털이 내 앞에 나타난 것은 마치 이 시간을 위해 깃털 하나가 그곳에 들어가 숨겨져 있었다는 생각이 들었다. 그리고 그 깃털은 내가 간직하고 싶었던 그런 깃털이 아니었다. 초롱이 날개깃에 있는 크고 예쁜 깃털을 간직하려는 마음은 있었지만 이렇게 좀 더 작은 깃털을 간직하려는 마음은 없었다. 그러니 그 전에 그 깃털이 내 눈에 띄었다면 지금까지 존재하지 못했을 것이다. 분명 누군가의 뜻인 듯싶다. 하지만 아직까지 자신이라고 나서는 존재가 없다. 나 같으면 벌써 나섰을 텐데….)

구름이 품은 무지개 빛의 크기는 태양의 두세 배 정도 되는 크기로 동그랗게 일곱 가지 빛을 내고 있었다. 그런 모습의 무지개 빛을 내 오십 평생 처음 보았기에 조금은 신기해하며 바라보고 있었는데 잠시 후 그 무지개 빛에서 글씨가 새겨지고 있었는데 한글로 'ㅈ'(지읒) 자가 다른 어떤 부위보다 무지개 빛을 선명하게 머금고 있었다. 나는 그 ㅈ(지읒) 자를 본 순간 '제이'라는 생각을 했다. 제이가 나에게 빛을 보여 주고 있다는 생각이 들었다.

(나는 몇 년 전에 휴대폰으로 별자리 운세를 보게 된 이후로 가끔씩 별자리 운세를 읽기 시작했는데 그 별자리 운세를 보면서 역시나 내가 그 쓰여진 글들에 영향을 받고 끌려 다닌다는 것을 느끼고는 보지 말아야 하

나 하는 갈등을 하기도 했다. 또한 그런 운세들은 운세들을 해석하는 사람마다 조금씩 차이가 있었는데 지나고 나서 봐야지 알 수 있는 일들이 많았다. 예를 들어 2019년 12월 운세에 12월 16일과 12월 25일경 상징적인 사건이 있을 수 있다고 했다. 그때는 그 상징적인 사건이 무엇을 말하는지 전혀 감을 잡지 못했고 조금의 예감을 했었다면 평소 원하던 일들이 이루어지나 하는 생각을 잠시 한 적은 있었다. 그런데 12월 16일에 하나의 작은 일이 내 마음에 들어왔다. 그때 23층 아파트에서 윗집에 시끄러운 4식구와 함께 살고 있었을 때였다. 나는 일주일 내내 밖에를 한 번도 나가지 않은 적도 많아서 몇 년을 살아도 같은 사람을 만나는 경우가 그렇게 흔치 않은데 그 여자는 엘리베이터에서나 아파트 주차장에서 대여섯 번을 만났다. 내 인연이긴 인연이었나 보다. 2년 동안 내 두려움을 일깨워 주던 그 여자를 나는 수없이 용서하고 사랑의 기도를 보내 주면서도 멈추지 않고 보내 주는 그들의 소음으로 가슴에는 용서하지 못한 미움을 조금은 품고 있었다. 그런 이유로 난 그 여자를 엘리베이터에서 만날 때마다 애써 외면하고 모른 척했었는데 그 여자가 나의 용서와 사랑의 기도를 받고 있었던 것 같다. 남편과 싸우고 난 어느 겨울에 내 차 유리창이 작동을 안 해서 열어 놓고 며칠을 방치한 적이 있었는데, 사람들 눈에 훔쳐 가도 짐만 될 듯한 차인 듯싶었는지 아무도 내게 전화를 해 주지 않았는데 딱 한 번 그 윗집 여자가 전화를 해 주었다. 그 여자는 그 차가 내 차인 줄 몰랐을 것이다. 나는 그때 조금 감사하기도 했지만 그 여자가 내 인연이었고 또한 내 사랑의 기도를 받고 있었다는 것을 알 수 있었다. 그리고 나는 몇 개월 후 그 여자가 사는 아랫집에서 같은 동 다른 집으로 이사를 했다. 그러니 이사한 이후로도 같은 동이었기에 같은 엘리베이터를 사용해야 했다. 그렇게 그 여자가 내는 소음과 멀어져 있으면서 나는 그

기적 만들기

여자를 조금씩 더 용서하고 있었고 그때쯤 더욱더 내 안에 조금 남겨 둔 미움까지 다 털어 버리고 용서하기로 했다. 그렇게 그 여자와의 인연을 온전한 사랑으로 매듭짓고 싶은 어느 날 나는 블루베리 한 팩을 그 여자의 집 문 앞에 두고 엘리베이터를 탔는데 그 여자를 만났다. 역시나 서로 마음속에 그리고 있었나 보다. 그렇게 12월이 되어 내 마음에 용서의 마음이 더 커지고 있을 때쯤 아파트 지하 1층 현관에서 그 여자를 또 보게 되었다. 그 여자는 아파트 현관 비밀번호를 누르려고 현관 문 밖에 서 있었고 나는 그 여자를 위해 현관 문 쪽으로 다가가 자동문을 열어 주면서 들어오라고 애써 말을 걸었다. 그 여자에 대한 내 용서의 작은 표현이었다. 그 뒤로 그 여자를 더 이상 보지 못했는데 그때가 그 여자와의 마지막 시간이었고 그날이 12월 16일이었다.

그리고 또 한 번 12월 25일경 그 상징적인 사건에 대해서도 나는 확인할 수 있었다. 초롱이에게 호박죽을 먹이고 초롱이가 사경을 헤맬 때 나는 '이제 초롱이를 내 뜻대로 하려는 마음을 조금 더 놓아 버려야지.'라는 생각과 함께 초롱이를 놓아 줘야겠다는 생각을 했었다. 그렇게 마음을 비운 그날 이후로 초롱이에게 강제로 뭔가를 먹인 적이 없었는데 바로 그날이 12월 25일이었다. 나는 그 시간들을 보내고 나서야 그 12월 16일과 12월 25일에 일어나는 상징적인 사건이 무엇인 줄 알게 되었다. 그것은 바로 내가 몇 년을 말로만 용서와 사랑을 하면서 뒤에 숨겨 놓은 그 윗집 여자에 대한 미움을 온전히 용서하기로 한 그날, 그 두려움의 시간을 해제한 일이었고 또한 두려움으로 움켜잡고 있던 초롱이의 대한 것을 내려놓는 그 시간들이 나에게 상징적인 일이었다는 것을 알게 되었다. 세상에서 일어나는 일도, 나에게 물질적인 일이 이루어지는 것도 아니었다. 내 안에 영적으로 나아가기 위해 필요 없는 것들을 내려놓는 시간이었다. 영적으로 나아간다는 것은 내가 두려움으로 품고 있는 사건들을 하나씩 놓아 버려야 한다는 사실을 또다시 깨우치고 있었다.

그리고 2021년이 되어 지난 2020년 내 별자리 운세를 읽어 보게 되었는데 2020년 12월 25일경 그때도 내게 어떤 상징적인 일이 일어난다고 했다. 그런데 그날이 엄마에게 김장김치를 받아 갖고 오는 날이었다. 두려움과 함께 상실감으로 전쟁을 치뤄야 했던 그날 난 전에 볼 수 없었던 사실을 인지하고 있었다. 2019년 12월 16일과 12월 25일에 두려움으로 마주했던 그 여자와 초롱이와의 시간을 마음에서 놓아 버린 일들처럼 2020년 12월 25일에는 지난 십수 십년간 인정과 사랑을 받지 못해 움켜쥐고 있었던 두려움의 시간들을 바라볼 수 있는 시간이었고 용서와 사랑으로 놓아 버려야 하는 시간이었다. 이렇듯 운세라는 것은 그 시간들을 다 지나고 나서 보아야 제대로 알 수 있는 듯싶다.

그리고 내 2020 운세에 내가 여행을 한다고 했다. 그것이 먼 해외여행일 수도 있고 원래 있던 곳으로 돌아갈 수 있다고 했다. 그래서 나는 내가 해외여행이라도 가나 하고 마음이 한참 들떠 있었다. 그리고 또 다른 사람은 먼 곳으로 여행을 할 수도 있고 그것이 해외여행일지도 모르고 또는 심원적 학문의(내가 글을 쓰는 것과 함께 영적으로 나아가는 것을 얘기하는 듯싶다.) 세계이거나, 본래의 뿌리를 찾아 원점으로 돌아갈 수 있는 일을 하거나, 정신적으로 예전에 닿아 본 적 없는 세계로 비약을 하게 될지도 모른다고 했다. 시간이 지나 이 후자의 글들이 맞다는 것을 받아들이게 되었지만 지난 몇 개월을 내가 해외여행을 가나 하고 큰 희망과 함께 망상에 젖어 있었다. 그리고 이때 내가 하게 되는 여행이란 것이 영적으로 나아가는 것을, 이 글을 쓰는 모든 시간들이 내가 하게 되는 세계 여행에 적용된다는 것을 알았다. 그 1년의 시간을 다 보내고 나서야 온전히 알 수 있었다.

그리고 2020년 내 행운의 방향으로 이사 온 집에서 11월이 되어 지난 10월의 운세를 보게 되었는데, 그리운 사람을 다시 만나는 기색이 있다고 했고, 신경쓰이던 사람이 마음을 열어 준다고 했다. 그런데 그때 내게 떠올려지는 그리운 사람이 없었기에 난 10월에 나타날 그리운 존재가 사람들이 아닌 날 인도해 줄 하나님과 제이뿐이라는 것을 생각하고 있었다. 그래서 난 그 글에서 나온 그리운 사람을 제이와 연결시킬 수 있었고, 10월 달에 내 앞에 나타난, 깃털 구름에 머문 무지개 빛에 새겨진 'ㅈ' 자가 바로 제이라는 것을 알 수 있었다.)

그 제이는 예수의 또 다른 부름이다. 《우주가 사라지다》를 읽은 사람들은 대부분 예수를 제이라 부를 것이다. 나 또한 그 책을 읽다가 보니 예수를 제이라 부르게 되었다. 물론 이 책에서는 세상에서 불리우는 예수란 이름으로 기록할 수밖에 없었지만 나에게 예수는 제이였다. 그렇게 'ㅈ' 자가 새겨진 무지개 빛에 눈과 마음을 두고 있었는데 깃털 구름이 다 지나가자 무지개 빛은 더 이상 하늘에 머물러 있지 않았다. 그리고 나는 초롱이 깃털을 닮은 구름 모양으로 내 시선을 유도했다는 것만으로도 그 무지개 빛이 나를 위해 밝혀진 빛이라는 것을, 제이가 날 인도하는 빛이라는 것을 느끼고 있었다. 나에게 잘 따라오고 있다고 더 힘을 내라고 하는 응원 같았다. 가끔씩 나는 작은 소리에도 두려움에 싸여 헤매고 있고, 내가 갖고 있는 사랑 이외의 모든 것들을 남편에게 표출하며 학교 사감 같은 거친 말을 하는 내가 온전한 사랑의 연습생인가 싶은 생각이 들 때가 있었다. 그런 내가 '어설픈 내가 잘하고 있나? 빛으로 잘 가고 있나?' 하며 확인을 받고 싶어 했는데, 그 답을 확인 받은 것 같았다. ㅈ에게….

그렇게 한동안 내가 무지개 빛을 보는 일은 없을 거라고 어떤 기대도 하지 않고 있었는데 2개월의 시간이 지난 어느 날 또 한 번 무지개 빛을 보았다. 아침에 일어나 커튼을 제치고 하늘을 바라보는데 가벼운 회색 구름이 펼쳐진 뒤로 태양빛이 연한 노을 빛을 펼치고 있었다. 잠시 후 내 정면 하늘에 구름이 살짝 벌려진 틈 사이로 또다시 무지개 빛이 생겨나고 있었다. 그 무지개 빛은 전에 보던 둥근 무지개와는 조금 다르게 그때보다는 좀 더 크고 기둥 모양을 하고 있었다. 그렇게 시간이 흘러 내 행운의 방향에서 처음으로 맞이한 2021년 8월 여름 하늘에 또 한 번의 무지개가 떠올랐다. 그런데 무지개를 자주 본 까닭으로 감동이 조금씩 작아지고 있었는데 며칠 후 내 앞에 또다시 무지개 빛이 나타났다. 그날도 여름날의 선한 바람의 춤사위로 구름이 공작새의 깃털이 휘날리듯 멋진 모습들을 그리고 있는 그날 엄마와 점심을 먹기로 하고 엄마의 집으로 차를 타고 가는 길이었다. 그런데 운전 중에 우연히 옆 창으로 바라본 하늘에 멋진 무지개 빛이 날 부르고 있었다. 그 빛은 1년 전에 초롱이 깃털을 닮은 구름 뒤에 숨겨진 무지개 빛처럼 공작새 깃털 같은 구름에 빛을 내고 있었는데 1년 전 그 무지개 빛보다 더 멋진 모습이었다. 마치 긴 깃털 끝에 누군가 무지개 빛을 뿌려 놓은 듯 너무도 멋진 모습이었다. 잠시 후 사거리에서 정차 한 후 그 무지개 빛을 눈에 담으면서 또한 신호등을 살피고 있었다. 그렇게 아쉬워하며 20~30분을 달려 엄마 집 근처에 다달을 무렵에 그곳에서도 좀 전에 보았던 그 깃털 모양과 비슷한 모양을 한 구름 끝에 새겨진 무지개 빛을 또다시 보게 되었다. 그날 나에게 나타난 그 무지개 빛들은 한 번도 본 적 없는 모습이었고 너무도 멋지고 황홀한 무지개 빛이었다.

내가 3년 전 2018년 여름에《기적 수업》이라는 책을 만나 읽기 시작하면서부터 몇 번의 빛과 함께 이렇게 무지개 빛을 여섯 번이나 보았다. 30여 년 동안 거의 볼 수 없었던 무지개가 3년 동안 내 앞에 여섯 번이나 나

기적 만들기

타났다. 그리고 그 3번의 작은 무지개 빛은 예전에 한 번도 본 적 없는 모습이었다. 분명 그 무지개 빛들이 우연히 내게 나타난 것이 아님을 난 받아들이고 있었다. 날 사랑으로 인도하는 존재들이 보여 주는 빛이고, 이미 존재하는 그 빛들을 내가 조금씩 보게 된 것이라는 생각과 함께 내가 두려움에서 사랑으로 전환되는 과정을 빛으로 확인받고 있다는 생각이 들었다.

### 4) 우리 모두 안에 기적을 만들 수 있는 사랑이 있다

이 책에서 말하고자 하는 핵심은 사랑이다. 자신에게 좋은 방향에서 살기를 권한 이유도 이 세상에서 중요한 돈보다는 하나님의 세상으로 가기 위한 사랑의 마음을 찾을 수 있는 방법을 권한 것이다. 자신에게 좋은 방향에서 머물러야 많은 힘을 들이지 않고서도 사랑을 선택할 수 있기 때문이다. 그리고 무언가를 얻기 위해서는 내 안에 사랑이 머물러야 한다. 온전한 사랑인 존재는 자신이 원하는 모든 것을 이룰 수 있다고 했다.

10여 년 전에 《호오포노포노의 비밀》이라는 책을 읽은 적이 있었다. 그때 나는 그 책을 읽고 '사랑합니다. 용서합니다. 감사합니다. 그리고 미안합니다.'라는 글들을 1년에 가깝게 집 안에 있는 모든 종이에 새기고 있었다. 그때 내 안에 40여 년간 쌓여 있던 세상에 대한 미움들이 그 1년의 시간 속에서 조금씩 놓여지고 있었다. 그런데 시간이 지나 이 '미안합니다.'라는 말은 사용할 이유가 없다고 하여 나는 어느 순간부터 미안하다는 말은 사용하지 않으려 했다. 그리고 그 책에 나온 휴렌 박사가 정신 병원에 있는 폐쇄 병동에서 한 일들을 읽었을 때 난 그 존재가 아주 특별한 존재라고 생각했다. 그 병동에는 중범죄 흉악범들이 정신질환으로 수감된

곳이었는데 그들이 이동할 때마다 팔찌와 족쇄를 차고 움직여야 할 정도로 위험한 사람들이었다. 그런데 그곳은 환자들뿐만 아니라 직원들 또한 많은 문제들을 일으키고 병동의 시설물들 또한 끊임없이 문제들이 발생을 하는 곳이었는데 수많은 전문 치료사들이 왔다가 포기하고 떠나는 곳이라고 했다. 그런 상황들만 보더라도 그곳에는 사랑이 아닌 두려움만이 존재한다는 것을 알 수 있었다. 그런데 휴렌 박사가 병동에 온 지 수개월이 지나면서부터 그곳에 변화가 생기기 시작했는데 휴렌 박사는 1명의 환자도 따로 만나지 않았고 그저 그곳에서 모든 사람들과 즐겁게 어울리며 지냈다고 했다. 그리고는 환자들의 신상이 적혀 있는 서류를 보면서 모든 책임은 자신에게 있다는 것을 받아들이고 용서와 사랑과 감사의 기도를 그곳에 있는 3년 내내 했다고 했다. 그리고 그 교도소 주변에는 거친 두려움과 분노의 기운으로 꽃은커녕 한 포기에 풀조차 나지 않았고 건물에 페인트칠도 오래 가지 않고 금세 벗겨져 흉한 모습이 되었는데 어느 날 휴렌 박사가 벽에 사랑한다고 말을 해 준 이후로 건물에 칠한 페인트도 더 이상 벗겨지지 않았고 꽃들이 피어나고 병동 전체에 밝은 기운들이 생겨나기 시작했다. 그리고 시간이 흘러 환자들도 사랑으로 변해 가고 있었고 손과 발에 채워져 있던 쇠사슬도 제거되고 직원들과 환자들이 함께 어울려 생활할 수 있게 되었다.

그 사람은 만나지 않아도 사랑의 기도가 전해진다는 것을 알고 행한 사람이었고, 상대가 아닌 자신을 사랑과 용서로 치유하는 것만으로도 다른 모든 존재들이 영향을 받을 수 있다는 것을, 그리고 용서와 사랑이 모든 것을 치유한다는 것을 알고 있는 사람이었다. 그런데 나는 그때 그 사람이 특별한 존재여서 가능한 일이었다고 생각했다. 물론 아무도 하지 않은 일을 한 것만으로도 그 사람이 특별한 존재이고 우리보다 앞선 존재이겠지만 시간이 흘러 나 또한 그 사람과 같은 능력이 있다는 것을 알게 되었고 이미 그 능력을 사용하고 있다는 것을 알게 되었다. 내가 10여 년간 해 온 용서와 사랑의 기도가 그 존재가 한 역할과 같다는 것을 알게 되었다. 어떤 특별한 존재만이 할 수 있는 일이 아니었다. 물론 사랑의 빛을 키운 존재여서 더 큰 힘을 발휘할 수 있었겠지만 우리 모두 할 수 있는 일이었다. 사랑과 용서의 힘을 믿는 사람이라면 기도로 모든 존재들에게 빛을 전할 수 있다는 사실을 믿는다면 우리 모두 해낼 수 있는 일이었다.

나는 이 사실을 증명할 수 있는 또 하나의 경험을 하게 되었다. 2021년 나의 별자리 운세에서 그 해에 젊은 외국 남자와 어떤 인연으로 만나게 된다는 것이었다. 그런데 나는 그 글을 읽으면서 집과 한 몸인 내가 우리나라 남자들과도 인연을 맺을 수 있는 시간이 쉽지 않은데 외국 남자와 만날 일이 있을까 하는 생각을 하면서도 1년 내내 조금은 궁금해했었다. (운세란 것이 역시나 지나고 나서야 더 잘 알 수 있는 듯싶다.) 그런데 2021년이 다 지나가도록 외국 남자는커녕 젊은 남자도 만나 적이 없었다. 그런데 문득 나와 어떠한 인연으로 만나게 된다는 외국 남자가 내가 매일 아침마다 만나는 사람이 아닐까 하는 생각이 들었다. 나는 10여 년 전부터 아프리카에 있는 한 남자 아이와 그 후에 만난 인도에 있는 여자 아이에게 작은 금액의 후원금을 보내고 있었다. 그리고 아침마다 나와 몇몇의 존재들을 위한 사랑의 기도를 해 주고 있었는데 2021년 어느 날 문득 내가 후원해 주고 있는 두 아이들을 떠올리고는 그 아이들에게도 내 사랑을 전해 주고 싶다는 생각이 들었고 그 후로 그 아이들을 아침마다 기도로 만나고 있었다. 난 그 아이들이 사랑임을, 어떤 힘겨운 시간 속에서도 하나님이 함께함을 전해 주고 있었고 그 힘겨운 시간들은 다 지나가고 언젠가 사랑의 길로 인도되어질 것임을 기도로 전해 주고 있었다. 그 시간들이 기억되면서 나는 그 시기에 내가 만날 젊은 외국 남자가 이 남자 아이를 말하고 있었다는 것을 알게 되었다. 난 아침마다 그 아이를 만나고 있었던 것이었다. 마음 한편으로는 그 아이가 내 기도를 온전히 받고 있을 거라는 것을 받아들이고 있으면서도 그 시간 속에서 우리가 온전히 만나고 있다는 생각은 하지 못했다. 아무리 멀리 떨어져 있어도, 몸이 가까이 만나지 않아도, 이미 만나고 있었음을 확인한 시간이었다.

그러고 보니 2020년 별자리 운세에서도 이런 비슷한 내용의 글을 읽고 조금 의아했던 적이 있었다. 그 글에서 그 해에 내가 친척들과 좋은 시간을 보내고 특히 남자 친척이 나에게 좋은 마음으로 다가온다는 것이었다. 그때 나는 결혼식이나 장례식 등 큰일이 있을 때에만 친척들을 만나고 그 외에는 만나는 일이 없었기에 어떤 일이 생길까 하고 궁금해하고 있었는데 그 해에 그 어떤 친척들도 만난 적이 없었다. 그런데 그즈음부터 나는 매일 아침에 내 마음에 들어오는 형제들에게 사랑의 기도를 해 주고 있었고, 조금 안쓰러운 조카가 있었는데 그 조카에게도 힘이 되어 주고 싶은 마음에 매일 아침 사랑과 축복의 기도를 전해 주고 있었는데 이 만남을 말하는 것이었고 내가 기도 속에서 그들과 만나고 있었던 것이었다. 그리고 내가 예전에 많이 사랑했던 또 다른 조카아이들이 마음에 들어왔기에 그 아이들도 아침마다 만나 그 아이들의 힘겨운 시간 속에서 사랑의 빛을 전해 주고 싶었다. 그 시간들은 그 아이들이 꼭 경험해야 할 시간이기에 내가 해 줄 수 있는 가장 큰 선물은 사랑과 축복의 기도였다. 그때 친척들과 좋은 만남을 가질 거라는 글과 함께 남자 친척이 내게 다가온다는 글을 읽었을 때도 난 그 일들이 세상 바깥에서 일어날 일이라고 생각하고 세상에 시선을 두고 있었다. 모두 내 안에서 일어날 일들이었는데 난 언제나 바깥에서 해답을 찾고 있었다.

기적 만들기

이렇듯 모든 기도는 우주에 있는 모든 존재들에게 전해지고 있었다. 특별한 존재들은 그 힘을 믿고 사용한 것뿐이다. 대다수의 사람들은 우주의 비밀을 알지 못하고 알더라도 자신과 연결시키지 못하고 받아들이지 않고 있을 뿐이고 자신 안에 이미 존재하고 있는 그 힘을 사용하고 있지 않을 뿐이다. 그러나 한편으로는 우리도 이미 어느 정도 그 힘을 사용하고 있다. 우리도 이미 마술사다. 우리 주변에서 일어나는 모든 일들도 우리가 만들어 낸 것이고, 우리 주변에 있는 모든 것들도 우리가 끌어당긴 것이니 우리는 이미 창조자다. 두려움인 내가 두려움의 상황을 만들어 내고 사랑인 내가 사랑으로 펼쳐진 세상을 만들어 내니 우리는 이미 모든 것을 창조하고 있었다. 우리 모두가 완전한 능력을 가졌다는 것을 알아채는 순간 이곳에 더 이상 머물지 않으려 할 테니 에고는 우리를 이곳에 붙잡아 두기 위해 우리를 아무런 힘도 없고 나약한 존재라 믿게 만들어 놓고 있다. 우리에게 오는 모든 것을 막는 것은 우리의 죄책감과 상실감이라고 했다. 이제 나는 기적을 만들어 낼 수 있는 간단한 방법을 얻어 냈다. 그저 '사랑하고 축복하고 다 용서합니다.' 하면 된다. 다른 수십 가지 방법들을 상황에 따라 찾아내어 기억하지 않아도 된다. 그저 사랑과 용서 속에 머무는 것이다.

그리고 사랑하는 존재들에게 줄 수 있는 최고의 선물은 사랑과 축복의 기도이고, 그 사랑의 기도는 빛이 되어 그들에게 전해질 것이다. 나는 먼저 경험하고 전해 주는 역할을 하는 사람이라고 했다. 예전에 나는 그저 막연하게 사랑과 용서의 기도를 했는데 10여 년의 시간이 흐른 지금 내 사랑과 축복과 용서의 기도를 받은 존재는 밝은 사랑의 빛으로 주위 사람들에게 사랑을 받고 사랑으로 인도되어진다는 것을 확인할 수 있었다. 그리고 나 또한 그들의 눈빛과 그들의 행동과 그들의 베풂을 통해서 그들이 내 사랑의 기도를 받고 있다는 것을 확인하고 있다. 이 사랑과 용서의 힘을 받아들인다면 그 존재는 이 우주에서 가장 크고 완전한 선물을 받는 것이다. 이것을 아직 때가 되지 않아 받아들이지 않은 존재라면 언젠가 이 선물을 받아들일 날이 올 것이다. 하나님이 주신 완전한 선물을…. 또한 사랑을 선택한 모든 존재가 시간 속에서 이 사랑의 힘을 통해 기적을 만들 날이 올 것이라 믿는다.

# 에필로그
··········

내 안에 전쟁이 한창인 41살쯤인 것 같다. 주상복합아파트에 살 때였는데 남편이 내게 묻지도 않고 아기 새 둘을 과일 음료 박스에 담아왔다. 내게 앵무새를 데려가도 되냐고 물었다면 나는 데려오지 말라고 했을 것이다. 나는 정이 많은 사람이어서 누군가를 보살필 때 대충 하지 못할 거라는 것을 알고 있었다. 남편의 지인이 알 까고 나온 지 보름 된 벌거숭이 아기 새들을 보냈는데 눈도 안 떠서 처음엔 눈과 콧구멍을 구분하지 못할 정도로 작은 모란앵무 형제였다. 그렇게 10년이 넘게 앵무새 시집살이가 시작되었다. 두세 시간마다 이유식을 먹이며 아기 키우듯 키워냈더니, 몇 개월 후 예쁜 초록색 옷을 입은 15센티 모란앵무새 모습을 갖췄다. 그런데 아기 때부터 내가 하는 말들을 알아듣고 반응을 보였다. '밥 먹자.' '응가 해.' 그리고 '사랑해.'라고 말을 하면 내 손가락을 물다가도 물지 않았고 '밖에 나갈까?'라는 말과 '계란 먹자.'라는 말을 하면 '짹짹짹' 소리치고 날개를 퍼득이며 난리가 난다. 어느 날은 초롱이, 보라와 함께 차를 타고 밖에 나갔다 집에 돌아오는 길에, '집에 가서 엄마가 계란 줄게.' 했다가, 돌아가시는 줄 알았다. 집까지 오는 내내 온 차 안을 돌아다니며 짹 짹 짹, 짹 짹 짹, 이렇게 계란이란 말만 해도 난리가 나서 그 뒤로 남편하고 계란이란 말을 할 때 작게 얘기 하던가 달걀이라고 한다. 달걀이라고 하면 못 알아듣고 반응을 보이지 않았는데 대부분 반복되는 말들은 거의 다 알아들었다.

알 까고 나온 지 5개월쯤 되었을 때 저녁을 먹고 설거지를 하고 있었는데, 동생 보라가 잘 시간도 아닌데 거실 창가에 둔 새장에 들어가는 것이었다. 새장 안에 천으로 된 앵무새 침대를 달아놨는데 그곳을 살피고 그 침대 아래를 기웃거리며 누군가를 찾고 있는 것이었다. 그런 보라를 보고서 '보라야. 초롱이 찾아?' 하니까 '쨱' 하고 대답을 한다.

둘이 각자 성격이 다른데 초롱이는 어느 날부터인가 소파쿠션 뒤에 숨었다 나왔다 하면서 남편의 시선을 유도하는 것이었다. 나중에 알았는데 초롱이는 자기 집을 지키며 침입자를 공격하는 그 장난을 사는 내내 좋아했었다. 그때도 초롱이가 소파쿠션 뒤에 숨어 있어서 보라에게 그곳을 가리키며 '초롱이 저기 있는데.' 하고 알려 주었는데 보라가 새장을 나와서 소파 쿠션 뒤에 숨어 있는 초롱이를 찾아냈다. 그때 처음으로 말을 알아듣는 것을 보고 신기해했다. 그전에도 짧은 말들은 다 알아들었지만 대화 형식으로 한 말을 알아듣는 걸 보고 살짝 놀랐다. 그리고 초롱이는 새장에 넣어 두면 자기가 문을 열고 나오고, 또 문을 열고 들어가기도 했다. 어느 날은 초롱이가 새장 문을 열고 나오더니 보라도 나오라고 밖에서 새장 문을 들어 올려 주고 있는 것이었다. 그러자 보라가 그 열려진 문으로 나왔다.

아기 때부터 우리가 어디를 가든 초롱이 보라를 데리고 다녔는데, 남편이 타지로 출장을 다녀서 가끔 일요일 날 직원들 없이 혼자 갈 때는 우리랑 함께 갔었다. 출장지에 가서 남편이 일을 마칠 때까지 우리만 차에 남아서 한참을 기다려야 했는데, 힘들었나 보다. 초롱이가 가끔 물 때 '너 자꾸 물면 아빠 출장 갈 때 너도 데리고 가라고 한다.' 하면 물지 않았다. 한번은 남편 따라서 나 없이 출장을 따라 갔다 온 적도 있었는데 그 이후로

기적 만들기

더욱 출장 보낸다고 하면 입질을 안 한다.

어느 날은 화장실에서 새집 응가를 청소하면서 내가 '개굴개굴 개구리 노래를 한다.' 그 노래에, '초롱초롱초롱이 응가쟁이는 뿌직 뿌직 뿌지직 응가 한대요.' 하고 노래를 부르자 내 어깨 위에 앉아 있던 초롱이가 내 목을 살짝 물었다. 그 뒤로 이 노래만 하면 싫다고 '짹짹짹' 소리를 지른다. 이 노래를 싫어한다. 이 작은 아이들이 우리가 생각하는 그 이상의 모습을 보일 때면 남편과 이런 얘기를 한다. '이런 얘기 사람들한테 하면 안 믿을 거야.'라고.

처음에는 며칠 일찍 알을 깨고 나온 초롱이가 보라를 괴롭혔는데 초롱이가 자꾸 주방에 날라가서 초롱이의 날개를 조금 잘라 줬는데 그 이후로 갑자기 초롱이가 동생 보라의 눈치를 보더니 대장 자리를 내주었다. 보라가 자기보다 더 잘 날아 다녀서 그런 것 같았는데 날개가 다시 자랐는데도 대장 자리는 여전히 보라에게 있었다. 그 이후로 동생 보라가 초롱이를 괴롭히기 시작했는데 어느 날 초롱이를 동생 보라가 자꾸 물어서 내가 스프레이로 보라에게 물을 뿌렸더니 보라가 삐쳐서 롤 커튼 뒤 중간 막대기 위에(초롱이와 보라가 그 막대기 위에 앉아 밖을 보고는 했었다.) 들어가서 아무리 불러도 나오지 않는 것이었다. 그냥 데리고 오려고 하면 소리 치고 물고 난리여서 그럴 때 내가 '보라야. 네가 초롱이 물어서 엄마가 물 쏜 거야. 미안해.' 하고 손을 내밀면 그제야 삐친 마음을 풀고 커튼에서 나왔다. 보라는 꼭 상황을 얘기하고 미안하다고 해야 삐친 맘을 풀었다.
재채기를 하면 소리에 민감한 애들이 놀랐다고 '짹짹짹' 소리치면서 난리다. 그래서 재채기가 나올 것 같으면 '엄마. 에취.'라고 빨리 말하고 재채기를 하면 아무리 소리가 커도 아무 일 없는 듯 반응하지 않는다. 앵무새들 모시느라 재채기도 마음대로 할 수가 없다.

거실 인터폰에서 우리 집 차가 아파트 주차장에 들어오면 알려 준다. '7503 차량이 도착했습니다.' 하고, 그렇게 남편 차가 들어오면 초롱이가 자다가 일어나서 현관문에 매달아 놓은 풍경에 매달려 있었다. 아빠를 엄청 좋아한다. 한 번은 '공지사항이 도착했습니다.'라고 인터폰에서 알림이 왔는데 초롱이가 자다가 갑자기 날개를 펴 기지개를 하더니 현관문에 가서 아빠를 기다리는 것이었다. 아빠 아니라고 한참 말하고 달래서 데려왔다.

평소에 초롱이와 보라는 다른 동물들보다 새들에게 관심을 가장 많이 보이고 경계를 했다. 창밖으로든, 공원에서든, 새들 소리에 민감하게 반응을 했다. 나는 그런 아이들에게 유리창 밖으로 새들이 보일 때마다 '초롱이 보라 친구 왔네.' 하고는 했었다. 어느 날 친구와 약속이 있어서 초롱이와 보라에게 '엄마 친구 만나고 올게.'라고 말했다. 그랬더니 초롱이와 보라가 동시에 창밖을 바라보는 것이었다. 마치 '엄마가 참새하고 까치들을 만나러 간다고.' 하는 듯했다. 그래서 내가 '아니 엄마 친구, 저번에 우리 집에 온 아줌마 있지, 그 아줌마가 엄마 친구야.'라고 말해 주었다. 이렇게 앵무새와 대화를 하고 산다.

초롱이와 보라랑 일요일에 거의 매주 공원에 나갔는데 그날도 근처 공원에 들렀다. 공원 주차장에 주차를 하고 100여 미터 떨어진 공원 입구에 막 들어가려고 하는데, 초롱이와 보라가 주변 키 큰 나무로 날아 올라갔

기적 만들기

다. 그때가 봄이었는데, 까치가 갑자기 보라를 쫓아 땅 아래까지 공격하려고 내려왔다. 전에는 그런 적이 없었는데 까치가 알을 품고 있었나 보다. 그때쯤 새들이 예민하다. 남편도 나도 놀라서 둘 다 보라에게 향했고, 까치도 놀라 다른 곳으로 날아가고 다행히 보라는 무사했다. 그런데 정신을 차리고 보니 초롱이가 보이지 않았다. 보라만 신경쓰다 보니 초롱이가 없어진 것을 몰랐다.

그래서 우리는 초롱이를 찾기 위해 공원 안으로 들어갔는데 그날이 공원이 쉬는 날이어서 일하시는 몇 명의 아주머니들 외에는 사람들은 한 명도 없었다. 우리는 거의 1시간을 넘게 초롱이를 부르며 공원 한 바퀴를 돌아다녔는데 보라가 자꾸 나무에 날아가서 보라를 차에 데려다 놓고 온다고 남편이 주차장으로 가고 나 혼자 공원에서 기다리고 있는데 남편에게서 전화가 왔다. 초롱이가 우리 차 바로 옆 나무에서 우리를 기다리고 있었단다. 보라를 차에 넣는데 '짹짹짹' 소리가 나는 곳을 봤더니 초롱이가 바로 옆 나무에서 보고 있었단다. 입구가 아닌 길로 넘어 오다가 다리에 상처가 났는데 하나도 아프지 않았다.

초롱이 보라의 네 살 생일을 며칠 앞두고 일요일 날 공원에 놀러 나가려고 차에 올라타려는데, 보라가 갑자기 놀라 날아가다가 어느 가게 유리에 머리를 부딪쳤다. 초롱인 그렇게 동생을 떠나보냈다. 혹시라도 혼자 남은 초롱이가 힘들어할까 봐 초롱이 앞에서는 맘 놓고 울지도 못했다. 3일의 슬픈 시간을 보내고 나니 조금씩 진정이 되어 가고 있었고 초롱이도 힘겨운 시간 속에서 회복되고 있었고 우리와 모든 것을 함께하고 있었다. 그런데 평상시에는 자신을 괴롭히던 보라를 찾지 않았는데, 그전에 거실 발코니에 설치된 빨래 봉에서 밖에 쌀을 먹으러 온 참새들을 볼 때는 둘이 의지하고 한 편이 되어 있었는데, 혼자 그 새들을 바라보더니 보라 생각이 났나 보다. 한동안 그렇게 밖을 바라보다가 거실로 들어와서 미친 새같이 소리를 치며 날아다녔다. 보라 생각에 마음이 힘들었나 보다. 그렇게 며칠이 지나면서 그 증세가 잦아들었고 초롱이도 보라를 마음에서 보내 준 것 같았다.

그렇게 혼자된 초롱이가 일곱 살이 되었을 때 아파트 3층에서 살았는데, 우리 집 바로 앞에 작은 공원이 있었다. 초롱이를 나가 놀다 오라고 발코니 밖으로 내보내면, 나무에 가서 비가 온 날은 나무 잎사귀 물방울에 몸을 부비면서 목욕을 하기도 하고, 나름 놀다가 부르면 베란다로 날아들어왔다. 어느 날도 잠깐 놀다 오라고 내보냈는데 잠시 후 불러도 대답이 없어서 밖으로 나가 공원을 찾아보았는데 초롱이를 찾을 수가 없었다. 그렇게 돌아다니다 우리 아파트 뒷 동을 살피는데 다른 집 아파트 3층 난간에 초롱이가 앉아 있었다. 아마 까치나 직박구리에게 쫓겨 거기까지 간 듯싶었다.

그때부터였다. 그때가 11월 달이었는데 춥기도 하고 많이 놀랐나 보다. 밥을 잘못 먹고, 밥을 안 먹고 속이 비면 헛구역질을 해 토해 냈다. 그러니 밥을 또 먹여야 하는데 뭘 먹으라고 챙겨줘야 조금씩 먹었다. 그때 병원 두 군데를 갔는데 한 의사가 '이거 낫기 힘든데.' 하며 귀찮은 일을 맡게 된 듯 표정이 안 좋다. 그렇게 약을 힘들게 먹였지만 별 효과를 못 보고 약을 끊고 4년의 시간 동안 앵무새 간병을 했다. 아프기 전에는 3~4시간 정도 밖에 나갔다 올 수 있었는데, 아프고 나서부터 4년은 1시간에서 최대 2시간 안에 들어와야 했다. 아무리 배가 고파도 먹으라고 하기 전에는 자기가 먹지를 않았고 또한 밥을 조금씩 밖에 못 먹으니 자주 먹여야 했다. 애기 때

기적 만들기

부터 보라는 뭐든지 다 잘 먹어서 보라가 안 먹는 것은 진짜 맛없는 거라고 할 정도였는데, 초롱이는 보라가 토해 주던지, 아니면 자기 입맛에 맞는 것만 먹었다. 이런 시집살이를 할 줄 알고 마음은 있어도 쉽게 키우지 않으려 했는데, 그때 업둥이라고 아무 생각 없이 받아들일 게 아니었다.

그래도 이 아이들 때문에 두려움의 시간도 컸지만 더 빨리 사랑으로 갈 수 있었다. 남편과 싸우면 싸우지 말라고 우리를 살짝 물던가 '쨱쨱쨱' 소리친다. 3번 싸울 거 한 번 싸우고, 소리치고 싶은 거 마음껏 못 지르고 눈으로 제압 들어간다. 우리가 싸운 다음 날이나 또는 내가 아프거나 상태가 안 좋은 얼마 후에는 꼭 초롱이가 아프기 시작했기에 더욱 난 사랑의 시간에 머물러 있어야 했다. 물론 매번 잘해 내지는 못했다.

그리고 난 남편이 집에 있을 때 밖에 볼 일을 보러 나갔다 오는 길에 차에서 남편에게 전화를 한다. 남편과 통화를 하려는 게 아니고 초롱이와 통화를 하려고 하는 것이다. 내가 '초롱아.' 하고 부르면 '쨱' 하고 목청 터지게 대답을 하고 무엇을 물어보면 '쨱' 하고 대답을 하는 것이 너무도 귀엽고 예뻐서 나는 꼭 밖에 나갔다 집으로 향할 때쯤에 전화를 한다. 그런데 초롱이는 예전에는 남편이 전화를 하면 '쨱쨱' 대답도 잘하고 잘 받았는데 어느 날부터는 남편의 전화는 잘 받지 않았다. 아마 출장 간 남편이 전화만 하고 집에 오지 않는다는 것을 알고 난 후부터 남편의 전화에 대답을 안 한 듯싶다. 그런데 유달리 초롱이가 나의 전화와 함께 전화를 잘 받는 또 한 사람이 있었다. 바로 우리 엄마였다. 내가 엄마라고 알려 줘서 그런가 초롱이는 엄마와 내가 통화를 할 때면 자기도 옆에서 '쨱쨱' 소리를 내며 엄마가 하는 말에 대답을 해 주었다. 그런데 가만히 생각해 보니 내가 엄마랑 통화한 후 엄마와 점심 먹으러 나갔는데 그게 싫어서 엄마에게 소리 질렀는지도 모르겠다. 하여튼 초롱이는 이렇게 엄마 전화와 내 전화를 아주 잘 받는다. 남편 말로는 내가 전화를 하면 그 전화기 뒤로 갔다가 앞으로 왔다가 하면서 나를 찾고는 한다고 했다. 그러면서 목청 터지게 '짹짹' 전화를 받는다고 했다. 남편 전화는 시큰둥하게 받는 것 같고 조금 서운했을 것이다.

초롱아, 보라야. 양엄마야. (초롱이, 보라는 친엄마를 본 적이 없다. 눈 뜨기 전에 우리 집에 강제입양이 되는 바람에….) 엄마가 반푼이여서 좀 힘들었지. 엄마가 사랑으로 조금씩 채워지는 시간 동안 함께 있어 줘서 고맙고, 사랑하고, 축복해. 초롱아, 보라야. 너희들은 사랑이야. 사랑해.

# 기적 만들기

초판 1쇄 발행 2023년 1월 20일

| | |
|---|---|
| 지은이 | 구지영 |
| 펴낸이 | 이기봉 |
| 편집 | 좋은땅 편집팀 |
| 펴낸곳 | 도서출판 좋은땅 |
| 주소 | 서울특별시 마포구 양화로12길 26 지월드빌딩 (서교동 395-7) |
| 전화 | 02)374-8616~7 |
| 팩스 | 02)374-8614 |
| 이메일 | gworldbook@naver.com |
| 홈페이지 | www.g-world.co.kr |

ISBN   979-11-388-1572-7 (03810)